I0694297

El niño que me perdonó la vida

Armando Caicedo

El niño que me perdonó la vida

© 2016, Armando Caicedo
USA Copyright Office
Depósito Legal:1-4068662802
Octubre, 2016

©2018, Palabra Libre, S.A.S.
Bogotá - Colombia
Primera edición, febrero 2018
www.PalabraLibre.com

ISBN: 978-958-59876-0-9

Fondo portada:
Tropical green leaf - Autor: freedesignfile
Foto de portada y del autor:
Archivo personal de Armando Caicedo (1966)

Sigue al autor en:
Facebook /ArmandoCaicedoG
Twitter @ArmandoCaicedoG
www.ArmandoCaicedo.com

*A Catalina, mi esposa, único ser capaz de soportar
a un iluso que pretende vivir de la palabra.
A mis dos nietas Mina y Kali.
A mis hijos Andrés y Ana María.
A Enrique, el hijo que casi me arrebata la guerra.
Y a los 16.879 niños –que entre 1960 y 2016– fueron
obligados a combatir en una guerra miserable.*

No olvidemos
esta historia...
para que jamás
nos vuelva a suceder.

Esa tarde de miércoles, de regreso a la base, volví a colocarle mi mano sobre su hombro. Noté que el niño se estremeció. Hizo un gesto nervioso, se rascó la cabeza, carraspeó y se detuvo. Con evidente nerviosismo me disparó en voz baja, uno de los muchos secretos que quizás le estrangulaban su conciencia.

–Mi teniente, yo a usted le perdoné la vida.

Me compartió esta revelación con la sangre fría que exhibe cualquier ángel exterminador. Yo le sonreí, al tiempo que apreté contra mi cintura la subametralladora *M3*, el único seguro de vida que en estas circunstancias tenía al alcance de mi mano.

–¿Que usted me perdonó la vida?

No me miró, pero con voz agónica– como si estuviera consciente del riesgo que corría por violar ese secreto– respondió:

–Sí, señor.

–¿Cuándo ocurrió eso?

–El día de navidad que acaba de pasar.

«Uno no puede ponerse del lado de quienes hacen la historia, sino al servicio de quienes la padecen».

Albert Camus

Cuando una historia se extravía en la selva hay que salir a rescatarla...

—Hola, ¿puedo hablar con el señor Caicedo?

—Él no vive aquí.

—Me dicen que acaba de regresar del exilio.

—No estoy autorizada para dar esa información. ¿Quién lo necesita?

—Él me conoce, señora. No le doy mi nombre porque quizás no me recuerda. Pero dígale que le tengo un mensaje de vida o muerte de alguien que lo busca con urgencia.

—¿Lo busca? ¿Y por qué tanta urgencia?

—¿Hablo con su esposa?

—Sí, pero ya estamos preparando nuestro regreso a Estados Unidos.

—Pero si en este momento estoy escuchando a su esposo en la radio. Lo están entrevistando, en vivo, sobre un libro que vino a presentar a Colombia, en la próxima semana.

—Si no me aclara el motivo de su llamada, lo lamento, pero no lo puedo ayudar

—Dígale que desde hace cincuenta años, un hijo suyo lo anda buscando.

Esa misma noche descubrí que Catalina se dejó contagiar por el peligroso virus de la curiosidad, aquel que se propaga en ambientes de clandestinidad.

«Esa llamada sospechosa no me deja dormir. No hemos acabado de abrir las maletas y otra vez la incertidumbre de las amenazas». Para tranquilizarla le cambié el tema: «Tú, tranquila, que con un "hijo" de por medio, hay tema para un cuento o, por lo menos, para un poema». En un susurro cómplice, como si estuviéramos envueltos en un golpe de cuartel y temiera que alguien nos estuviera escuchando, me replicó: «Qué historia tan extraña. Tienes que escribirla». En seguida se volteó, apagó la luz, y me condenó a siete horas de insomnio.

Antes de veinticuatro horas, ya estábamos reunidos con el hombre portador del mensaje, un ser humano excepcional, que me confesó estar comprometido, desde hacía cincuenta años, en una deuda de amor fraterno con su *hermano de crianza*.

Como la curiosidad es, además de emocionante, irresponsable, tres semanas más tarde planeamos un viaje a la selva para rescatar esta historia.

Con la obsesión de buscar lo que no se nos había perdido y a contrapelo de severas advertencias y de cien pronósticos de mal agüero, nos adentramos en esa colosal cordillera oriental que el Frente 17 de las FARC[1] se escrituró para sí mismo, treinta años atrás, a punta de asesinatos, extorsiones, secuestros y amenazas.

Animados por la memoria prodigiosa de algunos protagonistas de esta historia y por las dramáticas revelaciones de testigos, logramos encontrar —entre la selva y la montaña— a un héroe de *verdad–verdad* que estaba condenado a desaparecer en el laberinto de la amnesia.

La parte anecdótica de cómo logramos hilvanar esta aventura, quizás nunca se publique —recurso para proteger a los informante y a las fuentes—. Lo importante es que logramos rescatar, a todo riesgo, una historia alucinante de las fauces del olvido.

Las emociones que viví el día del reencuentro son indescriptibles.

Me bajé del jeep a la hora y en el cruce de caminos que acordamos con los guías. A la distancia contemplé esa cara que medio siglo atrás me aprendí de memoria. Entonces corrimos para intentar

---

1 FARC (Fuerzas Armadas Revolucionarias de Colombia)

lo imposible: recuperar en un abrazo, los cincuenta años de afecto que el destino nos negó.

Encontrar a Enrique en esa selva fue como encontrar un diamante entre la basura. Yo miré con curiosidad el paisaje donde muchos años atrás se desarrolló esta historia, y descubrí que nada pasó por estas cordilleras, excepto el tiempo.

«Era el mejor de los tiempos y era el peor de los tiempos; la edad de la sabiduría y también de la locura; la época de las creencias y de la incredulidad; la era de la luz y de las tinieblas; la primavera de la esperanza y el invierno de la desesperación. Todo lo poseíamos, pero nada teníamos; íbamos directamente al cielo y nos extraviábamos en el camino opuesto. En una palabra, aquella época era tan parecida a la actual, que nuestras más notables autoridades insisten en que, tanto en lo que se refiere al bien como al mal, sólo es aceptable la comparación en grado superlativo».

A Tale of Two Cities (1859)
Charles Dickens

Yo soy Enrique

Nací con el Cristo de espaldas.

Yo no escogí la vida que me tocó padecer. Ni los desafíos que he debido afrontar para sobrevivir. Mucho menos la época de violencia y sectarismo político que a lo largo de mi existencia he tenido que soportar. Desde que nací he sobrevivido a un rosario de aventuras fascinantes, que han sido mis devotos compañeros de viaje, y han enriquecido mi vida y templado mi carácter. He debido confrontar dilemas de vida o muerte, y hasta he actuado de manera irresponsable desoyendo advertencias y amenazas. Conozco el miedo y la frágil frontera que separa la vida de la muerte y he llorado muchas veces de dolor y de coraje.

Para ilustrar el drama de mi vida, cargué durante treinta años un apellido que nada tiene que ver con mis ancestros y hoy me identifico con otro apellido que tampoco me pertenece.

En mi niñez era simplemente Jorge Enrique. En la guerrilla me pusieron el alias de «el mono», como referencia al tono claro de mi cabello. Por la época en que me convertí en el más hábil estafeta de la guerrilla, el comando de Guayabero me puso como nombre clave «Pelusa». Para el trámite de mi primer documento de identidad me llamé Enrique Flórez. Cuando decidí investigar en notarías e iglesias de mi pueblo los documentos legales que podrían certificar que yo era una persona común y corriente –con padres, abuelos y hasta con padrinos de bautizo– me encontré con un registro eclesiástico que, más o menos coincidía con la época de mi nacimiento. Según dicho documento, yo soy Enrique Padilla. Así me presento y así me conocen. Pero el apellido Padilla tampoco me pertenece. En realidad, mi apellido me lo prestó una dama caritativa a quien nunca conocí, y que, según me cuentan, se compadeció de un bebé de seis meses abandonado en un hospital de caridad, aquejado de aguda desnutrición e infecciones digestivas, derivadas de comer sus propios excrementos. «¡Por Dios! ¡No dejen morir a este niño, hasta que no esté bautizado». Como no apareció pariente responsable, la señora me cargó de urgencia ante un cura y, para cumplir con los rigores de Ley, me acomodó un apelativo improvisado. En homenaje a su bondadoso corazón, hoy cargo el apellido Padilla, que en realidad tampoco le pertenece a ella, sino a su esposo, a quien tampoco conocí.

Tendría unos cuatro años cuando adquirí conciencia que yo era un niño, y que hacía parte de una familia. Me descubrí apegado a una mujer fuerte y robusta, aunque muy vieja, de temperamento recio, a la que siempre reconocí como *mi mamá*.

Mi mamá, tuvo varios esposos y yo calculo que más de doce hijos. Vivíamos en una finca, sobre la cordillera oriental, a unas cinco horas de camino del pueblo de Colombia, Huila, en la vereda de El Valle, montaña arriba, en dirección al páramo.

Mi niñez se desarrolló en un pequeño infierno. No porque tuviera que trabajar de sol a sol, pues poseía el espíritu corajudo del colonizador. Ni por el hecho de carecer de todo y no ambicionar nada, porque mi vida era tan simple que apenas demandaba lo justo para subsistir. Pero en el fondo de mi alma sufría anemia de afecto, necesidad de caricias, me faltaba la tibieza de un abrazo, creo que me faltaba una mamá joven. Claro que tenía una familia, pero era una familia disfuncional. Todos los hijos varones se encontraban fuera de la finca y mi madre –suprema autoridad– estaba a cargo de todo. Tres de mis hermanas no las conocí porque trabajaban en Bogotá en oficios de servicio doméstico. Con mi madre vivían dos hermanas, unas arpías, que quizás por celos o por algún desajuste sicológico se dedicaron a hacerme la vida infeliz. La más joven, doce años mayor, era por naturaleza cruel. El primer recuerdo de mi niñez está asociado con ese clima de violencia silenciosa. La hostilidad física, verbal y psicológica que padecí fue la compañera de toda mi niñez. Ella me restregaba a diario el cuento que yo era recogido, que la señora con quien vivía no era mi mamá y que ellas no eran mis hermanas. Su maldad era enfermiza. Me golpeaba sin justificación. Me acusaba ante mi madre de faltas que nunca cometí y se gozaba los castigos a palo con los que me reprendían. En las contadas ocasiones que intenté defenderme las consecuencias fueron peores. Por la vía de experimentar la violencia y el abuso maniático, aprendí a identificar el sabor agrio que le queda en la boca a un niño, que se siente víctima impotente de una injusticia, que no logra entender. La única explicación que terminé aceptando es que así estaba marcado mi destino.

En lo que creí era mi hogar me sentí el más débil y el más desprotegido y acepté que el mundo se desarrollaba en un ambiente de perpetua violencia.

Esa suerte de predestinación fue la que me lanzó a la aventura y la que me llevó a correr todos los riesgos. En la búsqueda de una supuesta liberación —siempre esquiva— acepté que el desamparo y el abandono fueran mis únicos maestros en esta escuela de la supervivencia, donde, a punta de sufrimientos, logré mi maestría.

*«Que el mundo fue y será
una porquería, ya lo sé.
En el quinientos seis
y en el dos mil, también.
Que siempre ha habido chorros,
maquiavelos y estafaos,
contentos y amargaos,
barones y dublés.
Pero que el siglo veinte
es un despliegue
de maldá insolente,
ya no hay quien lo niegue.
Vivimos revolcaos en un merengue
y en el mismo lodo
todos manoseados.*

*Hoy resulta que es lo mismo
ser derecho que traidor,
ignorante, sabio o chorro,
generoso o estafador...
¡Todo es igual!
¡Nada es mejor!
Lo mismo un burro
que un gran profesor.
No hay aplazaos ni escalafón,
los ignorantes nos han igualao.
Si uno vive en la impostura
y otro roba en su ambición,
da lo mismo que sea cura,
colchonero, Rey de Bastos,
caradura o polizón».*

«Cambalache» Tango.
Enrique Santos Discépolo (1935)

3

Yo soy Armando

Nací en un hogar feliz, con todas las incomodidades que se soportan en una casa donde mi padre, un oficial del ejército, trabajaba jornada tras jornada hasta *la hora veinticinco*. Leía como un condenado a cadena perpetua y estudiaba a diario porque era profesor en la Escuela Superior de Guerra y debía moverse entre los complejos intríngulis de los «estados mayores».

Fuimos cuatro hermanos, cero mujeres. En el colegio nos hacían mofa porque a juzgar por nuestros nombres, no había duda de la influencia castrense: *¡ERnesto! ¡ARmando! ¡GERmán! y ¡FERnando!*

Como miembros de cualquier familia militar crecimos en movimiento perpetuo, sujetos a los periódicos traslados, a las comisiones y a las responsabilidades que mi padre debía enfrentar. De esa época me encantaba el caos que se vivía cuando nos «obligaban a perder dos o tres semanas de estudio por cuenta de los traslados». Me gozaba la anarquía de empacar la casa y desempacarla en un destino desconocido. Me despertaba enorme curiosidad descubrir paisajes que yo estaba seguro que mis amigos citadinos jamás conocerían. Y me apasionaban las aventuras al aire libre.

Lo que no me gustaba era cambiar de colegio, porque eso implicaba cambiar de amigos.

Tampoco me agradaba la ostentación de demasiada religiosidad. Mi mamá no era beata ni rezandera, pero en aquellas ocasiones en que mi padre debía marchar a misiones de alto riesgo, llenábamos sus ausencias con el peregrinaje a algún santuario.

¡Qué fastidio! Mi mamá nos arruinaba el domingo. Nos obligaba a levantarnos antes de rayar el alba y salíamos de su mano hacia el *Santuario del 20 de Julio*, para rogarle al Divino Niño que protegiera a mi papá. El agobiante protocolo para nosotros –*peregrinos amateur*– incluía, además de la madrugada, viajar en ayunas hasta el extremo sur de la ciudad, haciendo cuatro transbordos en buses destartalados y mugrientos, y retornar a la casa a las 4 de la tarde, hambrientos y cansados, pero felices, porque, según ella, habíamos blindado a mi papá con el olor a santidad.

Claro que mi papá necesitaba ese blindaje. Recuerdo por allá en 1950, época de la más cruda violencia política –con el Congreso, de mayoría liberal, clausurado por el presidente conservador, para evitar el juicio que le iban a adelantar en su contra– mi papá, en esa época un teniente coronel de artillería, fue designado como defensor de un grupo de intelectuales liberales que el gobierno llevó a juicio por los graves cargos de «incitación a la rebelión, sedición, falsa alarma a las fuerzas militares y tentativa de rebelión». Los acusados se confabularon para montar la emisora clandestina «Voces de Libertad», en la banda de 49 metros de la onda corta, para denunciar los atropellos del régimen conservador. Ser oficial del ejército en un gobierno hegemónico conservador, y asumir la defensa de unos dirigentes liberales llevados a corte marcial por rebelión era, por decir lo menos, un acto suicida. Qué maratón de rosarios los que practicamos durante esos días. Si durante la preparación del consejo de guerra temblábamos por la incertidumbre, la angustia fue mayor cuando la defensa demostró que el gobierno conservador no tenía la razón y que estos «sediciosos liberales» no eran más que ciudadanos inocentes. Pero como el Estado Mayor del Ejército encontró el fallo «notoriamente injusto», los llamados «radioamotinados» regresaron a la cárcel y la ansiedad se volvió a instalar en nuestra casa. Gracias a que en el segundo consejo de guerra la defensa obtuvo de nuevo el fallo absolutorio, a nosotros nos aliviaron de tantas oraciones y rogativas.

Similar angustia vivimos durante aquel año, cuando el gobierno le asignó a mi padre la responsabilidad de ser uno de los ocho miembros de la «comisión de paz», que investigó las causas de la violencia. Él fue el único general en servicio activo que peregrinó durante ese 1958, a los lugares más escondidos de las selvas y montañas colombianas, para dialogar –en vivo y en directo– y en las condiciones más riesgosas, con los alzados en armas. La Comisión estuvo compuesta por: dos dirigentes conservadores, dos liberales, dos miembros de la iglesia y dos representantes de los militares. De tanto rezar, agotamos la reserva de santos disponibles y nos tocó acudir –en últimas– a la milagrosa intercesión de las once mil vírgenes. Desde esa época me empecé a interesar en el tema de la *violencia en Colombia,* por la vía de fisgonear, a escondidas, los apuntes de mi papá y sus detallados informes al gobierno sobre los factores sociales, económicos y políticos que condujeron a los campesinos a alzarse en armas contra el gobierno.

Me tocó la generación del compromiso con la guerra. Los estudiantes marchaban a la guerra atraídos por la atmósfera de clandestinidad y rebeldía que se vivía en las universidades. A la guerra marchaban los curas obreros por la vía de la «teología de la liberación». A la guerra marchamos los ilusos por la vía de abrazar el ejercicio de las armas en la Escuela Militar. Los dirigentes comunistas azuzaron a las masas de jóvenes campesinos para que marcharan a la guerra so pretexto de la «lucha de clases». Los únicos que no marcharon a la guerra fueron los hijos de las *vacas sagradas.* Ellos viajaron a las universidades extranjeras a participar en el alegre activismo político que se desató contra la guerra del Vietnam, animados por la consigna: «hagamos el amor y no la guerra».

Estudié en el Liceo Francés de Bogotá y luego fui discípulo –no muy disciplinado– de los curas jesuitas en San Bartolomé, La Merced. Ingresé a la Escuela Militar, a los quince años, en compañía de otros 142 cadetes. Si fui uno de los 35 que logramos sobrevivir los cuatro largos años de preparación, intelectual, militar y física creo que fue menos por mis cualidades intelectuales y mi físico, y más por la capacidad de adaptarme a las cambiantes situaciones que un muchacho citadino, como yo, está obligado a confrontar durante la exigente vida militar.

Ahora, en este 1965, a mis 22 años, estoy consumido en esta selva. Mis amigos de vecindario y mis hermanos estudian en diferentes universidades en Bogotá y viven la vida loca de los «sesentas». Usan pelo largo y barba. Su sabiduría en temas de rock, soul y jazz les permite tararear a los *Beatles* y a Bob Dylan, e incursionan en el «rock nacional» con los *Flippers*, los *Yetis* y los *Speakers*. Respiran tiempos de cambio y están decididos a protagonizar una revolución en todos los frentes, se convierten en activistas políticos, son irreverentes, su fecundidad creativa no conoce límites, imponen la minifalda y prueban la droga.

Yo, entre tanto, ajusto un año y medio, involucrado en misiones de orden público, sin ver a mi papá, ni a mi mamá, y nuestra lejana relación se limita a aprovechar la oportunidad de salir a un pueblo para poner otro «Marconi» –que es copia de los cinco anteriores– «estoy bien». Opero sobre la Cordillera Oriental, como integrante de la Compañía «H» de Contraguerrillas, una unidad pequeña de enorme flexibilidad y capacidad de reacción, conformada por oficiales, suboficiales y carabineros conductores de perros. No tenemos soldados. Pertenecemos a *tropas especiales de ejército* y operamos con el refuerzo de ex guerrilleros, que conocen la región como la palma de sus manos y operan como guías.

Además del duro entrenamiento que he recibido a lo largo de ocho años, ya me habitué a la región, conozco las agotadoras marchas por la selva y la cordillera, he escuchado los aullidos desafiantes de los micos y las pavas, que protestan por nuestra aparición en sus santuarios. Sobre la espalda empapada cargo una dotación repugnante de moscas tábanos –grandes y sedientas– que se embriagan con el néctar de mi sudor espeso. Ya me acostumbré a la neblina en la cordillera y a esos aguaceros de veinte minutos entre la selva. Nos colaboramos para cruzar esos ríos helados que bajan de la cordillera. Patrullamos, consumidos hasta la rodilla, entre el fango de unas trochas por donde no transitan ni las mulas. Conocemos la fiebre de garrapata, la mordedura de serpiente, la anemia y el paludismo y ya experimentamos otros males menores del trópico como las incómodas dolencias parasitarias, *sieteluchas*, sabañones y niguas. Y, como si lo anterior fuera poco, vivimos en permanente riesgo ante la inminencia de un encuentro con la guerrilla, una emboscada, un campo minado o un ataque a nuestra base.

Mientras mis amigos, mis compañeros de colegio y mis hermanos, disfrutan la vida privilegiada del primer mundo, y se radicalizan contra todo símbolo de autoridad, heme aquí, incomunicado en este mundo de miseria, convencido que me mueven motivos superiores que sólo los soldados estamos en capacidad de interpretar.

4

A mis seis años descubrí que soy liberal

A las tres de la madrugada abrí los ojos asustado. En el siguiente pestañeo me liberé de los costales con los que me arropaba y salté del rincón donde dormía. Tomé un lazo y corrí a buscar el caballo y la yegua que necesitábamos para bajar al mercado. El potrero estaba mojado por el rocío de la madrugada y la oscuridad era total. Cuando retorné a la casa mi mamá ya abanicaba el fogón. A la luz de una vela amasaba unas arepas de maíz con queso y asaba yucas y plátanos verdes. Sin suspender el oficio recitaba en voz alta la lista de productos que Miguel –su cuarto marido y técnicamente mi padrastro– a quien yo llamaba «Miguel» o «señor Miguel», debía comprar. «Ahora no es que se les olvide, la carne, las espermas, tres bloques de sal, el azul de metileno, la botella de alcohol...». Mientras tanto, sin pronunciar palabra, el señor Miguel y yo nos dimos mañas para enjalmar la yegua y colocarle la carga de panela. Enseguida, le ayudé a ensillar su caballo.

Yo tenía seis años y desde que me acuerdo, todas las semanas el señor Miguel y yo emprendíamos viaje –cinco horas montaña abajo– al mercado de Colombia, Huila, con los productos que se recogen en las dos fincas de mi madre: café, yuca, plátano y panela. Por esos días las cosas no marchaban bien, por lo que ese sábado de mercado bajamos solo con panela.

Concluido el desayuno, acomodé entre la carga el paquete con la merienda que nos preparó mi mamá y dos botellas con agua de panela que ella selló con sendas tusas de maíz. El señor Miguel taconeó el caballo y partió adelante, en medio de la monótona letanía de mi madre que no se cansaba en insistir sobre los encargos que debíamos traer. Yo corrí hasta el broche de entrada, le abrí la cerca y de un salto, me agarré como un chinche de la grupa de la yegua. Entre la oscuridad y la neblina les escuché el «buenos días» a varios vecinos que también madrugaron e incluso, nos topamos con algunos de esos campesinos que no eran muy conocidos porque vivían mucho más arriba, cordillera adentro, y arribaban al caserío la noche anterior, para reemprender de madrugada su camino hacia al mercado en Colombia.

Yo trabajaba muy duro, no me hacía falta nada y disfrutaba mucho la bajada al mercado. Así que una vez le adiviné al señor Miguel la cadencia del viaje y a la yegua el tranco, me abracé a su tibia grupa, cerré los ojos y me quedé dormido arrullado por el zangoloteo. Tan pronto el sol se asomó por encima del filo de la cordillera e iluminó el paisaje, abrí el ojo.

Serían las siete y media de la mañana. Ya habíamos bajado unas dos horas y media, cuando vimos que unos hombres instalaron un retén sobre el camino. Eran unos campesinos de ruana que nos ordenaron detenernos. Yo no sentí miedo, porque el esposo de mi madre se bajó tranquilo y me entregó las riendas del caballo. «Mijo, cuide las bestias. Yo atiendo a estos señores».

Allá abajo sobre un plan, como a dos cuadras, divisé esa construcción que conocíamos como el Corral de Piedra. Miguel bajó escoltado por los tres hombres vestidos de civil, que portaban armas largas y machetes. A mi edad no tenía ninguna referencia para determinar qué tipo de armas cargaban. Tampoco puedo asegurar si eran policías o paisanos. El total de los hombres que controlaban el retén no superaba los quince. En ese momento no sentí cabreo ni miedo. Me pareció natural. Dentro del corral divisé a varios campesinos conocidos. A otros no los distinguí, pero supuse que se trataba de esos colonos que la noche anterior pernoctaron en las vecindades de El Valle.

En los siguientes minutos detuvieron a otros cinco campesinos que también bajaban al mercado, uno de ellos acompañado por otro niño, un poco mayor que yo. Él niño me dijo que le ayudara a mantener reunidas a las bestias, mientras los campesinos regresaban para reanudar el viaje. Eran muchos caballos y mulas y yo obedecía lo que él me iba diciendo. Yo era muy tímido y no se me ocurrió ningún tema para hablarle.

Vimos que a los campesinos los hicieron formar entre el corral, como si se tratara de soldados. Los hicieron dar media vuelta y cuando estaban de espaldas, de súbito ¡Oh Dios! Los criminales empezaron a rociarlos con plomo. ¡Qué gritería! Vi brillar los machetes y escuché el sordo tronar de los fusiles. *¡Pam! ¡Pam! ¡Pam!* El eco de los disparos rebotó contra la montaña y eso parecía una fiesta de la Virgen con fuegos artificiales.

El niño que me acompañaba saltó angustiado y echó a correr por la trocha arriba. Desde lejos me gritó:

–¡Corra! ¡Niño corra! ¡Corra porque nos van a matar!

Yo me paralicé ante la visión del infierno. No podía retirar mis ojos del lugar donde se desarrollaba la masacre. De pronto me di cuenta que el niño regresó, me tomó de la mano y me obligó a correr por la trocha, montaña arriba.

–¿Qué es *matar*? –le pregunté sobre la carrera.

Casi sin respiración me respondió:

–¡Corramos! ¡Devolvámonos! Si nos ven, nos matan.

–¡No! ¡Yo no me puedo devolver! Yo no puedo llegar a la casa sin el señor Miguel porque mi mamá me muele a palo.

–Pero su papá ya está muerto.

–No. No. Miguel no puede estar muerto –le aseguré con toda mi convicción– mi mamá me va a echar la culpa a mí. Ella no me lo va a perdonar. ¡Van a decir que fui yo!

Serían las ocho de la mañana y ya corríamos como ánimas benditas tratando de recoger nuestros pasos. Cuando ya no escuchamos más gritos ni disparos, hicimos un alto. Asesábamos sin aire por el carrerón.

–¿Qué vamos a hacer? Yo no puedo aparecerme sin el señor Miguel –empecé a sollozar, consciente que me iban a castigar.

–Tenemos que avisar en El Valle para que vengan a recogerlos.

Las casi dos horas y media de camino cordillera abajo las repasamos ese mismo día, montaña arriba, en dos horas.

Cuando arribamos a la casa, mi mamá se puso histérica. Sin siquiera permitirme hablar me empezó a gritar: «¿Por qué me dejó solo a Miguel?», «¿Dónde dejó botada la panela?». «¡Ahí está pintado, este vergajo, que quiere hacer lo que le da la gana!»…

–¡Mi señora, el niño no sabe cómo explicar! –La interrumpió el otro niño, a punto de llorar.

–¡Hable! ¡Carajo! ¿Qué pasó?

En ese momento se me olvidaron todas las palabras. Un nudo en la garganta no me dejó salir ni siquiera un sonido. Simplemente no entendía lo que había ocurrido. Ante mi madre histérica me sentí más asustado, que cuando me quedé hipnotizado, sin poder quitar los ojos de los hombres que boleaban machete y bala sobre mi padrastro y los otros campesinos, allá entre el Corral de Piedra.

El niño que me trajo de regreso le explicó a mi mamá los detalles de la masacre. Ella palideció, miró hacia el cielo, se llevó sus dos manos callosas a la cara y lanzó un alarido que me heló la sangre. En minutos todos los vecinos de la vereda de El Valle se enteraron de la tragedia.

El niño estaba ansioso. Nos dijo que tenía miedo. Le faltaban aún otras dos horas de camino montaña arriba, porque tenía que avisar a su mamá la muerte de su papá. Una familia allá en El Valle se compadeció, le preparó algo de comer y le prestó un caballo.

–¿Cuántos años tiene? –le preguntaron.

–Creo que ocho.

Recuerdo que en El Valle todos se ofrecieron para ayudar. En minutos se organizó una comisión, compuesta en su mayoría por mujeres. Se prepararon caballos para bajar a recuperar a sus hombres, al tiempo que yo empecé mi tercer recorrido, por la misma trocha, en el mismo día.

El descenso era desesperado y tumultuoso, porque corrió el rumor que por tratarse de un sector desolado de la montaña, los gallinazos podrían llegar antes que ellas para sacarles los ojos a sus seres queridos.

Retornamos a El Valle casi al caer la tarde, en medio de una procesión de espanto. Nadie oraba y todos gemían. Escoltamos los 27 cuerpos de nuestros vecinos que se columpiaban sobre los lomos de los caballos y las mulas. Cuando me vi envuelto en ese desfile tan desgarrador, me restregué los ojos pues pensé que soñaba. Al entrar al caserío, lo vi tan bonito y decorado. Todo parecía vestido para recibir a un presidente o a un obispo. En todas las casitas ondeaban banderitas blancas.

–¿Es por lo que le acaba de pasar al señor Miguel? –le pregunté a mi madre.

–No mijo –me respondió sollozando– Desde por la mañana se adornaron las casas, porque hoy es el sábado cuando se celebra el Día de la Virgen.

Esa noche, en medio de lamentos y oraciones, sin tiempo para velar a los muertos, sin recursos para fabricar ataúdes, se envolvieron los cuerpos con sábanas y cobijas, y entre cada mortaja se acomodaron los brazos y las cabezas que quedaron esparcidos sobre el piso del Corral de Piedra. Pasada la medianoche empezamos a excavar las sepulturas en el pequeño cementerio del caserío.

A la madrugada por fin me explicaron la razón de la tragedia: los mataron porque somos «liberales». En medio de la tragedia descubrí que nuestra familia era «liberal». Por lo tanto, yo era «liberal». No entendí que era «ser liberal», pero comprendí que es una especie de mal de ojo, una maldición mortal, un estigma que debíamos cargar por el resto de nuestras vidas.

Esa mala jugada del destino les costó la vida al señor Miguel –el cuarto marido de mi madre– y a otros 26 campesinos pacíficos que no hacían política, sino que cultivaban y abrían monte en las estribaciones de esta cordillera, pero ese día maldito transitaron por el camino que no era, a la hora equivocada, para cumplirle una inaplazable cita a la «tiznada».

¡Qué incertidumbre! ¿Nos irán a asaltar de nuevo?. Esa noche los hombres juraron partirse el alma en defensa de sus familias y entonces pelaron los machetes y resucitaron de la nada cuatro escuálidas escopetas de fisto, un par de revólveres y tres oxidados fusiles *Grass* de un solo tiro, herencia de alguna guerra civil que ya nadie recuerda.

Durante el macabro sepelio nocturno las mujeres rezaban en voz baja y sollozaban cual plañideras como si ese fuera el recurso para imprimirnos ánimo a quienes a punta de pico, barretón y pala, abríamos los huecos. Por precaución se convino en no encender hogueras, pues podríamos poner mosca a quienes nos estarían vigilando desde las montañas. Recuerdo los ojos de las mujeres hinchados por el llanto y sus rostros demacrados, iluminados a ráfagas por las llamas vacilantes de unas lánguidas espermas de cebo. Esa noche yo tenía la certeza que los asesinos nos espiaban desde los matorrales y que para esquivar la muerte debía mantenerme en máxima alerta para saltar como un caucho a buscar refugio en la oscuridad.

Nunca pude espantar de mis pesadillas la fúnebre visión de todas esas personas tan familiares, que en un arranque de barbarie resultaron desfiguradas y desmembradas por la furia de los machetazos. Cómo olvidar la imagen del finado Miguel y sus últimas palabras: «Mijo, cuide las bestias. Yo atiendo a estos señores».

Yo tenía seis años y acababa de perder mi inocencia. La visión de esas veintisiete cruces de palo que se improvisaron esa madrugada sobre la tierra recién removida, quedaron clavadas en mi memoria. Todo cambió en mi vida y en mi entorno. Incluso, hasta el Corral de Piedra perdió ese día su nombre. Desde entonces, ese lugar se conoce como «el corral del muerto».

5

La madurez de mis siete años

Transcurrieron los meses —tal vez seis o siete— y ya nos empezamos a recuperar del ramalazo que nos pegó la tragedia. Yo era entonces el único hombre de la casa, tenía siete años y me sentía grande y lleno de responsabilidades. Sin embargo era frecuente que me despertara sobresaltado, repitiendo las imágenes de esa noche cuando velamos a tantos muertos cercanos, en un ambiente de pavor y clandestinidad.

Gracias al paso del tiempo, y a la obligación de atender las dos fincas de mi madre empecé a serenarme.

Esa mañana de sábado me encontraba en el potrero desinfectando el ombligo de una ternera cuando mi madre gritó: «¡Enrique a desayunar!». Cuando ese grito se escucha a las 7 de la mañana es promesa de caldo de *pajarilla*, plátano asado, arepa de maíz y yuca hervida. Corrí a lavarme la cara y las manos, me las sequé contra el pantalón y de un manotón me ordené los cabellos. Con un «buenos días» —que no me contestaron mis hermanas— me senté a la mesa. Apenas estábamos terminando de comer, cuando «*¡Pam!*» sonó un disparo.

—Mi compadre madrugó a matar tórtolas —comentó mi mamá con esa autoridad de quien se atribuye la interpretación de todos los fenómenos terrenales y celestiales.

Todos sonreímos. No había transcurrido un minuto cuando «*¡Pam!*» Se escuchó el retumbar de un segundo disparo.

–¡Ay! El compadre se puso a empadronar la escopeta y va a acabar con toda la munición –explicó la vieja, con el derroche de sapiencia que se arrogan todas las mamás.

Ya nos íbamos a levantar de la mesa cuando se escuchó una ráfaga y, en seguida otra, esta vez con gritos de pánico. Mi mamá apenas atinó a gritar:

–¡Virgen santísima! ¡Se nos metió la chusma! –Y sin más preámbulo se levantó las naguas y partió como un rayo, escoltada por mis dos hermanas, en dirección al monte.

Yo me quedé paralizado por el pánico. No supe para dónde corrieron y a ellas no les importó dejarme abandonado en la casa. Como la finca queda en un alto y el caserío de El Valle se extiende allá abajo, vi que la gente corría y mi memoria repitió la pesadilla de la que fui testigo meses atrás, durante la masacre en el Corral de Piedra. El caserío estaba rodeado. Grupos de hombres violentos repartían maldiciones y machetazos y sin discriminación disparaban a la gente. Entraron organizados en grupos para actuar como ángeles exterminadores. Como no supe hacia dónde salieron espantadas mis hermanas, lo único que se me vino a la mente fue correr a ocultarme debajo de la cama de mi mamá. Mi corazón lo sentí tan acelerado que por momentos pensé que se me iba a salir por la boca.

Tenía tanto miedo que mis sentidos se crisparon en máxima alerta dispuesto a defenderme como gato panza arriba. En ese instante de absoluta soledad y abandono, se me iluminó la mente. Los hombres iban casa por casa y tan pronto voltearan la cama me iban a matar como a una rata. Entonces abandoné la casa y corrí a treparme al inmenso árbol de naranjo que se levanta en el patio. Allá arriba me quité la camisa, la hice un ovillo y me encogí en la rama más alta con la obsesión de volverme invisible entre las hojas. Desde mi escondite escuché en el vecindario los alaridos y los hijueputazos, los disparos y los machetazos, las carcajadas... y luego, largos silencios y la repetición del rito macabro en otra casita del vecindario. De pronto, los sentí llegar... Metí mi cabeza entre los brazos y me enconché... Con los ojos entrecerrados los conté... uno, dos, tres, cuatro, quizás cinco... Venían con fusiles y machetes. Entonces se desencadenó el fin del mundo. Con derroche de cólera, como si gozaran con la barbarie, gritaban insultos y amenazas de muerte a los *liberales*. Tumbaron las puertas a patadas. Con sendos disparos de fusil rompieron los candados de los dos baúles donde mi madre guardaba sus tesoros: sus vestidos de bajar al pueblo, la máquina de coser, la lámpara «coleman», dos álbumes repletos de fotos desteñidas, una vajilla que solo se sacaba cuando había visita y dos planchas de carbón. Regaron por la casa todo lo que se les atravesó, como si necesitarán notificar que no querían dejar piedra sobre piedra. Sentí el instante que estrellaron contra el suelo los platos donde acabábamos de desayunar y las ollas. El saqueo duró «no–sé–cuántos–minutos» porque en medio del estruendo cerré los ojos y sólo los volví a abrir cuando el que mandaba vociferó «se nos volaron, estos *cachiporros* hijueputas». «¡Quemen este malparido rancho!» Y entonces sacaron los rescoldos del fogón y los regaron sobre ropa, papeles y otras cosas combustibles. ¡Ay! No puedo olvidar a ese malandro de sombrero negro, acurrucado, soplando para que las brasas cogieran candela. Cuando la tromba amainó en nuestra casita y los *chusmeros* salieron en tropel para descender hacia el plan, empecé a escucharlos cada vez más lejos. No puedo determinar cuánto tiempo después volví a percibir allá abajo en el caserío, órdenes, chiflidos y disparos como si los llamaran a reunirse, para la huida. Quizás no quedaban seres vivos en este lado de la cordillera, para saciar su odio obsesivo.

No recuerdo si permanecí arriba en el naranjo, un minuto o una hora. Igual da. Tiritaba de pavor y de frío. Me coloqué instintivamente la camisa. Mi conciencia estaba inundada de dilemas: «¿Habrán matado a mi mamá y a mis hermanas?». «¿Me bajo del árbol?». «¿Para qué lado corro?». «¿A quién le pido ayuda?». Sentí el pánico de la soledad. Después de semejante escándalo, ahora el silencio era total, y yo me sentí arropado con el hielo del terror. No escuché nada ni a nadie, porque hasta los perros habían huido o se encontraban muertos. Me sentí encalambrado y adolorido por la tensión.

Descendí lento porque me atenazaba el temor que me escucharan. No sabía para donde escapar y cuando puse pie en tierra quedé paralizado ante la visión del caos. Nuestra casa estaba irreconocible. La tiznada pared de bahareque de la cocina ardía con llamas muy pobres. Lo que más me impresionó fue una foto del finado Miguel entre los platos del desayuno que los asaltantes estrellaron contra el suelo. Entonces salí de la casa y observé allá abajo a los bandidos que abandonaban el caserío. No me explico la razón de mi conducta, lo cierto es que sentí tanta soledad y pánico de quedarme aislado, y ellos eran los únicos seres vivos que yo veía, que mi instinto de niño me ordenó seguirlos, como si la muerte ejerciera sobre mí una hipnótica atracción. Así bajé desde el alto de la colina donde está la casa de mi madre, hasta donde empieza el caserío, sobre el plan de El Valle. Yo veía, allá a lo lejos, que los hombres le daban como fuetazos a las personas, pero más adelante caí en cuenta que en realidad eran machetazos. Justo al llegar a la *puerta de golpe,* allí donde se levanta la primera casa del caserío, escuché la voz débil de un niño.

—Enrique, agua. Agua por favor.

Su voz me resultó familiar, pero no lo distinguí. El caserío está ubicado en tierra fría, arriba de la cordillera, por esa razón los niños siempre lucíamos rosaditos, como alentados, pero cuando vi a este niño, no lo reconocí. Exhibía una palidez cerosa, anémica, como si se hubiera marchitado de repente. ¡Ay! Lo reconocí. Era José. Me impresionó porque era un niño que siempre jugaba conmigo, y entonces me acurruqué para atenderlo.

—José, ¿que le pasó?

—Enrique, agua —me repitió con una debilidad conmovedora.

Me estremecí. Me pareció que a excepción de «agua», había olvidado el resto de palabras. Me dirigí rápido hacia su casa a buscar un jarro o cualquier vasija, cuando ¡Por Dios! Me tropecé en el patio con una escena del infierno, a la que no le encontré sentido. Era María, la hermana de José. Ella tendría 14 años y la apodaban «Maríabrincos», precisamente por brincona, pues era muy grande, para estar jugando con nosotros, los más pequeños. Vi su cuerpo botado en el suelo. No se movía. Entonces me regresé a donde mi amiguito.

—José, tengo miedo. No entiendo ¿Por qué María está botada allá —le señalé— pero no tiene cabeza?

—Agua —me insistió como única respuesta.

El terror me provocó deseos de vomitar, pero partí de nuevo hacia la casa. Me deslicé por el lado de la «Mariabrincos», mirando hacia otra parte y fue cuando vi la cabeza de la niña, allá botada, como a cinco metros, contra una pared. Intenté entrar a la cocina y me estremecí de nuevo. ¡Más confusión y desorden! En medio de los platos del desayuno regados por el suelo, estaba el cuerpo de la mamá de

José. Ella abrazaba a su hermanito menor, como si hubiera intentado protegerlo de la furia de los asesinos. Ambos yacían boca abajo entre un charco de sangre.

¡No! No fui capaz de entrar. El terror de pasar al lado de ellos para buscar el agua me paralizó. Entonces me pareció que en la salita podría encontrar una vasija y es cuando me encuentro con otro niño muerto. Salí despavorido hacia la parte de atrás de la casa, sin mirar, y casi me tropiezo con el cuerpo del papá de José, junto con otra persona mayor, igualmente masacrados. Entonces me imaginé la escena de la familia corriendo en desbandada hacia todas las direcciones. Llegué a la acequia y como no conseguí vasija, me despojé de mi sombrerito de pelo, lo llené de agua y regresé, sin mirar a mi alrededor, para atender a José.

–Le traje el agua.

Como vi que tenía las manos ocupadas sosteniéndose la barriga, le alcancé el borde del sombrero hasta sus labios. «Beba un sorbo. Cuando se sienta mejor, los dos nos volamos para Colombia a pedir auxilio a la policía». Mi amiguito no respondió. Hizo el esfuerzo por beber, pero ahí mismo se desplomó de costado y las tripas saltaron hacia fuera. Lo cosieron a puñaladas. No pude resistir más encuentros, cara a cara con la muerte, y corrí espantado.

Todo lo que veo a mi alrededor pertenece al fin del mundo. Me mordí la mano para convencerme que no se trataba de una pesadilla sino que todo lo que estaba viviendo era cierto. ¿Para dónde me voy? ¿Dónde busco ayuda? Me acordé de la señorita Herminda, la maestra en la escuela de El Valle, vecina ahí no más de mi amigo José, la que siempre le insistió a mi mamá que me enviara a clases para aprender a leer, pero ella, con la misma disculpa de que «yo debía ayudarla porque había mucho trabajo en las dos fincas y era el único hombre de la casa», nunca me dio esa oportunidad. Pues antes de llegar al local de la escuela me pegué otro susto al encontrar lo que quedaba de la señorita Herminda, toda macheteada, enredado el pañolón y los cabellos en los alambres de una cerca por donde seguramente quería huir.

No quise entrar a otras casas del caserío, para no seguir viendo muertos conocidos y es cuando decido tomar el caminito que sube a la vereda Caparrosal a pedirle ayuda a don Agapito, el compadre de mi madre. A unos diez minutos de camino, corriendo a lo que me daban los pulmones, encontré a Don Agapito botado en el camino. Estaba pálido, con los intestinos afuera. Aún sostenía el lazo de su mula que temblaba, ojibrotada y pajarera, a punto de un infarto.

Y entonces, desde la altura del camino miré hacia el caserío donde no se movía nada ni nadie y sentí una soledad aplastante, como si en todo el universo yo fuera la única persona viva. Con esa necesidad de encontrarme con alguien, así fueran los bandidos, empecé a caminar, llorando sin consuelo, hacia ninguna parte.

6

Valiente

Yo estaba muy asustado, no sólo por todo lo que había presenciado, sino porque desaparecieron de mi mundo, todos los seres vivos. Entonces decidí buscar el sendero que baja al pueblo de Colombia.

En el momento que cortaba camino por una trocha sentí un escalofrío. Presentí que no estaba solo. Alguien me seguía.

¿Alguien me sigue?. Volteé la cara un par de veces, pero no vi a nadie... «¿Será mi imaginación?»... hice mi mejor esfuerzo por tranquilizarme, pero el simple intento de no seguir pensando en fantasmas, me provocó más angustia. Camino abajo volví a sentir la misma agonía y entonces corrí como alma en pena y, de súbito, salté de la trocha y me escondí entre una mata de monte.

¡Qué sorpresa! Ahí lo descubrí. Era el perro más flaco y desgarbado que jamás había visto en mi vida. Un cachorrito amarillento que no pasaba de los tres o cuatro meses. Cargaba el rabo y el pánico entre las patas. Con seguridad fue maltratado. Me convencí que el gozque me seguía porque a esa hora compartíamos la misma agonía: nos habían abandonado y éramos insignificantes. Para no alarmarlo lo llamé con dulzura, pero no me creyó y se devolvió renqueando. Permaneció allá en la distancia, quieto, desconfiado, con las orejas humilladas y su mirada triste pendiente de mí. Entonces reanudé mi camino. Pensé que se había regresado, pero más adelante me di cuenta que me seguía a la distancia. Entonces me detuve. Me senté en una piedra y lo empecé a llamar. El perro y yo compartíamos a esa hora la misma angustia y me di cuenta que él y yo nos parecíamos.

No me explico si resultó afectado por lo que acababa de suceder, o había sido abandonado desde que nació. Lo cierto es que caminaba patitorcido como si las patas de adelante quisieran avanzar, pero las de atrás se negaran a obedecer. Era como si en estas circunstancias estuviera obligado a humillarse para convencerme que nos necesitábamos. Decidí ponerle un nombre... Y lo primero que se me ocurrió fue llamarlo «Valiente». «Valiente, venga perrito. ¡Valiente! Venga, vamos». No sé cuánto tiempo duró ese rito de hechicería, lo cierto es que se acercaba tembloroso, pero cada vez que yo intentaba acariciarlo, se retiraba cabreado y me miraba con recelo. Era evidente que se encontraba en estado de *shock*. Cuando por fin le acaricié el lomo con una ramita, temblaba de pánico. Le hablé con voz suave para no alarmarlo, y por fin se dejó acariciar la cabeza. Era un perro criollo, muy jovencito, desnutrido y abandonado. «Valiente» le repetí varias veces para que identificara mi voz. Cuando lo percibí más tranquilo, le rasqué durante varios minutos el escuálido pecho, lo agarre por la quijada para examinarle los ojos y le retiré unas lagañas, que con certeza eran huellas de llanto. Así di por concluido el rito de nuestra presentación. Me levanté y eché a andar. Entonces me siguió contento, con su aparatosa cojera, para demostrar que él y yo pertenecíamos a la misma familia de «valientes». Por el camino le fui repitiendo «Valiente, Valiente, Valiente», consciente que jamás a un perro le quedó tan grande ese nombre.

El encuentro con «Valiente» nos proporcionó a los dos ánimo, entonces nos devolvimos y echamos pata otra vez hacia la montaña, con la corazonada que mi mamá y mis hermanas estarían refugiadas en la otra finca. Cuando llegamos al broche de entrada, no lo abrí. Estaba muy cabreado. Me escurrí debajo de la cerca y me fui agachado hasta alcanzar la casa. Estaba cerrada y en un orden insólito. Me trepé por la pared que da a la cocina y me escurrí adentro. Aunque la casa estaba intacta y no la habían asaltado, el silencio también asustaba. Escuché un leve aullido, tímido, apagado. ¡Ah! Era «Valiente» que desde afuera me preguntaba si estaba bien. Coloqué encima de un mantel, una panela que partí en pedazos, unas galletas viejas y dos panes duros que encontré entre un tarro, un vaso esmaltado, un cuchillo grande de cocina y cuatro limones. En seguida organicé el atado. Cuando me escabullí por la tapia de la cocina, me sentí como un asaltante. «Valiente» me esperaba abajo y por la forma que me batió la cola, confirmé que nos reconocimos como cómplices. En el momento que nos escurríamos por debajo de la cerca que marca el límite de la finca, me dio mucho miedo retornar a El Valle y encontrarme en el camino con más muertos conocidos o con los asaltantes. Así que desistí de bajar a al pueblo a avisarle a la Policía, y pensé que lo más conveniente era evitar todos los caminos y esconderme en el monte. Le apunté la mirada a una cuchilla. Allá arriba quizás puedo esconderme y, además, desde ese punto puedo dominar el panorama del caserío, y hasta el camino a Colombia. Examiné el terreno, escogí la ruta de subida y le ordené a mi asistente: «¡Vamos «Valiente«! ¡Tenemos que trepar!».

Al tiempo que trepaba montaña arriba, desfilaron por mi mente las imágenes macabras que recreaban la carnicería de esa mañana. ¡Ay! Los alaridos. ¡Ay! Los disparos y los machetazos. ¡Ay! A semejante visión del infierno, se sumó ahora un intenso dolor de tripa. Era hambre.

Podrían ser las tres de la tarde, y seguíamos trepando por unos riscos miedosos. Esa difícil ruta la escogí porque pensé que desde la cumbre podía ver lo que sucedía abajo en el caserío, y porque me dio pánico dar un rodeo y de pronto extraviarme entre los cañones de la cordillera. Es que si uno pierde el sentido de la orientación, se lo traga la montaña.

En los tramos escabrosos «Valiente» se detenía y me miraba con esos ojos húmedos de huérfano abandonado, y entonces yo me lo echaba a la espalda para seguir risco arriba. Cuando se desprendieron algunas piedras y cayeron a plomo hacia el abismo, creo que mi perro y yo coincidimos en que «si nos desplomamos nos matamos». Entonces no volvimos a mirar hacia abajo para evitar el vértigo. El duro ascenso y mi dedicación a «Valiente» me disiparon por momentos el pánico y la amargura, pero no el hambre.

En un descanso, caí en cuenta que el paisaje no era lo que me imaginé. Si bien divisaba a lo lejos un horizonte más amplio, ahora no distinguía donde se encuentra el caserío, ni veía fincas, ni sembrados, ni trochas. ¡Qué sensación de soledad!

Un poco más arriba encontré un plan con vegetación baja, y decidí pasar la noche ahí. Estábamos lejos de cualquier peligro. «¿Y ahora qué hago?» —me repetí angustiado—. Lo único que se me ocurrió fue llorar. Es que trataba de pensar en otra cosa, pero no me podía sacudir la pesadilla en la que aparecían las caras de tantos muertos conocidos. Me hacía mucha falta mi mamá y hasta eché de menos a mis dos hermanas. El recuerdo que más me persiguió fue mi tropezón de esa mañana con el cuerpo de la «Mariabrincos», sin cabeza. ¡Ay! Qué angustia. Eso me provocó calambres en el estómago y deseos de vomitar. Por fortuna, pensé, no tengo nada en la barriga. Sacudí varias veces mi cabeza en el intento de espantar tantos fantasmas que me perseguían. Para distraerme, inspeccioné el lugar, y busqué una piedra grande, una cueva o un árbol donde pudiera pasar la noche más sola, triste y fría de mi vida. En esas me encontraba, cuando sentí voces lejanas. «¿Será que las ánimas de los muertos me están asustando?», pensé. En estas montañas el viento cambia de manera alocada y se cuela por entre los cañones y los abismos, entonces uno puede escuchar el eco de disparos, explosiones, truenos y gritos, que sucedieron a gran distancia, pero también, uno puede escuchar sonidos que están –aquí, adentro– en la imaginación. Mi corazón dio una voltereta y me mantuve quieto... muy quieto. El terror me tenía paralizado. ¡Ay Dios! Percibí de nuevo el eco de los alaridos de esa mañana rebotando contra las paredes de mi memoria, pero, ahora, sumados a otros gritos que diez meses atrás se me grabaron durante la masacre en el Corral de Piedra. ¡Ay! Pensé, la chusma nos debe estar buscando a los que sobrevivimos. Permanecí mosca no recuerdo durante cuánto tiempo, hasta cuando volví a escuchar los gritos. En ese momento tuve la certeza que se trataba de campesinos que buscaban a otros sobrevivientes. Me refugié entre los matorrales y metí al perro entre mis piernas. Percibí que «Valiente» también tenía el corazón acelerado ¿Nos habrían pillado? Me concentré y orienté mis orejas. ¡Sí! Ahora sentí gritos más claros... eran mujeres. Pero un grito así, en la inmensidad de la montaña, es difícil saber de dónde viene, porque la dirección del sonido resulta alterada con las ráfagas de viento, y el eco rebota contra las paredes de granito de la montaña. Permanecimos quietos. «Valiente» no parecía un perro, sino un búho. Inclinaba su cabeza y levantaba sus desgarbadas orejas de un lado al otro, tratando de identificar el lugar donde se originaban las voces. Cuando estuve seguro que eran voces familiares, continué trepando por la cuchilla hasta que por fin pude atisbar a la gente que gritaba. Estaban más arriba, sobre una cuchilla lejana, en un alto igualmente inaccesible. Entonces salté y me hice visible. Me quité la camisa, la agité y grité a todo pulmón: «¡Mamaaaaaá! ¡Mamaaaaaá!». Entonces la gente se dejó ver y el eco de «¡Enriqueeee!» se repitió por toda la montaña. Alguien que pensé podría ser mi mamá agitaba con desesperación un trapo. Eran como diez o doce personas, o quizás más y me hicieron señas para que buscara camino por entre la montaña. Yo empecé a abrir trocha, bordeando riscos y superando cañadas. Por momentos, «Valiente» se quedaba atorado. Estaba tan flaco y era tan pequeño y tan torpe que cada rato me tocaba devolverme y alzarlo. Por fin tomé la mejor decisión:

deshice el atado, coloqué al cachorro entre el mantel, junto con la panela y el pan, y me colgué el atado en bandolera. Los pies me dolían por la fricción contra la roca. Gasté casi una hora maniobrando de afán por esos riscos empinados, sin el menor cuidado, porque me consumía la emoción de volver a ver a mi mamá después de semejante pesadilla. En el paso de una cañada ¡Alerta! Casi se me sale el corazón. Sentí que había gente que venía abriendo monte. Me escondí y abracé al perrito, que también estaba agitado. Cuando esperaba lo peor ¡Dios santo! ¡Qué alivio! ¡Gracias Dios mío! Eran dos personas de nuestra vereda, que yo distinguía, y que se descolgaron desde la montaña para ayudarme. Me abrazaron con una tristeza tan conmovedora que me sentí con el derecho a llorar sin la menor vergüenza. Uno de ellos se echó al hombro el atado con «Valiente» y empezamos a trepar más rápido. Gastamos casi una hora en coronar la otra cuchilla. Entonces liberé a «Valiente» y corrí a abrazar a mi mamá. Nunca antes en mi vida había sentido un abrazo como el que ella me dio. El aroma ácido a sudor, que emanaba del regazo de mi mamá lo percibí como un fragante perfume. La sentí moquear encima de mi cabeza. «¡Ay mi *monito*! Dios me lo salvó. ¡Ay! Pensamos que me lo habían matado». Yo la miré espantado cuando descubrí que en las últimas doce horas, ella había envejecido diez años. En ese momento el sol ya estaba por ocultarse y, por primera vez sentí que a «Valiente» y a mí nos rescataron del abismo de la muerte, de puro milagro.

Una señora vecina, que quedó tartamuda de la impresión desde cuando le mataron a su marido en el Corral de Piedra, intentaba darnos ánimo, con el cuento que la masacre de hoy era designio de Dios, pero que, de paso, confiáramos en su *divina misericordia*. Su sagrada perorata sonaba demasiado falsa en estas circunstancias. El resto llorábamos en silencio, como si el dolor nos hubiera borrado de la mente todas las palabras. Era un espontáneo acto de expiación colectiva, que nadie se atrevió a interrumpir. Regresé a la realidad cuando mi hermana menor me pegó un coscorrón disimulado y en un susurro me escupió una cruda reprimenda. «¿De dónde sacó ese canchoso tan feo?» Sin esperar respuesta volvió a la carga: «no pensará que nos vamos a hacer cargo de semejante costalado de huesos», al tiempo que pateó al perro. Yo me armé de ira divina y, por primera vez en mi vida la confronté: «es mío, yo lo cargo y me encargo de él». La repuesta no podía ser más hiriente: «lo que nos faltaba, otro bicho recogido, igualito a usted».

Al frío del alma se le sumó el frío de la montaña. El viento –que pasadas las seis suele descender del páramo– nos trajo jirones de niebla que taparon la vista sobre el piedemonte y el valle, y entonces, empezó a llover, como si para lavar nuestras penas necesitáramos lágrimas del mismo cielo. Nos sentimos congelar. Parecíamos un mosaico de fantasmas, empapados y tiritando sin control. Qué deseos de una sopa caliente con yuca y un pedazo de carne, qué rico un plátano asado a la brasa ¡Ay! Y qué hambre y qué sed de justicia.

A diez horas de sucedida la masacre, el gran dilema que vivimos en esa improvisada asamblea, era si las familias regresaban esa noche a recoger a sus muertos, o los abandonaban junto con las fincas y con lo que allá habíamos construido. ¡Qué histeria! En voz baja, unos alegaron que los asesinos llegaron de veredas vecinas, otros señalaban la tragedia como causada por «chulavitas[1]» al servicio del gobierno. Todos clamaban venganza. El problema es que la miseria del abandono nos tenía paralizados. A fuerza de escuchar tantas voces exaltadas descubrí que tenía formada una opinión: No había opción diferente: o nos armábamos para no dejarnos matar o salíamos a buscar quién nos defendiera.

Entre lágrimas y lamentos nos pusimos a recomponer la historia de la carnicería y las experiencias de cómo sobrevivimos. Todos se mostraron espantados cuando les conté los horrores que me tocó vivir y, entonces, mi mamá casi me estrangula con su abrazo emocionado. En seguida relaté mi testimonio de lo que presencié durante la masacre y de cómo llegué a sentirme tan abandonado, que sólo se me ocurrió seguir con obsesión la pisada de los asesinos. «No sabía para dónde coger y ellos eran las únicas personas vivas que yo veía. Yo los seguía como si estuviera hechizado. Desde lejos veía cómo les daban fuete a las personas, pero cuando llegué a ese lugar, me di cuenta que no era fuete sino machetazos. Aterrorizado ante esa visión del infierno, decidí salir de huida sin saber a dónde dirigirme». Tantas historias de terror aumentaron la angustia colectiva. Entonces alguien sugirió que intentáramos hacer el inventario de los parientes y vecinos que según los testimonios ya estaban muertos. De ese inventario se calculó, por descarte, cuántos podrían estar escondidos en la montaña. Pero por más imaginación que le pusimos a este macabro ejercicio de

---

1   Chulavitas: bandas armadas de campesinos conservadores, reclutados a las carreras en la vereda de Chulavita, departamento de Boyacá, por el gobierno conservador de Ospina Pérez, para recuperar el orden en Bogotá, sometida al pillaje de las turbas amotinadas, tras el asesinato del caudillo liberal Jorge Eliécer Gaitán, el 9 de abril de 1948.

contabilidad no se logró un acuerdo que nos dejara satisfechos. Esa tarde descubrí que aferrarse a la esperanza es un fantasma capaz de distorsionar hasta la realidad más evidente.

Todos los intentos de ordenar nuestros pensamientos esa noche, eran interrumpidos por esa lacerante letanía que clamaban algunas señoras, «¿por qué a nosotros? ¿pero por qué, por qué?». Nadie podía improvisar una respuesta. El aturdimiento alcanzó el clímax cuando alguien sugirió que en esta tragedia todo era posible, incluso, que algunas personas de nuestra propia comunidad hubieran instigado o fueran cómplices en la ejecución de la masacre.

Las mujeres oraban en un bisbiseo nervioso por la suerte de los ausentes «¡Ay Dios! Que estén escondidos en la montaña«... y no entre los cadáveres que a esa hora yacen botados a la intemperie, sin un doliente, sin una oración, sin nadie que los recogiera, los lavara y los amortajara. Pedían al cielo que alguien se compadeciera y reuniera los pedazos de los cuerpos mutilados en la misma mortaja, y que algún conocido los velara en esta noche de espanto. Qué cantidad de interrogantes sin respuesta surgieron. ¿Los enterrarían ya? ¿Se los llevó la policía para el pueblo? ¿Dónde los irán a sepultar? ¿Los gallinazos ya caerían sobre los cuerpos insepultos?

Nadie pudo explicar las causas que precipitaron esta masacre, la segunda –en menos de un año– que azotó a nuestra comunidad.

Claro que la violencia por estas cordilleras es nuestro pan de cada día. La violencia se desata por razones tan frívolas como «tener cara» de pertenecer al partido político equivocado, o porque las pasiones políticas no escuchan razones, o porque tu sangre está signada con una filiación política inalterable –conservadora o liberal– impresa en los genes que heredaste de tus padres y abuelos. Incluso los curas, que se arrogan ser ministros de la paz, incitan a desaparecer a los impíos liberales, y hasta los alcaldes sectarios se arrogan el derecho divino de disponer de las vidas de sus contradictores políticos, porque deben cumplir las órdenes de un gobierno central, hegemónico y sectario. Violencia desencadenada por la inapelable decisión de un cacique político interesado en desplazar a aquellos campesinos que poseen las tierras que ellos ambicionan. El denominador común de esta tragedia siempre fue la indiferencia de un régimen político que no es parte de la solución sino incitador de la tragedia. La ausencia del Estado es lacerante. Es incapaz de garantizar su presencia en un territorio tan extenso, y a eso se suman las arbitrarias decisiones de sus agentes, que empeoran la percepción de una justicia que no protege a las víctimas, ni persigue a los victimarios.

Esa noche decidimos permanecer en la montaña. Nos organizamos para aguantar el frío y para hacer turnos de guardia, ante el temor de ser asaltados de nuevo. «Valiente» no se movía de mi lado. Entre un pocillo con agua yerta le deslei un pedazo de panela y luego la espesé con un pan duro. «Valiente» y yo compartimos esta ración de emergencia. Lo abracé para que no le diera tan duro el frío, pero descubrí que el alivio fue mutuo, porque el cuerpo del animalito también me calentó. Nadie durmió esa noche. Apenas pintó un poquito de luz sobre el paisaje, nos percatamos que otras familias también pasaron la noche escondidas en la montaña. Sobre las diez de la mañana ya estábamos reunidos por lo menos un centenar de vecinos. Qué tristeza cuando nos fuimos abrazando sin pronunciar palabra. ¡Qué hambre la que apretaba! Alguien sugirió que bajáramos en manifestación hasta la alcaldía de Colombia para denunciar la masacre. «¡No!», se opuso un viejito, «eso equivale a que nos sentencien a muerte». «Yo también me opongo» agregó otro, «los primeros sospechosos de cualquier masacre somos las víctimas». Una señora se atrevió a preguntar lo que todos sospechaban: «¿y si la policía es cómplice?». La opción de bajar a Colombia recibió entierro de tercera cuando una voz advirtió: «la policía nos mantendrá detenidos hasta cuando vengan investigadores desde Neiva o Bogotá». Qué cabreo el de los vecinos. En esos tiempos de tanta confusión y escepticismo, nadie confiaba en el Estado, ni en la policía, ni siquiera en su propia sombra. Por el llanto, las maldiciones y las miradas de rencor hacia el Cielo, creo que dudaban hasta de la existencia de Dios.

Esa tarde se completó el balance de la masacre. En nuestras cuentas, podrían ser cincuenta los muertos, y no teníamos idea en dónde se habrían escondido, por lo menos, otros cien vecinos. Entonces retornaron las rogativas para que los desaparecidos estuvieran escondidos por acá, en la selva y la cordillera y no secuestrados ni rehenes de los bandoleros, quién sabe dónde. Claro que también había preocupación por la suerte de vecinos de otros caseríos y fincas situadas más adentro, que quizás resultaron afectados por el mismo huracán de violencia. En medio del desorden brotaron todas las especulaciones. Que los autores del asalto eran hombres del Dumar Aljure. Que quizás fue el «Chispas». Que seguro eran policías chulavitas. Que eran detectives del SIC[2]. Que esto, lo otro y lo de más

---

2   SIC (Servicio de Inteligencia Colombiano) Entidad del Estado, a cargo de investigaciones criminales. Fue creado en 1953, durante el gobierno del general Rojas Pinilla.

allá. Al finalizar esa tarde, concluyeron que no había certeza ni de los autores, ni de los motivos, ni del número de muertos y desaparecidos. Cual si fuera un designio divino que debíamos acatar, esta era otra masacre que permanecería impune, y lo único claro era la alternativa: «o se van, o se mueren».

Después de escuchar tantas discusiones corroboré la primera lección política que diez meses atrás –a mis seis años– aprendí durante la masacre en el Corral de Piedra: «Nos machetearon por liberales». Confieso que jamás me atreví a ahondar en este asunto y nunca osé preguntar: «¿y qué mierdas es eso de ser liberal?»

El Éxodo

Aún no amanecía cuando dos comisiones de vecinos partieron a inspeccionar las veredas de Trípoli, Caparrosal y El Valle. Tenían la misión de enterarse de la situación y traer de vuelta los alimentos que pudieran conseguir. Los esperamos con el corazón en la mano. Como a las tres de la tarde regresaron con caras tristes. Todos los caseríos estaban ocupados por la policía. Inspeccionaban finca por finca. Era muy riesgoso aparecerse por allá. Si alguno era detenido como sospechoso, corría el riesgo que lo desaparecieran. Además, si la policía estaba vinculada con los asaltantes –como algunos especulaban– estarían buscando a quién echarle la culpa, para torcer la investigación. Desde esa misma tarde, quizás por la ansiedad, empezamos a ver fantasmas por estas montañas. En nuestra imaginación corrieron rumores sobre intensas redadas de la policía, revolotear de helicópteros y hasta bombardeos aéreos. No teníamos otra opción. Debíamos salir de huida...

–¡A Galilea! –Se corrió la consigna– ¡Marchemos a Galilea!

–¿Y por qué a Galilea?

–Es la vereda que está más arriba, camino al páramo de Sumapaz. Allá arriba buscaremos protección de las *guerrillas liberales*.

–¿Y cuándo partimos?

–¡De inmediato! No tenemos salida para ningún otro lado. Los niños tienen hambre, los viejos están enfermos, sólo falta que los «chulos» nos acorralen en estas montañas y nos fumiguen como si fuéramos los responsables. ¡Tenemos que salir de la región ya! Necesitamos buscar quién nos proteja.

Contagiados por el pánico, antes de las cinco de la tarde empezó el éxodo de más de doscientos cincuenta desplazados, mal contados, hacia ese *Norte* azaroso, cumbre arriba, cargando con un dolor colectivo insoportable en medio de la confusión y la rabia, que son hijas bastardas del terror.

Nos organizaron en tres columnas. Íbamos livianos, sin carga, con el deber solidario de ayudar a los niños y a la gente mayor, algunos muy enfermos. Yo tranquilicé a mi cachorro. Lo acaricié en el pecho y le aseguré que si se cansaba en la subida, yo me lo echaba al hombro. Me devolvió la mirada melancólica de un condenado a muerte que agradece el privilegio de tener un minuto extra de vida.

¡A Galilea! ¡A Galilea! Era la consigna de la esperanza *¡A Galilea!* Era el combustible que logró energizar a esta suerte de cortejo fúnebre, donde se alineaban viudas y huérfanos hambrientos y desplazados, todos derrotados por la misma causa y compartiendo solidarios el mismo destino. *¡A Galilea!*

Con diferencia de una hora, las tres columnas partimos montaña arriba. La solidaridad era contagiosa. Los hombres escaseaban, pero las mujeres más jóvenes se organizaron para ayudar durante la travesía. A la madrugada pasamos por una finca abandonada donde nos disputamos a gritos con familias de monos maiceros unos sembrados de maíz totalmente enmontados. Subimos, hasta los tres mil metros de altura, en procura de esa área selvática, en pleno nudo de la cordillera, por allá donde dicen que nacen, para este lado, los ríos Ambicá y Cabrera, y para el lado oriental, los ríos Tigre y Papamene, justo en la frontera entre el Huila y el Meta. Nos animaba la esperanza que en esas cumbres estaríamos lejos de peligros y amenazas. Es que ante la ausencia de Estado, y la negación de justicia para los liberales, surgieron unas autodefensas campesinas, que convirtieron estos páramos en santuario para los refugiados.

La primera noche marchamos en tropel, a paso vivo, con la angustia de alejarnos rápido del área, sin importar los peligros que debimos sortear, desde vadear quebradas crecidas por el invierno, trepar por riscos y cuestas empinadas, hasta serpentear por entre cañones profundos. Pero a semejante ritmo la fatiga, nos pasó la cuenta de cobro. Las columnas se alargaron, se perdió contacto y ya teníamos siete personas heridas, por causa de caídas en la oscuridad. Estábamos extenuados. Entonces la marcha se volvió lenta. Gracias a una mula, dos caballos y una yegua, se pudieron movilizar, por turnos, a unas señoras embarazadas y a los más viejos y enfermos.

Al amanecer del segundo día, se optó por buscar una ruta menos tortuosa, pero, claro más larga y desplazarnos con la luz del día. Todos éramos campesinos acostumbrados a madrugar y a echar pata duro y parejo por cualquier risco, selva o lodazal, pero aquí en la cordillera, a semejantes alturas, la lluvia no amainaba, el hambre nos debilitaba y lo empinado de la trocha convirtió a esta peregrinación en un viacrucis. Qué lacerante era cargar, además, con un duelo tan reciente y la sensación de impotencia y abandono.

Al tercer día se organizó una avanzada de dos hombres que madrugaron directo a Galilea a pedir ayuda.

Al cuarto día ya nos topamos con el primer grupo armado de las autodefensas. Estaban emboscados y nos hicieron un retén. Debíamos parecer una sospechosa pandilla de evadidos de una cárcel o los restos de un ejército derrotado, porque no nos dejaron pasar. Allá fueron a hablar los líderes de la marcha con explicaciones sobre la masacre, que cinco días atrás, se llevó a más de cincuenta de nuestros familiares, en los tres caseríos.

Como las autodefensas carecían de radios, los informes e instrucciones iban y venían de la mano de unos niños que *volaban* por esas montañas en función de estafetas. Así que mientras daban el visto bueno para ingresar al área de Galilea, nos aconsejaron organizar rancho a cielo abierto. Cocinar de día era prohibido, pero ya estábamos tan enmontados y la neblina que nos acompañaba a más de tres mil metros de altura era tan densa, que los guerrilleros no pusieron problema. En esos días de marcha se espesaba la sopa con todo lo que se encontraba en el camino, maíz, plátano o yuca, y se reforzaba con cualquier animal que osara atravesarse, sin importar si caminaba, nadaba, volaba o reptaba. La comida caliente nos reanimó a todos, incluido mi cachorro que por estar tan raquítico y de pelo tan corto, a estas alturas parecía la radiografía de un perro. Así que a las tres de la tarde, con la barriga llena, empapados por la lluvia y con calambres por el enorme esfuerzo físico y el frío reanudamos la marcha por una altiplanicie cubierta de musgo, pastos y matas de frailejón. A las siete, ya nos preparábamos para pasar la noche, cuando llegaron dos muchachos de la *autodefensa,* con una carga de panela y carne seca. Estaban dispuestos a guiarnos hasta Galilea esa misma noche, pero decidieron que era mejor pasar la noche ahí, y arribar al caserío al día siguiente.

A las nueve de la mañana de ese quinto día descubrimos un paraíso frío, húmedo y ventoso. Entre extensas áreas de vegetación de páramo se levanta un caserío que semeja un refugio en Siberia, en tiempos de la guerra. Arribamos en medio de una llovizna pertinaz que pareciera no haber cesado desde los tiempos de la Creación. Pronto descubrimos que no éramos los únicos. Otras familias del Norte del Huila y del Tolima, también desplazadas por la cruda violencia, buscaron refugio en ese caserío, desde meses atrás.

La disciplina en Galilea era estricta. Nadie podía entrar antes que aclarara, ni salir después que oscureciera. Las autodefensas que cumplían misiones de abastecimiento y combate, vivían en perpetuo movimiento. Comisiones más reducidas salían a realizar labores de inteligencia o a cumplir diligencias administrativas en cabeceras municipales, y otros grupos viajaban a lugares distantes para atender asuntos políticos. Todos los hombres portaban *fierros.* Cuatro de mis hermanos, que no recuerdo haberlos visto en la finca, fueron apareciendo para saludar a mi mamá. Ellos llevaban varios años enmontados, peleando en las autodefensas campesinas que dominaban el Páramo de Sumapaz. No aparecieron el mismo día, oportunidad que mi mamá aprovechó para regañarlos en estricto orden de llegada, con ese aire autoritario que exhibía, repartiendo consejos como si fueran unos adolescentes imberbes que hasta ahora se fueran a largar de la casa. Ninguno de mis hermanos me prestó mucha atención, a excepción de Ismael que le repetía a mi mamá en tono de broma, «Vieja, déjeme este *"güipa"* aquí, yo se lo acabo de criar». Una tarde, intrigado, me atreví a preguntarle a mi madre «¿por qué nos vinimos para acá?». Ella, con derroche de paciencia, me dio mi segunda lección sobre «realidad política»: «mijo, esta gente protege al pueblo que el gobierno no protege». Como sentí que ella estaba con deseos de hablar, me atreví a preguntarle: «¿y mi papá también está por aquí?» El espíritu charlatán de esa tarde se le esfumó. Se hizo la desentendida, y por más que le insistí, se resistió a contestar.

Mi medio hermano Ismael, me cayó bien. Un día se apareció con un machete pequeñito, bastante oxidado, lo limpió, le improvisó una funda y me lo regaló.

Todo estaba reglamentado en Galilea, desde la levantada hasta la acostada, pasando por todas las actividades que se desarrollaban en apoyo de un agitado aparato militar, que a mis ojos de niño me pareció muy organizado, pero que después, cuando la vida me dio la oportunidad de ver la misma guerra desde otra perspectiva, era gente ignorante, con una ingenuidad que ocultaban bajo una máscara de odio y violencia extremos, con un discurso político comunista que repetían –sin entender– como la mesiánica justificación de todos sus crímenes y excesos.

Nadie podía estar ocioso. Las mujeres se encargaban de la cocina colectiva y preparaban raciones para las *comisiones* que salían de Galilea. Estaba prohibido encender candela de día, y sólo se cocinaba de noche. La comida abundaba. Nunca he comido tanta carne como en esos largos meses. Las mujeres trabajaban duro, dentro de una disciplina como militar. Cosían uniformes parecidos a los de la policía, y lavaban la ropa, pegaban botones y remendaban equipos, zapatos, las lonas que usaban como carpas y lo que fuera necesario mantener. Atendían a los enfermos. Qué difícil era mantener estos refugios limpios porque este era el reino del frío, del barro y de la lluvia. A ellas también las sometían a adoctrinamiento y a entrenamiento, pero con armas de palo. No recuerdo a mujeres que salieran a combatir. Algunas hacían de maestras de los niños, pero era una actividad muy irregular. Los hombres asistían a cursos de adoctrinamiento político y casi todos se dedicaban a las obligaciones de lo que llamaban «la autodefensa». Era una autodefensa campesina integrada y soportada por las propias familias.

Quizás por el frío resultamos adictos al agua de panela caliente con queso campesino. A mi cachorro le encantaba. Aunque «Valiente» no mejoró mucho su caminado y las patas traseras continuaban débiles y en ocasiones trastabillaba, con el paso de los días se le rellenó la pancita. Le encantaba dormir conmigo y como era calientito, yo me arropaba con él. De noche había tertulia y me fascinaban los relatos sobre la vida en el monte. En ese ambiente se repetían las mismas historias, en versiones cada vez más heroicas, hasta que sus protagonistas se convertían en leyendas vivas, *de verdad, verdad*. Todos eran relatos sobre la guerra contra el gobierno, las emboscadas contra la policía y el ejército, y los asaltos a aquellos caseríos donde había auxiliadores de las autoridades. Yo me extasiaba con esos cuentos de héroes que eran del pueblo, «como nosotros», que se enfrentaban con fusiles de un solo tiro, contra los aviones del gobierno que bombardeaban estas cordilleras. También se relataban las aventuras de «la recuperación de ganado», que no era otra cosa que salir a robar vacas y terneros en las fincas, reses que luego se arriaban montaña arriba, hasta que traspasaban esa frontera coronada de neblina, donde ningún propietario se aventuraba a reclamarlas, por lo que, de manera automática, pasaban a pertenecer al movimiento armado.

Todos los niños y los jóvenes aceptamos boquiabiertos las historias que convirtieron en leyenda la puntería de *Tirofijo*, la inteligencia de *Chispas*, el liderazgo de Guadalupe Salcedo y la rebeldía del Dúmar Aljure.

A mis siete años, empecé a ser solidario con la lucha de los campesinos y me convencieron que todos debíamos trabajar al servicio de la *causa*. Y es que aquí la guerra se vive en muchos frentes, el deber es combatir contra los *chulos* del ejército y la policía, contra los *pájaros conservadores*, contra la *oligarquía* y el *imperialismo*, contra los ricos, y, en especial, contra los grupos liberales que dividieron las autodefensas, y con quienes era preciso disputar los territorios claves que permiten el control de corredores hacia el páramo de Sumapaz y los Llanos Orientales.

La persona que más infundía respeto en la región era el *mayor* Richard, uno de los jefes de las autodefensas. Una tarde, él reunió a todas las familias y nos dijo que se veía venir una ofensiva del ejército. Debíamos evacuar –de inmediato– la vereda de Galilea. «La presión de los chulos va a ser dura y nos toca salir hacia el Guayabero, El Pato y el Ariari». La movilización fue sorpresiva. No hubo tiempo de nada, ni siquiera de lamentarnos.

Excitados por el rumor creciente que en Galilea iba a explotar la guerra, todos los hombres que se encontraban en armas se prepararon para cruzar la cordillera hacia los Llanos Orientales, junto con las mujeres más fuertes y algunas familias. Al mismo tiempo, se determinó que nosotros, las familias desplazadas, junto con aquellos *compas* enfermos, debíamos salir en dirección contraria, hacia el valle del Magdalena. Todo se movió a la velocidad del rayo. Se desmanteló la casa donde estaba el comando de la autodefensa y escondieron entre caletas en el monte, víveres, munición, libros, un mimeógrafo, las máquinas de escribir, las máquinas de coser, y se quemaron muchos papeles.

Para las familias desplazadas que buscamos refugio en Galilea, el viaje de retorno resultó tortuoso. Para empezar, nos atenazaba el terror de ser sorprendidos por la policía o el ejército durante la marcha de regreso y, de remate, nos pesaba la carga de incertidumbre por la reacción de las autoridades a nuestro arribo a Colombia. El único alivio es que no lucíamos amenazantes. Sólo cargábamos lo que teníamos puesto. Nuestros compañeros de viaje durante los tres días que deambulamos en desorden por entre los vericuetos de la cordillera fueron la angustia y una incómoda sensación de derrota. Caminamos siempre de noche y nos escondimos de día, sin perder el rumbo, hacia el occidente, cordillera abajo, protegidos por el pequeño grupo de las *autodefensas* que nos escoltó, hasta encontrar el cañón del río Ambicá. La despedida de los muchachos fue rápida. Ellos debían remontar de nuevo la cordillera y bajar por la otra vertiente, hacia el oriente, en busca del piedemonte llanero y el cauce del río Guayabero.

Tan pronto nuestra escolta desapareció por entre el túnel de la noche, el grupo se fraccionó. Unas veinte familias originarias de la región de Dolores, Santa Ana y Prado decidieron separarse y continuaron abriendo trocha para ocultarse en la cordillera de Alpujarra. Nosotros, quizás unas veinte familias, buscamos el camino hacia el municipio de Colombia siguiendo el curso del río Ambicá. Al momento de separar nuestros destinos, nos abrazamos, nos juramos amistad para siempre, nos deseamos suerte y partimos acongojados, en medio de un reguero de bendiciones y lágrimas. Nuestro grupo continuó en silencio. En ese momento volvimos a sentir las heridas profundas de nuestros cincuenta muertos y recordamos a los más de cien vecinos desaparecidos, de los que nunca volvimos a conocer noticia. Teníamos razones para sentirnos tan disminuidos. Casi todos los hombres jóvenes de nuestra vereda, con quienes compartimos el éxodo a Galilea, se quedaron allá en la montaña, reclutados por las autodefensas. Ahora las mujeres, los viejos y los niños, bajábamos a poner la cara ante las autoridades.

Alrededor de la medianoche, contemplamos allá abajo la difusa sombra de nuestro destino. Era el pueblo de Colombia que dormía indiferente a nuestra suerte, recostado a un lado de ese agitado y fragoroso, río Cabrera, que a esa hora reflejaba la luz de una tímida luna. Nos detuvimos a apreciar el paisaje. Mi mamá me puso su mano sobre el hombro y yo puse la mía sobre la cabeza de «Valiente». Tenía motivos para estar orgulloso, durante la marcha no tuve que alzar a «Valiente». Mi mascota no era muy elegante. Pese a que era flacuchento y cascorvo, demostró que ya era un perro respetable y veterano.

En ese lugar se realizó nuestra última *asamblea.* A esa hora descubrimos que teníamos más interrogantes que certezas. ¿Qué podíamos hacer esa noche, cansados, hambrientos y desconfiados? ¡Ay mi madre! ¡Qué nervios! ¿Cómo nos presentamos ante la policía del pueblo? ¿Qué decimos si nos interrogan? ¿En dónde estuvimos todos estos meses? ¿Quién nos protegió? ¿Cómo podemos solicitar que alguien nos dé razón del destino de nuestros muertos? ¿Entramos esta noche o nos esperamos hasta mañana?

8

Un pueblo fantasma

Era peligroso esperar en las afueras del pueblo. La presencia de un grupo de extraños merodeando en la oscuridad, podría justificar una desgracia. Así que decidimos aventurarnos, esa misma noche, a pisar las polvorientas calles de Colombia.

«¡¡¡Somos desplazados!!! ¡No disparen!» empezaron a gritar las mujeres desde lejos, al tiempo que ondeaban trapos blancos. Cuando presumimos que el pueblo ya estaba enterado, entramos de manera franca, con nuestras manos en alto, para demostrar que estábamos desarmados. La columna agrupaba más de cien desplazados y parecíamos un ejército que se estuviera rindiendo a la medianoche, en el pueblo más oscuro del planeta. El estado de alarma era tenaz en esa época, tanto para la gente común, como para los policías y los alzados en armas. Es que en todos los pueblos de la República regía el «toque de queda», desde el amanecer hasta el anochecer. Incumplir esa orden era justificación suficiente para disparar a matar. Por eso cuando el primer berrido de un centinela rompió las quejas de los desplazados, quedamos helados:

—¡¡¡Alto hijueputas o disparo!!!

En seguida se escuchó un campanazo que nos quedó vibrando allá en las entretelas del alma. El centinela golpeó un riel metálico que colgaba en su trinchera y esa alarma se repicó por todo el pueblo. En segundos, el puesto de policía parecía un avispero.

—¡¡¡A tierra!!! ¡Todos al suelo! —escuchamos los berridos.

Yo agarré a «Valiente» y le sujeté la jeta previendo que por primera vez le diera por ladrar en defensa de su familia.

En esos instantes de espanto, la imaginación teje su propia historia y uno siente que decenas de fusiles le apuntan a uno –aquí atrás– sobre el occipital. La paz de la noche la rompen órdenes y contraórdenes que brotan de la oscuridad, mientras que aquí, sobre el suelo, se levanta un zumbido sordo con oraciones e instrucciones angustiosas en voz baja, de «quietos», «obedezcan», «Santa María madre de Dios», «que nadie se pare, ni corra», «Padre nuestro que estás en los cielos». Pasaría una larga media hora en que no sucedió nada. Años después reflexioné que así debe ser una espera en el limbo. De pronto retornaron las órdenes desde la oscuridad: «que se identifique el líder de la marcha» y, en simultánea, la confusa respuesta desde aquí, al nivel del suelo, porque no era sólo uno, sino eran como cinco los líderes. Luego siguió otro largo y espantoso silencio y nuevas órdenes. «¡Que se paren sólo los voceros!» Y los rayos de unas linternas, como escobas siniestras, barrieron la oscuridad. «¡Pasen al frente!»... y todos nos quedamos aspirando el polvo de la calle, mientras se definía a esa hora, *quién era quién*.

Tan pronto se enteraron en el cuartel de la policía de Colombia que éramos sobrevivientes de la masacre en las veredas de Trípoli, Caparrosal y El Valle nos hicieron sentar en el suelo, con distancia de dos pasos entre uno y otro, para dar tiempo a que un sargento brusco y autoritario, con la escolta de dos agentes, tratará de entender cuántos éramos, cómo estábamos organizados, de dónde veníamos y porqué a esta hora.

Cuando explicamos a viva voz que aquí no había líderes políticos, sino familias desplazadas, con ancianos, niños y enfermos, el sargento se calmó. Para comprender mejor qué clase de gente éramos, primero, nos separaron por familias y, en seguida, nos dijeron que las familias quedaban incomunicadas entre sí. Esa madrugada no supe si pegó más duro el frío o la incertidumbre, pero una vez amaneció y apareció el sol, el calor se tomó el pueblo y percibimos el ambiente reseco del desierto. Ese día añoramos el clima gélido de Galilea. El policía que tomaba apuntes en un cuaderno era quien daba permiso para salir a realizar las más obvias necesidades. Hacia las once de la mañana nos repartieron agua de panela con limón, arepas de maíz y tajadas de plátano que, según los rumores, las enviaron algunos vecinos que nos reconocieron.

Durante todo ese día debimos desfilar frente a un señor vestido de civil que en una oficina de la alcaldía aporreaba las teclas de una vieja máquina de escribir. El aparato se trababa con frecuencia, y entonces él mismo se encargaba de destrabarla, con un certero golpe sobre el rodillo y un sonoro «hijueputazo». Como llegamos más de veinte familias mal contadas, es decir, más de cien sobrevivientes, y en el grupo no había hombres jóvenes, pues esa proporción resultó sospechosa. Así que nos pusimos de acuerdo para poner nuestra más conmovedora «cara de sobrevivientes» y no revelar detalle de dónde andábamos, ni quiénes nos acogieron. Entonces llovieron las preguntas en voz alta, por lo que en la siguiente media hora ya todas las familias estábamos enteradas de la información que demandaban y de las respuestas que debíamos dar. «¿Dónde estábamos?». «¿Con quiénes nos reunimos?». «¿Qué hicieron en estos cinco meses?». «¿De qué nos alimentamos?. «¿Cómo llegaron hasta aquí?». «¿Vieron en la cordillera a hombres armados?» Todos coincidimos en que quedamos tan aterrorizados después de las dos masacres, que nos escondimos entre las selvas del piedemonte de la cordillera para salvar nuestras vidas, pero sin dar la menor pista, sobre la trocha que agarramos montaña arriba hacia el norte y al hecho que luego volteamos hacia el oriente, para buscar, en la parte alta de la cordillera, a la refundida Galilea. Tampoco revelamos que el grupo que subió era más del doble del que el que ahora había bajado y que los hombres jóvenes se quedaron arriba reclutados por las autodefensas. Tampoco dimos detalles de nuestra marcha de regreso de Galilea, ni contamos que más de veinte familias de otras comunidades se separaron de nosotros para esconderse en la cordillera de Alpujarra. El único propósito de escondernos era evitar que nos mataran. Que pudimos sobrevivir a punta de matar pavas, monos maiceros, varios venados y otros animales de monte, como guaguas y tatabras, y que recogíamos maíz en las parcelas que se encuentran abandonadas por culpa de la violencia en algunos claros de esta cordillera. Todo iba bien, hasta cuando me llevaron a declarar. El tipo de la máquina de escribir, el que aporreaba las teclas y maldecía me preguntó que si habíamos visto a gente armada, yo cometí la ingenuidad de declarar que por allá arriba lo único que se veía era una partida de «chulos hijueputas» (expresión que los alzados en armas utilizaban para referirse de manera insultante a la policía). De inmediato suspendieron mi declaración y me incomunicaron contra la pared. ¡Qué bochinche el que se prendió! Por culpa de esas dos palabras, ordenaron que todos permanecieran sentado en el suelo, en silencio, y que la distancia entre unos y otros, se abriera «a cuatro pasos de distancia». En expresión de mi mamá, por culpa de este *vergajo* «volvió la burra al potrero». Todos debieron desfilar de nuevo frente a la máquina de escribir, para explicar «la confesión que había hecho el *güipa*». Todos negaron –con pies y manos– que por allá hubiese gente armada, y mucho menos policías. Cuando le tocó el turno a mi mamá, se levantó, desfiló humilde hacia el funcionario y en un descuido me lanzó una mirada soberbia que yo interpreté como «no se atreva a abrir la jeta porque lo muelo a palo». La historia de mi vieja nos salvó.

–Doctor, comprenda, el muchacho quedó zurumbático de la impresión al presenciar dos masacres en un año. Mírele la cara de estúpido que se carga. Con lo de «chulos», él no se refiere a la policía ni a gente armada, que nunca vimos ni jamás nos topamos. Lo que mi hijo quería decir es que con tantos muertos que él vio y que no pudimos enterrar, él cree que los «chulos» bajaron de las nubes a comerse los cadáveres».

Yo aprendí la lección. Ante la autoridad era mejor poner cara de estúpido y en caso de demasiada presión contestar con monosílabos. En todos los interrogatorios que me hicieron ese día, hablé poco, puse mi mejor cara de estúpido y me ratifiqué en la versión que dio mi madre.

Esa noche, durante el último interrogatorio, un cabo desdobló de una carpeta un ejemplar de un diario y me lo colocó frente a mis narices. El periódico amarillento y acartonado olía a podrido. Me señaló con el dedo dos columnas con la orden: «¡Lea! ¿Reconoce estos nombres?». Ahí me tocó confesar que no lo podía hacer por la sencilla razón que jamás en mi vida pude ir a la escuela.

Luego me contaron que se trataba del periódico del 14 de noviembre de 1957, donde en la primera página de El Tiempo se da cuenta de: «36 muertos en Masacre en Colombia, Huila» y se lista los nombres de las víctimas.

Tan pronto me liberaron, mi hermana me recibió con uno de sus corrosivos comentarios: «Se salvó. Mi madre iba a declarar que usted no es hijo de ella, y nosotras estábamos dispuestas a jurar que no lo conocemos».

A los tres días nos liberaron, con la obligación de presentarnos cada semana en el cuartel de la policía, para firmar un tal «libro de guardia». Ese día nos reunimos para coincidir, que no teníamos a dónde ir. Por físico terror aceptamos que no había en todo el territorio de Colombia (me refiero al país) otro lugar más seguro que *Colombia* (me refiero al municipio). Así que decidimos asentarnos en este pueblo, agobiados ante el infortunio de tener que cargar el sospechoso *inri* de «campesinos *liberales* desplazados por la violencia».

Bueno, eso de la "tal seguridad" en el pueblo era apenas una ilusión, porque cuando uno está obligado a vivir en un ambiente tan cargado de sectarismo político y marcado con el tizne de «familia liberal» debes convivir con esa amante que llaman «amenaza permanente». Como efecto de esta experiencia tan traumática aprendí mi tercera lección de vida: esta tierra es para gente dura, osada, tierra de colonos, tierra perdida en la mitad de la nada, tierra de nadie que todos la reclaman como suya, con derroche de violencia, tierra donde para sobrevivir hay que dormir vestido, con el *fierro* en una mano y un ojo abierto.

Lo real maravilloso de este pueblo –Colombia, Huila– es que la aridez de su paisaje quizás influye para que la gente sufra del «mal de la mala memoria». Y es que ya nadie recuerda que un día fue la sede oficial de la empresa más grande, boyante y próspera que tuvo el país.

Dicha historia se remonta un siglo y medio atrás. Por allá en 1848 esta localidad era un «pueblo fantasma», lugar de paso de colonos, cazadores de pelo, aventureros y explotadores de caucho. La bautizaron *San Francisco.* Cuando los grandes laboratorios farmacéuticos de Europa empezaron a demandar la quina, nació *la época de oro* en San Francisco. Algunos visionarios antioqueños que explotaban el negocio del tabaco, decidieron diversificar sus inversiones hacia la extracción y exportación de la preciosa quina. Representados por la «Sociedad Herrera y Uribe», obtuvieron del gobierno concesiones para la explotación de extensos baldíos ubicados al norte del departamento del Huila –sobre la vertiente oriental de la cordillera– y en 1863 establecieron –aquí– en la perdida San Francisco, la sede de la recién creada «Compañía Colombia», reconocida en ese entonces como la empresa más poderosa y rica del país. Contagiados por la euforia, el sencillo pueblo cedió su humilde denominación de «San Francisco» y pasó a ostentar el sonoro nombre de la Compañía: *«¡Colombia!»*.

Cuando la furiosa explotación logró arrasar con los árboles de quina y caucho negro, en este sector del Huila, la «Compañía Colombia» abandonó la región y saltó la cordillera, para continuar su labor depredadora hacia los Llanos Orientales.

El gobierno colombiano le hizo renovadas genuflexiones al capital y esta vez le ofreció a la «Compañía Colombia» nuevas concesiones y extensos baldíos, entre las cuencas de los ríos Guayabero y Ariari, sobre las riberas de los Ríos Papamene y Duda. Como contraprestación, la «Compañía Colombia» se comprometió a abrir un camino de penetración que uniera los pueblos de Colombia, en el Huila y San Juan de los Llanos, en San Martín, Meta y montó sus operaciones en *La Uribe*, caserío que se bautizó así, con el apellido de uno de los dos potentados socios de la empresa.

Con el renacer de la fiebre de la quina aparecieron cientos de aventureros –la mayoría de ellos, ex trabajadores de la misma «Compañía Colombia»– que decidieron montarle competencia ilegal, en los mismos bosques que la empresa obtuvo en concesión. Entonces, los fusiles brotaron espontáneos en la región y nació la violencia agraria. La Compañía respondió con la organización de grupos armados para defender sus intereses y se enfrentó a los explotadores clandestinos.

La localidad de Colombia prosperó como ninguna otra en el país, hasta que se confabularon dos eventos: el «boom» de la demanda de la quina se desinfló en Europa y un incendio arrasó con todas las instalaciones de la «Compañía Colombia», aquí en el pueblo. Así, en 1893, treinta años después de albergar el cuartel general de la empresa más pujante del país, Colombia retornó a la categoría de «pueblo fantasma».

El municipio de Colombia es muy extenso y muy pobre, y posee toda la variedad de climas. En los alrededores del pueblo, el paisaje es desértico, lleno de cactus y cardos, postal que sugiere uno de esos pueblos abandonados del «viejo oeste» que se ven en las películas de vaqueros. Pero hacia el oriente está el verdor de las montañas. Se levanta ese macizo imponente de la Cordillera Oriental, que continúa arriba, bien arriba, hacia las nubes, hasta que se llega al inhóspito Páramo de

Sumapaz, nudo de riqueza hídrica que comparten cuatro departamentos y la capital del país. Allí, en esas cimas, nacen grandes ríos que tributan sus aguas, tanto hacia el occidente, a la cuenca del Magdalena, como hacia el oriente, a la cuenca del Orinoco. Esta inmensa región fue, a mediados de los años 50, del siglo XX, centro de agitación de los trabajadores agrícolas, adoctrinados por el *partido comunista*. Sus dirigentes campesinos se alzaron en armas, desconocieron la Constitución y la autoridad del Estado y convirtieron ese enclave en el centro de un violento accionar guerrillero que durante el siguiente medio siglo logrará extenderse por todo el país, bajo la denominación de las «Farc».

Sometidos a la obligación de presentarnos cada semana en la guardia del puesto de policía, pues nos tocó acomodarnos en las afueras del pueblo y cada grupo levantó un rancho precario para acomodar lo que les quedó de familia. Empezamos de nuevo –partiendo de menos cero– con un optimismo terco, tratando de convertir nuestras ilusiones en realidad. Pero cuando mi mamá, mis dos hermanas y yo salimos a pedir trabajo, descubrimos que Colombia es un pueblo milagroso, donde casi todos, a excepción de los funcionarios que paga el Estado, vivíamos del clima. Allí no hay trabajo. Ellas levantaban algún dinero limpiando casas y potreros, yo me las ingenié todos los días para hacer cualquier oficio con el que pudiera llevar unas monedas a la casa. Un albañil que hacía reparaciones en el techo de la iglesia me contrató para que subiera tejas y materiales de construcción. Para mi edad y mi contextura física era un trabajo agotador, pero yo estaba contento porque el señor me pagaba con una ración de comidita que su mujer le preparaba en el rancho y que le traía hasta el pueblo al mediodía. Los fines de semana el señor me daba unos centavos que yo le llevaba a mi mamá.

La rutina durante esos días era difícil. Todos salíamos a conseguir algo para echar a la olla. Muchas noches nos acostamos con la barriga vacía. Pero esas cosas materiales, podían tener solución. Lo que jamás se logra dominar es el miedo. Porque cuando uno empieza a acumular sobre la memoria tantos muertos conocidos, pues se empieza a ver la muerte como una posibilidad muy cercana. Y ese sentimiento de fragilidad se exacerba cuando descubres que las tres mujeres que más admiras –porque las ves fuertes y verracas– empiezan a llorar a tu lado, agobiadas por el miedo y la incertidumbre. En ese momento, hasta al más macho se le arruga el alma.

Todas las noches repetíamos la misma rutina: trancábamos la puerta del rancho con lo que podíamos, piedras, palos, la cama hechiza que le hicimos a mi mamá, recordábamos el plan de escape en el caso que nos tumbaran la puerta o nos incendiaran el rancho y nos persignábamos. Ya sabíamos para dónde agarrar en estampida y el lugar dónde nos encontraríamos esa noche o en la mañana siguiente. Pero una cosa es planear y otra despertar de súbito, aterrados, antes los golpes y las órdenes de quién sabe cuántos hombres toscos y borrachos, que amenazan con tumbarte la puerta. Recuerdo la madrugada cuando experimenté el más largo escalofrío que sentí en mi vida: «¡¡¡Abran la puerta *cachiporros* hijueputas!!!» Mi corazón se encabritó de repente y oleadas de pánico se sucedieron, una tras otra, durante dos horas. Nadie racionaliza si es mejor esperar a que tumben la puerta, o abrirla y morir como un macho enfrentando a los asaltantes. Lo único que uno intuye es que el miedo se apoderó de la voluntad de todos. Y entonces, allá en la oscuridad escuché los llantos ahogados de mi mamá y de mis hermanas y una retahíla de oraciones sin sentido, que no tranquilizan a nadie, sino antes bien, lo acaban de cabrear a uno. Cuando ya estábamos dispuestos a morir abrazados, cesó la agresión y los malandros se largaron. ¡Ay! Cómo nos dolió el silencio de esa madrugada, porque uno se queda con los ojos abiertos mirando hacia la oscuridad, temblando de pavor, con la duda de si fue la policía, o se trató de borrachos pendencieros, o si era el dueño de la propiedad donde levantamos el rancho, que nos mandó a asustar para que nos largáramos. Fue mucho lo que aprendimos de esta experiencia. Desde entonces, el rancho era nuestro centro de encuentro, cocinábamos, intercambiábamos noticias e información sobre cualquier oportunidad de ganar algún centavo, y cuando ya oscurecía, alzábamos el vuelo como murciélagos, para irnos a dormir al monte. Eso nos salvó, porque tres semanas más tarde unos facinerosos asaltaron el rancho vecino y masacraron a los Ortiz, una familia muy cercana a nuestros afectos, porque ellos también fueron parte del éxodo de familias desplazadas de El Valle, con ellos subimos a Galilea y, al final, nos refugiamos en el mismo sector miserable, en las afueras de Colombia.

Al día siguiente desfilamos con el corazón arrugado, para velar los cadáveres de los cuatro miembros de la familia Ortiz. Esa noche mi madre parecía como poseída. En un susurro agónico repetía, con obsesión, la misma letanía: «Señor, ¿quién putas nos protege en este pueblo? Señor ¿quién?...»

En ese ambiente de crecientes amenazas, mi mamá empezó a echar de menos a sus hijos varones que continuaban alzados contra el gobierno. A los pocos días, recibió un recado de Marcos, otro de mis medios hermanos: «¡Salgan de Colombia! Las cosas se van a poner feas».

–Venga mijo, no se me vaya, ¿usted vuelve a donde ellos?

–Sí, patrona.

–Dígales a los muchachos que las niñas, el Enrique y yo nos vamos a esconder donde Mercedes. Ellos saben a qué lugar nos vamos.

El nuevo éxodo se realizó un lunes en la madrugada, sin el menor aspaviento. Allá quedó el rancho que no mereció ni tan siquiera una lágrima de despedida. No teníamos nada. No debíamos nada. Nadie nos iba a extrañar. No teníamos de quién despedirnos. Nos echamos sobre los hombros la misma resignación de los desplazados sin tierra y renovamos nuestro espíritu de judíos errantes. Como lo único de valor que yo cargaba era mi propia vida y mi perro, pues la salida del pueblo fue una bendición que me alivió el miedo.

Esa madrugada empezamos a echar pata por la carretera, en dirección al sur. La vieja lucía resuelta. Un par de noches antes, escondidos entre el monte, tomó la decisión: «el porvenir, por más miserable que sea, no puede ser peor de lo que hoy padecemos en Colombia».

Como a seis kilómetros del pueblo mi mamá le hizo señas a un camioncito que llevaba cantinas de leche para Neiva. Nos acomodamos los cuatro en el platón, bueno, los cinco. Como «Valiente» jamás había montado en un camión se cabreó, metió el rabo entre las piernas, gruñó y me tocó subirlo a las malas. Temblaba, pero yo le rasqué el pecho durante el viaje hasta que se serenó.

Treinta y cinco kilómetros más adelante arribamos a nuestro destino.

–Déjenos patroncito a la entrada de Baraya.

Tan pronto el señor paró y nos bajamos, estiró su mano.

¡Ay! Patroncito. Mírenos. No tenemos un centavo. Yo le prometo cancelarle lo del viaje la próxima semana.

–¿La próxima semana? ¿Y cómo me va a pagar, mi señora?

–¡Ay señor! Tenga compasión. Somos desplazados por la violencia. Yo me consigo el dinero y el próximo lunes, mejor dicho, de hoy en quince días, o, mejor, antes de un mes, yo salgo a la carretera, a esta misma hora y *le hago el pare.*

El tipo sonrió. «No se le olvide mi cara, paisana. Recuerde que la vida es un carrusel y ya tendremos la oportunidad de volvernos a ver las *trompas*».

Ingresamos con una mano adelante y la otra atrás, para comenzar –por cuarta vez en diez meses– «una nueva vida». Bueno, una amarga vida, que para mí será generosa en frustraciones y golpes.

9

Mamá no hay sino una

Mi mamá me dejó a la entrada de Baraya al cuidado de mi hermana menor, como si con ella pudiera estar protegido. Dijo que se iba a buscar a una tal Mercedes y desapareció calle arriba, con la mayor.

Sin siquiera dirigirnos la mirada, mi hermana y yo organizamos los tres talegos con la ropa, el atado con dos cobijas y las ruanas que nos regalaron en Galilea, más dos ollas y los cuatro jarros esmaltados. Nos acomodamos bajo la sombra de una acacia, y como ella quería ponerme tema de conversación soló para mortificarme, me paré, llamé a «Valiente» y, para matar el tiempo, le dimos –desde lejos– una mirada a nuestro nuevo destino.

¡Ay qué pereza! Pensé. Empezar otra vez en otro pueblo, gente extraña, sin un amigo con quién jugar, condenado a trabajar como una persona grande, peleando a toda hora por mi espacio vital y sometido al ambiente de promiscuidad que viene adherido con la pobreza. Me imaginé a mi madre y a mis hermanas compartiendo el mismo rincón miserable de un cuarto con piso de tierra, y yo afuera, a la intemperie, acostado sobre unas tablas. Y, de encime, el calvario de nunca acabar, la presión y el acoso de la menor, con su obsesión maniática de fastidiar y hacerme la vida imposible. Semejante tortura sicológica me mantuvo cabreado, pero quizás, animado por la terquedad de sobrevivir, me resigné.

Por ahí a las once y media, al tiempo que las campanas del pueblo empezaron anunciar *el primero para la misa del mediodía,* mi mamá se apareció al trote, junto con una señora a la que llamaba Mercedes. Las dos venían agitadas y como llorando. Cuando la tal Mercedes nos divisó, la vi correr hacia nosotros. A mí me abrazó y le dio por repetir como una poseída «¡Ay ! ¿Este es mi hijo? ¡Cómo está de grande! ¡Ay mijito! Si lo veo por ahí, no lo distingo! ¡Ay como se parece al papá!»

Yo no articulé palabra por la sorpresa y la confusión. «¿Cuál papá? y ¿cuál mamá?»

Esta mujer me manoseaba sin mi consentimiento. Yo no podía descifrar lo qué estaba sucediendo. Me sentí incómodo con esas demostraciones tan exageradas de familiaridad, si yo nunca antes ni la había visto, ni me la habían mencionado. Pero además me sentía cabreado, porque mi mamá no decía nada para frenar ese abuso. Yo supuse que se trataba de una amiga, o quizás, en el peor de los casos, una prima o una hermana de mi mamá.

–Mamá dile a esta señora que no me fastidie con tanta manoseadera. Mire señora ¡No me abrace! ¡No me bese! ¡No me moleste!

–¡Enrique, deje la joda! –Gritó mi mamá– No más maricadas. Ella es su mamá... su verdadera mamá.

–¡¿Qué?! ¡No señora! –Grité sollozando– ¡Mi mamá es usted! –la señalé furioso– ¡Ella no es mi mamá! ¡Yo no la conozco! ¡La única mamá que conozco es usted!

¡Lo que siempre temí! En ese instante sentí que se desplomó el universo. Por mi mente pasó la peor de las pesadillas, la que siempre rechacé. Esa cruel humillación a la que me sometieron durante toda mi vida, por fin se hizo realidad: «Usted es un arrimado, un recogido. Usted no es hijo de mi mamá. Usted no hace parte de esta familia».

–Enrique, deje la grosería porque le rompo la jeta –me interrumpió mi mamá– Mercedes es su verdadera mamá. Ella es hija mía. Yo soy abuela suya, Enrique. Además, ellas no son sus hermanas. Ellas son sus tías ¡Y punto! Aquí nos vamos a respetar. ¡¡¡¿Le quedó claro?!!!

Yo ardía de rabia, en especial por la sonrisa burlona de la que hasta entonces consideraba mi hermana menor. Me sentí engañado. Frustrado. Excluido. Avergonzado.

Partimos hacia la casa de la tal Mercedes con la carga de bolsas. Yo caminaba con la mirada fija sobre el suelo, los ojos encharcados por las lágrimas, sin entender el diálogo de cotorras que llevaban las mujeres. Tomé cuatro o cinco piedras por si era necesario defender a «Valiente» de los perros que venían a olisquearle la cola, para notificarle que «este era un pueblo violento y que acababa de entrar en territorio enemigo».

En el camino, la señora Mercedes intentó poner su mano sobre mi hombro y la rechacé con soberbia. Es que nadie podía comprender tanta tristeza acumulada. El disco rayado que me repitieron durante tantos años, empezó a retumbar en mi cráneo: «Usted es un desagradecido. Su mamá se murió cuando usted nació y a nosotras nos dio pesar y lo recogimos».

¡Qué amargura! Todas las peores sospechas que cargué se convirtieron en realidad. Así que la abuela me crió como a un hijo recogido. Ahora sí entiendo todo. De razón me trata tan mal. Los verdaderos hijos son esos doce que tuvo con tres de los cuatro maridos con los que vivió.

Cuando llegamos a la pequeña casa, en las afueras de Baraya, la que ahora se declaraba mi abuela me agarró del pelo y me llevó a un lado.

–¡Óigame bien Enrique! Ella es su mamá y la tiene que respetar. No se las tire de rebelde. Tiene que obedecerle o va a sufrir las consecuencias.

–La escucho mamá, pero entienda, tengo siete años, ya estoy muy grande para que ahora me vengan a imponer a la fuerza una mamá que no conozco.

–¿Y usted quién se cree? –me alzó del pelo– Ahora este vergajo se puso exigente. No me salga con el cuento que usted es especial. Será el único en el mundo que pretende escoger los *taitas* que le da la gana.

–Y si ella es mi mamá, entonces ¿quién es mi papá?

El silencio se hizo espeso, como si en cambio de plantear un interrogante vital hubiera exclamado una blasfemia. Me miró en silencio, de frente, durante un largo minuto, como notificándome que su ira santa estaba a punto de explotar.

Sufrí mucho en esas primeras semanas en Baraya. No conocía a nadie en el vecindario y mi único refugio era quedarme en la casa jugando con «Valiente». Pero la presión subió hasta el límite de mi resistencia. Ahora empecé a sufrir en silencio el abierto rechazo de esa mujer a la que yo me sentía ligado por la sangre. Yo intentaba acercarme a ella para sentir su protección, pero de manera cruel, ella ahora me rechazaba. El acoso y las burlas de mi hermana menor subieron de tono y se volvieron insoportables. Y, para completar el cuadro de mis desgracias, esa otra mujer, que ahora se arrogó el papel de ser mi mamá, decidió que la violencia física era la única vía para restablecer una relación de respeto entre madre e hijo. Así, con la obsesión de imponer su autoridad empezó a golpearme con inusitada frecuencia.

Yo dormía afuera, a la intemperie, porque la casa se componía de dos cuartos y una cocina. Recuerdo que lloraba en silencio y le pedía a un Dios que apenas conocía de lejos, que a la mañana siguiente no me fueran a castigar.

La señora Mercedes, la que ahora me impusieron como mamá, había arribado a Baraya pocos meses atrás. Vino del pueblo de Garzón, al sur del departamento, junto con un nuevo marido, a quien ella siempre presentaba —en diminutivo— como *Pedrito* Castro. Llegó con dos niñas, una que apenas intentaba caminar y otra recién nacida.

Durante las primeras semanas, mí abuela y mis dos tías le ayudaban a mi nueva mamá en los oficios de la casa, en la cocina y con la crianza de las dos niñas. Pero un día las vi empacando sus cosas, y a mí se me heló el corazón. Mi mamá me mandó a comprar una ollita de leche al hato de una señora en las afueras del pueblo, y cuando retorné a la casa ellas ya se habían largado. Ese escalofrío permanente que llaman soledad se estacionó en mi pecho y entonces me sentí como si estuviera perdido en un pueblo desconocido, al otro lado de la noche, en un país lejano, donde nadie entendía mi idioma. Qué nostalgia desgarradora sentí por la ausencia de esa mujer que me crió y que yo estaba seguro era la que me había dado la vida. La tristeza no me dejaba pasar alimento ni me quedaron alientos para articular una palabra. Ni siquiera me atreví a preguntar «¿se fueron?».

Ahí me vi de nuevo, sufriendo en silencio, y enfrentado a otro cambio inesperado en mi vida. El vacío que dejó mi abuela y mis dos tías lo llenaron el marido de mi mamá y mis dos hermanitas, pero no como un bálsamo para curar las heridas en el alma, sino como una carga tóxica que me obligaron a cargar.

–Usted tiene que respetar y obedecer a *Pedrito* –me advirtió mi mamá blandiendo un palo–Él es el hombre de esta casa.

Yo asentí con la cabeza, en silencio, sin sospechar la personalidad conflictiva y violenta de ese padre substituto que me obligaron a adoptar. Del fondo de mi memoria surgió la imagen de ese otro padre que aprendí a respetar, el señor Miguel, el cuarto marido de mi abuela, el que nunca me trató mal, al mismo que vi asesinar por la chusma en el Corral de Piedra, casi dos años atrás. Y la duda sobre «¿quién sería mi verdadero papá?» se volvió una obsesión que día y noche me corroía la mente.

Pedrito, el nuevo padre al que yo le debía sumisión y respeto, trabajaba como ayudante de un bus de «Coomotor», que hacía dos veces al día la ruta completa entre los pueblos de Tello – Baraya – Colombia. El tal Pedrito era un hombre rústico, ignorante, mujeriego y pendenciero. El dinero que llevaba a la casa nunca alcanzaba para las necesidades mínimas y empezamos a padecer de hambre, como nunca antes tengo memoria. Pero claro, el tipo vivía de pueblo en pueblo y de fiesta en fiesta. Mantenía malas compañías y se emborrachaba casi todos los días. Cuando mi mamá le hacía algún reclamo, le daba unas palizas memorables que me llenaban de indignación. Entonces, toda la frustración que mi mamá iba acumulando día tras día, la descargaba sobre mí. El garrote se convirtió en mi pan de cada día.

Mi mamá, pobrecita ella, no tenía la menor iniciativa. Cuando físicamente no teníamos qué comer yo la escuchaba hablar en voz alta que se iba a poner a lavar ropa ajena o a freír unas empanadas para vender, o a emplearse como sirvienta para traer algo de dinero. Pero esos sueños de supervivencia se esfumaban en el instante en que las dos niñas que se encontraban lactando levantaban el rancho con sus llantos. Entonces ella se desesperaba y la emprendía contra mí. Fueron los meses más difíciles de mi vida. Ella me obligaba –desde el amanecer hasta la medianoche– a cargarlas, a cambiarles los pañales, a bañarlas, a cocinar y a alimentarlas. Entonces arribaba el señor Pedrito borracho, se armaba la pelotera y yo terminaba golpeado y humillado, afuera del rancho, abrazado a «Valiente», quien en gesto solidario, también lloraba conmigo.

Sin que nadie diferente a lo que mi instinto me ordenaba, empecé a salir todas las madrugadas directo al monte, armado con ese machetico que me regaló uno de mis «hermanos» en Galilea. Adquirí enorme habilidad para cortar las ramas precisa para fabricar unas escobas pequeñas. Organizaba las hojas las emparejaba y luego las amarraba a un palito con hilos que sacaba de los costales viejos de fique que encontraba en la basura. Entonces bajaba al pueblo y vendía las escobitas, puerta a puerta. Las monedas que ganaba se las entregaba religiosamente a mi mamá, o a veces le compraba un pancito. Cuando supe que el viernes a la medianoche se sacrificaba en el matadero de Baraya una res para el mercado del sábado, yo me aparecía a la una de la madrugada con una ollita. Pedía que me regalaran sangre, pedazos de grasa y algún trozo pequeño de hueso. Ese era nuestro mejor día porque con sal y cualquier pedazo de plátano o yuca yo me encargaba de cocinar la sopa de la semana. ¡Qué sábados inolvidables!

Recuerdo la mañana que le vendí una escobita a una señora viuda que amasaba y horneaba unos *bizcochos de achira.* Nos pusimos de acuerdo y me convertí en su *representante de ventas* en Baraya. Todas las mañanas, luego de bajar del monte con mis escobitas, me aparecía en casa de doña Purificación. Ella contaba los bizcochos en mi presencia, apuntaba el número en un cuaderno, los acomodaba entre una tela de algodón para que se conservaran frescos y yo salía con mi canasto y mis escobitas a ofrecerlas en las casas de Baraya. Nunca pactamos una comisión. A la hora de *sus cuentas,* me daba las monedas que se le antojaban, de acuerdo a si ese día ella se sentía de buen genio, irritada o deprimida.

Así, rebuscando una moneda allí y otra más allá, mi mamá y mis hermanas pudimos sobrevivir en aquellas semanas, porque el hambre era muy verraca y *Don Pedrito Castro* —«el hombre de esta casa»— no aparecía en el paisaje por andar borracho o de fiestas, enredado con otras mujeres.

En pocas ocasiones la vi sonreír. Una tarde aproveché que estaba de buen genio y le pregunté por mi papá. Ella hizo un doloroso gesto de desprecio. «Debe seguir allá en Colombia, debajo de las naguas de esa vieja asquerosa que siempre le tapó su irresponsabilidad», y en seguida pasó de afán la página, con el pretexto de alguna otra urgencia que debía atender con la crianza de las niñas.

Mi mamá era una mujer sin iniciativa, demasiado frustrada y amargada que dependía de forma obsesiva del marido que la maltrataba.

Siempre nuestra relación fue distante. Le tenía mucho miedo por sus accesos de furia y por las exigencias que me hacía. Yo, a mis siete años, además de inventarme toda clase de oficios para ayudarla a sostener la casa, me convertí en la niñera de mis dos hermanitas. Un día descubrí que yo no le tenía respeto a esta mujer por la vía del amor, sino como resultado del miedo que le profesaba. Todos nuestros altercados tenían similar final: me molía a palo.

Por esa suma de circunstancias no pude disfrutar de una niñez normal. La frase que desencadenaba el *Apocalipsis* era «¿dónde andaba?», como si desconociera que desde la madrugada estaba dedicado a trabajar como un esclavo. En seguida se armaba de un palo, al tiempo que gritaba: «vamos a ver si por fin me va a hacer caso». Y terminaba con la ejecución de su sentencia capital: «le voy a demostrar que soy capaz de amansarlo». Entonces me daba garrote con esa furia del campesino que castiga sin compasión a su mula enterrada para notificarle que mi Dios le otorgó ese derecho. La única conexión emocional que me mantuvo sincronizado con ese mundo de sueños y de juegos por los que transita cualquier niño de 7 años tenía un nombre: «Valiente». Con el paso de los días, estaba más grande, más consciente de su papel de guardaespaldas, aunque igual de flacuchento y con su caminar desgarbado. Este fiel compañero, se constituyó en mi polo a tierra. Él sabía cuándo me atacaba la tristeza y entonces se reacomodaba a mi lado en esas gélidas madrugadas de agosto, cuando baja de la montaña un viento helado. Recuerdo aquella tarde cuando regresábamos a la casa, y el perro movió las narices, se cruzó un potrero y resultamos frente a una fonda donde se vendía comida. La mujer que lavaba unas ollas se debió compadecer ante su cara de vagabundo porque le tiró un pedazo de algo. Esa tarde fue de revelación. Al siguiente día aparecimos en el mismo lugar, pero un poco más temprano. Yo me acerqué a la mujer, improvisé la misma cara de necesitado que solía poner «Valiente» y le solté la frase mágica: «Mi señora, ¿de lo que le sobre yo podría recoger algo para alimentar a mi perrito?». Gracias a la generosidad de la señora y la de «Valiente», yo examinaba las sobras y si estaban limpias mi perro y yo las compartíamos con mi mamá, sin darle pistas sobre dónde las habíamos conseguido.

No estoy muy seguro pero creo que mi mamá estaba enferma o sufría de depresión o, quizás estaba otra vez en estado de embarazo, lo cierto es que una noche el señor Pedrito, arribó borracho a la casa, exigió a gritos comida y mi mamá, en estado de pánico, queriendo evitar una paliza se excusó que estaba enferma, alegando que «Enrique es un desconsiderado que vive jugando con ese perro *chandoso* y no me ayuda a nada en la casa». Yo, que dormía afuera, escuché la misma bronca que ya me conocía de memoria, pero entre gritos, golpes y groserías me acabé de despabilar con aquella frase que me heló la sangre: «ese cabroncito me tiene mamado, si cree que va a hacer lo que le da la puta gana en esta casa, le mato ese malparido perro y de una vez aprovecho y lo mato a él».

¿Pero qué falta cometimos para que nos condenen a muerte? Esa misma noche, «Valiente» y yo nos escapamos a dormir al monte.

Al día siguiente, cuando me percaté que el bus del señor Pedrito ya había salido del pueblo, regresé a la casa. Apenas mi madre me tuvo al alcance de su mano, decidió descargar sobre mí toda su cólera y su frustración. En el instante en que me agarró para golpearme logré escapar y regresé al monte. Como en todo el día no había probado bocado, al final de la tarde yo me sentía débil y con hambre, así que me asomé a la casa con la esperanza de comer algo. Mi mamá se percató de mi presencia, se asomó a la puerta y sin la menor muestra de enojo me disparó su propuesta de paz: «entre mijo, que no le voy a hacer nada». Yo me deslicé a ver a las niñas y, de paso, a echar ojo por si había algo de comer en la cocina, cuando escuché «Enrique vaya a la pieza y me alcanza un pañal». En ese momento se desató la emboscada. Mi mamá se fue detrás de mí, cerró la puerta de manera violenta y empezó a golpearme como una poseída. Me reventó las narices y me abrió la cabeza. De súbito me botó al piso e intentó amarrarme los pies. «Le voy a quemar esas patas con candela para que no se atreva a volarse de nuevo». Yo me defendí como pude. Agarré de los brazos a mi mamá, mujer robusta que me doblaba en corpulencia y en fuerza, y como pude logré librarme del lazo con el que me tenía asegurado los tobillos. Salté como un jaguar herido y me volé para el monte.

Jamás regresé a esa casa. Estaba sentenciado a muerte por mi padrastro. En la soledad del monte reconocí que ahora era un fugitivo, estaba íngrimo, solo y debía sobrevivir por mis propios medios.

Dormía en un potrero al extremo opuesto del pueblo, pero los perros del vecindario no me conocían y entonces ladraban toda la noche.

Una madrugada, un vecino cabreado, pensando quizás que yo era un ladrón, salió con una escopeta y nos disparó. «Valiente» y yo corrimos como conejos, cagados del susto. Con esta nueva advertencia del destino decidimos con «Valiente» organizar cama en el parque principal. Pero en las madrugadas nos atenazaba el frío. Entonces descubrimos que el mejor refugio era dormir debajo de esos buses ínter municipales de carrocería abierta que se estacionan cerca de la plaza. Nos acomodábamos entre las llantas porque en ese rinconcito la temperatura es más tibia. Esta decisión casi termina en tragedia la mañana que estaba tan cansado, que se me «pegaron las pestañas», prendieron el bus y si no es por «Valiente» que presintió la tragedia y saltó, hubiéramos muerto aplastados como un par de sapos.

A la hora de sobrevivir mi cabeza producía muchas ideas, pero ellas siempre se estrellaban contra el terror que sentía ante la inminencia de que mi mamá y el señor Pedrito me localizaran. «Si me pescan, me matan» pensaba. Padecí muchos días, con la barriga pegada al espinazo. Miraba a lo lejos esos pequeños restaurantes donde los platos que servían me hipnotizaban, como si se tratara de ilusiones de otro mundo. Estuve tentado a entrar y ofrecerme para lavar las ollas o realizar cualquier oficio, el más humilde que fuera, a cambio de comida, pero me resistía, porque más duro que aguantar hambre era la dolorosa expectativa del castigo que me prometieron.

Ya en medio de la desesperación y el hambre cometí un vergonzoso delito. Me aparecí en esa panadería de la esquina en donde en los buenos tiempos compraba pan. Yo había envuelto entre un papel unas piedritas, que simulaban monedas. Saludé a la señora y le pedí un paquete grande con pan recién horneado, *mojicones, bizcochos de achira,* galletas, y esas deliciosas *cucas* preparadas con azúcar morena. Ella me pasó el paquete y yo el papelito con las piedritas... y enseguida «Valiente» y yo echamos a correr por los potreros hasta perdernos en el monte. Las provisiones nos alcanzaron para tres días. Al remordimiento de tripas que se siente con el hambre se sumó ahora el remordimiento de conciencia... «Ahora sí nos jodimos —le susurré a «Valiente—. Nos llevó el putas. Para aumentar nuestra desgracia, ahora estamos al margen de la Ley. Somos fugitivos».

En ese momento tuve la certeza que la señora de la panadería me había denunciado y que ahora todos me buscaban por el pueblo y sus alrededores: la señora para cobrarme, la policía para encarcelarme, mi mamá para darme garrote y el señor don Pedrito –mi padrastro– para matarme.

No me dieron otra salida. El tren de mi vida debió partir de esta estación –como siempre– antes de tiempo.

De la suerte de mi madre no volveré a saber por los siguientes 24 años.

Aquella tarde de diciembre de 1985, cuando volví a ver a mi mamá, reflexioné sobre este período sombrío de mis primeros años. Mi madre no tuvo la culpa de mi llegada al mundo, ni de los episodios inhumanos que debí padecer durante toda mi niñez. Ella también fue otra víctima de la ignorancia, la violencia, la exclusión social y la pobreza.

Como la visión de la vida era para la abuela tan limitado, ella pensó que la gran oportunidad de redimir a su hija del marginamiento del monte era buscarle oficio en el pueblo. Con esa obsesión, la abuela se dio mañas para conseguirle un empleo como sirvienta en la casa de una señora rica que residía en la cabecera municipal de Colombia, Huila. Mi madre era entonces una adolescente analfabeta, de apenas 14 años, recién salida del monte, obligada a madurarse biche.

Por ese derecho feudal que se arrogan los propietarios de las haciendas de establecer relaciones sexuales casuales con las mujeres que, en condición de servidumbre laboran en sus casas, el hijo de la patrona preñó a mi madre. Como esa conducta es muy común en esos ambientes campesinos y machistas, tan pronto la patrona se percató del embarazo, expulsó a mi madre de la casa, y se la llevó a Neiva so pretexto que la tenía que ver un médico. Allí la dejó abandonada en una calle desconocida, de una ciudad grande que tampoco conocía. De esa forma infame, pretendió borrar las huellas del abuso de su hijo, los rastro de su paternidad y ayudó a evadir las responsabilidades morales y económicas que lo obligaban como padre.

¿Y cómo mi abuela se convirtió en mi mamá?

Un día le fueron con el chisme que la hija que ella dejó en Colombia se voló de la casa y se largó para Neiva. ¿La razón? Elemental.

La muchacha sedujo al hijo de la patrona y para extorsionarlo se dejó preñar. Como resultado de la aventura parió un niño, que dejó abandonado en un hospital de caridad. Entonces mi abuela le ordenó a Benjamín, su hijo mayor, que viajara a Neiva, localizara a su hermana, rescatara al niño y lo subiera a su finca en la vereda de El Valle. Con apenas seis meses, casi moribundo y en los brazos de mi tío Benjamín, emprendí el largo camino de seis horas en bus hasta Colombia, y de allí, cinco horas a lomo de mula, hasta la finca de mi abuela. Por esa razón, mi abuela pasó a ser, hasta mi siete años, la única mamá que yo conocí.

El terror de volver a Baraya se convirtió en mi peor pesadilla. Todas las noches soñaba con los vecinos que nos señalaban: «Esos son los ladrones ¡Deténganlos!» y, en seguida, otra escena igual de espeluznante: la de nuestra captura por la policía, la del traslado de «Valiente» y yo al centro de la plaza, amarrados y vendados, y al final, los mismos aullidos de los violentos que intentaron tumbarnos la casita en Colombia: «¡¡¡Maten a estos liberales hijueputas!!!»

La situación no podía ser peor. Reconocí que en Baraya se me cerraron todas las puertas. Ese martes no pude dormir. Con apenas siete años yo no conocía muy bien al Dios que me tocó, ni recuerdo haber ido a la iglesia, pero en esos momentos de angustia en alguien tenía que confiar. Miré la noche estrellada y le rogué a Dios que nos ayudara. Como cargaba el terror de que alguien nos identificara, abandonamos el pueblo a las 4 de la madrugada.

«¿Para dónde ir?». Una corazonada me allanó el camino. Me iría a Colombia, al fin y al cabo era el único pueblo que conocía. Hacía poco le había escuchado a mi mamá que allí vivía mi papá. Esa sería mi salvación.

—¡Valiente! ¡Arranquemos pa' Colombia! Mi papá es la única persona en este mundo que nos va a ayudar.

Valiente batió la cola, a modo de despedida, y salimos a la carretera polvorienta, sin desayuno, sin comida y sin un centavo, a enfrentar lo que viniera.

Más nos hubiera valido salir de Baraya, pero en la dirección opuesta.

10

El cruce del desierto

Yo no tenía muy claro qué tan lejos estaba Colombia. Pero de ingenuo me dejé guiar por esa mezcla de atrevimiento y despiste del niño campesino que reduce toda su visión del universo a su trabajo en una finca perdida en la cordillera, a las experiencias traumáticas que padeció en un mundo violento y a reconocer la existencia de dos pueblos que dormitan de tedio en el centro de ninguna parte: Colombia y Baraya.

Yo era un niño que sólo recuerda haber montado en carro una vez en mi vida, y que si algo recibí en abundancia, durante mis primeros siete años, fue la carga de todas las responsabilidades de un adulto, las escenas de terror más escalofriantes, toda suerte de rechazos en mi familia y la miseria de no pertenecer a nada ni a nadie. Por esa suma de razones, yo veía a Colombia como el ombligo del mundo, la *Meca*, el paraíso para mi redención, un santuario que me era familiar y en donde, de encime, podría conocer a mi verdadero papá.

Fuera del aporreado sombrero, la camisa y el pantalón de dril, viejo y roto, que llevaba puesto, más el pequeño machete que mi tío Ismael me regaló en Galilea, no cargaba nada más. Ni una muda de ropa, ni siquiera zapatos, porque nunca los tuve. Fue tan improvisado el viaje que no tuve tiempo para procurarme un pan. Pero, en compensación, poseía ese espíritu recio de niño campesino con alma de explorador, y además contaba con mis manos, mis pies, mi perro, mi cabeza, mi experiencia en resolver problemas y lo que en ese momento más me impulsaba a llegar a Colombia: esa necesidad de afecto paterno, que me estaba corroyendo el alma.

En medio de la oscuridad dimos un largo rodeo por entre potreros y cañadas para no pasar por el casco urbano de Baraya. Tuvimos la suerte de encontrar una trocha que corta camino hasta la carretera. «Valiente» iba contento, batía la cola como si él se sintiera el protagonista de la aventura. Adelante me trepé a un árbol, quebré una rama y con el machete me improvisé un *perrero* para espantar a los gozques que osaran atacar a «Valiente» o, para defendernos de alguna culebra que nos amenazara en el camino.

Según mis cuentas, gastaríamos tres días para llegar a Colombia. La carretera que se abrió frente a nosotros es plana, polvorienta, con unas rectas larguísimas que se pierden entre esa penumbra que precede al amanecer. A la hora en que los primeros rayos del sol empezaron a asomarse tímidos por encima de la cordillera, ya ajustábamos más de dos horas echando pata, con la barriga protestando por la falta de comida. El clima estaba fresco, ideal para emprender una jornada que me imaginé sería fácil.

Cuando el sol despuntó y se iluminó el terreno, me di cuenta que este paisaje en nada se parece al que yo tenía impreso en mi memoria. Es que jamás conocí en mi niñez ambiente diferente al de la finca de la abuela en El Valle, una postal andina, rodeada de montañas, con abundante vegetación y árboles frondosos, donde sobra el agua, y corríamos por los extensos potreros que fueron quedando, donde antes hubo selvas y luego aserríos. ¡Ah! Y ese clima fresco de la cordillera, que nos mantenía el espíritu alegre y las mejillas coloradas. Ahora camino por una carretera desierta, que corre de sur a norte, paralela a la lejana cadena de montañas que se alcanzan a adivinar allá, muy lejos, por sus picos coronados de nubes. El paisaje es árido, infinito y aburrido. Priman los colores melancólicos entre el gris y el ocre, y sopla con fuerza un aire seco y ardiente. La vegetación de este desierto se limita a matorrales espinosos, zarzas, cardos y esqueletos de arbustos tamizados por el polvo, y aquí y allá, se alzan desafiantes los cactus. No existe un metro cuadrado de pasto verde. El sol brilla exhibiendo toda su energía, sobre la cúpula azul oscura de un cielo que quizás ya olvidó cómo luciría de bello si se adornara con nubes. Todo el paisaje parece percudido por la misma pátina de ese polvo del desierto que se adhiere como una costra a todo lo visible y lo invisible. De vez en cuando se adivinan a lo lejos, fundos pequeños en la mitad de extensos eriales, con sus sembrados de maíz calcinados por el verano y con esas casitas de techos de paja que se asoman como fantasmas. Aquí no se ven muchos seres vivos, a excepción de buitres que patrullan lentos las alturas y liebres que corren sorprendidas. Entre los matorrales se emboscan serpientes cascabel y bajo la piedras unos alacranes respetables. Como «Valiente» ni ladró ni reaccionó ante la aparición de tantas liebres, me di cuenta que el calor, la sed y el hambre, lo tenían tan afectado, como a mí.

Pronto descubrimos que por la polvorienta carretera pasan pocos vehículos. Un bus solitario, dos volquetas con trabajadores y tres o cuatro jeeps. Años más tarde tuve la certeza que si a cualquiera de estos vehículos les hubiera hecho señas de «pare», el viaje a Colombia hubiera sido de unas tres horas y media. Pero en esos momentos estaba aterrorizado ante la posibilidad de que alguien me identificara y me entregara a mi mamá o a la policía. Por esa razón, apenas escuchaba en la lejanía el sonido de un motor, corríamos a escondernos entre las zanjas y los arbustos espinosos. Era el mecanismo automático de mi instinto de conservación que me recordaba la sentencia capital del señor Pedrito, mi padrastro, el ayudante de bus de Coomotor, el mismo que recorre este tramo de la carretera cuatro veces al día, el hombre que en la última ocasión que escuché su voz fue para notificarle a mi madre que me iba a matar.

Por la posición del sol calculé que sería la una de la tarde, cuando vi a lo lejos una vega estrecha con frondosos árboles que nada tenía que ver con el paisaje desértico por el que habíamos caminado. Gastamos casi una hora en llegar a la finca. Recostado en un asiento, bajo la sombra de una ceiba, vi a un señor viejo, de tez blanca, pálido y escuálido, con un sombrero claro de pajilla, que sorbía algo de un vaso. Yo me acerqué al broche, pero el viejo me paralizó con un berrido: «¡¡Oiga ¿Para dónde cree que va?!!». Confundido me quité el sombrero para que viera que no generaba ningún peligro. El tipo gritó desde su asiento: «¡Deje ese *chandoso* amarrado afuera, porque los perros de aquí se lo matan y yo no respondo!». A mí me saltó el corazón y sentí un escalofrío. Le pregunté si me podía prestar un costal de fique y una totuma con agua. Yo me regresé hacia la carretera hablándole a

«Valiente» y pidiéndole paciencia. Le di a beber toda el agua, lo metí entre el costal y me trepé con él a un árbol. Me di mañas para dejarlo amarrado en una rama, allá arriba, donde ningún perro me lo pudiera atacar. «Tranquilo Valiente, tranquilo», le repetí varias veces hasta que lo sentí sereno. Mientras estaba en esa funcionadera, me inventé una historia conmovedora. Bajé del árbol y regresé a donde el dueño de casa. «Señor, mi madre murió en el hospital. En sus últimas palabras me dijo que corriera a buscar a mi papá en Colombia, un señor que nunca he visto». Luego le abrí mi corazón, le dije que estaba muy hambriento y que si me podía quedar en su casa un par de días, que yo le pagaba la comidita que le sobrara, con el trabajo que necesitara.

Durante los diez minutos que hablé sin parar, el señor no me miró ni un instante, ni lo vi hacer ningún gesto de emoción. Se limitó a mover la cabeza en señal de «no», como si sufriera del *mal de san vito*. Cuando por fin se me acabó la saliva y la imaginación, el viejo sentenció.

–Aquí no se puede quedar, mijo. Mi mujer va a llegar en dos horas. Está mercando en Baraya. Ella es muy celosa y va a pensar, como ya me ha ocurrido antes, que usted es otro *hijo* que le traigo a la casa. Así que siga su camino, joven.

–Pero...

–¿No me entendió, mijo?. Vaya, saque del corral otro costal y llévese los mangos que pueda cargar, yo le encimo una panela. ¡Pero ya! ¡Desocupe ya!

En los siguientes diez minutos yo ya había recuperado a «Valiente» de su refugio en el árbol y corríamos al otro lado de la carretera, para beber agua en la quebrada que el viejo nos indicó. Teníamos que sacarle ventaja al milagro de encontrar una corriente de agua tan cristalina. «¡Aprovechen e hidrátense! Porque de aquí para adelante, todas las quebradas que van a cruzar no son más que caminos empedrados».

Varios meses atrás, por los tiempo de nuestra estadía en Galilea, «Valiente» padeció mucho por el frío del páramo. Es que con ese pelo tan corto y con semejante flacura no tenía cómo conservar las calorías. Entonces aprendió a comer pedazos de panela, que yo se los combinaba con un cuenco de leche caliente que me robaba en la cocina. Aquí no hay leche, pero esa tarde se comió un trozo de panela y lo pasó con agua. Por fortuna, mi perro comía de todo, incluso, noté que le empezaron a gustar las cáscaras del mango.

Al caer la tarde nos comimos otro mango grande y como a las 7 de la noche organizamos cama en el descampado y nos quedamos fundidos.

Me desperté asustado. No sabía la hora, pero era tal la oscuridad, que supuse que pronto empezaría el amanecer. Yo, que siempre fui bueno para echar pata y soportar sobre mi espalda cargas pesadas, me sentía débil por la falta de comida. El peso de los mangos me tenía matado. Así que, consciente que más adelante nos iban a hacer falta, seleccioné dos para el desayuno y los seis mejores para lo que nos quedaba de camino. El resto los boté. Aliviado de tanto peso, me eché el costal al hombro y empezamos a caminar como fantasmas, por entre el tenebroso túnel del final de la noche.

A las siete hicimos una pausa para desayunar. Con paciencia y amor le ayudé a «Valiente» a tragar sus cáscaras de mango. Caminamos el resto de la mañana hasta cuando el sol se colocó vertical y en los alrededores no se movía una espiga. Ese día el calor fue tan intenso que aguantamos mucha sed y como efecto de los remolinos de viento que nos azotaron, con su carga de polvo arenoso, resultamos con los ojos irritados.

Como toda mi vida anduve descalzo y así trabajaba en la finca, y así me movía por entre los lodazales de las trochas, y así trepaba la montaña, pues mi pies se amansaron y se acostumbraron al trajín. Pero en ese par de días, el peregrinaje por la carretera se me volvió una tortura. El sol inclemente cae a plomo y no hay árboles que produzcan sombra. Sobre el mediodía las piedras saltan del calor. La opción de salir de la carretera y caminar por las orillas resultó en una tortura peor, porque la vegetación es reseca y los arbustos rastreros están repletos de espinas. Por eso preferí aprovechar el clima benigno de la madrugada, para avanzar más rápido y tranquilo.

Como no soportábamos un minuto más de sol seleccioné el árbol más frondoso, en dos kilómetros a la redonda. A la sombra de un raquítico arbusto de teca nos fuimos a refugiar. Examiné el terreno para evitar acostarnos encima de un nido de alacranes o de culebras y quedamos fundidos, señal que nuestros cuerpos necesitaban, con urgencia, recuperar energías.

Serían las cuatro de la tarde cuando despertamos. Una brisa fresca disminuyó la intensidad del calor. Habríamos caminado una hora larga cuando divisé una casita de bahareque abandonada, en medio de un campo calcinado por el sol. Nos salimos de la carretera y nos fuimos a curiosear en busca de comida. La casa no estaba sola. Una mujer anciana acababa de llegar con un pequeño rebaño de ocho o diez chivos que traía de pastorear. Yo le pedí agua y ella me señaló en la parte de atrás una mana de agua que brota del suelo. La fuente está resguardada con alambre de púas, para que las cabras no se acerquen. Dos gozques flacuchentos que bostezaban del bochorno, le olieron la cola a «Valiente» pero –indiferentes– se echaron a la sombra. Compartían la misma contextura raquítica de mi perro, y para hacer juego con el paisaje se veían cubiertos con el mismo tizne rucio que se levanta en la carretera.

«Valiente» y yo bebimos agua como si fuéramos un par de camellos que acabáramos de cruzar el Sahara. Yo me lavé la cara y me peiné a manotazos para aparecer menos golpeado por la travesía. En seguida le recité a la señora el cuento que la tarde anterior me inventé para conmover al señor anciano de la finca: «Mi madre murió en el hospital. En sus últimas palabras me rogó que, por caridad, me largara para Colombia a buscar a mi papá». La vieja tampoco se conmovió. Es que la miseria mía era, a ojo pelado, menos miserable que la de ella. Pero me recomendó que intentara hacerle señas a una volqueta o a cualquier carro, porque *a pura quimba*, todavía me quedaban dos días de camino. También me recomendó que no aguantara tanta sed. «Los cardos tienen agua. Trépese, mijo, con cuidado para que no se espine. Las frutas que brotan en los cogollos son dulces, pero tenga cuidado con la pelusa que envuelve los frutos porque es traicionera y espina muy feo».

Como presentí que el dueño del rancho estaría a punto de llegar, y siempre fui muy temeroso de la reacción violenta de los maridos celosos, me entró la angustia por largarme. La señora nos regaló dos calabazos que llenamos con agua para beber en el camino.

Por ahí a las nueve de la noche, cuando la temperatura refrescó, nos detuvimos. Preparé una agua de panela y la compartí con «Valiente». En seguida, organizamos cama y nos quedamos dormidos.

El aleteo de los murciélagos durante la noche es muy incómodo. Es que cuando se duerme a la intemperie los murciélagos le chupan la sangre caliente a cualquier animal o persona, sin que uno sienta dolor. Entonces, a la luz de la luna, organicé mejor la cama. Corté unas ramas espinosas y las organicé para protegerme los brazos y los pies y, en seguida, me enconché a dormir abrazado a «Valiente».

Unas dos horas antes del amanecer reanudamos la marcha. Allá bien abajo, paralelo a la carretera, sentimos por primera vez el rumor del río Cabrera. No lo vimos por la oscuridad pero lo imaginamos bravo y caudaloso.

A media mañana por fin contemplamos las aguas turbulentas del río que reverberan encañonadas, entre piedras y espuma. El sol brilla impenitente y el azul intenso del cielo continúa sin el asomo de una nube, pero el paisaje se empieza a teñir con algunos tonos verdes, y la sensación de calor parece disminuir.

Aunque estuve tentado a hacerle el pare a cualquier camión o carro que fuera en dirección a Colombia, en cada ocasión retornaba a mi mente la sentencia a muerte del señor don Pedrito y, entonces, me llenaba de angustia y corríamos al monte a escondernos. Como a las cuatro de la tarde sentimos cerca el bramar de otro río, el Venado, que viene retumbando cordillera abajo para desembocar, ahí no más, en el Cabrera. «Valiente» estaba muy asustado y no quiso pasar el puente. Descendimos de la carretera hacia el río Cabrera con la esperanza de vadear el río Venado en la desembocadura, pero las dos corrientes son muy bravas y nos tocó desistir de la idea. Entonces regresé a la carretera, metí a mi perrito entre el costal, me percaté que no se escuchaba el motor de un carro, me lo eché al hombro y, a toda carrera, crucé el puente. Del puente hacia el norte cambió el paisaje. Todo luce menos árido y arriba vi colinas donde se adivinaban algunos cultivos. La temperatura es menos sofocante y el ambiente es húmedo. La vegetación me resultó familiar. Aunque el terreno mantiene la erosión, no es tan desértico como el que conocimos los días anteriores.

Esquinados por el hambre y la sed aprendí a identificar los cardos que me recomendó la señora de los chivos. Con paciencia le enseñé a mi perro a comer esos vejigones rojos y almibarados que brotan en los cogollos. Les pelaba con cuidado la pelusa traicionera que los cubre, porque no quería que «Valiente» se espinara y dejara de comer.

Pero preciso, esa tarde, mientras me encontraba trepado en un cardo gigante, sucedió la tragedia que me marcó por el resto de mi vida.

11

La felicidad no es como la pintan

Aunque hambriento y agotado, la inminencia de coronar el viaje me produjo suficiente adrenalina para recargar el alma. El pueblo de Colombia estaba cerca. Ahora solo pensaba en cómo sería el ansiado encuentro con mi verdadero papá.

Como yo conocía algo del pueblo, me atacó la pensadera, especulaba en qué calle vivía o cuál podría ser el camino para su finca. El problema de clarividencia con el que me topé fue imaginarme su cara. Siempre lo soñé, alto, bien parecido, delgado, vestido de comerciante, de sombrero y con botas de cuero amarillas o por lo menos, de caucho... pero creo que me faltó la inspiración suficiente para cuadrarle una cara que le armonizara al ideal de ese cuerpo. Busqué entre las caras de la gente que recordaba... Pero no. Definitivamente, no. Descarté de entrada la cara de perdonavidas del señor don Pedrito, el compañero de mi mamá... ¿Y si de pronto tuviera la cara del Miguel, el cuarto marido de la abuela? o ¿la cara de quienes pensé eran mis hermanos y que vivían enmontados en Galilea?. Qué pesadilla. Tenía tan idealizado a mi viejo que ninguna cara conocida le cuadraba. Me sentía animado con la idea obsesiva de que todos mis sufrimientos quedarían aliviados, al instante de conocerlo. Al finalizar esa tarde me asaltó la tentación de bajar hasta el borde del río para que «Valiente» y yo nos bañáramos, pero el furibundo caudal nos impuso respeto. Además no podía perder más tiempo. Este ya era el tercer día que caminaba sin descanso por esa carretera desierta y el tercer día que agonizaba de miedo cada vez que escuchaba un carro, o veía a un campesino en

la distancia. Ya no me sentía capaz de seguir aguantando hambre, sed
y soledad. El sol se empezó a ocultar y la resolana del verano le dio
una última mano de pintura roja a todo el valle. Serían casi las siete
cuando divisé un cactus gigante con bastantes tunas en los cogollos.
La necesidad de meterle algo a la barriga antes de dormir, me hizo caer
en la tentación. Con el machetico le eliminé algunas espinas al tallo
y empecé a trepar para bajar los frutos rojos. «Valiente» se echó al pié
del cardo. De pronto, lo sentí inquieto, se levantó alarmado, gruñó
y se escurrió presto entre la maleza a perseguir lo que me imaginé era
un conejo. Ahí fue cuando escuché el aullido. «¡¡¡Valiente!!!», grité. Me
dejé escurrir a plomo por el cactus y me herí los pies y las manos con
las espinas. No supe dónde se había metido mi mascota «¡¡Valiente!!»,
¡¡Valiente!!», volví a gritar. En ese momento percibí que algo se movía... pensé que era el perro, pero... ¡Ay! ¡No! ¡No! Era una asquerosa
serpiente *tatacoa*, que, espantada, se irguió amenazante como si fuera
un látigo y enseguida se deslizó entre el rastrojo.

¡Ay! La mal parida mordió a mi perrito en el hocico. «Valiente» se
encontraba tan flaco y desnutrido y tan disminuido por la vigilia, que
la acción del veneno fue inmediata. Se intentó parar, pero el tóxico le
paralizó las patas. Tosió como asfixiado. Por instantes, movió los ojos
sin control. Aunque no sangraba, eran visibles los dos orificios de la
mordida. ¡Ay! La trompa y la cabeza se le hincharon de repente. «Dios
mío, ojalá no haya sufrido demasiado», fue el único pensamiento que
se me ocurrió. Me encendí de coraje. Con el machetico escarbé con
furia la yerba, pero el asqueroso crótalo ya se había escurrido hacia lo
profundo del monte. Mi compañero murió entre convulsiones, sin
que yo pudiera hacer nada. Me puse de rodillas. Abracé el cuerpo.
Le puse mi oreja sobre la barriga. Estaba calientito, pero no sentí que
respirara. Todo ocurrió tan rápido que duré una eternidad sentado
en la mitad de la galaxia de mi confusión, con el cuerpo exánime
de mi compañero de aventuras colocado entre mis brazos. Yo, que a
mi edad le he visto la cara a la muerte tantas veces, jamás antes me
tocó tan cerca. En medio del claroscuro del ocaso, me di cuenta que
no estaba preparado para enfrentar más muertes. «Valiente» era el ser
vivo que más había amado en toda mi vida. ¡Ay! No pude contener
las lágrimas. Lloré en silencio. Me sentí infinitamente solo, sin nadie
que me consolara. Pensé en morirme. Cuando ya la noche entró de
lleno y una luna tímida como de cuarto creciente se instaló en el cielo,

alcé el cuerpo de mi perrito y me fui hacia la carretera. No tenía cómo abrir un hueco. Lo envolví en el costal y terminé acomodándolo entre una pequeña zanja que vi en la base de un tubo grande de drenaje, que cruza bajo la carretera. Con paciencia de penitente me dediqué a buscar piedras y más piedras y me puse en la tarea de encajarlas hasta cuando estuve seguro que su tumba resultó inexpugnable. Me angustiaba pensar que cuando el cuerpo se pudriera, caerían los buitres que sobrevuelan impenitentes este desierto. No recuerdo durante cuánto tiempo cumplí mi nuevo oficio de sepulturero, pero hice el trabajo con tal amor y devoción que hoy estoy convencido que ningún bicho carroñero pudo jamás violar la tumba de «Valiente». Para rematar la ceremonia, corté dos palitos y con la ayuda de un cordón de fique que extraje del costal, fabriqué una cruz pequeña. Yo no conocía en esa época ninguna oración, pero con mis ojos nublados por las lágrimas miré hacia ese firmamento donde no cabía una estrella más y le pedí al Cielo por el alma de mi perrito. En seguida enterré la cruz al lado de la sepultura, con tanta fe, que en ese instante sentí mucho susto pues me imaginé que se me iba a aparecer el alma en pena de algún conocido, entre los muchos que yo he visto morir. Pensé en velar a «Valiente» hasta la madrugada, pero reconocí que permanecer allí más tiempo, no solucionaba nada, ni podía devolverle la vida a mi compañero de viaje. Opté por combatir la angustia con pensamientos positivos.

Como el encuentro con mi papá estaba muy cerca, decidí que el mejor alivio para mi pena era apretar la marcha. Luego de tantos días de sufrimiento confiaba que entre más rápido me acercara al pueblo, mis padecimientos se acortarían. Aproveché el fresco de la noche y caminé sin descanso, siempre con la sensación de que «Valiente» me seguía. En varias ocasiones voltee la cara con la esperanza que la tragedia no fuera más que una fugaz pesadilla. Me distraje recordando tantas aventuras que compartí con mi fiel guardaespaldas. ¡Ay! Desde aquella mañana sangrienta, de dolor y desconcierto, cuando fuimos testigos de la masacre de las familias liberales en El Valle, y, sin saber para dónde coger… nuestros caminos se cruzaron… Cuánta vida compartimos… hasta hoy, al caer la tarde, cuando el demonio disfrazado de serpiente cascabel me lo arrebató

Quizás por temor a la violencia, por el toque de queda que regía en los pueblos y por lo despoblado de la región, a partir de las seis de la tarde no transitaban carros ni se veía un alma en el paisaje. Eso contribuyó a serenarme. Cuando ya le tomé de nuevo el ritmo a la marcha se me disipó la angustia. Mis pensamientos de esa noche se los dediqué a «Valiente». No recuerdo cuánto tiempo caminé, pero de pronto la fatiga, el hambre y las intensas emociones padecidas lograron debilitarme. Hice cama entre unas piedras, pero no pude pegar pestaña. Cuando el cielo adquirió esa oscuridad de betún que precede al comienzo del amanecer, no aguanté más y me quedé fundido. Serían las siete cuando desperté sobresaltado. Me saqué una espina que la noche anterior se me clavó en el pie y reanudé la marcha. En comparación a los tres días anteriores, la carretera la veo más activa. En algunos momento parecía que la estela de polvo jamás se iba a asentar. No llovía, pero el cielo se veía plomizo y el ambiente lo sentí cargado de humedad. Estaba tan cansado que esa mañana decidí no saltar cabreado al monte cada vez que sentía la proximidad de un carro.

Estoy seguro que me encuentro en las vecindades de Colombia, porque veo más gente, carros, mulas y caballos, y algunas casas. Pero algo inusual está sucediendo. ¡Me puse mosca! ¡Qué extraño! Los buses y carros que pasaron hacia Colombia, ahora están detenidos. Con cautela y desde la distancia me asomo curioso. ¡Mierda! Nadie puede vadear el río Cabrera. Debió diluviar varios días en lo alto de la cordillera, porque a esta hora ni buses, ni jeeps, ni hombres, ni bestias se atreven a cruzarlo. Ambas orillas se ven repletas de pasajeros y curiosos. Lo único que se mueve es un buldócer amarillo, gigante, que pasa —de una orilla a la otra— a los campesinos y a la carga. Para mi fortuna no me acerqué demasiado. De pronto, alcancé a ver el signo de mi mala suerte: el marido de mi mamá, el señor don Pedrito, él es uno de los voluntarios más activos, que ayudan a los pasajeros a cruzar. Como ayudante del *bus escalera* de Coomotor en la ruta «Colombia - Baraya - Tello», grita órdenes, manotea y organiza a los pasajeros que se embarcan hacia el sur. Así que no tuve otra opción que esconderme entre el monte hasta cuando el bus de Coomotor aseguró el cupo completo y partió como un cometa dejando una estela de polvo, en medio del estruendoso concierto de cornetas que el conductor improvisó. Fue la última ocasión en mi vida que contemplé la figura de «don Pedrito Castro, el hombre de esta casa». Tan pronto sentí que la vía quedaba libre de amenazas, suspiré aliviado y me acerqué a la orilla.

¡Qué espectáculo! Las maniobras que improvisaba el buldócer merecían alquilar balcón. Babeaba yo en primera fila con la visión de las arriesgadas piruetas de ese monstruo antediluviano, de color amarillo, capaz de retar a las aguas enloquecidas. La mole de hierro bufa, arranca, da vuelta y retrocede, dócil a las palancas que manipula el operador. Me quedé hipnotizado con ese va y viene de la máquina, de una orilla a la otra del río. Echa humo por el tubo vertical de desfogue y desafía con su torpe caminado la fuerza de la corriente.

Entonces me animé a cruzar el río. Tan pronto vi la oportunidad, corrí, pegué un salto y me prendí como un mico a la estructura del buldócer. Yo ya había observado que en la medida que ingresaba a la corriente la máquina empezaba a corcovear con el entusiasmo de un potro cerrero. Íbamos seis, quizás siete personas agarrados de donde podíamos. El aparato giró, se metió al río y de súbito, sentimos que la Tierra se desfondó. El operador reaccionó al peligro, aceleró ruidoso para tratar de evitar que el monstruo de hierro cayera a la zanja que se abrió en el lecho del río, pero esta vez el buldócer dio un giro inesperado, se inclinó de medio lado, y ya sin control se volcó. La furia de las aguas no tuvo compasión. Cuando sentí que la rabiosa corriente nos cubrió de manera alocada, salté al río. En ese instante, mi ángel de la guarda se encarnó en un hombre que también saltó y a riesgo de quedar envuelto entre los remolinos y estrellarse contra las piedras, de un manotón me agarró de la camisa y me sacó a la orilla. Este señor me salvó la vida. «Pelado, usted no se ahogó de milagro» fueron las palabras con las que me recibieron en la orilla, las mismas que me repitieron durante toda la mañana. La gente hablaba del héroe que le salvó la vida a un niño que estuvo a apunto de ahogarse. Para mi pesar, nunca le vi la cara al hombre que me rescató. Nunca supe quién era. Lo cierto es que ese día su hazaña se comentó con admiración, a éste y al otro lado del Río Cabrera. Si bien, gracias a Dios salvé mi vida, perdí en pocas horas todo lo que poseía: el machetico que me regaló mi tío en Galilea, mi aporreado sombrero y mi fiel perro Valiente.

Sin poderme recuperar del susto, empapado, descalzo y muerto de hambre me puse en la tarea de preguntar dónde podría encontrar a *don Alfredo Flórez*, mi padre.

Descubrí que mi papá es una persona muy conocida en el pueblo. Así que sin muchas vueltas, me fueron dando indicaciones hasta que lo localicé en una tienda donde compartía con un grupo de amigos.

La tensión de cómo me voy a presentar, más el hambre que me encalambra la panza me provocan deseos de vomitar. Desde la noche que murió «Valiente» no tengo nada en el estómago. Me siento enfermo y debo exhibir una palidez transparente. Así que me senté en el andén y esperé a que se me secara la ropa. Aproveché ese tiempo para repasar mi discurso de presentación. Una vez me sentí listo, me peiné con los dedos y me acerqué a la tienda.

Asomé mis narices hacia el interior y apenas intentaba enfocar al grupo, cuando escuché un vozarrón que me heló la sangre.

—¡¿A quién busca!?

—Buenas tardes. Me dijeron que aquí puedo encontrar al señor don Alfredo Flórez.

Un señor que estaba dentro del grupo y se reía a carcajadas, se puso serio de repente. Todos sus amigos lo miraron.

—¿Quién lo busca? —preguntó con rudeza, al tiempo que entrecerró los ojos como si se le dificultara enfocar a ese niño desconocido que no era más que una silueta sobre el vano de la puerta.

—Yo, señor. ¿Usted es don Alfredo Flórez?

—¡Diga! —Exclamó con prepotencia.

—Mire señor, yo soy Jorge Enrique Flórez Lozano, hijo de Mercedes Lozano. Me dijeron que yo soy hijo suyo y me encuentro solo. Me abandonaron. Vengo a que me ayude. Yo no tengo a nadie más en la vida.

Mi papá no pudo disimular su bochorno. Ese hombre que se carcajeaba eufórico sufrió en un segundo una súbita metamorfosis. Ahora exhibía una mueca de cólera, como si yo me hubiera propuesto a avergonzarlo frente a sus amigos. Lo vi palidecer y en seguida ponerse rojo de la ira. De un golpe colocó la cerveza sobre el mostrador, se arremangó con furia la camisa y se dirigió hacia a mí. Sin mediar palabra me agarró de una oreja y me sacó en vilo de la tienda. Él era muy grande y yo me sentía muy débil. No abrí la boca. Estaba preso del pánico. Sentí que estaba a punto de vomitar. Una vez traspasamos la puerta de la tienda, me agarró por el cuello de la camisa y me condujo hasta la esquina del parque. Miró a todos los lados para percatarse que nadie lo veía y me disparó su propuesta.

–Mire cabroncito. Nunca en su puta vida se atreva a decir que yo soy su papá. ¿Me entendió?

–Pero...

–¡¿Fue que no me entendió?!

En seguida se metió la mano al bolsillo y sacó tres monedas de cinco centavos.

–¡Tome! Y ahora, ¡lárguese! ¡No lo quiero volver a ver en mi vida!

En ese momento sentí que un rayo me fulminó. ¡Qué dolor tan intenso me traspasó las sienes!

El buen samaritano

Cuando mi papá –avergonzado ante sus amigos por la inesperada aparición de un hijo que siempre negó– dio media vuelta para regresar a su mundo de privilegios y negocios, yo salí en dirección contraria, arrastrando por las calles polvorientas de este pueblo mis pies desnudos. No poseía nada material, ni espiritual. Cargaba el peso de esa soledad deprimente que me recordó la patética estampa de «Valiente» la mañana de la masacre cuando nos encontramos en el camino y decidimos jurarnos lealtad hasta la muerte. No me sentía un ser humano. Veía en mi estampa al mismo perro flaco y feo, abandonado, incómodo, expulsado de todas partes a patadas. Golpeado por esta realidad tan dolorosa, deambulé por el pueblo sin atreverme a tocar una puerta, ni para pedir un vaso de agua. Cuando la debilidad me venció, me senté en cualquier andén y empecé a llorar mi desgracia. Quizás no había cumplido ocho años y ya no tenía destino ni afán. Lloré el resto de la mañana, abatido por mi desgracia. Lloré toda la tarde, como si hubiese recibido el encargo de redimir todas los pecados que pesaban sobre mi familia. Lloré. Algunos vecinos pasaron a mi lado indiferentes y otros, quizás movidos por morbosa curiosidad, me fisgonearon desde lejos sin perder un segundo en averiguar sobre las causas de mi tragedia. Lloré sin parar, pero nadie se detuvo. Perdí toda vergüenza. Lloré sin que me importara lo que pensaran de mí. En la única parte donde noté alguna preocupación fue en la casa del frente. Unos niños se asomaban intrigados. Por la tarde, el mayor de ellos, conmovido, se atrevió a cruzar la frontera de sus escrúpulos.

—Hola niño ¿qué le pasa? —me preguntó, menos con curiosidad y más con tono compasivo.

Mi tragedia era tan enredada que no tenía qué contestar. Hundí la cabeza entre mis rodillas, para que no me viera los ojos hinchados de llorar.

—¿No tiene mamá?

Yo agité la cabeza en señal de «no».

—¿No tiene familia?

Mi silencio sirvió para expresar en toda su dimensión la desgracia que me estrangulaba.

El niño regresó a su casa. Yo continué gimiendo. Noté que él y sus hermanitos no se separaron de la puerta, como si estuvieran hipnotizados ante el espectáculo de mi derrota física y espiritual.

Quizás media o una hora más tarde, otro niño más pequeño salió de la casa y se atrevió a cruzar la calle, con la actitud de quien se hubiera ganado en un sorteo la responsabilidad de interrogarme.

—Oiga niño, escúcheme ¿es que no tiene a dónde ir?

Yo respondí que «no» con la cabeza.

—¿Tiene hambre?

Si este niño hubiese presentido el dolor de barriga que me provocó su pregunta, seguro que no me la habría planteado. Yo escondí de nuevo mi cara entre las rodillas y me acordé de los quince centavos que cargaba entre el bolsillo, pero en ese momento no tenía alientos para levantarme a buscar un pan.

Yo no recuerdo haber visto a la madre de los tres niños en todo el día, pero por ahí como a las cuatro de la tarde, cuando ella arribó a su casa con una canasta rebosante de ropa para planchar, sus hijos, conmovidos, le debieron plantear sus angustias. Entonces vi que la señora cruzó la calle, se acercó con precaución, me examinó de cerca, me dio un rodeo y me puso la mano sobre el hombro.

—Mijo, ¿de dónde viene?

—De El Valle, mi señora.

—¿Y su mamá dónde está?

—Los mataron a todos.

–Y entonces ¿dónde vive?

–No tengo dónde vivir, ni sé a dónde ir.

–¿Y qué hace aquí en el pueblo?

–Llevó caminando muchos días por el monte y por la carretera buscando a alguien que me ayude aquí en Colombia.

–¿Ya comió, mijo?

Me estremecí. Esa era la pregunta que esperaba, desde cuando cometimos con «Valiente» el asalto a la panadería en Baraya, casi dos semanas atrás, y nos tocó refugiarnos entre el monte.

–No, señora. Hace días que no paso bocado.

Sin esperarlo, sentí que me pasó su mano sobre mi cabeza, como si hubiera adivinado que yo estaba clamando por ese gesto de amor.

–Venga, mijo, entre a la casa, le doy algo de comer. ¡Camine!

Yo me levanté, me limpié las lagrimas y los mocos con la falda de la camisa y caminé como un fantasma detrás de esta buena samaritana. Cuando me senté en la butaca al lado de la estufa, donde me indicó la señora, los tres niños que abogaron por mí no se atrevieron a entrar a la cocina, y me miraron desde la distancia con la curiosidad de quien espera el milagro de *la resucitación de Lázaro*. La señora demandó ayuda. «Alcánceme esto y aquello» y sus hijos corrieron con una mezcla de entusiasmo y torpeza como si estuvieran ensayando la puesta en escena de una tragedia.

–Corra mijo al lavadero y se lava las manos y la cara.

Yo salí escoltado por uno de los niños que me alcanzó un jaboncito. Cuando me senté a la mesa me sentí ingrávido, como si me hubiera muerto y estuviera ingresando al paraíso. La señora me sirvió un plato pequeño de sopa y yo me la tomé con esa avidez del hambriento que tiene la certeza que este es el último plato que le darán por el resto de su vida. Vi que los niños sonrieron como si ese fuera el premio que esperaban por su acto de caridad.

Entonces la mamá me sirvió otro plato, que desapareció a la misma velocidad del primero. A la altura del quinto plato de sopa, la que ya demostró admiración ante el espectáculo de mi voraz apetito fue la señora. Por momentos sentí que no podía saciar el hambre. Que debía recuperarme de las consecuencias del prolongado ayuno que soporté.

—¿Quiere comer algo más?

—Me da vergüenza, mi señora, pero es mucha el hambre que he aguantado.

Me sirvieron frijoles, arroz, plátano y una arepa de maíz, más una jarrita esmaltada con agua de panela. Esa porción me la devoré, sin el menor complejo. Los niños ya no me miraban con curiosidad, sino que parecían divertidos con mi apetito. La señora no se aguantó las ganas y aprovechó la oportunidad para improvisar su lección de ética y moral: «¿Ven lo que es pasar por necesidades? Y a ustedes ¡Carajo! Hay que rogarles para que coman». El niño mayor me preguntó si quería más, y yo le afirmé con la cabeza. Entonces partió lo que tenía en su plato y lo colocó en el mío. En ese momento descubrí que yo podía sonreír de nuevo, y como la sonrisa es contagiosa, me la devolvieron multiplicada por cuatro, como si trataran de rubricar un documento colectivo de «acto de caridad cumplido». ¡Ay Dios! Me empecé a sentir, más que satisfecho, indispuesto, pero por un extraño fenómeno que no logro entender, mi mente me pedía más y más comida. Esa tarde conocí la existencia de un pecado capital que llaman «gula». Pronto mi barriga se colapsó ante el abuso. Tanta felicidad resultó compensada por una severa indigestión. Esa noche padecí la agonía del empacho, vomité, me atacó una traicionera diarrea y me sentí morir del atracón. La señora se compadeció de mi indisposición y me señaló dónde quedaba la letrina. Luego me ordenó que me diera un baño de totuma en el patio de atrás.

—Cuando mi marido regrese del trabajo, yo le cuento de usted. ¿Cómo me dijo que se llama?

—Enrique.

—Enrique ¿qué?

Por mi mente pasó como una centella el episodio de esa mañana cuando mi propio papá —avergonzado— me negó.

—Enrique, así no más, mi señora. No tengo otro nombre ni conozco mi apellido.

—¿Cuántos años tienes?

—Creo que ya tengo ocho.

13

Un destino inesperado: la selva

Cuando don Luis Suaza regresó a su casa, empapado en sudor y dispuesto a repetir la rutina de todas las tardes –el baño con totuma en el patio de atrás, una jarra de limonada endulzada con panela y el noticiero de la radio– se encontró con un cambio en la programación: esa noche escuchó una patética *radionovela* relatada a cuatro voces por su mujer y sus tres hijos.

El bochinche era la defensa del niño que esa tarde encontraron llorando en la calle. Los apasionados argumentos, en mi defensa, apuntaban a que el dueño de casa reflexionara, antes de tomar la decisión de arrojarme a la calle.

Suaza era un empleado del gobierno, trigueño, sólido y cuadrado como una estufa de carbón, de unos cuarenta o cincuenta años, que trabajaba no recuerdo si como topógrafo o como conductor de una volqueta del Ministerio de Obras Públicas. Nunca supe qué tan complicado fue el debate de esa noche, ni las razones que emplearon, porque mis improvisados defensores de oficio asumieron mi representación, a puerta cerrada, entre sordos cuchicheos. Lo cierto es que como a la media hora el señor Suaza salió al patio, me observó de arriba a abajo, como si yo fuera el cachorro de un animal de monte al que acababan de encontrar abandonado. Me hizo una seña para que me acercara, y empezó un rápido interrogatorio sobre mi origen, que dónde vivía y las razones por las que no estaba con mi familia. Mis respuestas fueron cortas y sinceras. Quizás le movió el corazón mi aspecto de náufrago, porque de inmediato hizo un gesto de estar satisfecho con mis respuestas, colocó su ancha y pesada mano sobre mi hombro, como si necesitara colocar un signo de admiración a su sentencia: «¡Aceptado! Aquí lo vamos a recibir durante unos días, *peladito,* pero tiene que portarse bien y ayudar en la casa». Como siempre fui de pocas palabras, permanecí en silencio. «¿Me entendió, mijo?». Yo saqué del fondo de mi garganta un agónico «sí, señor». Luego de una pausa incómoda, me salió espontáneo del fondo de mi corazón un «Muchas gracias, señor. Muchas gracias».

Esa misma noche pasé a ser parte de «mi» nueva familia. Ya era de los Suaza, gente sencilla de una generosidad impagable. Me sentí acogido como un pariente lejano que llegó para quedarse. Me integré al grupo, como el «cuarto hermano» y en la primera oportunidad me gasté con ellos, en la panadería, toda la fortuna que heredé de mi padre: los quince centavos.

Ya completaba dos meses integrado a mi nueva familia, cuando percibí que la brújula de mi destino dio un pequeño brinco y me señaló un «norte» inesperado. Todo empezó aquella noche a la hora de la cena, cuando noté que don Luis y su señora se mostraron muy parlanchines. Sin razón aparente, me empezaron a contar que ellos poseían una finca ubicada al otro lado de la cordillera, en el departamento del Meta, cerca al pueblo de La Uribe, sobre el río Papaneme. Según la historia de esa noche, el señor Suaza le compró esa finca a un viejo colono que sacrificó media vida tratando de arrebatársela a la selva. Para mantener la posesión de esas tierras, don Luis enviaba, por turnos de seis meses, a sus dos hijos mayores –Gonzalo e Iván– para que la explotaran, ejercieran dominio, y evitaran la eventual invasión de la finca por parte de indígenas o colonos.

La señora Suaza, a quien nunca me atreví a preguntarle su nombre, era una mujer delgada, de tez morena clara y cabello lacio y largo que se organizaba en una moña. Hablaba poco pero era muy sensible y bondadosa. Esa noche ella se debió inspirar en algún texto bíblico porque describió con tantos detalles las maravillas de la región y de la finca que me imaginé que estaba a cargo de promocionar al mismísimo *Edén.* La verdad es que cuando mi imaginación ya sobrevolaba como un picaflor sobre los jardines de este paraíso terrenal, ella me bajó de mi nube con el disparo a quemarropa de una sorpresiva propuesta.

–¡Enrique, váyase para el Papaneme!

–«¿Pa–pa–qué?» –contra pregunté confundido.

–Enrique, esta es una gran oportunidad para que usted se abra paso en la vida, para que se sienta útil, tenga trabajo y, de paso, le ayude a Iván, mi hijo que se encuentra allá en la finca. Él está muy solo y con necesidad de ayuda y compañía.

–¿Para el Pa–pa–ne–me? –tartamudee asustado– ¿y dónde queda eso del Papaneme?

El señor Suaza se encargó de retratar la pintoresca geografía de la cordillera –que yo conocí en parte cuando nuestra huida a Galilea– y en seguida me introdujo en la descripción de la trocha que parte de Colombia, remonta la Cordillera Oriental y cae al otro lado a los inmensos Llanos Orientales. A manera de conclusión, me juró que la finca estaba «ahí no más», a sólo tres días de camino, «dos si va sin carga, no llueve y le afana el paso».

Me sentí contra el paredón. Cinco pares de ojos, me apuntaban sin compasión, y les debió parecer que yo gasté media eternidad en responder, porque la señora carraspeó urgida:

–¿Ah?... ¿Qué opina, Enrique? ¡Diga algo, mijo! Tiene que decidirse.

Yo estuve tentado a pedirle que me concediera un día para pensar, pero en los siguientes treinta segundos me vi enfrentado al dilema: «a Papaneme o a Papaneme». En ese momento no vislumbré otra opción. ¿Para qué otro lugar más alejado de mis pesadillas podía yo arrancar?

Esa noche, de cara al cielo estrellado, me atacó la pensadera. Por primera vez en la vida salgo de «mi casa» por mi propia voluntad, sin tener que huir aterrorizado y en estampida, dejando todo abandonado. Los Suaza me pintan un destino con un quehacer, y pese a que no me ofrecen nada, por lo menos tengo asegurado dónde vivir, qué comer y una familia, que aunque no es la mía, sería la única que se preocuparía por mi destino.

Además debo estar agradecido con Dios, porque esta es la oportunidad de escapar de este pueblo donde mis peores pesadillas me tienen arrinconado. Es que no me aventuro a salir a la calle, por el temor de toparme con mi papá y convertirme en víctima de su iracunda reacción. O, lo que sería peor, ¿qué tal un encuentro con don Pedrito Castro, mi padrastro –que arriba a diario en el bus de Coomotor– el mismo que porta en su memoria mi sentencia de muerte?

Durante el día yo vivía distraído y ayudaba en todas las tareas que me pedían, pues me sentía en deuda con personas, tan humanas y generosas. Pero durante la noche me asaltaban unas pesadillas de terror, en las que me veía evadiendo a los fantasmas de mi papá y de mi padrastro, que me perseguían por las calles de Colombia. Una madrugada me desperté sudando pues en el sueño estaban a punto de acorralarme.

–Mire Enrique, mijo –me insistió don Luis– en la finca sobra la comida. Es una tierra muy productiva. Usted va a estar mucho mejor allá, que aquí en el pueblo y, de paso, nos hace un favor.

Ante argumentos tan contundentes, a los cinco días empaqué lo que no tenía, más mis pies descalzos, una camisa y un pantalón usados que heredé de uno de los niños, un sombrero aporreado, un machete pequeño, una toalla de manos a punto de jubilación, un jaboncito y una cajita de fósforos protegida por una bolsa de plástico. La señora me preparó una bolsa con avío para el camino. Me empacó entre hojas de *cachaco*, un poco de yuca, arroz, y un huevo cocido. Cargué media panela, media libra de sal y seis limones, más las señas para cruzar a pata la cordillera selvática y caer tres días más tarde, allá, al otro lado de mi mundo, en dirección a los Llanos Orientales, a una finca ubicada «en la mitad de la nada», cuya única señal particular era que se llamaba «El Tigre» y se encontraba rodeada de selva por todas partes.

A las tres y media de la madrugada me levanté. La señora Suaza me preparó un café fuerte endulzado con panela y, antecitos de las cuatro, me despidió en la puerta.

Sentí un dolor extraño debajo de mi esternón. Ese día me resultaba muy difícil despedirme de una mujer tan compasiva, que hizo todos los esfuerzos por hacerme sentir que tenía una *mamá*. Ella se inclinó, me regaló dos palmadas reconfortantes en mi hombro, y como expresión de ánimo me soltó un «Cuídese mucho, mijo, que por acá lo vamos a extrañar». Los tres niños me miraron con esa mezcla de fraternidad y envidia, como si quisieran volar a la aventura con su nuevo amigo, al tiempo que reconocían que no habían emplumado lo suficiente, para emprender semejante desafío. Cual si se tratara de mi cómplice en una conspiración, la señora me pasó, con disimulo, unas monedas envueltas entre un papel. «En esas lejanías no hay nada que comprar, pero una nunca sabe». Justo al partir me entregó una carta que por el número de hojas debió escribir desde el mismo segundo cuando yo acepté salir para el Papaneme. «Es para mi hijo Iván».

Le dije que saludara de mi parte al patrón, y partí. Justo antes de torcer la esquina, camino hacia la plaza, voltee a mirar el hogar que dejé atrás y vi por última ocasión a la señora Suaza con su mano izquierda apretada sobre su corazón, al tiempo que con la diestra, improvisaba un aleteo de bendiciones. Yo alcé mi mano y le sonreí. En seguida apresuré el paso, decidido a cruzar mi propio «Rubicón». Me sentí feliz. Ahora tenía un porvenir, más un destino, más el control de todo mi capital entre el bolsillo del pantalón: *un peso con cuarenta centavos.*

Allá en la plaza, entre la penumbra del amanecer, un grupo de campesinos espera paciente la aparición de «la Chencha». Así se conoce la vieja volqueta que heredamos del Ministerio de Obras Públicas cuando se abrió la carretera que viene de Neiva. En silencio, sin siquiera un «buenos días», los diez campesinos y yo, más dos perros, una cabra y un marrano, nos acomodamos en el platón del armatoste. Es muy peligroso mantener la estabilidad, sobre «la Chencha», porque lo que aquí llaman «carretera» es apenas un camino de herradura, estrecho y peligroso que culebrea montaña arriba por el cañón del río Ambicá, por entre lodazales y peligrosos abismos a los que se asoma «la Chencha». Es un camino diluido por el invierno, que siempre estará por trazarse. En aquellos tramos más difíciles, los campesinos nos bajamos a empujar, y a meterle palos y cuñas a la volqueta para ayudarla a sobrepasar los más difíciles obstáculos. Luego de padecer el zangoloteo por casi cuatro horas, la volqueta arribó por fin a su destino: *La Legiosa,* un caserío perdido, arriba en la montaña, con no más de doce casitas. Pregunté la hora. «Ya pasaron las ocho».

Salté de la volqueta sin despedirme. Nadie me miró a los ojos. Nadie me preguntó para dónde iba. Por esta época la gente desconfía de la demás gente. El cabreo es la regla general. Por acá sólo se aventuran los desesperados, los que huyen de la justicia y los aventureros. En el camino nadie saluda. En la única oportunidad que me topé con un paisano, éste agachó la cabeza. Pero claro, es época de *violencia.*

Un revólver debajo de la ruana impone las condiciones o un machete que salta y brilla agresivo puede marcar la diferencia entre la vida y la muerte. Es tan crítica la situación, que si uno alcanza a atisbar a la distancia que viene un forastero, lo aconsejable es esconderse entre el monte hasta que pase. En ocasiones se esconden los dos desconocidos y transcurren horas antes que alguno tome la iniciativa de pasar.

Consciente que para llegar a mi destino necesito tres días, me apresuré a tomar la trocha. Transcurrirían apenas quince minutos de marcha, cuando me reencontré con esa vieja compañera de viaje que se llama «soledad», y, entonces, sentí una gran nostalgia por mi perrito. Es que esa experiencia de echar pata en la compañía de un amigo fiel, que te sigue como tu sombra, es un regalo del cielo. Ese día pensé muchas veces en «Valiente» –canchoso, patidifuso y torpe– mi compañero de aventuras, con quien siempre compartí –de manera milimétrica– nuestra dieta de hambre, nuestra miseria y nuestro cansancio.

Para arribar el Playón tardé tres horas largas. La aldea no tiene más de cinco casas, muy aisladas entre ellas, enmarcadas cada una por un potrero que le arrebataron a la montaña virgen.

A partir de allí no hay pierde. No existe otro camino. Esta es la única trocha que cruza la cordillera de occidente a oriente, para salir al otro lado, a las extensas praderas de la Orinoquía. Se trata de una trocha solitaria que en esta época de terror pocos se atreven a utilizar. Por acá han cruzado –en busca de escondite– fugitivos de la justicia, derrotados de todas las guerras civiles, y víctimas de las recurrentes oleadas de violencia que han afectado, en especial, a familias liberales. Del paso de esas miles de familias, no se nota huella o trillo, pero no es extraño encontrar por el camino calaveras humanas o la osamenta completa de algún *NN*[1].

Desde que dejé el Playón, no cesó de llover. Trepé sin descanso, por horas y horas, emparamado por el frío y con el barro pegado hasta en las orejas, confundido a veces, porque la trocha aparece y desaparece entre la densa neblina, como si se tratara de un macabro espectáculo de ilusionismo.

Como la trocha no tiene doliente y el gobierno no tiene interés en conservarla, la selva se la come por trechos, y si hubo puentes sobre

---

1   NN (no name) Cadáver al que se le desconoce su identidad.

alguna quebrada, ellos desaparecieron por la época en que los «cascari-lleros» extinguieron los últimos árboles de caucho y quina. En ciertos sectores, la suma de muchos inviernos ya borró la trocha y entonces me tocó hacer penosos rodeos por cañadas profundas, y me tocó abrir camino a machete, por entre el bosque tupido. Pero ¡Ay mi madre! Me lo advirtieron. Salirse del camino puede significar la muerte. Es que si uno por confiado se mete en un sector de *capoteros,* desaparecerá sin dejar huella. Un *capotero* es una suerte de ilusión óptica. Uno ve que el camino es firme y seguro, pero ¡Alerta! En algunos trechos es tal la acumulación de hojas y palos podridos –producto de mil años de inviernos– que la primera impresión es que se trata de piso firme, pero ¡Peligro! Un simple paso en falso y la tierra se chupa al cristiano. De ahí no lo saca a uno nadie y las temperaturas son tan bajas, que la víc-tima muere de hipotermia. Aquí en la selva, equivale a las traicioneras arenas movedizas, que se tragan a las personas, allá en los pantanos. Los campesinos juran que muchas personas que en el cruce por estas cordilleras desaparecen sin dejar rastro, *se las chupó el capotero.*

Yo soy un niño campesino con ocho años bien vividos, y conozco la montaña. Me muevo ágil por la trocha, «a paso de indio». Tengo oxígeno para subir a los cuatro mil y más metros, sin que se me arru-gue el ánimo. Lo único que me da pánico en este cruce es toparme con gente armada. Uno en estas alturas no distingue si la gente con la que se topa es guerrilla, chusma, autodefensas o, quizás la policía o el ejército. ¡Ay! Si me llegan a preguntar si soy conservador o liberal, o si soy comunista o un soplón de los chulos, me da miedo abrir la jeta. Aquí la vida de un niño no sólo depende de su resistencia para superar la cordillera, también depende de que la Divina Providencia lo proteja de una fiera hambrienta, de las duras condiciones de la trocha y del clima, y, hasta de la respuesta correcta a la pregunta lunática de algún desconocido.

Una vez abandoné El Playón, mi meta es trepar, cuchilla arriba, hasta La Línea. Porque allí se empieza a descender al otro lado. Es el límite natural entre el Huila, el Meta y el Caquetá. El lugar es una depresión sobre el filo de la cordillera, conocido por los baquianos como el legendario «paso de las cruces».

En casa de los Suaza me insistieron: «Enrique no lo olvide. Allá en La Línea plante su cruz, rece lo que sepa y corra para el otro lado». Me hicieron sentir que del cumplimiento de este rito sagrado, depende que algún día uno pueda retornar vivo.

Ocho horas trepé la montaña hasta que coroné el «paso de las cruces». ¡Ay Dios! ¡Qué paisaje tan fúnebre! Me sentí sobrecogido. Una neblina miedosa y el silencio absoluto reinan en un paisaje de bosque bajo y vegetación rala, gris y melancólica. El escenario sugiere un inmenso cementerio abandonado, donde se yerguen miles de cruces, de todos los tamaños, construidas con toda suerte de materiales y enterradas –allá en la cúspide– en el mismo vértice de la cordillera. Cruces colocadas por creyentes y ateos, bandidos y gente inocente, ángeles y demonios. Cruces que nadie se atreve a profanar. El ambiente más que triste, es siniestro. Yo, que arribé extenuado y pensaba descansar, para luego construir con paciencia mi cruz y meterle a la panza un bocado de arroz y yuca, empecé a sentir extraña agonía y deseos de salir huyendo. Es que la soledad acompañada con pánico, hambre, frío y silencio no es compañera de fiar. Así que mientras selecciono unos palitos y los pulo con el machetico, se me vienen a la cabeza los recuerdos de la cruz que improvisé allá en el sofocante desierto de la Tatacoa, para marcar la tumba de «Valiente». Esta vez trato de retener en la memoria el sitio donde clavé mi cruz, porque tengo fe que esta cruz me garantiza que algún día podré regresar del limbo de la incertidumbre.

«¡Muévase, hermano!» me fustigué a mí mismo. Cuando me quité el sombrero para reverenciar mi cruz, sentí un escalofrío. De una, sin voltear la mirada, empecé el descenso por la vertiente oriental de la cordillera.

Por el esfuerzo en el ascenso y la exposición al viento helado se me despertó una sed tenaz. A estas alturas no se ven quebradas ni fuentes de agua. Entonces recordé mi experiencia con «Valiente» cuando para calmar la sed le sacábamos los frutos rojos a los cactus. Tomé un puñado de ese grueso musgo que se adhiere a los árboles y lo exprimí directamente en mi boca. ¡Qué agua tan limpia! ¡Qué alivio!

A unas dos horas de camino montaña abajo, ya se ven torrentes de agua que retumban por entre los lechos de pedernal. Como la lluvia no cesa, las quebradas se salen de su curso y barren con la trocha. Entonces me vi obligado a improvisar rodeos y a tumbar monte, con el riesgo de resultar refundido entre esos cañones profundos que se abren en la cordillera donde uno puede extraviarse con facilidad. En esos desvíos recordaba los consejos del señor Suaza, «trate de no hacer rodeos, mijo, y si no hay más remedio, manténgase siempre en contacto con la trocha. Esa es la única «brújula» que con seguridad lo va a sacar a la región de El Tigre».

La trocha luce igual, claro que se ven cuchillas, valles, selva impenetrable, riscos, física montaña, pero nada que sirva como referencia. No encontré una sola persona en esa montaña, ni siquiera casas abandonadas, aunque en ocasiones se tropieza uno con esqueletos de personas o de animales.

Me advirtieron que tuviera cuidado con las familias de osos negros que abundan, «son tímidos, pero si están hambrientos atacan». Pero lo mas abundante –según don Luís Suaza– es el tigre, «tenga cuidado, mijo, toda la selva del piedemonte es su casa». Como debí poner ojos de angustia, me explicó: «Gracias a un "sexto sentido" que desarrollamos, uno se *pone mosca* cuando presiente que el tigre le cogió la huella. Por eso le recomiendo, mijo, una vez coja camino, no se regrese, *"ni puel putas"*. Si el tigre lo sigue, es porque está de cacería. Él sólo espera que uno cometa un error, para echárselo a la tripa. El tigre no ataca de frente, a no ser que se sienta amenazado o esté hambriento».

Cuando empezó a oscurecer, me puse mosca y apresuré el paso porque tenía mucho susto que me fuera a sorprender la oscuridad sin estar preparado. Inspeccioné de afán los alrededores en busca de un lugar para pasar la noche. Por estas lejanías *no se puede dar papaya*. Uno nunca sabe si a estas horas de la noche alguna fiera aún permanece en ayunas. Ahí está el caso de «Valiente», se lo llevó la pelona justo un día antes que coronáramos nuestro viaje a Colombia.

La idea de reunir leña y prender un fogoncito para calentarme, no pasó de ser una maravillosa ilusión. Aunque ya no llovía, todo estaba tan húmedo como si fuera la misma tarde cuando cesó el *diluvio universal*. Así que para soportar el frío de la noche y el viento que baja de la cordillera, me puse sobre mi camisa y pantalón la otra muda de ropa que cargaba. Me trepé a un árbol y sobre una horqueta grande amarré lo poco que cargaba e improvisé mi cama. Estaba tan agotado que dormí allá arriba, como un recién nacido.

Apenas despuntó la mañana, me bañé a las carreras en una quebrada helada. En seguida, improvisé mi desayuno con un pedazo de panela y media arepa. Inicié el descenso cordillera abajo, más que atento, cabreado, para no extraviarme, porque el único punto de referencia evidente es el paso de la línea divisora de aguas en el espinazo de la cordillera y de ahí para abajo sólo se puede confiar en el instinto y la malicia indígena. En el afán por toparme rápido con el cauce del río Tigre, me confundí varias veces con otras corrientes de agua que bajan en estampida. Durante el descenso presuroso hacia el piedemonte selvático, me percaté que el paisaje empezó a cambiar, así como la sensación pegajosa del calor húmedo.

Como al mediodía ya pude divisar, por fin, uno de los brazos grandes que forman el río Tigre y me descolgué por ese cañón. Al principio corre muy estrecho y corrientoso y el agua es helada. Pero donde comienza la selva templada, se ancha y el terreno se enmanigua. Ya se divisan animales de monte grandes, que se acercan al río. Vi dos familias de venados, una danta[2] y varios borugos[3].

Aunque yo hubiese podido arribar esa misma noche a la finca de los Suaza, no hay señal, ni persona a quién preguntarle. Así que serían las tres de la tarde cuando decidí montar campamento a la orilla del río. Me bañé para sacarme esa costra de barro que me pesaba, lavé toda mi ropita y me eché a la boca el saldo de la yuca que cargué. Cuando la nube de mosquitos de esa tarde me empezó a enloquecer organicé un fogón y por ahí a las siete ya estaba acomodado en un árbol muy alto durmiendo con la placidez de una ardilla.

Bien temprano en la mañana reanudé mi tercer día de marcha. Dos horas adelante se perdió la trocha en medio de la selva y entonces recordé las instrucciones: «Enrique debe cruzar de la margen izquierda del río Tigre a la margen derecha». A partir del cruce se me despertó la ansiedad por encontrar «el único descumbre que se ve por ahí, en medio de la selva», donde –según la señora Suaza–«se encuentra la finca y mi hijo Iván».

Qué me iba a imaginar que al vadear el río Tigre, crucé, sin percatarme, la raya que el destino me marcó, como mi entrada al infierno.

---

2   «Danta». (Tapirus Terrestris) el mamífero terrestre más corpulento de la región. Puede exceder 300 kg de peso. Muy tímido y elusivo.

3   «Borugo». (Cuniculus paca) Es uno de los roedores más grandes del mundo. Pesa entre 7 y 10 kilos. Tiene hábitos nocturnos.

14

El paraíso sí existe

A esas alturas del camino y con ocho años de vida, me sentí grande, dueño de mi destino, capaz de llegar solo hasta el otro lado del mundo.

El paisaje es diferente. No se parece a ese bosque espinoso, seco, desértico que padecí durante mi peregrinaje de tres días en busca de mi papá. Ni tenía ese aspecto sombrío del paisaje de la cordillera, frío y nublado, que padecí cuando huimos de la muerte con la abuela, corriendo cordillera arriba hacia Galilea. No. Aquí todo el piedemonte es verde, selvático y muy húmedo. Molestan tantos abejorros e insectos y yo debí parecerles muy apetitoso pues tengo la piel muy blanca y el cabello claro.

Me trepé a un palo de yarumo, corté con el machete una rama y me fabriqué un bordón. Así me sentí más seguro. Ahora sí, armado y equipado, empecé a echar pata hacia el sur. Marché por la margen derecha del río Tigre y me mantuve observando la silueta de la cordillera que se insinúa a lo lejos. Sentí que esa referencia era más confiable que cualquier mapa.

Por ahí al mediodía, sin aviso previo... ¡Mi madre! Se subió el telón de la selva y apareció, como por arte de magia, la finca de don Luis Suaza. Se trata de un descumbre en plena selva, donde se aprecian potreros, cultivos y la sensación que por fin me voy a topar con seres humanos. No hay rastro de un cerco, ni broche de entrada, ni aviso. Sentí mucha felicidad cuando apareció un perro grande, sano y alegre, que me olisqueó a la distancia, me midió cabreado y en seguida ladró para avisarme que este era su territorio. Como se percató que sus ladridos no alertaron a nadie, partió como una flecha al interior de la propiedad para notificar a su amo el arribo de un extraño. Esperé quizás quince minutos en lo que parecía ser la entrada a la finca, hasta cuando apareció un hombre, que me triplicaba en edad, y me doblaba en corpulencia y estatura. Estaba armado con una escopeta, y me miró con la actitud de cabreo de quien no espera a nadie.

–¿Señor Iván?

–Sí. ¿Qué quiere?

–Tengo esta carta que le envió su señora madre –busqué entre el plástico donde guardaba los fósforos.

Al tipo se le iluminó el rostro. Nunca supe qué decía la carta, pero su lectura obró el milagro de convertir su actitud de *gallo de pelea* en la de un adolescente abandonado. O el señor leía muy despacio o la carta materna era muy larga, lo cierto es que sonrió varias veces, y, al final, le estampó sendos besos a la media docena de papeles, los metió entre el sobre y se lo encajó entre el bolsillo de atrás. Creo que no necesité más presentación. Mi historia debió quedar muy bien contada porque de inmediato, Iván cambió su actitud agresiva.

–Me imagino que viene cansado. ¡Adelante! Lo invito a una *zurumba*[1].

Iván es un muchacho grande, de unos 22 años. De abajo hacia arriba, calza alpargatas viejas y embarradas, un pantalón de dril habano sostenido con una cabuya, el pecho descubierto, una toalla percudida al hombro que emplea para trapearse el sudor y espantar los bichos que revolotean, y sobre la testa luce un sombrero de paja a punto de jubilación. Me ofreció guarapo de caña y a la sombra de un árbol inmenso nos sentamos a hablar. Se alegró mucho que viniera a acompañarlo y de inmediato empezó con el monólogo quejumbroso de las personas que viven mucho tiempo aisladas. «Aquí se da de todo, pero también uno se siente abandonado e incomunicado. No entra la radio, no se escucha música, no hay luz, me hace falta mi mamá, deseo tomarme unas cervezas con mis amigos y salir a bailar». Enseguida,

---

1 Zurumba: Es una bebida a base de panela y limón.

me preguntó sobre mi vida y mi familia y las razones para estar allá. Mis respuestas fueron cortas. Yo ya había elaborado la versión breve de mi hoja de vida, en la que evitaba ostentar los dramas que padecí desde cuando la violencia se nos metió a la finca de la abuela. No tenía nada positivo qué contar. A nadie le iba a interesar que desde siempre sufrí el matoneo de quienes pensé eran mis hermanas, ni la desenfrenada violencia de la mamá que vine a conocer cuando ya estaba crecido, ni el desprecio que sufrí de mi verdadero padre, ni el terror que padecí desde cuando escuché jurar a mi padrastro que me iba a matar, tampoco nadie se iba a compadecer del trauma que me golpeó a los seis años, cuando le conocí el rostro a la muerte durante la primera masacre de la que fui testigo.

Cuando le relaté mi viaje desde Colombia, me aclaró: «La primera vez que uno viene, *esto queda en la mierda,* pero en los siguientes viajes uno descubre que no está tan lejos. Si uno viaja con familia hay que planear tres jornadas. En dos jornadas bien caminadas, se puede llegar. Pero, si uno va liviano de carga, conoce el camino y estamos en verano, yo hago el recorrido en dieciocho horas, pero eso sí, sin parar *ni pa' mear».*

El perro se echó al lado de Iván con la oreja parada como si gozara escuchando la charla. Me gusta este perro amarillo, grande y maduro que se llama «Tarzán». No se parece en nada a mi flacuchento «Valiente». A éste le sobra energía. Es un perro de rico. Lo levantaron con pura leche recién ordeñada, carne de monte y sancocho de pescado. No se le despega a Iván, pero pronto me permitió que lo acariciara y movió la cola en señal que me aceptaba como miembro de «su» tribu.

La finca esta ubicada en ese ángulo donde se acaba la montaña y empieza el plan de la selva. Es tierra caliente, pero con la humedad tropical se incrementa la sensación de calor. Son tierras fértiles donde la comida abunda. Las maravillas que la mamá de Iván me contó sobre la finca, se quedaron cortas. Me parece mentira que después de tanta hambre que aguanté durante el último año pueda tener aquí tanta comida.

Como yo carezco de estudio y experiencia, Iván me explicó dónde diablos estamos.

—Por el lado donde sale el sol se extiende el llano. Es infinito. Si uno camina recto en esa dirección, por ahí en un mes y medio resulta en Venezuela. Por este otro lado, donde se oculta el sol, está la cordillera. Aquí no más, al sur, corre el río Tigre que desemboca en el río Papaneme, y más allá, bien adelante, el Papaneme desemboca en el Guayabero. Y justo en la mitad de toda esta inmensa selva se alza la Sierra de la Macarena».

En realidad no entendí qué era Venezuela, ni qué tan grande es esta selva, pero me interesé en preguntar lo que uno siente cuando vive solo.

—Pues si me accidento, el vecino más próximo se encuentra a tres horas de camino. Se trata de los Poloche, una familia indígena asentada en la región desde hace muchos años. Es fácil encontrar esa finca porque se trata de otro descumbre en la selva, río Tigre abajo, justo donde desemboca en el Papaneme.

La casa de la finca «El Tigre» es pequeña. Se levanta en una explanada cerca al río. La estructura es en madera, y la cubierta en paja. Está levantada del suelo sobre pilotes. Los pilotes la protegen de las crecidas del río y evitan que penetre la humedad del suelo… ¡Ah! Y, de paso, alejan al tigre. La única habitación está situada en la segunda planta y tiene piso de guadua. A la hora de dormir uno se trepa a esa especie de zarzo con el empleo de una escalera de mano. El último en subir debe retirar la escalera. Eso evitará que por ahí se trepen durante la noche culebras, tigres o cualquier otro animal.

—¿Qué tan grande es la finca?

—Pues Enrique, lo nuestro es hasta donde alcanza la vista. En estos baldíos no hay cercas ni escrituras. Simplemente todo es nuestro hasta donde uno pueda ver.

Por aquí abundan las necesidades, pero no se notan. Traer cualquier cosa hasta aquí es caro y riesgoso. Esto está demasiado lejos. Sólo se trae sal y de pronto algunas agujas e hilo para remendar la ropita, aunque en caso de necesidad se le extrae la fibra y las espinas a la palma de cumare que, al final, sirven para lo mismo. Tampoco se saca nada. La trocha está tan abandonada que resulta más fácil llevar las cosas a la espalda de un cristiano, que cargar una mula que correrá el riesgo de morir enterrada.

De entrada aprendí que en este trabajo uno no recibe un centavo.

Los niños –como yo– trabajamos por el techo y la alimentación, en espera de una mejor oportunidad que, quizás, jamás llegue.

–¿Por qué la finca se llama El Tigre?

Como si la respuesta fuera obvia, Iván me señaló las paredes y el piso de la casa donde yacían extendidos más de treinta cueros de tigre.

–Por acá abunda el tigre. –Se incorporó y me mostró la vieja escopeta 16 con la que me recibió.– Estos cueros los tiemplo para secarlos al sol y luego los curo con ceniza de leña para que la mosca no se los coma. Cuando es época de lluvia los coloco en la cocina para ahumarlos y curarlos.

–¿Y son peligrosos?

–Si el tigre está con hambre, sí. Pero hay que vivir más mosca con las culebras que con los tigres. Por el lado del río se ven *güios negros*[2], inmensos, que atacan a los venados y a las dantas que bajan a beber. Si un ternero se descuida lo estrangulan y se lo tragan. Otra de cuidado es la *rieca*[3], la serpiente más común y peligrosa por acá. Su picadura es mortal. No se conoce una *contra* ni un suero que neutralice su veneno.

Pronto me acostumbré a la rutina. Aquí en esta selva todo se rige por la luz del día. No hay velas, ni linternas. Cuando amanece nos levantamos y salimos al potrero para iniciar el ordeño. Son seis vacas bien cuidadas. Se cuaja la leche y se procesa el queso. «A veces cuando salgo para donde mi mamá en Colombia, me echo a las espaldas una arroba de queso», me aclaró Iván. En la mañana cocinamos un sancocho para todo el día, y dejamos la olla en la candela mientras vamos a rozar y desyerbar. Almorzamos a las doce y lo que sobra del sancocho lo organizamos para la comida. La dieta es a base de pescado asado o sudado reforzado con plátanos asados, yuca y frutas.

Al final de la tarde bajamos al río. Nos bañamos y pescamos. Con varas largas, a manera de arpones, ensartamos *patalò* y *bocachico* y unos pescados negros, creo que de la familia del *nicuro*, lisos y babosos, pero que son deliciosos a la brasa.

---

2   *Güio negro:* Serpiente gigante, constrictora, conocida también como anaconda.
3   *Rieca:* Serpiente excitable e impredecible, causante del mayor número de mordeduras, conocida también como «talla equis» o «cuatro narices».

Como si viviéramos en el último rincón del mundo, por aquí no transita nadie. Nunca vi un hombre, ni una mujer, ni un niño.

Pero recuerdo la primera vez que vi guerrilleros. De la selva apareció una comisión de seis que durmieron una noche en la casa. Venían de civil pero equipados con sus morrales de campaña y con armas largas, fusiles *Máuser Famage* de perilla y alguna escopeta. Escuché que venían de un tal *Comando del Guayabero*. No sentí ni temor ni curiosidad. Parecían cazadores. No pregunté nada, ni tampoco hablaron conmigo. No me causó temor verlos armados. Me pareció tan normal que estuvieran por acá, que no me despertaron malicia ni temor. Hablaron largo con Iván y al día siguiente se regresaron por donde habían venido.

Aquí no me falta nada. Esta finca de «El Tigre», es lo más cercano a lo que podría ser la sucursal del paraíso terrenal. Si de mí dependiera, no me movería jamás. Lejos estaba de imaginarme que en poco tiempo, resultaré expulsado de este paraíso, para ingresar por la puerta de atrás, al mismísimo infierno.

15

El tigre sí es como lo pintan

La finca, ubicada en la mitad de la selva, está bien organizada y produce de todo. Tiene cultivos de plátano, yuca, piña, caña de azúcar, muchos árboles de mango y frondosos naranjos. Alrededor del patio está el corral de las gallinas, una porqueriza y allá afuera, en los potreros, se mantienen seis vacas. Aquí se muele la caña y se produce panela. El agua es abundante, la humedad hace que todo lo vegetal crezca muy rápido razón para que uno viva rozando, sembrando y cosechando. En el río abunda el pescado y es una delicia bañarse en esas aguas heladas que descienden de la cordillera. No me falta nada.

Pero qué miserable me siento cuando mi memoria repasa el momento en que mi vida en este paraíso dio un desdichado giro, desgració mi vida y me obligó a enfrentar la muerte. Todo empezó esa tarde cuando Iván me sorprendió con la frase, «Enrique, mijo, no se me atortole, pero me tocará dejarlo solo por unos días».

Yo de inmediato me puse mosca. Y él lo notó. Lo sentí incómodo improvisando el cuento que tenía que realizar un viaje urgente a la casa de don Luis, su papá, allá en Colombia. No le entendí qué asuntos tenía que arreglar, pero durante un par de semanas me fue preparando para dejarme, según él «a cargo de la finca». Cuando le dije que yo tenía apenas ocho años, levantó los hombros como quién dice «eso es normal». Para tranquilizarme, me aseguró que él, a mi edad, ya se quedaba solo en esta finca, «cuando está mierda era solo selva y montaña». Como le dio por hablar todo el día sobre el mismo tema con detalles de lo que pensaba disfrutar durante el viaje, empecé a entender que los «asuntos urgentes» tenían que ver con algunas fiestas que no recuerdo si eran las de San Pedro o las de Navidad.

Cuando le planteé que yo no me quería quedar solo por mucho tiempo, me respondió que aquí no me haría falta nada y que él retornaría en cuatro días. Entonces me puse a soñar con la promesa que me traería de vuelta una camisa y un pantalón nuevos, los zapatos que yo nunca he tenido y regalos de su familia. Una madrugada sentí que él se levantó a mear, y no lo volví a escuchar. Cuando salté de mi cama ya se había largado. Ni siquiera se despidió.

Noté que «Tarzán», el perro de la casa, quedó muy inquieto. Yo lo acaricié y le hablé como si me tocara convencerlo que por pocos días estábamos obligados a ser compañeros de soledad. Desayunamos y nos fuimos a enfrentar el duro trabajo que demanda la finca.

Los dos primeros días no me preocupé, había tanto trabajo que seguí ocupado en lo mío, hice de cuenta que Iván estaba –aquí no más– ordeñando en el potrero, o de cacería, o pescando en el río. Sin embargo, para estar alerta con la fecha de su regreso, empecé con un rito que se me volvió obsesivo: todas las mañanas le hacía una muesca a un palo que estaba en el gallinero. Cuando el machete señaló el cuarto día, arreglé la casa, me trepé a la enramada donde dormía el «jefe», ordené sus cosas, bajé al río a lavar la sábana, la toalla y la ropa que dejó, barrí la casa y el patio, fregué las ollas y me puse a preparar la mejor comida que yo me pude inventar. «Vendrá bien cansado», me dije a mí mismo.

Pero no llegó. Yo no fui el único decepcionado. «Tarzán» estaba inquieto. En el curso de los siguientes días el perro se empezó a desaparecer por dos y tres horas. Bajaba al río, luego trepaba la colina hasta el potrero de arriba, husmeaba aquí y allá, recorría la trocha río Tigre arriba, río Tigre abajo. Siempre regresaba deprimido y se echaba a mis pies. Yo le hablaba y le rascaba la cabeza. Emplee la misma técnica que me permitió una fraternal comunicación con «Valiente», pero el perro me notificó con su actitud cada vez más indiferente, que su amo no era yo.

Como jamás fui a la escuela, siempre me consideré un burro para la aritmética. Por esa razón me impuse, con obstinación, la tarea de empezar cada día haciendo la respectiva marca en el palo del gallinero.

Bueno, a esas alturas ya no era para calcular cuándo llegaría Iván –porque con el paso de los días mi decepción fue en aumento– sino para saber cuánto tiempo ajustaba yo en completa soledad.

Lo cierto es que la casa la puse a brillar como nunca, el sexto día y el once y el veinte y el veinticuatro, y... pero el Iván no apareció. Por allá como el día treinta me imaginé lo cansado que llegaría, y volví a arreglar todo pero, otra vez me sentí engañado. Yo que conozco el hambre y las carencias hubiera resistido esta soledad durante muchos meses, porque no me faltaba nada material. Pero pronto descubrí que la incomunicación y el abandono, en medio de esta selva, son sensaciones espirituales muy difíciles de soportar, más cuando el alma depende de lealtades en las que no se puede confiar.

Durante esos días de reflexión, «Tarzán», mi fiel amigo, perdió el apetito y se rehusó a recibir mis órdenes. Durante los primeros días yo me lo llevaba al río, iba a rozar los potreros en su compañía y dormía con él, pero empezó a deprimirse. Yo le hablaba para tranquilizarlo, pero empezó a saltar desde el zarzo donde dormíamos, para vagar por los alrededores y aullar toda la noche. Una madrugada se levantó en silencio, como si decidiera salir en busca de su amo, y debió tomar camino, río Tigre arriba. Con certeza siguió terco la trocha, que conduce al otro lado de la cordillera, en busca de Iván.

Ahora ya no solo espero a que regrese Iván, sino que no duermo pendiente de que, por lo menos, retorne el perro.

En esos interminables días de soledad tomé dos decisiones. La primera, escoger una nueva mascota que me acompañara, me diera la oportunidad de hablarle y me hiciera sentir la paz de tener un ser vivo a mi lado. El afortunado animal que se ganó la lotería fue la «Chusmera». Así bautice a una marranita, muy inteligente, que sin mucho adiestramiento entendió el sorpresivo papel de mascota que le tocó protagonizar. Para que confiara en mí y sintiera que ella y yo éramos una suerte de hermanos de infortunio, empecé a quedarme a dormir con ella en la porqueriza, hasta que me sorprendí despidiendo un hediondo olor que ni yo mismo me lo soporté. Así que la invité a bajar todos los días al río, para darnos un baño largo, que al principio no disfrutaba por lo frío del agua. Una vez limpia y rozagante, entonces tomé la decisión de adoptarla. Todas las noches, con mucho esfuerzo, yo hacía piruetas en la escalera para trepar a mi marranita hasta el zarzo y poder dormir con ella. La segunda decisión fue graduarme de cocinero por el método de «prueba – error». En semejante soledad se me despertó una fiebre por experimentar con la abundante comida que allá sobraba. Me preparaba unos sancochos con leche que siempre terminaban en desastre, porque la leche una vez empezaba a hervir ya no la podía contener. Pero a fuerza de cagarla tantas veces, terminé creando recetas de cocina originales, que todas las tardes compartía con la «Chusmera».

Sin embargo, dos detalles me empezaron a incomodar. Primero, la sensación de abandono. La soledad me empezó a doler cuando ajusté dos meses sin tener otra persona con quien hablar. Segundo, el aislamiento, pues estoy en medio de la selva espesa y profunda, sin saber hacia dónde moverme, veo culebras por todas partes, los vampiros no me dejan dormir, la plaga de mosquitos es insoportable, y para mi mayor cabreo, una tarde me notificaron que en esta parte de la selva sobra uno: o el tigre o yo.

El punto de quiebre se inició con la primera visita del tigre.

No tengo la habilidad para expresar el terror que sentí cuando el tigre se metió en la casa. Escuché un alboroto en el corral y salí al patio. El enorme tigre mariposo me miró con un gesto de sorpresa como si descubriera que era, precisamente a mí, a quien estaba buscando. Era bellísimo, no le sobraba un gramo de grasa, tensó los músculos como si necesitara hacerme una demostración de fuerza y me exhibió sus aterradores colmillos para intimidarme. Cuando rugió para notificar que ese era su territorio, sentí un descarga eléctrica que reptó por mi espinazo. Nunca sabré si esa tarde yo estaba más asustado que el tigre, o, era todo lo contrario... o, en últimas, ambos resultamos cagados por el mismo susto. En esa sorda batalla de miradas, que duró menos que la fracción de un instante, no tuve tiempo para pensar, así que, impulsado por mi instinto, encorvé el espinazo, tomé un palo y desenfundé el machete. El tigre detuvo el salto, como si estuviera analizando por qué lado iba a atacarme y, en medio de la máxima tensión, echó marcha atrás, despacio, rugiendo amenazas y advertencias, no me quitó de su vista un segundo hasta que salió del patio y desapareció en la espesura.

En mis primeros ocho largos años de vida me he debido enfrentar a todo tipo de peligros y en varias ocasiones le reconocí –de frente– la cara a la muerte, pero nunca me imaginé que tenía que disputarme con un tigre este pedazo de selva que, a la hora de la verdad, le pertenece a él.

Esa tarde entendí con claridad las razones que motivaron la visita de la fiera. No era que el tigre hubiera invadido la casa, éramos nosotros los que invadimos el hogar natural del tigre. La prueba no podía ser más evidente: la finca se llama «El Tigre», el ancho río que corre al frente, es el «Río Tigre» y a todo este pedazo de montaña selvática, hasta donde alcanza mi vista, se lo conoce como «la región del tigre».

La soledad tiene el poder de alargar el tiempo. Yo traté de superar la agonía del aislamiento trabajando duro, porque en el fondo me sentía con el deber de que las cosas en la finca siguieran funcionando. Pero también me tuve que inventar actividades que me sacaran de la rutina y me distrajeran. Así que con mi mascota disfrutaba toda una mañana nadando en el río, o me dedicaba una tarde a la pesca, utilizando un palo puntiagudo a manera de arpón. Cuando la «Chusmera» y yo regresábamos a la casa, me concentraba en preparar a la brasa suculentos plátanos asados y unos filetes de pescado, tan grandes, que la barriga nunca me concedió el suficiente espacio para terminarlos. Recuerdo la tarde que llegamos felices del río y al entrar al patio de la casa me paralice. ¡Qué caos! El hijueputa tigre se entró al corral y se devoró tres gallinas. Había un reguero de plumas, sangre y todo lucía patas arriba.

De inmediato me puse mosca. Con seguridad el tigre quedó cebado. Entonces me puse en la tarea de buscar la escopeta. La encontré escondida en el fondo de un baúl, pero ¡Qué rabia! Este desgraciado del Iván se llevó toda la munición. Entonces me tocó cambiar mi pasatiempo de cocinero por el de fabricante de armas. Hice dos lanzas miedosas, por si el animal osaba subirse al zarzo y me dediqué a fortificar la defensa de los corrales y de la porqueriza. Protegí las jaulas con estacas puntiagudas con la idea que si el tigre le daba por brincar resultaría ensartado.

En esos días me preparé a conciencia para disputarme la vida con el hijueputa tigre. La primera medida que tomé fue ser prudente y *no dar papaya*. Por eso, a partir de esa noche me impuse la costumbre de pasar al reposo temprano, subir a mi marrana hasta el zarzo, treparme, retirar la escalera y preparar las dos lanzas.

Cuando ya me mamé de hacerle cada mañana la respectiva muesca al palo, y me fatigué de esperar y esperar al que no iba a llegar, y me cansé de arreglar la casa, por si de pronto esta semana sí arribaba, acabé por desilusionarme. No volví a pensar en los regalos que Iván me prometió, ni en ese tonto espejismo de que iba a estrenar, por fin, mis primeros zapatos.

A los tres meses de mirarme todas las tardes en el espejo de mi propia soledad, descubrí que ya no valía la pena ordeñar todas las vacas. Ordeñaba dos y casi no salía hacia los potreros. Cómo sería mi desánimo que tampoco volví a cazar. La señal que la depresión me acosaba, la percibí cuando se me quitaron los deseos de seguir experimentando con los sancochos y los sudados de pescado. Además acepté mi rendición el día que me percaté que nunca logré cuajar la leche.

Lo único que me mantenía con algo de ánimo era la «Chusmera». Ella ya entendía por su nombre y le enseñé trucos como si fuera un perro. Incluso ya se gozaba el agua fría del río y hasta se acostumbró a la limpieza. En medio de tanta soledad me empecé a angustiar por pendejadas y a sufrir pesadillas. Una noche me desperté delirando porque soñé que se me estaba olvidando hablar. En otra ocasión la pesadilla fue con la mordida de una culebra «cuatro narices» y entonces me percaté que en esas lejanías nadie me podía auxiliar en el probable caso que me picara una serpiente. Entonces decidí no retirarme mucho de la casa. El temor al tigre que rondaba la casa y a la cantidad de culebras que me topaba en los potreros, redujeron mi entusiasmo por disfrutar del campo abierto.

Una noche el tigre atacó de nuevo. Con una furia y una agilidad de espanto entró como una tromba al patio. Con sus doce arrobas intentó romper las jaulas y entonces esa puta algarabía de todos los animales presagió el juicio final. Todos chillaban, piaban, graznaban y cacareaban, hasta los marranos gruñeron de pánico, en otras palabras, tocaban a rebato para que yo los defendiera. Pero el monstruo era muy grande para enfrentarlo en medio de la oscuridad de la noche. Poseía una agilidad de miedo y estaba dotado con la visión nocturna de la que yo carecía. Esa noche descubrí que el tigre se acobardaba cuando yo golpeaba una lata con el plano del machete, y ese fue el único recurso que sirvió para alejarlo.

Gracias al refuerzo en las fortificaciones de defensa, durante esa noche de espanto no tuvimos desgracias que lamentar. Pero yo ya estaba consciente que el duelo final no tardaría en realizarse sobre ese mismo campo de batalla. El enorme felino ya conocía el camino, estaba cebado y todos los animales de la granja me habían designado como el caballero que defendería, tanto sus vidas, como su honor.

El ataque final no se desarrolló de noche, como yo pensé. Una tarde, alrededor de las cinco, yo venía del corral de encerrar a las vacas, escoltado por la «Chusmera». No me explico porqué razón ella se distrajo en el camino. Cuando yo entré al patio, escuché atrás el chillido de la marranita que venía del potrero, presa del pánico, con su galope torpe. Detrás, a unos treinta metros, divisé los ágiles brincos del tigre que le había puesto el ojo. De manera instintiva, agarré mi lanza y ante la perspectiva que yo fuera el postre de esa tarde, me preparé para defenderme. Mi fiel mascota alcanzó a entrar al patio y ahí fue cuando el felino saltó como un látigo y le propinó un único zarpazo en la cabeza. Vi que mi marranita cayó fulminada. Yo pensé que la «Chusmera» se hacia la muerta y entonces salté con mi lanza a impedir que este monstruo la matara, «de verdad verdad», y se la llevara arrastrada hacia la selva. La confrontación no duró demasiado. La fiera me exhibió unos colmillos que yo ya le conocía, me amenazó con un rugido miedoso, y en abierto reto –sin quitarme los ojos de encima– avanzó hacia la marranita con todos sus músculos en tensión. Alcancé a sentir el vaho, que era quizás su forma de notificarme que el próximo plato de su dieta iba a ser yo.

Con la lanza en una mano y el machete en la otra, reculé hasta la escalera y, de súbito, como si fuera un gato, me trepé ágil al zarzo y retiré la escalera. El tigre intuyó mi debilidad y saltó al lugar donde un segundo antes yo estaba parado, tiró dos zarpazos a la escalera que en ese instante subía y se retiró. Desde las alturas tuve que aceptar que el desgraciado tigre ganó el duelo. A su vez el tigre, para notificarme que su territorio se extendía –de nuevo– hasta la misma casa, no arrastró a la marranita al monte sino que se la comió ahí mismo, en mi propio patio, con un apetito asqueroso. Ese fin de tarde el descarado tigre ya no se fue de la casa. Continuó saboreándose mi marranita en el patio demostrando un placer exquisito. Convencido de la urgencia de espantarlo, cambié de táctica, le arroje los zapatos de Iván, una plancha de carbón, un palo, unas baterías viejas... con sus reflejos extraordinarios el tigre paraba cada pedrada como si fuera un gato jugando con pelotas de caucho. Entonces, retrocedió unos cinco metros para evitar que yo lo siguiera jodiendo y se echó a contemplar lo que le quedaba de su presa.

Se hizo de noche y yo acepté mi desventaja. Me refugié en el zarzo, y no pude pegar el ojo en toda la noche. Mi angustia era que de pronto, en un ataque de paranoia, el tigre se trepara hasta el techo y me desbaratara el zarzo. Fue una noche muy larga, yo acurrucado, dominado por el terror, atrincherado con mi machetico en la mano. Con el palpitar de la sangre que me golpeaba las sienes, conté, uno a uno, los segundos hasta que amaneció. Esa noche volví a experimentar la soledad que paraliza, porque en mi mente se repitió –una y otra vez– la escena cuando mi fiel perro Valiente murió luchando contra la *tatacoa*.

Cuando amaneció, me sentí incapaz de bajar del zarzo. Estaba agotado. No sabía si el animal podría estar emboscado, esperando que yo pusiera mis pies sobre la tierra. Como a las nueve bajé la escalera, a riesgo que el animal se trepara por ella. Estaba dispuesto a batirme a machete. Pero esperé y no sentí reacción. Entonces dejé caer desde la altura del zarzo mi mochilita con la única muda de ropa que tenía. Si el tigre aún estaba por ahí, reaccionaría. Espere otro rato aguzando mis oídos hasta que me empezaron a doler. Entonces me escurrí por la escalera. El enorme tigre ya se había largado cargando hasta con el último vestigio de mi marranita. Pese a las penosas evidencias, yo me resistí a creerlo. Entonces empecé a gritar «¡¡¡Chusmera!!! «¡¡¡Chusmera!!!», con la ingenua esperanza que apareciera. Pero lo único que apareció fue el terror de sentirme tan solo y desprotegido.

Esa misma mañana acepté que un ángel me expulsó de este paraíso donde gozaba de todo, incluso, hasta de un tigre en el patio de la casa. Con todo mi patrimonio entre la mochila, mi machete al cinto y mi sombrero de paja, me colé por la trocha que –según lo que me contó Iván– va a dar al río Papaneme, en busca de algún remedio para ese mal del alma que llaman soledad... este error –provocado por el pánico– tendrá tan graves consecuencias, que jamás me terminaré de lamentar.

16

Los Poloche

La soledad y el tigre me expulsaron de mi paraíso. Esa mañana no tuve tiempo ni deseos de hacerme un desayuno, ni menos preparar un avío para el camino. Cargué con todo mi patrimonio. Mi muda de ropa, mi machete, mi sombrero de paja y esta puta angustia que me tiene paralizado. Además junté todo mi capital: un peso con cuarenta centavos, que conservo desde cuando emprendí el viaje a la finca de don Luis Suaza.

En medio de semejante angustia no vislumbré muchas opciones. Permanecer en la finca era un riesgo altísimo. El tigre estaba cebado y conocía mi olor. Yo reconocía el suyo. Y ya nos habíamos jurado que en la casa de la finca no había espacio para ambos. O era él o era yo.

No es fácil para un niño de casi nueve años, tomar la decisión de partir hacia lo desconocido. Pero tampoco podía sentarme a llorar como lo hice en Colombia cuando mi papá me rechazó. Era consciente que en cien kilómetros a la redonda no había un alma que pudiera escuchar mis alaridos.

Pensé en devolverme para Colombia, pero no estaba preparado para trepar de nuevo la cordillera. Ese destino lo vi demasiado lejos y se asomaron a la pantalla de mi memoria los restos humanos que encontré en el camino, víctimas quizá, de los enormes felinos. Así que no me quedó otra opción que confiar en la descripción que un día le escuché a Iván: «si se sigue el curso del río Tigre hasta cuando desemboca en el Papaneme, ahí se encuentra la única familia que habita por los alrededores».

Sin tiempo para prepararme me vi obligado a enfrentar la selva de nuevo.

El camino por el piedemonte no es plano. Serpentea por entre cañadas y colinas, pantanos y lodazales, bajo el toldo que forman las copas de unos árboles inmensos que apenas dejan penetrar el sol. Otra vez me vi obligado a caminar solo por las entrañas de este infierno verde, al tiempo que siento coronada mi cabeza por una fastidiosa nube de mosquitos que me revolotean cual si se tratara de la aureola magnética de mi ángel de la guarda. No es fácil cruzar los torrentes de decenas de quebradas y cursos de agua cristalinos y helados, que se despeñan de la cordillera para tributar sus aguas a los ríos Tigre y Platanillo. En cada paraje donde veía que la selva se enmarañaba, se me salía el corazón pensando que lo peor estaba por ocurrir: un tigre podría estar emboscado en cualquier vuelta del camino.

Fueron cinco horas de angustia vagando por esa selva cada vez más tupida con el machetico en la mano. Es que las horas transcurren y se va acumulando la incertidumbre de no saber si de verdad existe ese destino que según la descripción de Iván «queda, ahí no más, a tres horas de camino».

Por eso cuando desde el borde de una colina boscosa alcancé a ver un descubierto en la selva y sembrados de plátano, yuca y frutales, una alegría indescriptible se me regó por todo el cuerpo.

Cuando me acerqué percibí el rumor del río, que aquí sí es bravo, porque ya viene con mucha agua. La finca no se ve muy grande, pero se aprecia que los potreros se los arrebataron a la selva, a punta de machete y sudor. ¡Ay! Qué sensación de júbilo «descubrir otro paraíso». No me importó la miseria del rancho, porque presentí que aquí había seres humanos que me iban a ayudar.

«¡Bueenaaas!» Grité desde lejos, mientras guardaba distancia prudencial. Vi que la familia se sorprendió. No me conocían, no habían escuchado hablar de mí y era la primera vez que veían a un niño de tez blanca y cabellos y ojos claros, por esas lejanías.

Tres perros tan flacuchentos como los niños me ladraron el alto. Yo me dejé ver con la repetición del grito de «¡buenas tardes!». La respuesta vino de la casa «¡adéntrese! ¿qué se le antoja, *pelado*?». Esa voz calmó a los perros, que, un tris cabreados, se acercaron a olisquearme.

Una vez en la casa, me confirmaron que estaba en la trocha correcta, que este sí era el río Papaneme, y que ellos eran la familia Poloche.

La familia posee rasgos indígenas. Está compuesta por el patriarca, un viejo viudo que exhibe su piel tensa como el cuero de un tambor. Calculo que puede tener más de sesenta años. Su hijo mayor, quizás de unos cuarenta y su hija, Ana Ruth, de apenas 20, más dos niños de mi edad, descoloridos por el paludismo. Estos dos niños son huérfanos. Su madre, era hija del señor Poloche, y falleció por la picada de una culebra.

Yo les expliqué que estaba trabajando donde los Suaza, pero que ellos se fueron y me dejaron abandonado. Para rematar, les relaté la dieta de terror a la que me vi sometido por las visitas diarias de un tigre cebado que decidió acosarme y me juró la muerte.

Ellos de inmediato comprendieron mi angustia y me invitaron a compartir un bocado de su pobreza y me ofrecieron su hospitalidad. Pero además, gracias a ellos, volví a descubrir la dicha de ser niño y volví a encontrar mi propia voz. Yo procuraba ayudar en lo que podía, pero el trabajo no era tan exigente como en la finca de los Suaza. Los dos niños eran de mi edad y, a decir verdad, era más lo que jugábamos, que lo que trabajábamos. Todas las tardes nos íbamos al río a bañarnos y a pescar y nos inventábamos juegos, con la complicidad de Ana Ruth.

La finca es pequeña, tiene sembrados y cultivos, pero no ganado. Muelen la caña de manera rudimentaria con el empleo de unos engranajes en madera que ellos se inventaron. El guarapo lo hierven durante la noche en unas pailas grandes y obtienen una modesta producción de panela. Ellos viven de lo que cosechan y pescan. Tienen gallinas, comen huevos, producen lo esencial para subsistir. Los Poloche nunca piensan en salir de su mundo sencillo y elemental. No venden lo poco que producen, ni necesitan salir a la civilización a comprar lo que no necesitan.

Ana Ruth es soltera y me tomó un especial afecto. Ella solía dormir con sus sobrinos, pero desde mi llegada decidió adoptarme. Todas las noches me abraza como si yo fuera un muñeco de trapo y dormimos juntos. Es una relación como instintiva, como la hembra que necesita jugar a la maternidad con un crío. Le caí muy bien y ella fue muy especial conmigo. Yo me convertí como en su hermanito mimado.

Quizás veía en mí a alguien distinto. Alguna vez me confesó la razón de su predilección: «es que mis sobrinos son morenitos y medio feítos y usted es blanquito y medio bonito».

La casa es mejor que donde los Suaza. El techo es en paja de palma real. Las paredes están bien construidas con tablas de madera. Las camas están colocadas sobre una estructura de guadua, elevadas del suelo y cuentan a manera de tendidos con costales y cueros de animales. La casa es de un solo piso y tiene puerta en chapa de madera, es decir, la casa no es abierta como donde los Suaza.

El resto del paisaje es igual, el clima quizás más húmedo y caluroso, el tábano durante el día, las nubes de jején que lo enloquecen a uno por las tardes, y los vampiros durante la noche.

No puedo determinar en qué fecha los hermanos Suaza retornaron a su finca. Lo cierto es que una tarde, tal vez tres meses más tarde, aparecieron en casa de los Poloche. Llegó Iván acompañado de un señor que después supe era Javier, su hermano mayor.

Tal parece que un par de días atrás retornaron a su finca y como no me encontraron, estaban seguros que yo me había refugiado en la finca de los Poloche.

Llegaron y hablaron con la familia exigiendo que yo retornara a su finca de «El Tigre». Ana Ruth decidió mediar como mi representante. Le reclamó a Iván que había sido muy irresponsable al dejar abandonado a un niño en la mitad de la selva. Que por fortuna se me ocurrió llegar a pedirles ayuda, de lo contrario tenían la certeza que me habría devorado el tigre.

Iván insistió que quería hablar conmigo y entonces Ana Ruth se fue hasta detrás del rancho y me dio instrucciones. Yo me aparecí sin timidez, pues sentí el respaldo de la familia. Le dije a Iván, sin que me temblara la voz, que yo no me quería regresar a la finca, porque ellos me habían abandonado. Entonces me sacaron en cara que todas las aves de corral habían desaparecido por mi culpa, así como los marranos, las vacas y hasta «Tarzán» su mascota. «Yo ya purgué todos mis pecados en ese infierno donde me abandonaron durante tantos meses, lleno de responsabilidades y amenazas y sin que me hubieran dejado ni tan siquiera un alfiler con qué defenderme», concluí.

Me insistieron con una obsesión enfermiza, como si yo me hubiera largado debiéndoles dinero, pero con el respaldo de Ana Ruth me mantuve en mi negativa a regresar.

Tres semanas más tarde pasó por la casa una comisión de siete guerrilleros. Esta vez le pregunté a Ana Ruth que quiénes eran: «Es guerrilla del Guayabero, van y vienen. Están a cuatro días de camino de su comando. A veces se quedan a descansar aquí, porque siguen hacia La Legiosa, allá en lo alto de la cordillera, donde encargan víveres y medicinas y se emboscan a esperar la remesa».

Yo estaba en la casa, pero los guerrilleros ni me determinaron. Luego de descansar y comer algún bocado, continuaron hacia la finca «El Tigre», de la familia Suaza.

En ese momento, lejos estaba de imaginarme la venganza que tramaban los hermanos Suaza por mi negativa a acompañarlos.

Durante los dos días que esta comisión de la guerrilla del Guayabero estuvo en la finca de los Suaza, Iván y Javier los convencieron que yo era «un espía del ejército que estaba haciendo inteligencia al servicio del gobierno y que por esa conducta antirrevolucionaria y malvada contra el pueblo, ellos me expulsaron de su finca».

Los guerrilleros tomaron nota de la denuncia y, de inmediato, retornaron a su base. Iban tan envenenados que no se detuvieron en la finca de los Poloche, como era usual. Continuaron de largo por la trocha hacia el sur, por el río Papaneme abajo, en dirección al río Guayabero, donde se encuentra el comando de la guerrilla.

17

Camino al infierno

La época más feliz de mi vida transcurrió durante escasos tres meses, en este lugar perdido en la mitad de la selva a orillas del río Papaneme. La familia Poloche de etnia indígena me abrió de par en par la única puerta de su casita para darme refugio –con una generosidad y devoción sin contraprestaciones– en el justo momento en que yo agonizaba de soledad y abandono.

Durante mi brevísima estancia en ese paraíso, descubrí el instinto maternal de Ana Ruth, mujer que me doblaba en edad, y que me hizo sentir, por primera y única ocasión en toda mi vida, como hijo consentido. Y sentí la bendición de encontrar a unos niños felices, de mi edad, que se confabularon para que yo recuperara mi sonrisa y las ganas de vivir. Ellos me enseñaron a nadar con esa destreza natural de los indígenas y compartí a su lado la insaciable curiosidad por interpretar los secretos de la selva, el cielo y el río.

La tarde de mi desgracia estábamos jugando con una balsa en el río, cuando Ana Ruth llegó corriendo. La noté angustiada, con el rostro sombrío y señales de haber llorado.

–¡Enrique, salga rápido! ¡Lo necesita mi papá!

Sentí que esa frase llegó cargada de dinamita.

Quizás transcurrieron cuatro semanas desde cuando la comisión de la guerrilla visitó la finca «El Tigre», para escuchar las calumnias que Iván y Javier Suaza fabricaron contra mí.

Ese día aparecieron dos hombres armados en casa de los Poloche. La autoridad indiscutible que ejerce la guerrilla en estos parajes olvidados por Dios y por el Estado se hizo evidente cuando preguntaron por «Enrique».

Algunos años después supe que platicaron durante dos horas con el jefe de la casa y le explicaron las razones de su visita. Por eso, cuando arribé al rancho escoltado por la angustiada Ana Ruth, el señor Poloche me palabreó con algo así como «Enrique, mijo, estos señores necesitan hablar con usted».

A renglón seguido los dos guerrilleros se turnaron en un interrogatorio, sin pies ni cabeza, con demandas de información tan extrañas que no entendí. Era como si me hablarán en inglés o griego. Sentí desconcierto. No comprendía nada. Entonces el guerrillero más viejo me notificó la orden que traía desde el Comando: me tenía que ir con ellos. Todo transcurrió tan rápido que me parecía un sueño. «¿Por qué razón me tengo que ir, si yo estoy amañado aquí, y nadie me está echando?». Entonces los guerrilleros se volvieron a reunir con el viejo. Cuando me llamaron de nuevo, el señor Poloche tomó la palabra para relatarme otro cuento aún más extraño.

–Enrique, estos señores te van a llevar a unas vacaciones a un campamento de niños.

–¿Vacaciones? –pregunté extrañado– No conozco esa palabra. ¿Qué significa «vacaciones»?

Nadie respondió. Entonces me sentí tan confundido que traté de encontrar una respuesta en Ana Ruth, pero ella parecía estar en otro mundo porque había hundido su rostro entre las manos.

¿«Vacaciones«? esa palabra, no figura en el diccionario elemental de un niño que jamás ha ido a la escuela. Me explicaron que tenían interés que yo tuviera una inolvidable experiencia conociendo toda la región del río Papaneme y luego la del Guayabero. En esa región los guerrilleros tenían sus fincas. Después de una semana de paseo con otros niños, ellos mismos me volverían a traer de regreso a la casa de los Poloche.

Volví a mirar a Ana Ruth en busca de aprobación pero ella tenía los ojos encharcados de lágrimas, y miraba hacia el suelo. Lo cierto es que el señor Poloche me insistió que, dadas las circunstancias, yo no tenía otra opción y que eso era lo que más nos convenía a todos.

—Enrique, tan pronto regrese del viaje, mijo, este humilde rancho es su casa. Usted siempre será bienvenido.

—Pero, ¿por qué yo?

—Mijo, estos señores hacen parte de la comunidad. Aquí son la autoridad. Ellos me dicen que una persona muy importante que vive por allá, quiere conocerlo.

—Pero señor Poloche, yo siempre trato de ayudar aquí y no le debo nada a nadie.

Esas fueron mis últimas palabras. En el siguiente suspiro me sorprendí empacando mi única muda de ropa entre una pequeña mochila. Me advirtieron que no llevara el machetico, porque a dónde íbamos no lo iba a necesitar.

—¿Y el sombrero?

—Llévelo mijo, que por allá es muy caliente —fue la despedida del señor Poloche.

—¿Y qué tan lejos queda el lugar a dónde me llevan?

—No está tan lejos —respondió uno de los guerrilleros— es aquí no más a tres días de camino. Así que apurémonos.

Ana Ruth me abrazó como si fuera mi mamá, como si no se quisiera desprender de mí. Entre su llanto ahogado le alcancé a escuchar «Enrique, me va a hacer mucha falta ¡Cuídese! Me dijeron que la semana entrante ellos mismos lo traen de regreso». Todo era tan extraño que no sólo estaba confundido, sino como mareado. Yo saqué de la mochila todo mi capital, un peso con cuarenta centavos, y se los entregué a ella. «Es por si de pronto se le ofrece algo». Antes de diez minutos, yo ya había abandonado mi paraíso y marchaba selva adentro, por la trocha enfangada, sin sospechar que ahí empezaba el largo peregrinaje que me conduciría al infierno.

Un par de años más tarde, vendrá mi reencuentro feliz con Ana Ruth, sin sospechar que terminará en tragedia.

18

El infierno

Tan pronto cruzamos la última frontera de la finca de los Poloche, me ordenaron que marchara adelante –no porque yo conociera el camino– sino cabreados ante la posibilidad que me les fuera a volar.

La cordialidad de la que hicieron gala en casa del señor Poloche, se esfumó. Ahora –al ritmo de la marcha– me acribillaron con un obsesivo interrogatorio que yo no lograba entender. Que yo qué sabía de la policía. Que les diera los nombres de los sargentos y los tenientes del ejército que yo conocía. Que si mi papá trabajaba con el gobierno. Que quién me había mandado por estas selvas. Que cuánto me pagaron por infiltrarme en la comunidad. Dele que dele, una y otra vez. Yo no encontré palabras para demostrarles que estaban equivocados y que todas sus preguntas carecían de sentido. Al final de la tarde no aguanté más. Desesperado ante el terco interrogatorio, me detuve y pese a que el pánico se me estacionó en mi garganta, los encaré.

–¿Otra vez?. ¿Todo el día con la misma cantaleta? No me pregunten más de lo mismo, porque yo no sé nada, no entiendo nada y no escondo nada.

A renglón seguido, decidí clausurar el pico y no volver a hablar. En semejante ambiente de confusión cualquier palabra me podía consumir en un pantano de contradicciones.

Esa primera noche me amarraron a un árbol. Pasé la noche en vela, y mientras hice el recuento de mi vida me pregunté, una y otra vez, «¿por qué?, ¿por qué a mí?, ¿por qué otra vez?»

En la mañana me bañé la cara en una quebrada y rechacé un pedazo de tamal que me ofrecieron. En esa segunda jornada, yo caminaba y caminaba como un autómata y me sentía flotar como si todo lo que estaba viviendo fuera una pesadilla de la que no podía despertar.

Durante el segundo día cesó el interrogatorio y los dos guerrilleros parlanchines cambiaron de partitura. Toda esa jornada discutieron sobre grados en la guerrilla y sobre el tratamiento reglamentario entre los jefes del movimiento y los guerrilleros rasos. Noté que estaban aterrados ante la posibilidad de meter las *quimbas* al momento de presentarse ante sus jefes. No lograban ponerse de acuerdo sobre la manera correcta de informarles a sus jefes el cumplimiento de la misión. El debate se centró sobre si al momento de entregar al «prisionero» debían dirigirse a su jefe como, «camarada, sargento, teniente, compañero o comandante»

Al final de la tarde casi se pusieron de acuerdo, pero el más joven alegaba que la forma reglamentaria era «compañero comandante», al tiempo que el otro lo contradecía diciendo que el título era «camarada comandante».

Esa noche no me amarraron. Nos encontrábamos tan lejos de todo, que se sintieron seguros que yo no intentaría escapar.

El viaje desde la finca de los Poloche hasta el Guayabero, nos demandó tres días a paso de indio. Claro que eso no parecía el desplazamiento militar de una guerrilla, sino la excursión por el campo, de unos amigos aburridos que discuten sobre fútbol para matar el tiempo.

Empezamos a desplazarnos por la margen derecha del río Papaneme en dirección al oriente. Más adelante abandonamos el curso del río y trepamos por una montaña selvática muy alta. Cuando volvimos a descender al llano, seguimos el curso del río Platanillo. Como ese río baja de la cordillera demasiado crecido lo tuvimos que cruzar con la ayuda de un cable. Al tercer día ingresamos en las vegas del río Guayabero. Este río se va volviendo tan ancho y caudaloso que la única manera segura de cruzarlo es también por un cable. Una vez arribamos a la margen opuesta del río, los tipos me comentaron que ahora sí nos encontrábamos, como en Cuba, «en territorio libre», todo bajo control del comando guerrillero del Guayabero.

¡Qué obsesivos con las formalidades se mostraron estos guerrilleros!

En el curso de ese tercer día debatieron sobre la forma reglamentaria de presentarse ante un tal Joselo. Incluso, aprovecharon los descansos para ensayar, una y otra vez, sobre el protocolo preciso.

—«Permiso compañero Joselo. Me presento con el prisionero espía del ejército...»

—No, mano —lo corregía su compañero— lo que se dice es: «permiso para hablar camarada Joselo». Si él da el permiso, se dice: «doy parte del prisionero espía del ejército».

—Que no —lo interrumpía el primero— de entrada hay que mencionar su grado. «Permiso camarada comandante Joselo, la comisión da parte de misión cumplida. Aquí está el espía que capturamos».

—No joda, mano. Si se va a utilizar un grado, alguien me dijo que el camarada Joselo es, además, «teniente». Así que la vaina es, «permiso mi teniente Joselo, cumplida su orden. Este prisionero es el espía infiltrado que nos ordenaron capturar».

Como la palabra más repetida en los ensayos era «espía», decidí preguntarles:

—¿Por qué hablan tanto de espía? ¿Qué es un espía? ¿Se refieren a mí?

La sorpresa ante mi pregunta fue evidente. Entre risas nerviosas me explicaron que eso nada tenía que ver conmigo, que practicaban lo que les enseñaron en una tal «escuela de cuadros», y que no me preocupara porque en la guerrilla «espía» era «un grado militar».

Tan pronto ingresamos a territorio del Guayabero, me contaron que la persona que me quería conocer era el camarada comandante Joselo, mandamás de las columnas guerrilleras. Me lo describieron con tanto temor reverencial y en tono tan enigmático que lograron contagiarme de su angustia.

Al anochecer del tercer día arribamos a la casa del guerrillero de mayor edad. Allí supe que su nombre es Apolinar, que es un veterano integrante de la organización, y que su nombre de combate es «Aldemar».

Su mujer le informó que el camarada Joselo no se encontraba en el comando pues estaba en una comisión de reconocimiento y que nosotros debíamos esperar hasta que regresara. Entonces ambos guerrilleros optaron por dejarme en esa casa, bajo las órdenes de la señora, y ellos continuaron hacia la sede del comando de la guerrilla, a esperar la llegada de su *camarada comandante*.

En la casa de Aldemar permanecí unos tres meses y en todo momento trabajé para ganarme la confianza de esa familia. Yo le ayudaba a la señora en todos los oficios. Sembraba yuca, recogía plátano, me encargaba de todo, y gracias a que en la finca de los Poloche logré descubrir al *niño juguetón* que habita dentro de mí, en los tiempos libres me divertí con los dos niños de la pareja. Pronto sentí que me trataban como si fuera otro miembro de la familia. Incluso empecé a imaginarme que el temido camarada Joselo se había olvidado de mí.

Durante esos tres meses largos acompañé en siete ocasiones al guerrillero Aldemar en sus desplazamientos por toda la región, oportunidad que tuve de conocer muchos caminos, cruces de ríos, fincas, a varios guerrilleros y a sus familias. Pronto descubrí que ya me orientaba con facilidad por ese territorio.

La región del Guayabero es muy extensa. Yo calculo que el área es tan grande como la Sabana de Bogotá. A pata, uno se gasta tres días recorriéndola de extremo a extremo. Aunque aquí no se usan mapas, yo calculo que esto queda entre el Meta y el Caquetá. El Río Guayabero es el eje de referencia para todo. Se desplaza caudaloso, por un amplísimo valle entre dos cordilleras. En este «territorio libre», que es propiedad de la guerrilla, uno echa pata por todos los climas, desde el frío helado del páramo que se padece allá arriba de la cordillera, en el Rusio, la Línea y el cerro de los Picachos, hasta la región más caliente en Puerto Crevaux. Los claros que se ven entre la selva son fincas, pero se encuentran muy retiradas la una de la otra.

En ese sube y baja por todo el Guayabero, muchos guerrilleros ya me reconocen, y estoy casi seguro que ya le contaron al señor Joselo sobre mi presencia en la región.

Cuando ya ajustaba tres meses en ese limbo —«*plop*»— se reventó la burbuja y caí en la realidad.

Un guerrillero arribó a la casa a notificarme que Joselo me espera en el misterioso comando ubicado en una pequeña colina que llaman Santa Elena.

–Estamos cerca, a casi un día de camino. Póngase un sombrero porque por allá el sol pega muy duro.

En medio de mi angustia recordé las fórmulas sacramentales que los dos guerrilleros que me trajeron ensayaron durante los tres días de marcha. A la hora de la verdad, nunca supe cuál fue la que emplearon para darle «parte de misión cumplida, al camarada comandante», sobre la captura del «peligroso espía».

19

Joselo

¡Qué viacrucis! Estoy cerca de cumplir mis nueve años y me veo de nuevo echando pata por esta trocha que serpentea por entre la selva, para enfrentar mi juicio final, como reo de un delito que no conozco.

¡Qué dolorosa se siente la ignorancia! Pero es que jamás me senté en el pupitre de una escuela, ni he tenido en mis manos un libro. No sé leer, ni escribir. En la casa de los Suaza supe que existía la radio y me contaron sobre la televisión, pero no supieron explicarme cómo aparecían allí personas que estaban en otra parte. Una tarde concluimos que era cosa de brujería. Mi único curso de introducción a la política lo soporté con esa letanía diaria de la abuela que le achaca todos nuestros males a la desgracia de haber nacido «liberales». No entiendo qué hacen los guerrilleros. No conozco la organización, no conozco a los comandantes, ni he vivido lo suficiente para conocer la historia de los movimientos agrarios. Y lo que es aún peor, desconozco porqué diablos ajusto ya tres meses –aquí– en el Guayabero. Para completar mi desgracia no tengo idea qué me van a preguntar y ni siquiera me imagino cómo luce el tan temido «camarada comandante».

Lo único que tengo claro es que soy un «espía», pero tampoco he podido saber qué diablos es un «espía».

El guerrillero que me conduce no me habló durante las ocho horas de camino, ni tan siquiera cuando atravesamos dificultades vadeando dos cañadas profundas, ni las dos veces que nos sentamos a descansar.

Al caer la tarde arribamos a la parte alta del Guayabero y el tipo buscó la finca de Santa Elena, donde funciona el comando.

Allí me presentaron ante un guerrillero de unos cuarenta años que después supe es el coordinador administrativo del comando y que me hizo seguir a un cuarto donde una mujer regañona –que es su esposa– una guerrillera de nombre Petronila, aporreaba una máquina de escribir, entre la penumbra. La señora me recibió con esa arrogancia propia del ignorante que posee todo el poder, incluso el poder de matarte. Por todo saludo, me gritó: «Hágase allá donde no estorbe».

Yo estaba asustado y deprimido. Me acurruqué en un rincón y le pedí a ese Dios que conocía de oído, que me volviera «invisible». Como a las cinco escuché afuera un alboroto, órdenes y carreras. Ese fue el ambiente para la encarnación del «camarada comandante». Es un hombre de baja estatura, trigueño oscuro, con el pelo flechudo y sudado, de facciones indígenas, corpulento como un toro y de una agresividad miedosa. Calculo que tiene entre 35 y 40 años. Ingresó como una tromba seguido por tres guerrilleros a quienes insultaba. De pronto se detuvo y me regaló una mirada de desprecio que me acabó de congelar.

–¿Y quién es éste vergajo? –gritó.

–El muchacho que trajeron detenido del Papaneme.

–¿Éste?

Se acercó con un gesto soberbio, me tomó del pelo y sin el menor esfuerzo me alzó como a esa gallina que uno levanta por las patas.

–¡¿Nombre?!

–Enrique, señor.

–¿Es que no tiene apellido, cabrón?

–Es que no sé señor. De pronto Flórez o de pronto no sé.

–¿Sabe leer?

–No, señor.

–No me crean tan güevón. ¿Y se dejaron meter el cuento que esta mierda es un espía? –me dejó caer.– ¡Que lo interrogue Asdrúbal!

Yo regresé al rincón. Cerré los ojos y pensé: «Diosito lindo, ahora sí hazme invisible».

No supe el destino que Joselo pensó para mí, lo cierto es que la señora me ordenó que yo no podía salir de la *casa del comando* hasta que el camarada decidiera qué iba a hacer conmigo.

Esa indecisión –que duró muchos días– fue la que orientó mi vida en la guerrilla.

Yo no poseía nada, apenas una muda de ropa, un sombrero y pare de contar, porque ni zapatos conocía. Para empeorar, era el único niño a cien kilómetros a la redonda que no tenía familia. Así que junté dos tablas y un par de costales y me improvisé una cama en un rincón, afuera de la casa. Madrugaba a bañarme y pedía algo de comer a diferentes familias y, sin falta, me presentaba en el comando a doña Petronila.

Como vivía disponible en el comando, la señora me empezó a emplear para pequeños mandados. «Traiga, lleve, suba, cuide», hasta que a la vuelta de un par de meses me «gradué» de estafeta.

Que había una reunión urgente en el comando, o llegaba un personaje importante del partido comunista, o ya empezaba un curso de adoctrinamiento, entonces yo salía como una flecha a llevar los mensajes, primero a las fincas cercanas y con el paso del tiempo, cada vez más lejos. Así resulté recorriendo toda la zona, hasta los últimos confines del Guayabero, con mensajes e instrucciones. En una bolsa de lona acomodaba las órdenes escritas –las más secretas, iban en clave– pero de todas maneras, como yo no sabía leer, pues no tenía idea qué decían esos papeles. Así, gracias a mi ignorancia, me tomaron tremenda confianza.

Lo mejor de esta experiencia, fue que conocí todo el territorio y aprendí a orientarme –de día y de noche– y a no tenerle miedo a la selva. Por mi estatura y contextura física me muevo con la agilidad de un tigre por todos los terrenos. Me familiaricé con los guerrilleros, la gente me empezó a distinguir y yo empecé a conocer, como nadie, quién diablos era Joselo, los motivos para que la gente lo odiara tanto, pero, al mismo tiempo, las razones para que la obediencia fuera ciega. Conocí cómo funciona la guerrilla y, para mi tranquilidad futura, supe quién es aquí –en el Guayabero– el verdadero camarada comandante –el «mero mero»– el comandante de todos los comandantes, que no era propiamente Joselo.

Cadena y la cadena de mando

Las personas que más me impresionaron en la guerrilla están ubicadas en ambos extremos de la jerarquía.

El más veterano tiene entre 35 y 40 años. El más recluta, 10.

Ambos me impresionaron porque los vi matar, con tal odio y sevicia, que al recordarlos se me hiela la sangre.

Allá arriba, en la cúspide de la organización, serví y padecí a Joselo, comandante militar del «Movimiento Agrario del Guayabero», el más sanguinario de todos.

Acá abajo, como guerrillero raso, fui compañero de curso y de vida guerrillera de «Cadena», un niño de mi edad, que ingresó a la organización cuando yo ya ajustaba un año de haber sido reclutado. Cadena es un muchacho blanco y gordito, que se impuso el reto de ganarse el respeto de sus compañeros, por la vía de demostrar que nadie lo superaba en crueldad y sadismo. Llegó del Sumapaz junto con su hermano, un tipo de unos 24 años, que apodaban «Paredes».

Aquí, en el Guayabero, somos veintiséis niños guerrilleros –con edades entre 9 y 15 años– obligados por nuestra pobreza, ignorancia y desamparo a integrarnos al movimiento armado.

Los niños resultamos involucrados en una guerra que no comprendemos, y que debemos aceptar sin opciones y sin objeciones de conciencia. Aquí nos maduran a golpes para que asumamos los mismos roles y responsabilidades de los guerrilleros adultos. Pero el hecho que nos «traten como grandes», no nos molesta, antes bien nos provoca felicidad y orgullo. Cargar un fusil pesado y escuchar el *«tracatá»* del plomeo en un combate, es el sueño de cualquier crío.

Recuerdo el día, cuando un camarada de un tal *comité central del partido,* alto, de barba negra, profesor de la Universidad Nacional, que según dicen estudió en Cuba, fue recibido en el Guayabero como si se tratara de la segunda venida de *El Mesías.*

Este profesor fue quien trajo la idea de organizar a los niños del Guayabero en un grupo de combatientes que ayudara a los campesinos en la lucha revolucionaria. La idea era asignarnos misiones claves, como estafetas, agentes de inteligencia, expertos en minado y manejo de explosivos y ayudantes en la administración.

Todos los niños que convocaron son hijos de guerrilleros, por lo tanto, tienen la ventaja de vivir con sus familia en el Guayabero. Pero como Cadena y yo, carecemos de familia, nos ordenaron que compartiéramos alojamiento en el comando. ¡Qué experiencia tan tortuosa la que me tocó vivir! Porque Cadena es impredecible, pendenciero y matón. Pese a que era de los más pequeños, se fajaba a trompadas con los más grandes. Llegó a ser insoportable en el grupo por su manía de acosar a los demás niños. Todos le profesábamos temor. Permanecer tanto tiempo cerca a él me obligó a dormir con un ojo abierto. Pero como yo aprendí que mi vida depende de mi capacidad de adaptación, me tuve que convertir en su mejor amigo. Él, en reciprocidad, se convirtió en mi defensor más acérrimo.

Para la primera fase del entrenamiento, que duró tres semanas, nos concentraron en una casa grande donde hay alojamiento para todos los muchachos. Es un cuartel de instrucción y entrenamiento. Ahí, sentados en el suelo, recibimos nuestras primeras clases de introducción a la doctrina comunista, nos imparten la teoría sobre las técnicas y tácticas de la guerra de guerrillas y allí mismo comemos y dormimos. En ese ambiente no sólo nos hacen sentir grandes e importantes, sino guerrilleros de verdad, integrados a la lucha armada. Pero además, nos divertimos: jugamos al fútbol, practicamos polígono, nadamos, hacemos gimnasia con armas y nos endurecemos los músculos.

Desde Bogotá, Viotá y el Sumapaz llegan profesores de la Universidad Nacional a intoxicarnos la cabeza con sus trabalenguas de un tal «marxismo leninismo» y la «lucha de clases». Cuando ya lucimos más preparados y coordinados, nos organizaron en una «guerrilla de pollos sin emplumar» y nos bautizaron «Pioneros».

Ahora los «pioneros» madrugamos todas las mañanas para participar en la formación y lectura de *la orden del día*. A la hora que Joselo saluda, respondemos con el grito de: «¡Buenos días mi capitán! ¡Viva la Revolución! ¡Abajo la burguesía!»

Con fusiles de palo ensayamos ataques, emboscadas y asaltos a los pueblos. La mitad del grupo hace el papel de guerrilleros, los otros hacen de «chulos». Nos enseñan a armar y desarmar fusiles y carabinas con los ojos cerrados y a odiar al gobierno, a los chulos de la policía y a los sapos informantes. Practicamos cruce de ríos y cómo utilizar claves de seguridad para hablar por la radio. El entrenamiento más riguroso está destinado a prepararnos moral y psicológicamente en el caso de ser detenidos por la policía. Aprendemos las técnicas de cómo inventar historias para despistar al interrogador, el peligro de suministrar información al ejército, y la ventaja de tener siempre aprendida una historia «de amor y dolor» que justifique el haber sido pillados en el sitio incorrecto, a la hora equivocada. Durante esos ejercicios nos torturan para demostrarnos «las técnicas de interrogatorio de la policía». Aprendimos a resistir hasta lo irresistible para no soltar la lengua bajo ninguna promesa, amenaza, ni halago, porque según lo que nos juraron, el ejército tiene orden de matarnos, demos o no demos información. Si el entrenamiento militar es durísimo, la enredada educación en *doctrina marxista–leninista* es un dolor de cabeza. Al final, lo único que entendemos es que debemos odiar. En esas clases sólo se siembra el odio, se cultiva el odio y se exacerba el odio, porque sobre esa doctrina se fundamenta su evangelio de la «lucha de clases».

Para la instrucción sobre defensa personal, nos organizaron por parejas. Y, preciso, yo me gané como contrincante al frío y sanguinario Cadena. En ese entonces yo era más alto, más ágil y había comido más mierda que él, razón para que casi siempre me impusiera en los combates. Pero como mi amigo tenía una capacidad de maldad única, yo procuraba no excederme en mis expresiones de triunfalismo.

Ahora, como «pioneros», los niños nos sentimos contagiados por el «virus» revolucionario y esa rasquiña se extendió por todo el cuerpo. La clave para sobrevivir es demostrar que soy más pícaro, más macho, más violento y tengo más odio acumulado… porque de esas conductas se deriva mi prestigio en la guerrilla y hasta mi propia vida.

Tal sería la importancia que alcanzamos los «pioneros», que para los actos de clausura de nuestro curso, nos anunciaron la visita de tres miembros del *Comité Central del Partido Comunista Colombiano*. Regresó el camarada de siempre, el alto de barba negra, profesor de la Universidad Nacional, en la compañía del famoso doctor Hugo Parga Pantoja y del camarada Miguel Ángel Rueda, de la *juventud comunista*. Ellos vinieron a dictar un curso sobre la enredada teoría comunista sólo para los comandantes, y aprovecharon su visita para adoctrinarnos. Nos relataron excitantes historias sobre el triunfo de la revolución cubana, y nos convencieron que sí era posible que los campesinos rebeldes nos tomáramos el poder por las armas. Nos insistieron que allá, en Cuba, la revolución no se materializó con la simple entrada triunfal de Fidel y el Che a La Habana. La revolución se volvió realidad cuando el pueblo empezó a fusilar contra el paredón a todos los oligarcas y empezaron a confiscarles a los gringos imperialistas sus haciendas azucareras, sus fábricas y sus hoteles.

En la noche de la graduación les hicimos a estos visitantes una demostración de nuestras habilidades en un simulacro de ataque nocturno. Ellos rifaron entre los 26 «pioneros», cinco libros sobre la «Guerra de Guerrillas» del Che Guevara. Yo me gané uno, pero como yo no sé leer, se lo regalé a Cadena, ya que él sí fue a la escuela. Él lo examinó con interés y me prometió contarme de qué se trataba.

Al día siguiente ordenaron que nos bañáramos, nos peináramos y nos pusiéramos la muda de ropa más limpia. A la hora de la formación, los comandantes nos prestaron sus subametralladoras *Madsen* y sus fusiles *Famage* recién aceitados, y entonces los veintiséis «pioneros» posamos durante toda esa mañana, para una sesión de fotos. A Joselo lo vimos eufórico con la visita de esos dignatarios del partido y en público nos prometió ascensos y condecoraciones para los «pioneros» más destacados. Pero tan pronto los visitantes empacaron sus morrales y se largaron, eso jamás sucedió.

Disfrutábamos la guerra como niños alegres que juegan a los empujones al borde de un abismo.

En esos cursos conocí a Albino, un muchacho de mi edad, un poco atontado, el más chaparro de todos. Me impresionó porque tiene la obsesión de matar a su papá. Albino es producto del incesto. Su «taita», un campesino ignorante y bruto de la Legiosa, violó a su propia hija. La avergonzada muchacha parió el crío y se voló de su casa. Al cabo de nueve años de crianza, la abuela, en vísperas de morir, decidió regalarle el niño a la guerrilla.

Al concluir el curso, todos los niños retornaron a sus casas, a excepción de los tres «huérfanos«: Albino, Cadena y yo. Entonces nos asignaron, como «hogar» la casa donde funciona el comando, con la orden de permanecer disponibles «para lo que se necesite». Como entre el trío de «huérfanos» yo soy quien mejor conoce la región, me confirmaron de estafeta. Si el comando emitía una orden, yo salí como un rayo a llevar el mensaje hasta los últimos confines del Guayabero. Las distancias son enormes, a dos y tres días de camino. Esa viajadera a toda hora me privó del placer de compartir el divertido tiempo de ocio con los *compas* de mi edad.

21

De pionero a combatiente

Tres meses más tarde, la época divertida de «jugar a la guerra» se terminó de golpe. Corrió por estas selvas la «orden de movilización» para todos los «pioneros».

Me fastidia recordar aquella semana cuando los 26 niños fuimos concentrados en el comando para iniciar el tal «re–entrenamiento». Nos recibieron con la noticia que la guerra estaba caliente. El gobierno del presidente Valencia desplegó tropas del ejército por el sur del país, y era urgente seleccionar y entrenar a los «pioneros» que saldrían a combatir. Las leyendas sobre la revolución cubana, perdieron su cariz romántico y desde ese día nos mostraron la cara dura y amarga de la realidad de la guerra.

Encargaron del reentrenamiento al comandante que más monte y pólvora conoce en el Guayabero. Es el tercero en el mando. Un camarada de 26 años, alto, moreno, con su bigote muy cuidado, el mismo que conocimos en la primera fase como instructor de gimnasia.

Su prestigio de duro para el combate lo certifica la horrenda cicatriz que exhibe sobre su cara. Según la historia oficial, lo jodieron durante un feroz asalto contra el puesto de la policía en Laureles. En el instante en que este guerrillero vio que el teniente comandante cayó fumigado, saltó sobre su cuerpo para despojarlo de la *Madsen* y del uniforme. Pero el teniente –que estaba herido– reaccionó y le disparó a corta distancia. Uno de los tres proyectiles que lo impactaron le entró –ahí– donde se ve el hueco en la mandíbula, con orificio de salida, donde aparece la cicatriz sobre su pómulo izquierdo. Pese a sus heridas, el guerrillero remató al teniente y huyó con su botín. Aunque oficialmente su alias es «teniente Páez», entre la tropa lo conocemos como «Media Carraca». ¡Ah! Y es el único que usa en su uniforme las polainas de cuero que portaba el teniente, el día que lo remató .

¡Ay qué sacada de leche tan arrecha la que padecimos! Durante dos semanas nos sometieron a interminables marchas nocturnas por la selva y la montaña. Como las raciones que nos entregaron eran miserables tuvimos que realizar un curso acelerado de supervivencia. Nos obligaron a cargar sobre la espalda equipos pesados, y a cruzar por la noche ríos crecidos. La recuperación de nuestras energías se limitó a cuatro horas diarias de sueño, pues según el teniente Páez, «nos debíamos acostumbrar a lidiar con los efectos del trasnocho».

Durante esa semana mi compañero Cadena se lució, pero no por ser el más diestro para andar por entre el monte, ni por ser el más hábil para cruzar los ríos, sino porque demostró, y con creces, que nadie lo podía superar en crueldad y sangre fría.

Joselo fue claro. «Cuando terminen el reentrenamiento, los "pioneros" deben salir convertidos en *machos de a de veras*. Y el odio es el único remedio capaz de liberar al macho de los arrepentimientos, que es el más horrible defecto de las mujeres».

«Si quieren sobrevivir en la guerrilla –gritaba Páez– aprendan a odiar al enemigo. Hay que odiar a los chulos, a los oligarcas, a los burgueses y a los gringos con todo el odio que podamos acumular, porque ellos son los explotadores del pueblo».

La madrugada que concluimos la agotadora *sexta marcha,* nos anunciaron que debíamos someternos, frente a Joselo, a la prueba de confianza.

Tres días atrás, una comisión de inteligencia de la guerrilla se apareció en el comando con un muchacho de unos 15 años, capturado en la Vereda del Patía, al otro lado de la cordillera, al que acusaron de ser un peligroso «sapo» informante del ejército.

Yo pensé que se trataba de un montaje para mostrarnos cómo se interroga a un espía. Pero empezaron a torturarlo con una sevicia que me provocó ganas de trasbocar. El infeliz tenía tan atragantado el pánico en su pecho que no entendía de qué le estaban hablando. Sus respuestas eran lamentos desgarradores que nadie entendía. Cuando se negó a confesar cuánto le pagaron por espiar a la guerrilla, lo amenazaron con cortarle un dedo y en menos de un minuto se lo cercenaron de un tajo. En seguida lo colgaron cabeza abajo, de la rama de un árbol, y le consumieron la cabeza entre un balde de agua hasta casi ahogarlo. Cuando lo descolgaron el infeliz ya no se pudo sostener de pie. El teniente Páez tomó un fusil, lo cargó y nos anunció que la tal «prueba de confianza» consistía en que uno de los niños «pioneros» debía matarlo. Entonces desataron al supuesto espía de los pies y las manos y lo pararon frente al grupo. De pronto, Páez le gritó «¡Corra, hijueputa! ¡Corra pa'l monte!». Pero el muchacho ya no pertenecía a este mundo. No oía, ni hablaba, ni entendía. Páez le pasó el fusil a Albino para que lo matara a sangre fría, y el chino se negó. En seguida se lo pasó al hijo del sargento Gorky o Gaitán (un excombatiente de Villarrica) pero él no quiso recibir el arma. Ahí sí se desmadró el Páez y vomitó toda su frustración. «No me jodan, qué partida de maricones y malparidos tullidos los que estamos criando». De pronto, lo que yo ya esperaba. Me clavó su mirada. «Le toca a usted *Mono*, acabe con él». Yo de frente le dije que no, que yo no lo hacía. Entonces Páez azuzó a todos los muchachos a que me insultaran. Me trataron de «gallina, hijueputa, flojo. Usted no tiene madera de guerrillero». El siguiente en la fila era Cadena. El güevón no esperó a que mencionaran su nombre sino que saltó al frente, recibió el fusil, que era más grande y pesado que él. Volteó su cara y nos sonrió con un cinismo de hielo, como si nos agradeciera a los tres niños anteriores la oportunidad de lucirse. En seguida, como si lo hubiera ensayado, pronunció las crueles palabras que se quedaron impresas en mi cerebro durante el resto de mi vida: «Eso con fusil no. Eso de fusil es para mujeres. Déjeme yo pelo a este hijueputa con mi peinilla»… y sin más preámbulos desenfundó su machete, saltó sobre el muchacho y lo despedazó sin piedad.

Muchos años después volví a ver a Cadena. Ya era figura nacional. Su foto empezó a adornar los titulares de los periódicos en su nuevo papel de «miembro del estado mayor de la guerrilla» a nivel nacional.

Mi vida siempre ha oscilado como un péndulo, unas veces se inclina al lado de la buena suerte y, en seguida retorna hacia el lado opuesto donde me esperan mis compañeras: *las desgracias.* Pues bien, cuando ya me había ganado la confianza de los comandantes y un papel como el mejor de los estafetas «correcaminos», cometí un error infantil que me enfrentó –cara a cara– con la muerte.

22

Al paredón

Culminado el «reentrenamiento», nos reunieron para felicitarnos y pusieron a Cadena, como ejemplo por ser «el pionero que se destacó como el mejor combatiente». Cuando ya pensábamos que estaba terminada la ceremonia, nos tenían preparada una gran sorpresa.

El conocido profesor de la Universidad Nacional, el alto de barba negra, que regresó al Guayabero con otro instructor, para dictar un curso a los jefes, sobre *marxismo leninismo,* tomó la palabra. «Los felicito por la culminación del curso de combate y les agradezco por la colaboración que nos prestaron para ayudarnos a promover la imagen de nuestra heroica lucha campesina y anti burguesa, en todo el mundo». A renglón seguido, nos sorprendió con el regalo que nos trajo.

¡Mi madre! ¡Qué emoción tan grande! Mi foto apareció en el diario *Granma* y en la *Revista Pioneros,* ambas publicaciones editadas por el gobierno revolucionario de Cuba. No supe qué decía el texto, pero ahí aparecemos los niños «pioneros» de la guerrilla colombiana en fotos, titulares y textos. La vaina de no saber leer, me impide recordar lo que decía. Pero verme yo inmortalizado en varias fotos, en tan prestigiosas publicaciones internacionales, fue para mí, como tocar el cielo.

Concluida la fiesta, los tres «huérfanos» resultamos reasignados. Yo permanezco en el comando en mis funciones de estafeta. Allí me siento importante, porque todos me conocen y reconocen mi papel.

El teniente Páez, nombra a Cadena como su ayudante y estafeta personal y le da alojamiento en su casa.

Y mi mejor amigo, Albino, resulta exiliado bien lejos, en la casa de Aldemar, allí donde yo pasé mis primeros tres meses en la guerrilla.

Albino es un poco retardado, o más bien torpe, pero él y yo nos convertimos en *uña y mugre*. Es que coincidimos en tener la misma edad, ambos fuimos reclutados por la guerrilla contra nuestra voluntad y resultamos reclamando –por puro instinto– nuestro derecho a ser lo que somos: un par de niños.

Ser niño aquí no representa ninguna ventaja. En este entorno de desconfianza y violencia, la edad no es un espacio temporal que permite ser diferente o especial frente a las *leyes de la guerra*. Si alguien comete una falta es condenado a muerte, de manera sumaria, sin proceso ni tribunal y sin que el hecho de ser niño se constituya en atenuante de la pena.

Aquí me siento aplastado por las mismas exigencias y obligaciones de cualquier adulto, y no te atrevas a comportarte como lo que eres –un niño– porque te arriesgas a un consejo de guerra, por «irresponsabilidad revolucionaria» y «desviacionismo ideológico», causa suficiente para una sentencia a muerte.

Recuerdo aquel día cuando vadeaba una quebrada y decidí bañarme y chapalear divertido entre el agua. Pues unos hijueputas guerrilleros que pasaron, me robaron la bolsa con los papeles. Los muy sapos, para congraciarse con Joselo, se los entregaron en el comando.

Pues ese día, yo me gasté medio día buscando la bolsa por toda la trocha. Al final, agobiado por la angustia, decidí ir a poner la cara. Inventé veinte disculpas que no me las creí ni yo mismo. Al arribar a Santa Elena noté un inusual estado de alarma. Joselo estaba hecho un demonio y me había preguntado con insistencia.

Un *compa* guerrillero me sopló al oído: «Mono, lo van a *tostar*. Aquí trajeron la bolsa con unos documentos que usted botó». Yo entré en pánico y decidí no ponerle la cara a Joselo. De puro bruto, tomé la peor decisión de mi vida. Abandoné la casa de comando y agarré trocha adentro por la selva hacia la finca de Aldemar. Era la casa que me era más familiar pues allá viví tres meses, cuando me trajeron detenido al Guayabero.

Reconozco que ese día la cagué, que se me subió la mazamorra a la cabeza, que me apresuré y no medí las consecuencias. No había recorrido ni la mitad del camino, cuando ya tenía abierto un expediente revolucionario por «alta traición al movimiento».

Contribuyó a tan ingenua decisión el hecho que en la casa de Aldemar vivía mi amigo Albino. Así que una vez nos juntamos, se me acabaron de ir las luces y dejé que se me saliera el crío irresponsable que a los diez años todos cargamos en el alma. Para empeorar la situación, se me borraron de la mente mis deberes como guerrillero. Durante dos días nos dedicamos a jugar, como si esa era fuera la última oportunidad en nuestras vidas de recuperar el tiempo perdido. No hubo malicia alguna. Simplemente nos divertimos con las travesuras y picardías propias de un par de niños.

Cuando Joselo arribó al comando, y le contaron que yo me había volado, editaron, entre todos, una dramática película de espionaje: «¡Alarma! Está comprobado. El *Mono* trabaja para el ejército. Se robó documentos secretos de la guerrilla y se voló con toda esa información. Se encuentra por los lados de la finca de Aldemar, en su huida hacia el Papaneme».

La dinámica de la guerrilla se nutre de un estado de paranoia permanente. Todos desconfiamos de todos y de todo. Cualquier gesto, un comentario, el color de una camisa, una queja o una mirada, pueden ser interpretados como amenazas mortales contra el movimiento. Como el alimento natural de ese fanatismo ciego es el odio, pues uno percibe que los fantasmas del cabreo y los enemigos de la revolución están como Dios… en todas partes. Miles de campesinos perseguidos y desplazados por estas selvas no son otra cosa que las víctimas de ese delirio de persecución que es lo que mantiene activa a la guerrilla en su demencia natural.

Joselo se tragó la historia con esa frialdad pétrea, que todo el mundo teme. Cuando la tensión en su interior alcanzó punto de ebullición explotó. Regurgitó vulgaridades, pateó a un par de guerrilleros, arrojó la máquina de escribir al suelo y, de paso, todos los papeles y libros que había sobre la mesa. Y como si fuera necesario reiterar la vigencia de su imperial autoridad, tomó la *Madsen* y… ¡ratatatá!– le pegó un rafagazo a la pared de tablas. Cuando todos estaban humillados contra el suelo, tronó desaforado: «¡No quiero ver a ese *Mono* hijueputa! ¡Mátenlo, sin siquiera interrogarlo!»

Esa madrugada cuando me levanté a mear, percibí una extraña sensación en mi barriga. Es ese sexto sentido que uno desarrolla cuando está expuesto de manera continua a las angustias de la clandestinidad. Se trata de un cosquilleo premonitorio que te pone en estado de alerta y te avisa que algo grave está por suceder.

A la hora del desayuno, Albino y yo nos sentíamos eufóricos. Asábamos yuca y unos plátanos, cuando se nos ocurrió colocar sobre las brasas seis huevos crudos entre sus cáscaras. En el preciso instante que los huevos explotaron y nosotros estallamos en carcajadas, asomó sus narices el guerrillero que llegó con mi sentencia de muerte. Yo lo conocía, se trata de un llanero de unos 25 años, con fama de solitario, de pocas palabras y enigmático. En la guerrilla carga fama de cruel y frío. Apareció armado con un respetable fusil *Famage .30* y un machete. Nuestras risas cesaron de golpe.

Sin saludar, fue directo al grano: «¿usted es Enrique?». El tipo no me dejó tiempo para decir «sí». «Tengo la orden de salir a una comisión urgente para el Papaneme. Como usted es el estafeta de comando que mejor conoce ese camino, el camarada comandante ordenó que me acompañe».

Un escalofrío me recorrió el espinazo. Sentí el chorro de adrenalina que le prendió las alarmas a mi instinto de supervivencia.

En esas apareció la esposa del comandante Aldemar y lo encaró: «¿Qué pasa aquí?»

El guerrillero le susurró una frase a la mujer y ambos salieron de la casa. Albino me miró, se pasó la mano sobre el cuello, cerró los ojos y sacó la lengua en señal de «lo van a degollar».

Afuera de la casa, el guerrillero fue directo al punto.

—Compañera, la orden del camarada comandante es fusilar a este cabrón y botar el cuerpo al río Platanillo.

—Compañero, creo que están equivocados. Yo conozco a este muchacho. Él vivió con nosotros mucho tiempo y es un pelado muy trabajador y sano.

–Compañera, el *Mono* es un infiltrado peligroso. Conoce toda la región y se acaba de robar documentos secretos de la guerrilla para entregárselos al ejército. Mire, colabóreme. ¿Dónde anda el comandante Aldemar?

–¿Para qué lo necesita?

–Tengo que transmitirle la orden de Joselo: él me debe colaborar en el fusilamiento.

–No, él no está. No sé a dónde se fue. Creo que llega, pero hasta la noche.

Mientras ese diálogo se realiza afuera de la casa, yo, en la cocina, decido tomar la versión del viaje al Papaneme por el lado optimista. «Albino, tranquilo mijo. Ayúdeme a preparar un «gato» para tres días. Ese camino es largo y por allá no hay ni finca ni rancho donde podamos comer».

Al tiempo que el guerrillero dio media vuelta y regresó a la casa, la señora, presa de la angustia corrió al potrero donde su marido estaba trabajando.

Cuando mi verdugo retornó a la casa, Albino y yo pelábamos unas yucas para cocinarlas.

–¿Usted que está haciendo?

–Pues estoy preparando el «gato» para el camino. Yo me conozco esa trocha y por ahí no vamos a encontrar ninguna casa donde nos ofrezcan comida.

–No, no haga eso. Prepárese para partir ¡Pero ya! Se nos acabó el tiempo. Tenemos que pasar primero por la casa de los Avilés que mataron ayer un marrano y tienen la orden de prepararnos un «gato» con lechona y yuca.

–Bueno, déjeme ver qué llevo. ¿Cuántos días vamos a estar por allá?

El guerrillero no tenía preparada esa respuesta. Vaciló, se puso nervioso y decidió cortar de un tajo

–No, no lleve nada. Para donde vamos, usted no va a necesitar nada.

A unas cinco cuadras de la casa, el comandante Asdrúbal y su mujer partieron del potrero desbocados, él con dirección al río y ella de regreso a la casa, para tratar de demorar la partida de Enrique. «No vayas a forzar nada, porque después me la cobran», le advirtió el guerrillero a su mujer.

Yo iba a salir de la cocina a buscar mi mochilita cuando el compa me gritó:

–¡Oiga, oiga! ¿a dónde cree que va?

–A buscar el gancho.

Es que en este sector el río Platanillo baja demasiado crecido y cualquier intento de cruzar el río a nado es un suicidio. Por esa razón, todos los guerrilleros cargamos un gancho para unir, el arnés de cabuya que nos amarramos al cuerpo, con el cable templado que cruza por encima del río.

El tipo se cabreó porque pensó que me le iba a volar.

–No. No vamos a necesitar gancho. Vamos a pasar el río a nado.

¡Mierda! Ahí si me preocupé. A ese río crecido no se le mide ni el nadador más verraco.

–Pero nos podemos ahogar.

–No tranquilo usted sabe que yo soy un tenaz para el agua.

En ese momento apareció la señora. La noté muy agitada.

–No se vayan. Esperen les preparo algo rapidito para que no cojan camino con la panza vacía.

–No, compañera, ya se nos hizo tarde.

–No me demoro. Esperen les empaco un par de tamales.

–¿Cierto, compañera que usted sí me entendió la urgencia de partir ya?

–Sí –aceptó la señora– ¡Enrique, tiene que irse con el compañero! Es una orden del camarada comandante. ¡Cuídese mucho!

Mi nivel de cabreo estaba en máxima alerta porque percibí demasiadas señales que no encajaban bien, pero ya estaba convencido que no tenía alternativa y debía cumplir la orden sin chistar.

–Señora, gracias por recibirme estos dos días.

Como si ella hubiese movido ya todas las fichas de su ajedrez y estuviera a punto de *jaque mate,* decidió ganar unos últimos agónicos segundos para retrasar mi partida.

En el momento del abrazo la sentí angustiada. Además, todos los movimientos los hizo en cámara lenta.

–Compañeros, vuelvan pronto. Cuídese y cuídeme a este muchacho –fue lo último que le escuché.

Yo traté de despedirme del Albino, pero el chino vergajo se escondió. Seguro estaba cagado del susto y le dio miedo caer enredado en este lío.

Para salir de este pedazo de la selva tenemos que cruzar el Río Platanillo, que corre como a unas siete cuadras de la casa. Pero no nos dirigimos hacia el cable sino que el guerrillero me dijo que nos saliéramos de la trocha para cortar camino.

–Allá más arriba, conozco un cruce donde no es tan difícil pasar.

Cuando llegamos al lugar que el guerrillero indicó, observo que en ese punto el río tiene más de media cuadra de ancho y baja furioso retumbando por entre las piedras. Además está tan crecido que nadie se atrevería a cruzarlo.

Yo me trepé en una roca para tratar de imaginarme por dónde putas lo podríamos atravesar, pero cuando volteo a mirar al guerrillero, descubro que el hijueputa está a menos de cincuenta metros apuntando su fusil a mi cabeza.

El primer pensamiento no es de alarma. Yo pensé que le iba a disparar a un venado que seguramente apareció en la orilla opuesta. Así que por instinto me agaché y es cuando en la misma fracción de segundo siento la explosión, el zumbar del proyectil por encima de mi cabeza y no vi rastro del venado. Mi instinto de supervivencia marca «peligro mortal». Es cuando veo que el desgraciado acciona la perilla y sube otro proyectil a la recámara. En la siguiente milésima de segundo mis músculos se encuentran en máxima tensión, como un tigre acorralado. Ahora el tipo baja el fusil y se transforma. Quizás indeciso sobre la eficacia de su puntería sobre un blanco móvil, desenfunda el machete y se lanza a despedazarme. Su palidez es aterradora. Es un monstruo que me ataca y no veo cómo detenerlo. Me siento acorralado. Toda mi carga de estrés se concentra en cómo salvar mi vida. Salto con agilidad felina a otra piedra y en seguida a otra y empiezo a correr por entre las piedras buscando cómo llegar a la roca más grande que sobresale del río. Estoy decidido a arrojarme a las aguas enloquecidas. Prefiero morir estrellado contra las rocas y ahogado, que convertido en picadillo a machetazos.

En simultánea ocurre un milagro. Aparece en escena otro guerrillero que corre desesperado hacia quien me quiere matar: «¡Compañero! ¡Espere! ¡Deténgase!»

Es el comandante Aldemar. En actitud desafiante encara a mi verdugo.

El guerrillero sorprendido y enceguecido de rabia le apuntó el fusil.

—Baje ese hijueputa fusil. ¡Se lo ordeno!

—¡Cumplo órdenes del comandante Joselo! —gritó.

Yo en ese momento no vi otra salida que botarme al río que bajaba enloquecido, pero ahí mismo escuché los gritos de «¡No! ¡No! ¡Espere! ¡No se bote! ¡Espere!»

El comandante Aldemar trata de enfriar la escena.

—¡Compañero, no cometa esa locura! Ese muchacho no es lo que usted piensa. Es un guerrillero valioso que ha hecho todos los cursos y todo el mundo lo estima.

—No. Este cabrón es un espía, que se robó documentos del comando para entregárselos al ejército.

—Tranquilo, usted sabe quien soy yo. Y además usted sabe que yo respondo.

El guerrillero —reconoce al comandante— y se detiene. Entonces Aldemar se lo lleva a un lado para calmarlo. «Están cometiendo un grave error. Este joven yo lo conozco. Vivió en mi casa más de tres meses y yo lo formé por más de un año. Ese cuento que intenta volarse es mentira. Tampoco es cierto que se haya robado documentos. El vergajo ni siquiera sabe leer. Yo asumo la responsabilidad. Aquí llegó hace dos días y no ha hecho otra cosa que jugar con ese otro muchacho, el Albino, que es de su misma edad».

Aldemar hace entrar en razón al verdugo. Lo calma y lo convence que están cometiendo una injusticia. Le hace prometer que me llevará detenido hasta el comando, sin matarme por el camino. «¡Míreme a los ojos! Lo hago responsable de la vida del muchacho. Entrégueselo al comandante Joselo, yo hablo con él».

Como resultado de este breve pacto verbal donde se negoció mi vida, el guerrillero accedió a llevarme hasta el comando siempre y cuando yo fuera en calidad de prisionero fugado. «No confío en este *chino* hijueputa. Si se me vuela el que resultará fusilado soy yo». En la negociación Aldemar tuvo que ceder. ¡Acepto! El prisionero marchará hasta el comando amarrado». Así que me ató las manos atrás y, en seguida, con el mismo lazo, me dio cuatro vueltas al pescuezo y se reservó la punta para asegurarse que durante el viaje no tendría sobresaltos.

Amarrado y humillado me sentí infinitamente miserable.

Nadie se imagina la agonía que padecí consumido durante diez horas entre el túnel sombrío de esta trocha, en medio de la selva profunda, escoltado por un tipo ignorante que no habla, porque me lo imagino enredado en el debate moral de si cumple la orden de Joselo de matarme o la promesa que le hizo a Aldemar de entregarme con vida en el comando.

Fueron muchos los pensamientos que llenaron mi mente en esta larga marcha de la muerte. Por primera vez pensé que morir era la opción más fácil para liberarme de un régimen tan inhumano. Durante todo el camino mi imaginación se mantuvo en máxima alerta hasta que logré convencerme que estaba viviendo horas extras y que la única posibilidad de sobrevivir era llegar hasta la casa del camarada comandante Joselo. Además no salía de mi asombro. ¿Cómo me explico que en el momento decisivo –cuando me disparan a matarme– aparece de la nada otro guerrillero a detener mi ejecución y a interceder por mí? (Yo creo que mi mamá debió rogarle mucho a mi Dios –allá en Baraya– para que me protegiera. No tengo explicación diferente a las oraciones de mi mamá). Dios es el único que tiene el poder de hacer milagros.

Serían las cuatro de la tarde cuando arribamos al comando y el camarada Joselo se quedó mirándome como si yo fuera la encarnación de su peor pesadilla, sacudió la cabeza quizás para alinear sus pensamientos y en un segundo se transformó en el mismísimo demonio. No le importó que yo estuviera agotado por la marcha, atado de las manos y con una soga al cuello. En semejante estado de indefensión me agarró a trompadas y a pata, me reventó las narices y la boca, me alzó como un costal y me estrelló con rabia contra el suelo. En seguida, cargó contra el guerrillero. Lo desarmó, lo golpeo con saña y lo pateo en el suelo, para rematar, desenfundó el machete y lo encendió a planazos mientras le lanzaba todo su catálogo de insultos.

—Gran hijueputa por gonorreas como usted es que la revolución no avanza. Si yo le ordeno matar a su mamá usted me obedece sin chistar. ¿Está claro? Gran hijueputa, usted no sirve para guerrillero, usted no vale ni lo que aquí se traga ¡Pedazo de malparido! ¿Es que no me entendió? ¿Es que no recuerda qué es ser guerrillero? Si le toca matar a su maldita madre porque yo lo ordeno ¡Hágalo! Y no me venga con maricadas y disculpas chimbas. ¿Quién putas le dijo que me lo trajera vivo? A usted le di una orden ¡clara! ¿qué hace trayéndomelo vivo? Usted mismo sabe que ese cabrón es un espía que nos roba información para venderla a esos malparidos del ejército.

Yo temblaba en el suelo —en medio del desamparo— sorprendido ante tamaña revelación: «Gracias Dios mío, porque antes de morir, por fin pude entender qué mierdas es eso de ser *espía*».

23

Promesa de resurrección

Durante el resto de mi vida he persistido en encontrarle sentido a la paradoja de ese día. Aldemar, el guerrillero que me capturó en casa de los Poloche, bajo el cargo de ser espía, se convirtió en mi héroe. Esa noche voló a Santa Elena y logró el milagro de hacer entrar en razón a Joselo. En síntesis, me salvó de morir dos veces, el mismo día.

Joselo me expulsó esa misma noche de la casa de comando y ordenó mi traslado inmediato a su finca, en calidad de detenido. Me condenó, de paso, a *trabajos forzados* por violación a un tal «código de moral de la guerrilla». Y a viva voz me advirtió: «cometa otra falta, cabrón, y yo me encargo de partirlo en dos con la peinilla. No lo mando a fusilar porque usted no vale el plomo que tendríamos que desperdiciar».

Vivir en su casa, durante tantos meses, me permitió conocer de cuerpo entero la personalidad paranoide de Joselo. Él es un campesino de baja estatura, robusto, cascorvo, de pelo liso e indomable, con fama de sanguinario. Se ganó el «respeto» de la organización por la vía de inspirar terror entre sus subalternos. A la hora del combate no le teme a nada, ni a nadie. Su megalomanía la tiene bien cimentada. Ha peleado de manera valiente en todas las guerrillas campesinas, y su prestigio se lo ha ganado combatiendo.

Joselo es viudo. Desde la muerte de su esposa, ordenó que una familia campesina, de su entera confianza, lo acompañe en su finca. Un señor mayor, de unos 50 años, que no es guerrillero, se instaló junto con su familia en casa de Joselo. Él tomó a cargo las labores agrícolas y el mantenimiento de la finca. Su mujer, madre de tres niñas, se encargó de acabar de levantar a los hijos de Joselo y, de encime, asumió las obligaciones de la cocina, el lavado de la ropa, los oficios de la casa y la atención personal del comandante. Ninguno de los dos percibe salario. En la organización comunista campesina, las únicas retribuciones que ellos obtienen por su labor es protección, vivienda, comida y un lugar para trabajar.

El tesoro de esta familia es Rosalba, una niña rubia de ojos verdes. El depravado Joselo le puso el ojo y terminó imponiendo sus condiciones. Cuando la criatura cumplió once años –sin haber desarrollado su capacidad de consentimiento– la convirtió en su pareja. La *ley revolucionaria* que impera en esta selva se impuso de nuevo. Los padres no tuvieron opción diferente a humillar la cerviz y reconocer su conformidad con el atropello.

Esta familia es sencilla y generosa. Yo, en agradecimiento por su especial disposición hacia mí, me eché a la espalda los oficios pesados de la finca, rozaba potreros, derribaba montaña, sembraba, desyerbaba y cortaba la leña para la cocina. En esta finca no le tengo pereza al trabajo, pero sí odio el acoso perverso de Joselo, que para hacer ostentación de su autoridad insiste en exhibir un sadismo que no conoce límite. «¡Hágale duro y rapidito! Malparido. ¡Aquí tiene que justificar la yuca que se traga, cabrón!». El camarada comandante imparte órdenes a los alaridos y si yo demoro un segundo en reaccionar, me propina unas muendas inhumanas, a planazo limpio.

Aquí en la finca de Joselo, no paso hambre. Aquí se cosecha en abundancia, aunque sin técnicas especiales, ni nutrientes, ni plaguicidas, ni insecticidas. La única técnica es «a lo que dé, a la verrionda». El trabajo es duro, rudimentario y no exento de dificultades. Llevaba más de tres meses purgando mi pena a «trabajos forzados», la mañana del accidente.

Ese día recogíamos maíz en un sembrado. Aquí el proceso se reduce a «el desmonte, la siembra y la derriba». En el proceso de derribar la montaña van quedando ramas muy altas que forman palizadas. Yo estaba trepado en una de esas palizada, tratando de pasar a recoger maíz en otro lote, cuando *¡Purrundum!* Perdí contacto con el planeta, se me abrió la tierra, y caí al fondo de una cañada profunda. ¡Mierda! ¡Qué golpe tan violento contra el lecho de piedra. Como resultado, se me desacomodaron todos mis órganos internos, me disloqué un brazo, y me fracturé no sé cuántas costillas y una pierna. Allá, en lo profundo del abismo, me veo paralizado por el dolor, sin poder moverme.

El señor que trabajaba conmigo, corrió a la casa más cercana a pedir ayuda. Como a la media hora apareció con un guerrillero y su hijo, y entre los tres se dieron mañas para amarrarme a unos palos, e izarme a pulso hasta la empantanada trocha por donde llegamos esa mañana. Para no meterse en problemas, me dejaron abandonado, y salieron en pela para donde el camarada comandante para informarle que yo me había partido una pierna tratando de pasar por encima de la palizada y le pidieron autorización para llevarme *en guando* hasta la casa.

La reacción de Joselo fue violenta. «Ese cabrón vive saltando como un mico, lleva más de un año y no ha aprendido disciplina. «¡Óiganme bien! El que se atreva a ayudarlo le zampo un consejo de guerra». Asustados ante la reacción, me dejaron consumido entre un charco de lodo, abandonado a mi suerte y con la selva que se alza a lado y lado de la trocha. Era época de invierno y llovía día y noche.

Como nadie regresó a auxiliarme hice el inventario de los daños. Tenía una pierna fracturada y una herida abierta, me sangraba la cabeza y la boca, tenía contusiones en los brazos y las piernas, me sentía ensopado entre el barro, adolorido en el alma y desesperanzado. Conclusión: No existe otra opción. Debo intentar el regreso a la casa de Joselo, por mis propios medios. Esta decisión es de vida o muerte.

Dibujé en mi mente el recorrido de regreso: debo avanzar por la trocha en terreno plano, por unas doce cuadras y cruzar dos quebradas que por el invierno bajan muy crecidas. Luego debo trepar la loma y superar por lo menos tres cañadas. Una vez allá arriba, continuar por entre unos lodazales asquerosos hasta llegar a la finca de Joselo. Calculé que estaba a unos cuatro kilómetros. Para mi fortuna el accidente ocurrió temprano en la mañana. Así que intenté levantarme, pero casi me desmayo del dolor. La fractura de la pierna era abierta y aterrorizado contemplé el hueso que me desgarró el músculo. Entonces me arrastré hasta encontrar un palo y apoyado en él intenté desplazarme a brincos, pero el primer paso me hizo vibrar todo el cuerpo y volví a caer vencido por el dolor. Ante la angustia de pensar que si me sorprendía la noche, me convertiría en víctima segura del mayor depredador nocturno de estas selvas, el tigre mariposo, ensayé otras formas de avanzar para poder llegar a la casa, antes que oscureciera.

La técnica que me dio el mejor resultado fue arrastrarme. Primero, utilizaba ambas manos para alzar la pierna fracturada y la colocaba adelante, en seguida me apoyaba en la pierna buena y me arrastraba. Herido, hambriento, adolorido en el cuerpo y en el alma, gasté casi diez horas y consumí hasta el último gramo de energía para recorrer estos cuatro kilómetros de mi *viacrucis*.

Serían las seis pasadas cuando arribé a la casa, con el aspecto miserable de un «nazareno» recién descolgado de la cruz. Entonces Joselo salió de la casa indignado y sin que le importara mi estado deplorable, me pateó, y con su machete me agarró a planazos. Cómo seria la brutalidad y la sevicia, que la señora a cargo de la casa y sus niñas salieron llorando, rogándole a gritos al camarada comandante que tuviera compasión conmigo.

Para que nadie dudara de su autoridad, Joselo vociferó una orden que no permitió la menor desviación humanitaria: «A este hijueputa no me le atienden. En nada. Ni ayuda, ni curaciones, ni comida ni nada. ¡¿Me entendieron?!» El silencio nacido del terror fue la única respuesta. En ese instante ya no me dolió el cuerpo sino también el alma. Tamaña crueldad unida a mi soledad lograron congelar hasta la última reserva de mis lágrimas.

Pasada media hora, cuando ya estaba convencido que la tragedia concluyó, se volvió a levantar el telón y Joselo entró de nuevo a escena. «¡Malparido —me gritó— Ni se atreva a entrar a mi casa! ¡A dormir con los perros!»

A la madrugada, la señora se compadeció y me pasó a escondidas tres costales viejos. Me acarició la cabeza y me susurró «buenas noches».

Desde entonces, todas las noches, acurrucado en una esquina de mi reducido infierno, repetí la rutina. Hacía un tarugo con un costal para que me sirviera de almohada, me metía entre el segundo y me arropaba con el tercero. Qué me iban a importar las pulgas y las garrapatas de los perros. Yo me sentía feliz durmiendo abrazado a ellos, pues lo que más ansiaba era percibir que a mi lado palpitaban otros seres vivos, que no destilaban odio, que no me imponían trabajos forzados y que no me obligaban a confesar si era liberal, comunista, espía o ateo.

Mi Dios no me soltó de su mano. Fue un milagro del cielo que, a todo riesgo, la señora de la casa se compadeciera de mí. Así, desde el primer día, a escondidas y llena de pavor, ella se impuso la riesgosa cruzada de contradecir las órdenes de Joselo y comprometerse en mi recuperación. En complicidad con su esposo me encajaron los huesos fracturados y durante muchos días, cuando Joselo partía para el comando y su esposo a trabajar, ella se apropió de la obra de misericordia de *atender al enfermo*. Con infinita paciencia y sentido humanitario, improvisó remedios caseros, inventó ungüentos, emplastos vegetales y hasta rogativas a las almas del purgatorio. Mi protectora logró enderezar mi pierna, poniendo oídos sordos a los *hijueputazos* que me salían espontáneos, cada vez que ella me sobaba la pierna. El dolor era tan intenso, que yo gritaba como si en realidad fuera un *espía* al que estuvieran torturando.

Debo mencionar que durante los casi siete meses de mi lenta recuperación, la señora desafió —todos los días— otra orden abusiva del camarada: «¡A este hijueputa no me le dan de comer ni mierda, para que se muera de hambre!». Haciendo gala de ese instinto maternal compasivo que adorna a las mujeres, no hubo día que no me pasara una yuquita o un platanito asado, sin que nadie se diera cuenta.

Me estremezco cada vez que pienso y me pregunto ¿cómo pude sobrevivir, enfermo, sin poder valerme por mí mismo, en un infierno donde se refocilaban los demonios del terror y la indiferencia?. Padecí lo indecible más de cuatro meses, sin siquiera un *«mejoral»*, sin atención de un enfermero y botado a la intemperie como un perro. Lo único que me salvó debieron ser las oraciones de mi mamá —por allá en Baraya— y al hecho que mi organismo desarrolló un sistema inmunológico capaz de resistir todas las pruebas.

Uno se acostumbra a todo, pero a los dos meses de estar durmiendo cobijado por el cielo estrellado, una madrugada me desperté y descubrí que todas las noches, los vampiros me mordían para chuparme la sangre. Yo pienso que ese revoloteo de los murciélagos lo adormece a uno, porque nunca me di cuenta. No succionan demasiada sangre pero estoy seguro que me desangraban a diario. La anemia resultó tan aguda, que llegó un momento en que no podía sostenerme de pie. Pero Dios sabe cómo hace sus cosas. Como coincidió la debilidad causada por la anemia y la desnutrición, con la quietud que necesitaba para la recuperación de mi pierna, la fractura y las heridas sanaron sin dejar secuelas.

Ajustaba seis meses en mi purgatorio cuando se apareció un *arcángel anunciador* con la misión de redimirme.

Era normal que cuando llegaba una visita importante, bien sea de dirigentes comunistas del Sumapaz, Bogotá o Viotá, o un comandante guerrillero de El Pato, el Duda o Marquetalia, Joselo me ordenaba: «Piérdase cabrón. Corra a esconderse por allá entre el monte, hasta que se vayan».

Esa tarde esperaban a un comandante guerrillero muy influyente del Guayabero que venía a una reunión con Joselo.

Sirva este recuerdo para aclarar que no todos los comandantes del Guayabero vivían en el área de comando. Es que la región del Guayabero es un extenso valle selvático que se asienta, entre dos cordilleras, por donde corre el río Guayabero. Para ir de un extremo al otro de este valle —a paso de indio— se gastan tres días.

La señora se me acercó agitada. «Acaba de llegar a la cita el comandante Asdrúbal y el camarada Joselo no aparece. ¡Aproveche, mijo! No vaya a decir que yo le aconsejé, pero ¡déjese ver!»

Cuando el comandante arribó a la casa se me acercó. Noté que se espantó al ver mi estado lamentable. A esas alturas yo no podía hablar por la debilidad. Me preguntó por qué razón estaba así. Como pude le relaté mi condena a *trabajos forzados,* el accidente y la miserable vida que debí soportar para sobrevivir. «Aquí duermo a la intemperie, botado sobre un costal en el suelo, expuesto al sol y al agua, y a la acción de los vampiros. Comparto cama y comida con los perros».

El comandante guerrillero buscó a la señora.

—Compañera, ¿de dónde salió este muchacho? No recuerdo haberlo visto.

—Camarada comandante, él es Enrique, el *Mono*, el muchacho que trajeron del Papaneme.

El comandante se horrorizó.

–Pero si yo lo conocí y lo interrogué cuando lo trajeron al comando. ¡Qué crueldad! Si este era un niño sano, bonito, bien alimentado. ¿Cómo lo tienen en ese estado? Mire, está anémico y desnutrido. ¿Qué le pasó que tiene esa pierna hinchada? Lo van a dejar morir. ¿Es que no se dan cuenta del abandono en que está?

–¡Ay comandante no me haga hablar! Voy a resultar metida en problemas. Lo que pasa es que el compañero Joselo ordenó su detención y lo condenó a *trabajos forzados*. A mí me toca darle de comer a escondidas, lo que puedo.

–Compañera, lo que están haciendo aquí es una injusticia. Esto es antirrevolucionario. Estas conductas están prohibida en la revolución. ¿Desde cuando está así?

–Desde hace siete meses.

–¡Pero claro! Por estas prácticas inhumanas es que no avanza la revolución.

El comandante Asdrúbal se me acercó.

–Venga mijo. Óigame bien. El domingo hay una reunión general en el comando. Usted ese día se va directo para ese sitio y me llega allá en plena reunión. Yo me encargo de todo lo demás.

Yo me fui a esconder al monte para que Joselo no me viera. Cuando el comandante Asdrúbal partió, yo me puse llorar. Me sentí paralizado por el terror.

–No. Yo no me aparezco por allá. Ese señor Joselo es capaz de matarme ahí mismo, delante de todos.

–Mijo, no se me aculille. Ya tomamos el riesgo y estamos embarcados en la misma canoa. Haga lo que le acaban de decir. El comandante Asdrúbal sabe porqué se lo dice.

Los seis días que faltaban para la reunión me parecieron eternos. La señora también se encontraba muy nerviosa y todas las mañanas me compartía las cuentas de los días que faltaban, como si ella y yo fuéramos cómplices en la trama de un golpe de estado.

La madrugada del temido domingo llegó.

–Mijo, el camarada comandante ya desayunó y salió al monte a hacer sus necesidades. Está afanado. Yo no sé si usted sabe rezar, pero si sabe ¡Hágale!. Tan pronto Joselo salga para el comando, yo regreso para ayudarlo a levantarse. Y ánimo, porque le llegó la hora. Después de la muerte hay que tener fe en la resurrección.

24

Resurrección

El puesto de mando está ubicado en Santa Elena, una pequeña colina que se alza unos ciento cincuenta metros de altura, sobre la margen derecha del río Guayabero, cerca a la quebrada de la Caraguaja. Para recorrer los cuatro kilómetros que me separan desde la casa de Joselo hasta el comando guerrillero debo hacer un esfuerzo sobrehumano y vadear las quebradas de la Corcuncha y Paloblanco. Para mi fortuna, casi todo el camino es en bajada a excepción de la lomita, al final, que debo trepar para arribar al sitio donde se desarrolla la asamblea. Durante las casi cinco horas que padecí mi tenaz desplazamiento no encontré un alma a quien pedirle ayuda, porque toda la comunidad había sido convocada a la reunión y la asistencia era obligatoria.

En la base de la colina empecé a escuchar –confundidos con el fragor del río– los murmullos de la reunión y las intervenciones de algunos comandantes. Pero tenía tanta debilidad que llegué a pensar que me faltarían alientos para coronar la cumbre.

Serían las once de la mañana cuando por fin ingresé a la reunión, con ese caminado agonizante que exhibe cualquier *Lázaro* recién resucitado.

La reunión era de importancia crucial para el Movimiento porque definía el nuevo curso de la guerra. Los comandantes reunieron a la gente para informarlos sobre la estrategia de respuesta a la agresión del ejército que atacó y bombardeó a Marquetalia.

En el atestado salón se concentraban, mal contadas, 200 personas. Los seis comandantes estaban ubicados al fondo y, frente a ellos, las mujeres y los niños, más unos ciento veinte guerrilleros rasos.

Fue tan lenta mi entrada, que alcancé a escuchar el resumen que el camarada Joselo hacía de la asamblea. Dijo que se iban a unir todas las guerrillas comunistas de Riochiquito, la Francia, Ucrania, Natagaima, Coyaima, Purificación, 26 de Septiembre, El Pato, el Duda, Marquetalia y nosotros –aquí los del Guayabero– que hasta hoy operamos en un desmadre –cada una por su lado–. Recalcó que un mando único coordinaría las operaciones de estas guerrillas comunistas. La promesa era esperanzadora: «¡Seremos un solo Bloque Sur! ¡Nos tomaremos el poder con las armas!».

Joselo hablaba con su reconocida capacidad de improvisación y su acento «*caldense*», pero cuando me vio, enmudeció por su asombro. El terremoto que causó mi ingreso debió medirse en la «escala sismológica de Richter», porque cesó el murmullo –incluso el del río–. La gente lucía maravillada como si todos participaran en una sesión secreta de espiritismo y –¡de pronto!– se les hubiera aparecido el alma en pena de un intruso que no estaban invocando.

Mi marchito aspecto de inválido se hizo más dramático en el momento que ingresé al salón descalzo y sucio, con la camisa y el pantalón rasgados. La palidez causada por la anemia y el paludismo colocaron una máscara fúnebre sobre mi rostro. Para completar el patético cuadro, lucía agotado por el esfuerzo físico que realicé durante las cinco horas previas. Pero quizá lo que más contribuyó a sobrecoger a los asistentes fue ese temblor que sacudía mi cuerpo, consecuencia del terror que sentí al atreverme a desafiar en público la autoridad infalible del comandante Joselo. Estaba tan débil que no pude sostenerme de pie. Me vi obligado a ingresar al salón arrastrando mi cuerpo y mi miseria.

Lo curioso es que yo conozco a todos los presentes y ellos me conocen, pero es tal mi estado de abandono, que ninguno me reconoce.

Asdrúbal –el guerrillero que me animó a que apareciera en la reunión– se paró y con gran valentía tomó la palabra. Con sus ojos fijos sobre Joselo, le reclamó.

–Esto que estamos viendo –me señaló– no es revolucionario. Eso no se hace.

Joselo estiró su brazo en el intento de callar a su subalterno, pero Asdrúbal no le dio oportunidad y continuó.

–Cuando estudié *marxismo leninismo,* en el curso para cuadros en Viotá, aprendí que nuestra organización es comunista y democrática y que todos, sin excepción, necesitamos críticas y correcciones. Entonces preguntémonos ¿éste no es el niño que está a cargo de Joselo?, ¿éste no es el muchacho que le sirve al movimiento como estafeta y como combatiente?, ¿éste no es uno de nosotros? Compañeros... esto es inhumano. Esto es *antirrevolucionario.*

El comandante Asdrúbal, quien también se desempeña como el peluquero en el Guayabero, es reconocido por su sólida formación política, pero tiene fama de ingenuo y flojo en el combate. Pero en este escenario se portó con una entereza y valentía que nunca volví a conocer. Él no es líder histórico, ni combatiente destacado. Es, simplemente, un cabo comandante de escuadra. Una persona joven, con formación política, que quiere escalar posiciones de mando en la organización y toma esta vaina de la revolución con mucha seriedad.

Sospecho que nunca antes, y tampoco después, Joselo sintió que un miembro de la guerrilla pusiera en duda sus métodos de liderazgo y lograra levantar en segundos, una muralla de rechazo moral en contra de sus arbitrariedades. Para los guerrilleros, los comandantes y sus familias, acostumbrados a obedecer, menos por convicción y más por temor a las reacciones sádicas y crueles de Joselo, esta fue una oportunidad fugaz para expiar y desahogar sus frustraciones.

Joselo intentó defenderse con esa retórica de *culebrero,* alegando que yo era un espía infiltrado por el ejército, que me estaba robando secretos del movimiento. Pero esas justificaciones que gritó a viva voz lograron el efecto contrario. La gente se irritó, y entonces subieron de tono las críticas.

–Con el debido respeto, compañero Joselo, esos son inventos y exageraciones para justificar sus maltratos. Con su conducta nos estamos equiparando al enemigo, y ya resultamos imitando la crueldad de los agentes del gobierno que tanto censuramos.

La cantidad y variedad de críticas que llovieron a voz en cuello, arreciaron con la vocación de un aguacero en la selva.

—No es justo con este muchacho. Como no tiene papá, ni mamá, ni nadie que lo represente o lo defienda, nos toca a la comunidad poner la cara por él. Es que el empleo de torturas contra un niño, afecta la moral y confianza de nuestras familias.

—Hay que desterrar el individualismo. Nos debemos inspirar en el pensamiento *marxista-leninista,* en el que todos estamos obligados a pensar y a actuar como colectivo y en el colectivo.

En ese efímero instante de la sublevación volví a ver a mis compañeros de los cursos de adoctrinamiento, que con vergonzosa exhibición de indisciplina contribuyeron a aumentar el ruido. Ahí se encontraba el taimado del Albino. Hice cuentas que ya había transcurrido un año desde la última vez que nos vimos y el vergajo, nada que crecía.

En las pocas ocasiones que Joselo intentó imponer su autoridad encontró entre la gente un sólido muro de rechazo. La rebelión alcanzó su punto álgido cuando algún comandante mencionó la posibilidad de documentar la conducta arbitraria de Joselo y llevarla al Comité Político Central de no alcancé a entender cuál «partido».

Entonces Joselo aceptó que en su contabilidad, el balance era negativo. Toda la comunidad abogó en mi defensa. Nadie se pronunció a su favor. Resultado: Una condena moral aplastante.

En silencio, con su aspecto siniestro de asaltante de caminos, Joselo apretó contra su flanco derecho la subametralladora *Madsen* que le cuelga del hombro y decidió no continuar poniéndole el pecho a la tormenta. Como todos los aguaceros en la selva, éste también iba a ser pasajero. Aprovechó más bien esta experiencia para imprimir en su memoria los nombres de los amotinados.

Ante la ausencia en esta reunión del capitán Diamante, comandante político y militar de la guerrilla del Guayabero y, naturalmente jefe de Joselo, el pleno de comandantes decidió tomar algunas decisiones, mientras se le informaba a Diamante sobre lo sucedido.

La primera orden es que Enrique no regrese a la casa de Joselo. Mientras se decide la nueva casa recomiendan que sea lo más alejada de la influencia de Joselo. «Desde esta misma noche, Enrique deja de dormir a la intemperie y pasa a vivir a la casa de comando. Debe reintegrarse a la guerrilla para compartir con dignidad la misma vida de todos los combatientes».

La segunda decisión colectiva fue sobre el tratamiento «médico» para mi restablecimiento. Como allá mataban una res cada ocho días, se dispuso que tan pronto le pegaran la primera puñalada a la vaca, yo debía tomarme un vasado de la sangre caliente para recuperarme de la anemia. Dentro de la receta revolucionaria también incluyeron una dosis diaria de agua de quina hervida, pócima tan amarga que me provocaba deseos de vomitar. Y para completar la fórmula debía tomar mucho guarapo de caña.

En los días siguientes, Diamante, el comandante supremo de la guerrilla del Guayabero, recibió a dos comandantes guerrilleros en su finca «La Estrella», allá en la punta extrema del Guayabero, en tierra fría, a dos días de camino.

Asdrúbal viajó al caer la tarde de ese domingo, con la idea de adelantársele a Joselo.

Le confió al *máximo jefe* los detalles sobre la indignación de la gente contra Joselo, por el tratamiento cruel al que sometió al niño y el impacto de ese episodio en la moral de la gente.

El lunes, Joselo apareció en casa de Diamante para, según la introducción que hizo, «rendirle parte de los resultados políticos, militares y de finanzas de la reunión». Pero el comandante supremo de la guerrilla del Guayabero le cambió el tema y lo reprendió por sus yerros: «El liderazgo no se construye con abusos y autoritarismo, sino con la confianza que las bases le reconocen a su líder. La lealtad no se impone, sino se gana».

–Camarada Joselo, ¿me comprendió?

–Sí, mi capitán. Lo único que lamento es que se me hayan adelantado con chismes y habladurías. Yo mismo le iba a informar con detalles, todo lo que sucedió. Yo también aprendí a autocriticarme.

–Compañero, mándeme a ese muchacho a mi casa.

En pocas semanas, gracias a la dieta y a los medicamentos decretados a gritos por los integrantes del comando revolucionario de Guayabero, yo me recuperé de mis tres anemias: la palúdica, la espiritual y la política.

Debo reconocer que de esa experiencia tan traumática, unida a todas las demás que viví en el entrenamiento militar y el adoctrinamiento político, donde recibí insultos, humillaciones, trabajos forzados y garroteras, salí fortalecido en todos los sentidos. Creo que iba a cumplir once años y ya me había convertido en todo un hombre... templado en el yunque de la violencia extrema.

Ante la orden perentoria de jamás pisar de nuevo la casa de Joselo, tuve que cargar por el resto de mi vida, con el dolor de no haber podido regresar a decirle a esa *mamá* bondadosa –que por ayudarme corrió todos los riesgos, incluso el de ser condenada a muerte por traición– «señora, gracias por salvarme la vida».

Mi tragedia personal es que tengo su imagen y su voz grabadas en mi memoria, pero jamás supe su nombre.

25

Diamante

En segundos, mi vida dio un súbito giro. En realidad nunca conocí detalles de lo que Joselo y Diamante hablaron sobre mí, lo cierto es que Diamante, en su calidad de comandante en jefe de las guerrillas del Guayabero, impuso su autoridad y ordenó que yo me fuera a vivir a su casa. No hubo una razón política, sino práctica, o, mejor dicho, geográfica: las casas de Diamante y Joselo están separadas por dos días de camino.

Trepado en un caballo del movimiento y con la escolta de un guerrillero, arribé el viernes al caer la tarde a «La Estrella», la finca de Diamante, trepada allá arriba en tierra fría, cerca a lo que se conoce como «la línea», que es el mero cruce de la cordillera, camino hacia Laureles, en el Huila.

Cuando lo vi me quedé boquiabierto. Estaba frente a Diamante, toda una leyenda, el guerrillero mejor preparado política y militarmente en todo el Guayabero.

Este señor carga la estampa de un caudillo. Es alto, fornido, de buena presencia. Aunque su piel es clara, luce tostada por la exposición permanente al sol de tierra fría. Se expresa con mucha fluidez.

Ordenó que me entregaran unas tablas para organizar mi camita, y, por primera vez, en casi un año, me acosté bajo un techo, y no tuve que espantar esa noche a los murciélagos.

Por ahí como a las ocho, Diamante apagó de un soplo la llama mortecina de la única vela que nos iluminaba y sentenció desde la oscuridad:

—Compañero, necesito que se recupere rápido para que se convierta en mi sombra.

Esa frase me hizo sentir que había tocado el cielo. Hacía mucho frío. Yo me arropé con los dos costales que me dieron y me propuse a dormir, como un recién nacido, a tres mil metros de altura, casi pegado al cielo.

A ojo pelado, yo le calculo a Diamante un poco menos de cincuenta años. Su mujer es joven y bonita, de unos veinte años. Los suegros del comandante viven en la misma cordillera, pero en una finca con clima más templado. No tienen hijos y, si los tuvieran, el *camarada* vive tan ocupado que los vería muy poco. Según los chismes, él en realidad tiene dos hijos grandes con su primera esposa, una señora educada en Bogotá que se cansó de soportar las aventuras guerreras y románticas de este *Robin Hood* comunista, y las incomodidades que la lucha guerrillera demanda en estas lejanías. Un día, ella se le rebeló, le robó el cerrojo de su fusil, cerró los ojos y una maleta, y se cargó con los dos muchachos. Jamás volvió a poner un pie en estas montañas.

Apenas ajusto pocos días de vivir aquí en «La Estrella», y ya es evidente la transformación positiva que experimentan mi salud física y mental. He realizado el tránsito de un régimen de terror a uno de disciplina y respeto.

Claro que Diamante es severo y me trata muy duro. Trabajo como nunca antes, con mayores responsabilidades, pero percibo una relación donde no hay maltratos ni amenazas. En este ambiente sin tanta presión sicológica se operó el triple milagro: se me sanaron la pata, la anemia y el alma.

A los tres meses de estar viviendo en lo alto de la cordillera, mis cachetes recuperaron los colores que adornan a los campesinos paramunos. Recupere peso, gané fuerzas y me sentí mejor. Y cual si se tratara de un pacto de cumplimiento inmediato, el comandante Diamante me empezó a asignar tareas como guardaespalda, estafeta y ayudante de confianza. Desde entonces, lo acompaño a todas partes. En las reuniones de comandantes y en las comisiones políticas parezco su sombra. Realizo las misiones de inteligencia que me confía y participo –a su lado– en las operaciones de combate que dirige. Me confía tareas de enlace y envía los mensajes más secretos conmigo. Como yo soy muy menudito, tan pronto él toma la trocha yo pegó un brinco y me agarro como una garrapata al anca de su caballo, y si la misión es a pata, no me le despego de su lado. Claro que ahora debo trabajar más duro, ser más organizado y convertirme en una flecha como estafeta. El cambio en mi vida es total.

Diamante decidió volverme un guerrillero integral. Me aconsejó, me entrenó, me enseñó a disparar y se sorprendió de mi pulso y buena puntería. Con cierto orgullo le habla a otros comandantes sobre mis avances.

–Enrique, usted va a crecer rápido en la organización. Le voy a prestar unos manuales que yo cuido como un tesoro, para que se vaya formando.

–Comandante, me da pena, pero yo no sé leer ni escribir.

Diamante hizo un gesto de disgusto y esa misma semana arrancamos de regreso a Santa Elena. Allá en el comando le ordenó a Joselo me incluyera en unos breves cursillos de adoctrinamiento político y en los cursos de manejo de explosivos, formaciones tácticas y entrenamiento para el combate.

Durante las tres semanas del curso resulté viviendo, de nuevo, en la casa de comando. Aunque Joselo me ignoró, como si yo no existiera, no me importó, pues me divertí cantidades con los otros veintitantos niños que en el Guayabero eran mis «camaradas» en el movimiento.

La tarde que retorné a «La Estrella» recibí una gratísima sorpresa. Apenas entré a la finca de Diamante me encontré con una cara familiar. Ella se paró frente a mí, desafiante. Trigueña, más flaca que antes, y sonriente como siempre. Por un instante pensé que era una aparición. Entrecerré mis ojos para extraerla del cajón de mi memoria. ¡Guau! Era Ana Ruth Poloche, mi protectora en el Papaneme. ¡Increíble! La primera mujer con la que dormí abrazado, durante esa brevísima temporada cuando ella me pidió que actuara en el papel de «su niño consentido». La misma indígena que lloró de dolor, con la rabia de una viuda, el día que me capturaron por *espía*. Nos miramos incrédulos y nos dimos un abrazo largo, salpicado con lágrimas de felicidad. Nos volvimos a mirar tres o cuatro veces, para asegurarnos que no era un sueño. ¡Qué encuentro increíble! Esa noche, en un larguísimo monólogo que no me atreví a interrumpir, me contó la tragicomedia de su vida.

Su hermano mayor, aquel señor Poloche como de 40 años que yo conocí, se obsesionó con la idea de abrir una trochita –a puro machete– para unir en cuatro días de camino al Papaneme con La Uribe. Por esa trocha se dedicó a traer de La Uribe productos para vender. Nada especial, nada grande, porque todo lo tenía que cargar sobre su espalda. Sal, algún corte de tela, aspirinas, agujas, machetes y una que otra herramienta pequeña. Algún envidioso lo enredó en la vorágine de calumnias que vuelan como vampiros de mal agüero entre la oscuridad de estas selvas. «Como él realizaba un viajecito mensual hasta La Uribe a traer su mercancía, empezó a lucir sospechoso. Lo señalaron de ser *espía* del ejército. Lo acusaron, sin prueba alguna, de vender información sobre la guerrilla en el puesto militar de La Uribe. Al retorno de su último viaje, lo *pavearon,* y sin siquiera preguntarle su nombre, lo fusilaron. El cuerpo lo arrojaron por allá, en la mitad de ninguna parte, para que sirviera de alimento a las hormigas. De la noche a la mañana la familia Poloche resultó cómplice de traición. Nos ordenaron abandonar nuestra finquita en el Papaneme. Toda nuestra pobreza, junto con las diez gallinas, tres marranos y una casa levantada a punta de milagros se quedaron para cebar al tigre. Sin conocer otro destino a dónde ir, mi papá, mis dos sobrinos y yo resultamos desplazados al Guayabero. Ahora trabajo aquí, en la casa del camarada Diamante, para ayudarle a la señora en los oficios de la casa».

Qué carreras las de esa época. Yo vivía en comisiones permanentes, y en un agite tenaz. Por esa razón, siempre aplacé la promesa que le hice a Ana Ruth Poloche de recostarnos una tarde, de cara al cielo, a recuperar la memoria. Tiempos de felicidad, cuando entre todos los pobres del planeta, éramos los más pobres, pero, en simultánea, éramos los más felices. Una madrugada, me encontraba listo para partir, pero Diamante aplazó la salida, entonces ella y yo aprovechamos esa pausa para conversar. Coincidimos que éramos como hermanos de leche y que nos estábamos debiendo muchas historias. Pero también reconocimos que debíamos ser prudentes. Dentro de la guerrilla, cualquier gesto de afecto genera envidias y cabreos...

Siempre valoro el privilegio que gozo de estar al lado del hombre más poderoso del Guayabero y la oportunidad de contar como tutor personal, al *jefe de jefes*. Yo lo escucho con respeto reverencial, porque es un putas, muy entendido en todo. En una ocasión que estuvimos escondidos en un cerro, cerca de La Legiosa, haciendo inteligencia para el ataque que se planeó sobre el puesto de la policía, sentí que me dio como oportunidad para una pregunta personal. «Mi capitán, ¿y usted por qué se metió a la guerrilla?». Diamante se echó la gorra hacia atrás, se rascó el mentón y en apenas un minuto y medio sintetizó «su» pedazo de historia patria.

«Desde que era muchacho, la guerra la llevo –aquí– en la piel. Por allá al finalizar los años cuarenta, los liberales nos hastiamos de los atropellos criminales de los gobiernos conservadores. Así que cuando el directorio liberal azuzó desde Bogotá el alzamiento de los campesinos humillados, Cheíto Velásquez se alzó rebelde en los Llanos Orientales. Y siguieron su ejemplo los tres hermanos Bautista, y el legendario Guadalupe Salcedo, y el ex oficial de la Policía Jorge Enrique González Olmos, y los tres hermanos Fonseca, y el Dúmar Aljure que era un cabo desertor del Ejército y los cuatro hermanos Chaparro y el hacendado Eduardo Franco Isaza. Pues nosotros, los guerrilleros liberales del Sumapaz, el Tolima y el Huila también reaccionamos al llamado a las armas. Cinco mil guerrilleros liberales nos tomamos medio país para combatir a plomo al régimen conservador. Cuando en 1953, los militares derrocaron a Laureano Gómez, el más sectario y sanguinario de los presidentes conservadores, el gobierno pactó en los Llanos la paz con los guerrilleros liberales. En septiembre de ese año concluyeron los cuarenta y tantos meses de la sublevación llanera. Casi todos los muchachos entregaron el armamento, pero nosotros –los guerrilleros liberales del sur del Tolima– nos cabreamos con las promesas del gobierno del general Rojas y decidimos ocultar las armas.

Algunos *compas* se volvieron bandoleros. Pero la mayoría persistimos como combatientes liberales. Al final, resultamos dividimos entre «liberales limpios» y «comunes». Cuando el gobierno militar decretó que el comunismo era *ilegal* nos tocó a los «comunes» pasar a la clandestinidad y buscar escondederos.

En ese mismo septiembre del 53, los grupos de autodefensas del Tolima alzados en armas, organizamos varias columnas de marcha para que los movimientos agrarios comunistas buscaran refugio en nuevos territorios donde pudieran asentarse con sus familias. Al *mayor* Richard y a mí nos encargaron de conducir la marcha hacia el Alto Sumapaz.

Dos años más tarde, en 1955, el colectivo de las autodefensas comunistas creó nueve zonas de operación. Richard salió para El Pato, Placido Aragón para al centro del Tolima, Ciro Trujillo para Riochiquito y así los otros. A mí me asignaron organizar –en este territorio– la guerrilla del Guayabero. Pero esta región la encontré ocupada. La guerra no fue fácil. Me tocó pelear –a sangre y plomo– cada hijueputa centímetro de este territorio contra esa «culebra» del Dúmar Aljure, hasta que logré expulsarlo de aquí, con toda su cuadrilla de bandoleros...»

Nunca me atreví a preguntar de dónde era Diamante. Unos decían que había nacido en Bogotá, y otros que en Viotá, Cundinamarca. Yo me huelo que era como del Tolima. Lo cierto es que fue preparado política y militarmente en la Escuela Nacional de Cuadros de Viotá, población que era en ese entonces el «vaticano comunista», la «Ciudad Roja», la *Meca* a donde debían peregrinar los miembros más recalcitrantes del partido comunista, lugar donde intelectuales y rebeldes se propusieron a incendiarles este país a los oligarcas y volvérselo invivible a los terratenientes y burgueses, por la vía de envenenar a los campesinos con el odio de clases y la lucha armada.

Luego de tantos meses de padecer experiencias en el Guayabero, tengo ya suficiente información, para poder analizar y hacer comparaciones.

Yo veo que Diamante combina ese raro personaje *todoterreno*, que parece preparado para la ciudad pero que se mueve como un ventarrón por la selva y la cordillera.

Joselo, en contraste, es menos respetado, pero más temido. Se ganó el comando del ala militar de la guerrilla del Guayabero porque a la hora del combate es muy arrecho. Empuja a la gente hasta el límite. No le tiene miedo a nadie. Pero, todos le tienen miedo a él. Es un matón que lidera a base de terror.

Gracias al privilegio de estar al lado de Diamante durante una etapa de consolidación del movimiento guerrillero, aprendí muchas lecciones. La principal, que la conducción de una guerrilla exige nervios muy verriondos, porque el menor error o malentendido se paga con la vida. Diamante vive remendando problemas, porque cada comandante tiene una concepción diferente de la misma guerra, una agenda propia, una obsesión particular basada en sus intereses personales, e interpretan los mismos textos *marxistas leninistas* –que aprendieron como loros, en Viotá– pero de forma diferente. Diamante también se volvió experto en manejar los celos que surgen del afán de protagonismo de cada comandante y atiende las críticas y las quejas de la comunidad, que en el 90% de los casos tienen que ver con los excesos de Joselo.

En fin, Diamante genera respeto entre la gente por su manera de ser, le tienen confianza, y, lo que más le admiro, es que escribe muy rápido y su letra es bonita y claritica.

En esos tiempos yo mantenía mi capacidad de asombro intacta y me maravillaba de lo que iba descubriendo. Visitaba aquí en la parte alta del Guayabero a la compañera Violeta, una *cucha* de por lo menos sesenta primaveras, viuda y con tres hijos –dos en las autodefensas del Sumapaz y el tercero, instructor en Viotá–. Ella es la feliz propietaria del único radio de pilas en todo el Guayabero. Obvio que de día el aparato no coge sino *ruido*, pero de noche entra la onda corta como un tiro, y escuchamos con emoción a «Radio Rebelde transmitiendo desde Cuba, primer territorio libre en América» y ahí empezamos a soñar con la toma del poder por las armas que ya se ve, aquí no más, a la vuelta de la esquina. Claro que también entra, como un cañón, su competencia, «La Voz de América», con su programa «La vida en los Estados Unidos, en la onda corta de 49 metros» y hasta se pescan las emisiones aburridas que sermonean los curas de «las escuelas radiofónicas de la Radio Sutatenza».

No puedo olvidar la noche que regresé a «La Estrella» con unos papeles que pidió Diamante. Arreciaba el invierno y llegué untado de barro hasta las pestañas. Por la oscuridad y el frío me sentí incapaz de bañarme afuera en la alberca y me fui directo a la cocina en busca de una agua de panela.

Ana Ruth Poloche me hizo señas que necesitaba hablar conmigo. A la luz del fogón de la cocina le vi brillar los ojos. La noté feliz. En un rincón de la cocina ensayó tres hondos suspiros y me confesó que por primera vez en la vida se sentía realizada. No recuerdo el nombre del joven guerrillero que la indujo a descubrir el encanto de la seducción. Lo cierto es que en este ambiente de clandestinidad, ella y él se enamoraron del amor.

Tres semanas más tarde ocurrió la tragedia.

Contagiados por ese sarpullido del amor debieron soñar entre susurros, con juntarse, derribar un pedazo de selva para montar una finquita, tener muchos hijos para que ayuden en el trabajo y construir la razón más importante para compartir juntos el resto de sus vidas: una familia. Pero para cristalizar ese sueño necesitaban libertad. Así, embriagados por la juventud y sus mutuas promesas, una noche cometieron la locura de desertar del Guayabero.

Treparon montaña arriba, entre peligrosos riscos y cañadas profundas, cargando como único equipaje su deseo de libertad. Su plan era traspasar el filo de la cordillera y salir hacia la vertiente occidental antes que alguien notara su ausencia. La travesía se les volvió una pesadilla porque evitaron los caminos, ante el fundado temor de encontrarse con guerrilleros. Sin abrigo, —casi congelados por acción del viento inclemente y la altura— lograron superar esa madrugada el filo de la cordillera. Cuando se sintieron seguros de haber dejado atrás el territorio bajo control de la guerrilla, salieron de lo profundo del monte para buscar la trocha que los llevaría hasta Vegalarga y Neiva. Pero calcularon mal. Caminaban entre la neblina cuando fueron a caer encima de un centinela apostado entre una trinchera, ubicada a doscientos metros de la caleta con techo de zinc, donde se resguardaban del helaje los otros seis guerrilleros del retén del alto del Rusio, uno de los observatorios desde donde la guerrilla monitorea cualquier desplazamiento del ejército hacia el área del Guayabero.

Esta historia de amor tuvo un desenlace fatal. Los amantes fueron amarrados y conducidos de regreso al Guayabero. Los acusaron de «alta traición» y, en un juicio verbal que duró apenas dos minutos, los condenaron a muerte.

Nunca supe los detalles precisos de su ejecución, pero uno de los guerrilleros que participó en el juicio me comentó que Ana Ruth pidió a gritos que los mataran juntos y que los enterraran en una misma tumba. No le concedieron su último deseo. Joselo ordenó que el joven guerrillero desertor fuera fusilado ese mismo domingo, a esta orilla del Guayabero, y Ana Ruth, una semana más tarde, al otro lado. Para no perder tiempo en la apertura de dos tumbas, sus cuerpos fueron arrojados al río.

No me atreví a indagar sobre detalles adicionales, porque la curiosidad en la guerrilla es un deporte de alto riesgo... pero desde que ocurrió este episodio, mi mente se empezó a intoxicar con ese pensamiento desviacionista de la *libertad,* e incluso se me metió en la cabeza que «libertad» es un nombre de mujer.

26

Adiós a Diamante

La operación se preparó con dos meses de anticipación. La misión era clara: «atacar el puesto de policía de Laureles» –un caserío del municipio de Baraya, colgado arriba en la cordillera, camino hacia La Uribe– «causarle a los *chulos* el mayor número de muertos y recuperar las armas del gobierno para la revolución de las clases populares».

Diamante ordenó que Israel, un niño de diez años, compañero mío en el Guayabero, se infiltrara en Laureles. El muchacho se presentó al puesto de policía exhibiendo su mejor cara de desamparo. Pidió ayuda con el pretexto que no encontraba a su mamá, desplazada por la violencia. «Vine porque me dijeron que un hermano de mi mamá vive por estos lados, pero no recuerdo su nombre». Israel pidió posada en la estación, pero el teniente se negó a recibirlo por razones de seguridad. A cambio, le ofreció ayudarle con una ración diaria de comida, durante una semana, que podía reclamar en la estación, al final de cada tarde. Como gesto de agradecimiento, Israel madrugó todos los días y se ofreció a barrer las instalaciones de la estación.

Diez días más tarde, Israel regresó al Guayabero con una noticia mala y una buena.

La «mala»: La estación de policía se encuentra fortificada. Tienen sacos de arena, trincheras y zanjas de arrastre. Los 21 carabineros mantienen allí un dispositivo de defensa, capaz de anular el factor sorpresa en cualquier asalto. El combate se podría prolongar por mucho tiempo y los «chulos» podrían recibir refuerzos, porque ahí tienen un equipo de radio de largo alcance.

La «buena». El Israel pescó un dato que cambió el plan original. El teniente Bahamón, comandante de la base, realiza todos los fines de semana la misma rutina. Se desplaza a una fonda pequeña en la vereda el Hotel, con una escolta de siete policías. Allí beben cerveza y rumbean, hasta bien entrada la noche. Son atendidos por tres hermanas que, según escuchó Israel, eran las amantes de algunos policías.

Diamante dispuso que una mujer y un niño guerrilleros se dirigieran de civil a la vereda el Hotel, para verificar y evaluar la información que escuchó Israel. Una vez se confirmó que era positiva, se ejecutó la siguiente fase: una patrulla de reconocimiento cruzó la cordillera para recoger datos que sirvieran para planear el ataque: ubicación de la fonda, selección del sitio de la emboscada, rutas de aproximación, rutas de escape, maniobras de repliegue en el caso de una contraemboscada y lugares de reunión en el caso que se presentaran guerrilleros perdidos durante la operación.

Se escogió para la emboscada una curva sobre el kilómetro 5 de la carretera que de Laureles conduce a Baraya, en un sitio muy quebrado, cercano a la fonda.

En el campamento del Guayabero se preparó una maqueta con todos los detalles. Allí se reprodujo a escala la ubicación de la cordillera, los caminos, la carretera, las casas vecinas y los accidentes del terreno. Se definió el dispositivo táctico, la ubicación de Diamante para asegurar su mando y control, más la ubicación de cada uno de los 25 guerrilleros y del granadero a cargo de las bombas.

Y, sin más misterios, Diamante nos puso a entrenar día y noche, sin descanso, *dele que dele,* con el entusiasmo de bailarinas en feria.

Si la guerra es cruel, una emboscada es el refinamiento de esa crueldad. Es la expresión primitiva del depredador. La misión es aterrorizar, matar, destruir, porque sabemos que esa es la única vía para que nuestra organización revolucionaria gane respeto. Aquí somos la autoridad y autoridad que no impone sus condiciones, a sangre y fuego, no la respetan. Cada *compa* sabe que su prestigio personal dentro de la guerrilla se construye ostentando la rabia del escorpión. Uno está obligado a escupir odio contra la policía, contra el imperialismo yanqui, contra la oligarquía y contra el gobierno. El mejor premio para nuestra moral es que cualquier acción de la guerrilla salga publicada en *El Tiempo* y en *El Espectador*. Algunos pocos que viven asustados y saben rezar, le piden al de *Arriba* que les quite el culillo y que les afine la puntería. Durante semanas, meses y años nos machacan que «en esta vaina no caben sentimentalismos, ni pensamientos desviacionistas. Nos debe importar una mierda si el tipo que está a punto de caer en la emboscada es su hermano, si tiene una mujer y unos hijos que lo esperan. ¡Nada! Tan pronto truene la primera bomba, los hijueputas se vuelven más malos que uno, y van a reaccionar con toda la violencia contra nosotros, sin sentimientos culos, ni compasión».

Muy seguros de lo que teníamos que hacer, nos gastamos tres días en el desplazamiento, trepamos la cordillera y nos deslizamos montaña abajo, *cargados de tigre,* para ir a ocupar el dispositivo que nos aprendimos de memoria durante el entrenamiento en el Guayabero. Las noches estuvieron claras, aunque en la última hacía mucho frío.

Somos 27 guerrilleros. Los policías son siete u ocho. Yo, como de costumbre, voy pegado a Diamante. Nos trepamos arriba en el talud de la carretera para ocupar nuestros puestos, Diamante se aseguró que los *compas* tuvieran contacto visual con él y preparamos los *fierros,* las bombas y la munición.

En casos como éste, la espera se hace eterna. Diamante ordenó mantener silencio y prohibió fumar y encender linternas. La respiración se acelera y lo único que uno escucha es el ruido del pulso de alguna arteria que golpetea aquí en el cuello. Como ya no nos podemos mover, la sensación de frío es del putas. El miedo sostenido por tres horas sin que nada pase se convierte en un temblor cosquillero. ¡Qué ganas tan verracas de cagar!

Era por ahí la una de la madrugada cuando se escuchó al enemigo. Parecen felices. Gritan y bromean. Se plantan afuera de la fonda para la despedida. Mientras allá se escuchan risas de mujeres... aquí se desencadena una cascada de susurros: «¡Pilas, pilas, salieron, salieron! ¡Pilas!».

La despedida se prolonga. Con seguridad están borrachos. Prenden la camioneta. Todos a bordo. No los vemos pero en semejante soledad se amplifican los sonidos. «¡Pilas, pilas!» Me aseguro que la carabina está horqueteada y el dedo en el disparador. Mis dilatadas pupilas me duelen de no despegar la mirada de la carretera. El corazón lo siento desbocado. ¡Qué sed! «¡Pilas, pilas!» Pero los segundos se desgranan con una lentitud agonizante y uno ya quisiera que retumbara el primer bombazo para desencadenar la anunciada llegada del *Apocalipsis.*

En ese momento se percibe que ya no hay reversa. Uno se siente encalambrado por tanto tiempo de espera en la misma posición, pero estoy consciente que en pocos segundos estaré obligado a salir de mi área de confort. Es el instante en que un chorro de adrenalina le inunda el organismo al combatiente y lo excita a saltar como un caucho, moverse a la velocidad del rayo, rematar a los heridos, robarse el armamento de los policías, los uniformes y los equipos, incendiar la camioneta y dejar minas sembradas con la esperanza de cobrar una factura adicional cuando arriben los refuerzos. Y, sin tiempo para más *güevonadas*… ¡Huir! Como *volador sin palo,* cordillera arriba, en medio de la oscuridad y la neblina, para no dejarse alcanzar por el demonio.

No pude controlar un leve tremor en los labios cuando las luces rasgaron la oscuridad y el vehículo se dirigió de frente hacia la curva donde vamos a descargar todo nuestro odio y nuestro máximo poder de fuego. Entonces, el granadero ubicado en la punta, a cargo del cierre de la emboscada, lanzó la bomba… y *¡¡¡Tracabuum!!!* Se prendió la balacera.

Pero en ese mismo instante –como reacción a la onda explosiva– se desencadenó un fenómeno atmosférico que nadie esperaba. ¡Mi madre! Era como si se hubiera fracturado de repente el balance molecular de la naturaleza. Se desató la segunda edición del diluvio universal. Qué aguacero impensado. Qué rayos y centellas. Olía a pólvora y a ozono. Nubarrones cargados con agua cubrieron en segundos la tímida luna y quedamos envueltos en el reino de las tinieblas. La neblina también se escurrió sobre el paisaje. Era como si mi Dios hubiera ordenado apagar el incendio.

El teniente reaccionó como un jaguar. El hijueputa abrió la puerta de la camioneta, se lanzó a la carretera y, en medio de la confusión, gateando, se trepó al talud donde estábamos nosotros. En la huida lo alcanzamos a herir en una pierna.

Como el paisaje se nubló tan rápido se perdió todo contacto visual.

Lo que habíamos ensayado no funcionó. Ahora imperaba la oscuridad y era el reino de la confusión. Cesó el fuego. Todos a la expectativa. No se escuchan gritos, ni disparos, ni órdenes. Si algo se mueve, no se ve. Lo único estridente es el aguacero que sigue arreciando. Por la oscuridad nadie sabe qué putas pasa. Nadie se atreve a levantar cabeza. A los diez minutos, Diamante intenta retomar el control. Sube el tono de voz y ordena que se revise el perímetro. Necesita tener certeza que en la guerrilla todos estamos vivos y ordena verificar cuántos policías cayeron en la totazón. Los relámpagos iluminan por instantes la camioneta que parece una ballena encallada. Llegó el momento de localizar las armas y los equipos que portan los policías muertos, desvalijar la camioneta e incendiarla, organizar el botín y partir de huida hacia el Guayabero. Diamante se quiere asegurar que no aparezca de pronto algún policía herido, que reaccione con fuego durante esta fase final. Entre el retumbar de dos truenos gritó. «¡Granadero! ¡Lance dos bombas adelante de la camioneta!»

El guerrillero respondió entre la oscuridad. «Jefe, no perdamos munición, ahí ya no hay nadie. Ellos se alcanzaron a volar». Entonces empezó un dramático tire y afloje en medio de la oscuridad. *Que no, que sí.* Que «¡lance dos granadas allá, cabrón!». Y la respuesta que en estos casos no es más que el reflejo del estrés del combate «Estos hijueputas *chulos* se nos volaron entre el aguacero». Entonces el granadero, que era un veterano de la guerrilla, exclama: «¡Les voy a demostrar que no hay nadie!». El imbécil descendió por el talud y desde la parte alta de la carretera, se escuchó más nítida su voz. «No jodan, aquí no se ve a nadie. Esta mierda está muy oscura» y, en un acto irresponsable se le ocurrió la maldita idea de prender una mechera para alumbrar. ¡Ahí mismo! ¡Sin aviso!... «*¡Tra tra–tra–tra–tra!*». Un policía tendido en la parte de abajo de la carretera puso a *tartamudear* su carabina *San Cristóbal* y nos bajó al granadero. «*¡Purrundum!*» Se escuchó el desplome del cuerpo desde semejante altura. Entonces se prendió otra vez la candela. En ese aguacero tan tenaz no se veía quién era quién. Los fogonazos se veían desde muchas partes, ellos disparaban, nosotros disparábamos. A la verraca, a la suerte. Uno apunta a tientas, en dirección al candelazo de donde sale un proyectil ¡Mierda! Ahí fue cuando nos percatamos que los «chulos» estaban vivos y que el único muerto era nuestro.

–Vamos de salida, hijueputas. –gritó Diamante–. ¡Rescaten al granadero!

–¡Rescate! ¡Rescate! ¡Rescate! –se escuchó un murmullo creciente, como si fuera el eco de otro trueno.

Unos diez guerrilleros descendieron del cerro, ebrios de la irresponsable audacia que produce el combate. ¡Qué malparido desorden! Con la adrenalina hirviendo saltaron del talud a la carretera en medio de la tempestad. Gritos, órdenes que no se entienden, confusión y más agua. Lo vital es cumplir la orden de recuperar al granadero muerto. En el momento que lo ubicaron y lo empezaron a izar... ¡Putas! Los encendieron a plomo y entonces, con la misma agilidad con la que bajaron a la carretera les tocó trepar, en pura bomba, cerro arriba, para buscar la protección del monte. El cuerpo del guerrillero quedó abandonado en medio de los dos aguaceros: el de agua y el de plomo.

Lo que había sido una noche clara se convirtió en una oscuridad de espanto. Parecía que la luna se hubiera escondido del susto. No se veía nada. Y para completar esta vorágine de sorpresas, a Diamante le dio la obsesión de no retirarnos de la emboscada hasta no cargar con el granadero muerto y con los *compas* que pudieran estar heridos. «¡Enrique! Estos cabrones se aculillaron ¡Yo bajo! ¡Cúbrame!». Quedé helado. «No, jefe, esos hijueputas están parapetados al otro lado de la carretera. Ya no se puede hacer nada». Pero el cabrón, además de terco es el jefe. «¡Yo bajo! ¡Enrique cúbrame! No podemos dejar muertos, ni heridos –repetía–¡Los rescatamos y echamos en pura verraca pa'l monte!»

En esas, el teniente que se lanzó de la camioneta y por instinto gateó talud arriba hacia nuestra posición, entendió la ubicación de sus fichas sobre el tablero de ajedrez donde todos jugábamos un *jaque mate* con olor a muerte. Entendió que él se encontraba en el lado equivocado y que sus hombres se parapetaban al otro lado de la carretera. Entonces decidió pegar un salto desde el talud para cruzar la carretera e irse a refugiar con ellos. Cuando Diamante sintió el cuerpo del teniente caer de manera estrepitosa, pensó que se trataba de otro guerrillero que había sido impactado.

–¡Enrique! ¡Putas! Estos malparidos nos bajaron otro. Esto se complicó. Si no podemos sacar al primero, por lo menos, saquemos a este *compa* que acaba de caer.

Esa obsesión primitiva de Diamante no era la de un ser humano consciente y racional. Era la de un tigre que se dejaba guiar sólo por sus instintos. El fragor del combate le quita a uno el miedo, y, en mi caso, ahora, me quitó hasta los deseos de cagar.

Sin medir las consecuencias, ni calcular la altura, Diamante saltó a la cuneta y por pocos centímetros pisa al teniente. Enseguida se escurrió a gatas, para tratar de localizar, —al tanteo— el cuerpo del presunto guerrillero que sintió caer. Una vez abajo, desde la cuneta, nos empezó a dar órdenes: «Ayúdenme. Uno de los muchachos se cayó. Verifiquen bien. ¡Busquen Carajo!». Yo me escurrí talud abajo detrás de Diamante, seguido por otro guerrillero. Ni nosotros vimos al teniente, ni el teniente nos vio. El policía se debió guiar por la voz de Diamante que impartía órdenes... porque de súbito, interpretando de oído, disparó con su subametralladora *Madsen* un único rafagazo: «*¡Tratratratrá!*»

¡Qué malparido desconcierto el que se volvió a armar!

Diamante sintió el impacto de un proyectil en su pierna y reaccionó de inmediato. Se giró hacia el lugar donde se originó la ráfaga y le descargó al teniente, a distancia mínima, todo el proveedor de su carabina M2. En medio del plomeo y la lluvia que arreciaban, dos guerrilleros saltaron sobre el cuerpo del teniente y lo despojaron del uniforme, su radio portátil, una subametralladora *Madsen* nuevecita y un revólver *Colt caballito* con el escudo de la policía. También se recuperó una carabina ametralladora *San Cristóbal* que algún policía herido dejó botada entre la cuneta.

Yo me salvé del rafagazo del teniente, pero un proyectil impactó mi equipo y se quedó enredado entre la cobija que cargaba. Ese plomo lo cargué como «amuleto de la buena suerte» durante varios años.

En estos episodios de altísima tensión uno pierde la noción del tiempo, así que no recuerdo si fue ahí mismo o a los pocos minutos, Diamante exclamó en voz baja «¡Putas! Me jodieron la pierna. ¡No puedo caminar!» Como una serpiente me escurrí por la cuneta y alerté a otros guerrilleros. Entonces nos organizamos para ayudar a subir a Diamante, talud arriba.

No había nada qué hacer. Los «chulos» están vivos, organizados y fortificados. Cualquier intento de sacarlos de donde están es botar munición y aplazar la retirada. Y el rescate del cuerpo de nuestro granadero ya es imposible.

La situación se acabó de complicar, porque los policías detectaron nuestra ubicación y empezaron a rociarnos con plomo. El cruce de disparos ya se había prolongado por más de media hora y se encendieron las alarmas del buen juicio. La llegada de refuerzos parecía inminente. Si permanecemos más tiempo nos aniquilan. Las opciones son de vida o muerte. Ya no hay tiempo para discusiones. Se descartó recuperar el cadáver del compañero. Ahora la urgencia es evacuar a Diamante y organizar una retirada, lo menos desordenada posible, cordillera arriba, bajo el inclemente diluvio y en medio de una noche tiznada por la oscuridad.

Al tiempo que el grupo de contención se mantuvo sobre la carretera aguantando el combate, iniciamos con otro grupo la penosa evacuación de Diamante, montaña arriba. Apenas habríamos recorrido un kilómetro, cuando se sentó y me ordenó, «Enrique, no resisto el peso del equipo. Me siento muy mal». En semejante oscuridad no pude apreciar su cara, pero sentí que su contagioso ánimo se esfumó de repente. Dos compañeros tomaron el equipo y la carabina.

Aprovechamos la breve pausa para cubrirlo con una lona, prender una linterna y evaluar la gravedad de la herida. Un *compa* le rasgó con un cuchillo el pantalón. La herida no lucía grave. Sobre el muslo se veía un orificio de entrada pero examinamos y no encontramos el de salida. El proyectil debió penetrar y golpear el hueso. Nadie sabe cómo rebotó el plomo, ni en dónde putas quedó alojado.

La tarea urgente era sacar a Diamante del área de candela. No había opciones. Era nuestro máximo jefe, el que vivía obsesionado por no abandonar en el combate a ningún *compa* muerto o herido. Lo acomodamos sobre una cobija y con un palo se organizó un guando, y a la verrionda, dos guerrilleros se lo echaron al hombro. El peso, altura y constitución física de Diamante, que hasta hace una hora eran su principal ventaja, ahora se convirtieron en el gran problema. Era difícil cargarlo en esas condiciones de lluvia, oscuridad y urgencia. Era como cargar a pulso una vaca preñada por el borde de un precipicio. La retirada se volvió caótica. Los cargueros del guando se iban relevando, pero estaban agotados. El resto trotábamos con tres punteros adelante, tres compas atrás en la contención y el resto en la columna cargando el armamento y los equipos de los *compas* que cargaban al jefe, más el equipo y la carabina de Diamante.

Volamos cordillera arriba, en un agotador pasitrote, sintiendo sobre la nuca la respiración de la muerte. Estábamos exhaustos y desmoralizados. El fracaso de la emboscada, la lluvia que no mermaba, el compañero abandonado, y, lo que es peor, el alivio del estrés, que es cuando cesa el combate, y uno tiembla al reconocer los traumas y miserias que causa tanta violencia. Los relevos de los cargueros eran cada quince minutos. A la hora del segundo o tercero, ya se presentó el primer intento de asonada. Empezaron las putas murmuraciones. «Tanto que joden en el entrenamiento que uno tiene que ser verraco y no quejarse por güevonadas, y miren a éste, con un marica rasguño en una pierna y nos toca cargarlo en guando. Pero claro, como se trata de un jefe. ¿Qué tal que fuera un guerrillero raso?, hijueputa, a la primera queja lo encienden a uno a palo».

Con mi físico menudo, mi baja estatura, y mis diez años de edad, a nadie se le ocurrió pasarme el relevo para echarme al hombro el guando, pero fiel a la causa, continué trotando al lado de Diamante. En algún momento empezó a mencionar a su mujer, dijo que la quería y pidió que le contara a sus hijos cómo murió. Yo sentí un escalofrío, porque me pareció que estaba delirando.

En cada relevo, los reclamos de los *compas* se hicieron más evidentes. «Lo que este tipo tiene es *chimbo*, un simple raspón en la pierna, pero como es comandante, pues el hijueputa decidió que tenemos que cargarlo. ¡Qué flojera tan malparida! Nosotros sí tenemos que comer mierda y sonreír, incluso con las tripas afuera».

En un descanso le hablé. Le pregunté que cómo se sentía. No contestó, pero movió la cabeza en señal que me entendía. Me hizo señas que tenía mucha sed. Cuando terminó de beber de mi cantimplora le insistí

—Jefe ¿cómo se siente?

—Mal, muy mal.

Le volvimos a examinar la herida con más atención. A primera vista, la entrada del proyectil se ve limpia, sin demasiada hemorragia, pero como uno no conoce el cuerpo humano, volvimos a coincidir que era una pendejada.

Diamante dejó de hablar. Los cargueros continuaron en pura verraca en la huida y como a los veinte minutos, cuando pararon a descansar y colocaron el guando abajo, yo abrí la cobija y lo noté rígido. «¡Una luz! ¡Que alguien alumbre!». ¡Putas! Le vi un gesto que no era de él. Lucía desencajado. Alguien le tomó el pulso y yo le coloqué mi oreja sobre el pecho. «No respira». Alguien volvió a prender la linterna y le abrió las pupilas. ¡Mierda! No. Ya estaba muerto. La muerte se lo trasteó sin mucho aspaviento, de manera serena. Diamante murió en su ley. A esa hora de la madrugada, el comandante en jefe de la guerrilla del Guayabero pasó a la historia.

Desde que comenzó la balacera se me desaparecieron la ansiedad y el culillo, pero, ahora, cuando la película llegó a este final sorprendente, me sentí dominado por el terror.

Nosotros continuamos en desorden, montaña arriba, rompiendo trocha, en medio de una oscuridad de miedo. No teníamos otra opción que seguir cargando al muerto entre la lluvia que no amainaba y un frío tenaz. Por allá en la cumbre alguien localizó una casa y dos *compas* consiguieron prestados un pico, una pala y dos azadones. En un pequeño descumbre en la montaña nos improvisamos de sepultureros. Se abrió el hueco. Yo esculqué entre los bolsillos del uniforme en busca de algún documento, fotografía u objeto, pero como es usual cuando uno sale a una misión de combate, no llevaba nada. Le quité el reloj y lo guardé. Como a la media hora, depositamos el cuerpo entre la fosa, y sin misterio, sin que nadie pronunciará palabra, ni derramara una lágrima, tapamos el hueco, reorganizamos la tierra y decidimos cubrir con ramas la tumba, para que no se notara.

La retirada hacia el Guayabero nos costó sangre, sudor y lágrimas. Durante dos semanas revolotearon helicópteros por toda la región y nos metieron tropas del ejército por todos los lados para cortarnos la retirada hacia el Guayabero. Sentimos varias veces a la muerte arañándonos los talones. El temor que hubieran trasladado tropas por helicóptero y resultáramos víctimas de una contraemboscada, nos mantuvo erráticos y desmoralizados.

Once días gastamos para arribar al comando del Guayabero con la noticia. Pero no fue más que Joselo ordenara mantener en secreto esa información, para que el rumor corriera en medio del dolor, la admiración y el desencanto.

Yo le entregué a Joselo el reloj de Diamante, con el cuento que su última voluntad era que se lo entregara a su viuda.

Nunca supe si lo hizo, o se guardó el reloj.

El dolor por la muerte de Diamante lo procesó Joselo a través de ese alambique retórico donde se destila el odio visceral y la urgencia de venganza.

El capítulo se cerró. El péndulo de mi vida regresó al comienzo, pues recibí la orden de reintegrarme a las filas de Joselo. Al fin y al cabo él era ya, el único e indiscutible comandante en jefe de la guerrilla revolucionaria del Guayabero.

Cincuenta años más tarde, recordando la madrugada de la muerte de Diamante, descubrí que sentir los pelos de punta no es una simple figura literaria.

27

Yo, el estafeta

Voy a cumplir once años y ya se me perdió la cuenta de cuántas
–de las *siete vidas del gato*– me quedan.

Con la muerte de Diamante se cerró el capítulo menos miserable
que soporté en la guerrilla. Gracias a todo lo que aprendí a su lado, ya
me siento un veterano fogueado en combate y con suficientes méritos
para ser tenido en cuenta.

La joven compañera de Diamante quedó devastada. Le guardó
luto y le organizó su «novena de difuntos». Y todas las tardes, durante
los nueve días, Joselo y una comisión de unos cincuenta guerrilleros
con sus familias nos aparecimos con cara de ateos arrepentidos, para
repetir en coro los responsos de «dale Señor el descanso eterno y brille
para él la luz perpetua». La última noche, Joselo tomó la palabra y le
juró a la viuda traer a Diamante de regreso. «Ordené recuperar el cadáver del compañero revolucionario, para que descanse en paz, aquí,
en su territorio».

Justo al mes se organizó la primera comisión humanitaria para
rescatar el cadáver. Pero dos semanas más tarde retornamos con las
manos vacías y una explicación *chimba* que ni nosotros mismos la
pudimos creer: «no dimos con la tumba, compañeros... el entierro
fue a las carreras, además la oscuridad de esa noche era tan espesa, que
nadie guardó en su memoria una referencia visual que permitiera, más
tarde, localizar el lugar».

Con terquedad obsesiva se organizaron nuevas comisiones y se barajaron nuevas hipótesis. Peregrinamos durante semanas por lo que creímos pudo ser la ruta de escape, pero el diluvio de esos días se encargó de borrar el trillo de nuestra loca carrera a campo traviesa. El cuerpo de José Enoc Leal, alias «Diamante», jamás se recuperó.

A los tres meses de la desgracia, llegaron un par de «doctores» de Viotá o de Bogotá. Siempre me quedó la duda si eran médicos o políticos. Me interrogaron sobre las circunstancias de la muerte del comandante. Yo les eché el cuento desde el instante en que recibió la ráfaga de la subametralladora, hasta cuando le puse la oreja en el pecho. «El tiro fue –aquí– en la pierna» –les mostré en mi muslo el lugar de la herida. Luego de un largo silencio, el más viejo sentenció en voz baja: «La arteria femoral».

Joselo cambió su actitud hacia mí. Su trato continuó distante, pero nunca más se atrevió a maltratarme ni a humillarme. Se resistía a reconocer que yo me había ganado el respeto de mis *compas*. En alguna reunión se refirió a mí en tono de broma, «nos salió como bueno este espía infiltrado». Y para contradecir a los muchachos que me llamaban el «Mono» –por mi pelo claro– a Joselo le dio por llamarme «Pelusa».

Estamos en plena guerra. Joselo es ahora el indiscutible comandante en jefe.

Desde la muerte de Diamante, retorné al comando y me convertí en el mejor estafeta de la guerrilla. Mi responsabilidad era muy apreciada, porque los radios escaseaban y los disponibles no tenían gran alcance. Así que ahora me movía por todo el Guayabero, con un revólver al cinto, sirviendo como enlace entre los puestos de control que defienden nuestras fronteras, y el comando central. En esa época desarrollé gran habilidad para correr por la trocha y abrir monte. Me desplazaba desde el centro de Guayabero hasta el puesto de control de la Línea, en la parte alta de Baraya, en un día largo, cuando ese mismo trayecto lo recorría un colono en tres días. El camino al Papaneme que tomaba dos días, yo me lo hacía en diez horas.

Estuve destacado en diferentes bases de la guerrilla. Me conocía todo y todos me conocían. Incluso participé en el minado de lugares de paso de las tropas que venían del Huila. Claro que las minas no eran como las de ahora en tubos de *PVC* y material plástico detonante. En esa época aprendimos a fabricarlas con lo que teníamos a mano. Repletábamos planchas de carbón y molinos de carne con dinamita, clavos y munición. Las minas resultaban pesadísimas y las teníamos que cargar entre el equipo durante muchos días de marcha. Bueno, esas minas artesanales tampoco eran de fiar. En alguna ocasión fracasó una emboscada, y nos ordenaron levantar las minas. En el proceso, explotó una de ellas. Se mató un guerrillero, y otro resultó herido.

Un fin de semana, Joselo convocó en el comando de Santa Elena a toda la guerrilla. Nos informó que como integrantes del «bloque sur» debíamos multiplicar las acciones ofensivas y que nos debíamos convertir en guerrillas móviles… Joselo hizo énfasis: «primero nos cayeron en Marquetalia, luego en Riochiquito, ahora metieron al Batallón Colombia y a la contraguerrilla, a este lado del Caquetá, para aplastar a los camaradas de El Pato… ¡Hay que movernos! Porque si no pasamos a la ofensiva, estos chulos hijueputas se nos entran al Guayabero».

Desde que retorné como estafeta de Joselo, no tengo ninguna obligación en el trabajo comunitario agrícola. Ahora sólo me desempeño en el área militar. Participo en muchas comisiones, unas de combate, otras de inteligencia y las demás, de cobrador de «impuestos» a los finqueros. También participo en las comisiones que Joselo organiza para recuperar ganado.

Con Joselo, el énfasis es militar. Salimos más organizados a encarar al ejército y atacamos por sorpresa los puestos de policía. Aprendimos que la autoridad se impone mostrando los colmillos y aterrorizando a la gente. Hay que estimular la desconfianza de un campesino con su vecino, de un guerrillero con su *compa,* de un campesino con su compadre. El cabreo mutuo –de todos contra todos– es el arma secreta para ejercer autoridad. En palabras de Joselo, «campesino que se ablande, no se comprometa o se sospeche que es *sapo* del ejército, no piensen demasiado, dos machetazos y sanseacabó la mierda».

Por estos días, la ofensiva criminal del presidente Valencia no es el único dolor de cabeza que nos atormenta. Las autodefensas campesinas liberales continúan siendo nuestros vecinos indeseables. Con ellos compartimos tres cosas: el mismo territorio, el mismo origen liberal y el mutuo odio a muerte que nos profesamos. Somos el agua y el aceite. El cielo y el infierno. La vida y la muerte.

Por eso jamás olvidaré el duelo sangriento que sostuvimos en la vereda de la Urraca, nosotros, la guerrilla comunista, *armados de tigre*, contra la guerrilla liberal. Fue espantoso, porque entre enemigos a muerte, la violencia se practica con más sevicia si se recuerda que en el pasado fuimos hermanos de la misma causa.

Al culminar ese combate me sorprendí de mi suerte: allá me gasté la octava vida que nunca le regalaron al gato.

28

Los cinco jinetes del Apocalipsis

Yo no soy un asesino. Me horroriza la violencia que ha sido el fantasma que me persigue desde cuando cumplí seis años. Tengo ya once años, con casi tres en la guerrilla y confieso que esa frialdad para matar me repugna.

Para tomar la decisión de matar a otro ser humano o para aceptar que debo morir en la mitad de esta selva enfrentado a un enemigo al que no le conozco la cara, necesito contar con una *buena causa*.

Por eso debo agradecerles a tres importantes dirigentes de la guerrilla por contribuir a lavarme el cerebro.

Gracias al camarada Joselo, quien además de comandante militar de la guerrilla del Guayabero, es ministro en cuestiones de doctrina y de moral. Gracias al camarada Valbuena, quien tiene a su cargo el adoctrinamiento de la juventud y la preparación política del personal femenino. Y gracias también, al compañero Alberto Gómez, comisario político enviado –por el mismísimo *Comité Central del Partido Comunista Colombiano*– para asistirnos en asuntos doctrinarios.

Les agradezco a los tres, por su generosa contribución a mantener mi salud mental.

Me huelo que ellos son los únicos que comprenden las tensiones a las que estamos sometidos los guerrilleros rasos cuando nos condenan a enfrentar a «la tiznada». Ellos saben que para matar a alguien y para morir, uno tiene que encontrar un respaldo moral que justifique tanto sacrificio. Algo que valga la pena. Si se carece de esa *causa,* uno no pasa de ser una vulgar bestia salvaje.

Desde cuando a mis nueve años me reclutaron a la fuerza, actué bajo el terror que me infundió el mando. Pero gracias al adoctrinamiento recibido, ahora sé quién es mi enemigo y ya aprendí a odiarlo: «es ese estado explotador, burgués e imperialista, que agrede con su ejército criminal, a los indefensos campesinos». Este enemigo siniestro lo encarnan los agentes armado del régimen, que aquí conocemos como «chulos».

Pero con el paso de los días aprendí que ése no era el único enemigo. También debía odiar a otro enemigo, más peligroso aún, porque compartíamos el mismo vecindario. Se trata de las criminales autodefensas liberales, que nos disputan a muerte nuestro territorio. Claro que también son campesinos como nosotros, pero no están armados por el partido comunista, sino por los terratenientes y latifundistas, que hacen parte del Frente Nacional, gobierno oligárquico que recibe órdenes directas del imperio yanqui, y en gesto de obediencia, declaró que es ilegal el comunismo en todo el territorio nacional.

Con el estrés de tanta violencia, sentí que apareció un tercer enemigo: el miedo. Porque en la guerrilla, desayunamos con la incertidumbre, almorzamos con la desconfianza y cenamos sin abrir la puta jeta, porque cualquier pregunta, crítica o comentario que uno haga, podría estar rompiendo alguna regla no escrita que nadie conoce… y en este ambiente de cabreo y sospecha a nadie se le niega un consejo de guerra.

Para sobrevivir, debo combatir, contra el gobierno, contra las autodefensas liberales y, ahora, contra mi propio miedo.

Un día, en medio de tantas tensiones, se coló en mi mente un cuarto enemigo: la duda.

Esa duda apareció como efecto secundario de la indigestión doctrinaria.

Es que para reafirmar nuestro compromiso sacramental con la lucha de clases, y para reforzar nuestro odio contra los burgueses y el gobierno, vivíamos pendientes de las visitas de los *mesías* del partido.

Aquí arribaban esos profetas de la violencia, agitando su evangelio marxista–leninista y recitando consignas para reanimar y fortalecer nuestra moral revolucionaria. Nos revelaban justificaciones éticas para asesinar a «chulos», a sapos y a sospechosos, para extorsionar a los ricos y odiar a la burguesía, sin tener que soportar cargos de conciencia. Repetíamos como cotorras sus lemas marxistas –que no entendíamos– y, de encime, nos hacían soñar con los modelos de felicidad comunista que nos pintaban de la Unión Soviética y Cuba. Gracias a sus sermones, yo me convertí en comunista ateo, y en un convencido que el colectivismo y la dictadura del proletariado eran el camino correcto, justo e irreversible.

Estos santones eran seres privilegiados que recibían invitaciones para visitar los paraísos comunistas de Cuba y la Unión Soviética, en nombre de nosotros, los campesinos levantados en armas. ¿Y ellos? ¿Qué tanta cuota de sacrificio ponían? Cuando llegaban de visita, nos quitábamos la arepa de la jeta para atenderlos. Les lavábamos la ropa. A ellos les improvisábamos cama para que durmieran a treinta centímetros del suelo, con toldillo y sábanas limpias, mientras nosotros dormíamos entre el barro, arropados con una ruana vieja y un costal. Los escoltábamos a pata, mientras los «doctores» se desplazaban a caballo, y los protegíamos para que no les fuera a pasar nada… y –a la hora de la verdad– estos malparidos, que nos azuzaban a la guerra, jamás de los jamases nos acompañaron al combate, ni se emboscaron con nosotros ni supieron lo que era correr como poseídos para no dejarnos pringar por la hijueputa pelona, bajo un aguacero de plomo. Algo lucía desbalanceado con estos camaradas «doctores».

Como si mantener a cuatro enemigos fuera poco, recuerdo aquella Navidad cuando me empezó a atormentar el *quinto enemigo*, el peor de todos: mi conciencia.

Todo empezó esa tarde de diciembre, cuando debí participar en la repugnante experiencia de un genocidio.

Tres semanas atrás un informante nos pasó el dato que el viejo Zoilo Vargas invitó a su familia y a sus trabajadores a celebrar la Navidad en su casa. Él es un patriarca en la región, líder de las autodefensas liberales. En el pasado tuvimos enfrentamientos a plomo y él ya estaba notificado de la sentencia a muerte que tenía pendiente con las guerrillas comunistas.

Para cumplir la sentencia, Joselo organizó una comisión de 16 guerrilleros, y, bajo su mando, salimos del Guayabero en dirección a la montaña profunda, allá bien arriba de la cordillera, en la vereda la Urraca del municipio de Tello, para celebrarle a don Zoilo «nuestra» propia versión de esa Navidad.

Luego de cuatro días de marcha, caímos de sorpresa sobre la casa.

Joselo calculó que por tratarse de una fiesta grande, toda la familia Vargas y sus trabajadores estarían reunidos en la casa. En teoría, la operación era *pan comido,* porque pensábamos sorprenderlos relajados. Pero a las dos de la tarde, en el momento que rodeamos la finca ¡Mi madre! ¡Qué desconcierto! Quedamos sorprendidos ante la rápida reacción de los asistentes que, sacudidos por el pánico, se refugiaron en segundos dentro de la casa y clausuraron puertas y ventanas.

La casa es grande, construida con bloques de cemento, y de gran solidez. Joselo alzó la voz. Ordenó que salieran don Zoilo Vargas, y Antonio, su hijo, de 30 años, otro duro guerrero de las autodefensas liberales.

Cuando Joselo repetía por quinta vez su orden de rendición, la respuesta fue igual de enfática: una descarga de fusil que por milímetros lo pela.

No estaba en los planes de Joselo que la misión de «ajusticiar a esos sapos traidores» se le iba a complicar.

Como si a estas alturas de la tarde fuera necesario notificarles a los invitados la seriedad de nuestras intenciones, el camarada comandante ordenó que rociáramos con plomo puertas y ventanas y que nos preparáramos para tomar la casa por asalto. Pero nunca nos imaginamos que —en semejante paraje tan lejano— hubieran construido una casa que más parecía un fuerte amurallado, capaz de resistir hasta un bombardeo aéreo.

Entonces apelamos al recurso de lanzar, una tras otra, siete granadas sobre la cubierta con la esperanza de abrir un boquete en el techo, por donde se pudiera colar una bomba. Pero nunca pudimos apreciar si logramos lo esperado.

«¡Preparen las bombas!», gritó Joselo y, en seguida, a su señal, cubrimos con fuego a los dos compañeros que se escurrieron contra los muros de la casa a colocar dos bombas con dinamita. El eco de las explosiones retumbó por toda la cordillera, se levantó polvo y tierra, pero la casa continuó de pie.

Desde el principio nos equivocamos en la apreciación de la situación. En contradicción a nuestra información de inteligencia, Antonio, el hijo de Zoilo Vargas, no se encontraba dentro de la casa. Apenas iba camino de la fiesta cuando escuchó la balacera. De inmediato se percató del asalto a la casa de su papá y sin pensarlo, voló hasta el corregimiento de San Andrés para alertar a la policía. De paso, como si se tratara de un cometa, atrajo una cola de campesinos, que armados de palos, machetes, un par de fusiles Famage, cinco o seis fusiles Grass, unas diez escopetas de *fisto* y sus deseos de venganza a punto de ebullición, lo siguieron entusiastas para participar en la batalla. Sobra advertir que los campesinos de esa área odian a las guerrillas comunistas por nuestros abusos y maltratos.

Como la situación frente a la casa continuó sin cambios, Joselo se empezó a desesperar. Nada le estaba saliendo como pensaba. El tiempo se nos empezó a convertir en nuestro enemigo inexorable. Sin que la situación evolucionara se nos vino el atardecer. A gritos, el comandante les volvió a notificar que no tenían escapatoria, que estaban rodeados, y que Zoilo y Antonio debían abandonar de inmediato la casa con sus manos en alto. Como tampoco hubo respuesta, Joselo corría de un lado para el otro, puteaba a los guerrilleros y daba órdenes y contraórdenes.

A Joselo no le quedó otra alternativa que cruzar la frontera que separa al hombre de la bestia. Advirtió a gritos que no iba a pasar la noche aquí, que tenían tres minutos para salir todos con las manos en alto… «¡Todos! ¡Cabrones! De lo contrario, ordeno prenderle fuego a la casa».

De súbito se entreabrió la puerta y salieron dos mujeres. Temblaban por el terror y lucían la palidez de la muerte. Cada una cargaba un niño en un brazo y levantaban el otro, en señal —no de rendición— sino suplicando algo de clemencia.

La escena duró apenas un segundo. El camarada Agustín saltó como el tigre al que se le va a escapar la presa. De un zarpazo intentó agarrar a la mujer de adelante cuando tronó un disparo de fusil desde adentro de la casa y Agustín cayó fulminado. De inmediato las mujeres recularon y clausuraron la puerta. Ahí sí se prendió el fuego cruzado. Los *guerrilleros comunistas* disparábamos, y los *guerrilleros limpios* contestaban. En la mitad del escenario, en esa tierra de nadie, yacía el cadáver del camarada Agustín con el cráneo destrozado.

Joselo se empezó a descontrolar de la ira. Por las órdenes que impartió concluimos que nuestra fiesta de Navidad estaba por concluir. Ordenó preparar la retirada, en tres pasos. Primero debíamos recuperar el cadáver y el fusil de Agustín. Segundo, había que prenderle fuego a la casa e incinerarlos a todos. Y tercero, una vez Joselo comprobara entre las cenizas las muertes de Zoilo y su hijo Antonio, nos retiraríamos, de manera ordenada, hacia el Guayabero, cargando al camarada muerto.

El fuego de los fusiles se calmó. El frío de la cordillera se hizo intenso. La neblina empezó a descender. De pronto, uno de los nuestros saltó hacia la tierra de nadie, agarró a Agustín de los brazos y cuando medio se incorporó para arrastrarlo. *¡Pum!* ¡Carajo! Le propinaron un escopetazo en la barriga y las vísceras le saltaron hacia afuera. ¡Mierda! Todo se complicó. Ahora, impotentes, vimos a Urbano, agonizar sosteniéndose las tripas con sus manos.

¡Qué estupidez! En circunstancias tan adversas, a Joselo le dio la obsesión por recuperar los dos fusiles y cargar con los cuerpos de los dos guerrilleros. Y como le temíamos más a Joselo, que a las balas de las autodefensas, en seguida saltó otro guerrillero para intentar el rescate y *¡pum!* también lo hirieron. Todo el que se metía a tratar de rescatarlos, *¡pum! ¡pum! ¡pum!* ¡Hijueputa le iban dando candela!

Entonces, todos presenciamos la macabra transformación de Joselo. Sin más advertencias ordenó rociar la casa con gasolina y le prendió fuego.

Las llamas se treparon por la estructura del techo y entre escalofriantes alaridos, desaparecieron calcinados, el estado mayor de los *liberales limpios,* sus mujeres y sus niños, más sus trabajadores de confianza. El genocidio se justificó alegando que ellos le declararon la guerra al *ejército del pueblo.*

De súbito, entre la resolana del atardecer, vimos que un hombre saltó por el techo y salió corriendo hacia la montaña. Todos le disparamos, pero ninguno acertó, entonces, Pedro, un guerrillero que vino de Villarrica, y que fue desertor del ejército, alzó su carabina *M1 .30,* y a unos 400 metros le colocó un tiro en una pierna. ¡Ahí mismo! Como un lince, Cadena saltó en persecución del herido, lo alcanzó, sacó a relucir su machete y lo despedazó sin importar los gritos de clemencia del desgraciado.

Ya era muy tarde y la operación se cumplió. En ese momento cesa la tensión y uno siente que la adrenalina está agotada. Ahí es cuando aparece el pánico debajo del esternón. A Joselo le entró el afán. Decidió que no había tiempo para revolver las cenizas de la casa y ordenó abandonar en el campo de batalla los cadáveres de nuestros *compas*, Agustín y Urbano. Debíamos salir en pura verraca, monte arriba, a buscar la zona selvática de la cordillera.

Ya en plena huida, en el momento que los trece guerrilleros cruzábamos en estampida unos potreros limpios, muy empinados, donde carecíamos de la protección de la montaña, caímos en la emboscada.

Allí apareció Antonio Vargas. Parecía un fantasma que se hubiera reencarnado para vengar la masacre de su familia. La policía, con el respaldo de la comunidad, nos empezaron a disparar desde el monte. Esa noche sucedió un milagro, que vino a probar que mi Dios no abandona a sus fieles ateos. Serían las seis, y la noche cayó como un plomo. Si la emboscada hubiese sucedido veinte minutos más temprano, todos, incluido Joselo hubiésemos perecido aniquilados. *El ángel de la guarda* de Joselo, hizo bien su trabajo.

En medio de la oscuridad ¡Qué caos! Los trabajadores amigos de los Vargas, envalentonados, invadieron el inmenso potrero y entonces, la policía perdió el control sobre el dispositivo de la emboscada. Ya no se distinguía quiénes eran de las autodefensas de los «limpios» y quiénes eran los guerrilleros «comunistas». De la aniquilación total nos salvó el desorden.

Los miembros de la autodefensa estaban tan furiosos, que se lanzaron de manera temeraria contra nosotros y entonces la policía, confundida, se abstuvo de disparar. Las autodefensas tuvieron que cargar como diez muertos civiles. Unos por acción de las armas de la guerrilla, otros por el «fuego amigo» de la policía.

Entre la lluvia de disparos y la oscuridad rodamos potrero abajo como piedras y fuimos a caer a una cañada profunda y rocosa. Allá quedamos tan encerrados que la única posibilidad de sobrevivir fue medio organizarnos y abrirnos paso, a puro plomo, por el otro lado de la montaña, otra vez hacia la cumbre. Si no lo hubiéramos hecho así, nos fumigan como ratas entrampadas.

¡Qué huida tan miserable! A la medianoche, escondidos en el páramo, hicimos el balance de la penosa operación. Cuatro compañeros muertos y abandonados, dos frente a la casa y dos que cayeron en la emboscada. Heridos casi todos, a excepción del cabo Beltrán quien era reservista del ejército, y yo. Siete recibieron heridas por disparos, incluido Joselo a quien le clavaron seis proyectiles. Cuatro compañeros resultaron con fracturas en brazos piernas y costillas, como resultado del desplome contra el fondo de la cañada.

Durante cuatro semanas nos ocultamos en la parte selvática de la montaña, hasta cuando se alivió la presión. Para atender a los heridos improvisamos un cambuche y los dos guerrilleros ilesos, nos turnamos para mantener la vigilancia periférica. Al cuarto día ordenaron que me descolgara cordillera abajo para tomar contacto con nuestra red de apoyo en Tello. Gracias a la gestión de los camaradas del partido comunista en Neiva, por fin pudimos trepar hasta esos riscos a una enfermera y a un estudiante de medicina que estaban más asustados que nosotros. Se improvisó una cadena de ayuda con los colaboradores de la guerrilla y nunca faltaron antibióticos, vendas para las curaciones, ni comida.

Cuando ya nos sentimos más recuperados, organizamos la evacuación de los diez sobrevivientes hacia el Guayabero. Del comando nos enviaron tres caballos para cargar por turnos a los más graves. No todos resistieron el viaje de retorno. En el camino fue necesario dejar a tres *compas* en fincas de milicianos amigos.

Arribamos al comando veintitantos días después de nuestra salida. Recuerdo la curiosidad de todas las familias por conocer la clave de mi buena suerte. Hice un esfuerzo para superar mi ateísmo y les respondí: «No es suerte. Creo que Dios escucha las oraciones de mi mamá. Ella no me conoce bien, ni sabe dónde putas ando, pero estoy seguro que a toda hora le anda pidiendo a su Dios, que me blinde de tentaciones y dificultades».

A Joselo le cayeron ácidas críticas sobre la pésima conducción de la operación. Pero desde la muerte de Diamante, él es el jefe, y, por lo tanto es impermeable a cualquier censura.

Desde cuando se clavó en mi memoria la imagen de esa casa ardiendo una tarde de Navidad, el «quinto jinete del Apocalipsis» *—mi conciencia—* me empezó a pedir cuentas, con inusitada frecuencia.

29

Las vacas de la revolución

Aquí en el Guayabero todos pertenecemos a la estructura del movimiento. Unos como combatientes, otros como milicianos, los más viejos y las mujeres como responsables de la producción de alimentos, los niños como estafetas y exploradores. Nadie está por fuera. En teoría, lo que de verdad nos une es compartir el mismo *ideal revolucionario.*

Pero con los días uno se da cuenta que este ideal está soportado por medias verdades y mentiras a medias. Los ideales de la revolución no se compadecen con los sacrificios que nos demandan. Cuando los problemas de la comida, la salud y la guerra se agudizan, y no hay soluciones, los comandantes empiezan a hablar de la tal «lucha de clases» y de su «materialismo dialéctico y científico» que nadie entiende ni se traga. Para mayor desgracia, nadie se atreve a criticarlos, porque aquí sobran los sapos que están listos a denunciarte por «traidor», «desviacionista» y «revisionista».

Recuerdo aquel día que me empecé a decepcionar de tanta palabrería. Llegaron por la vía de La Uribe dos delegados del *Comité Central del Partido Comunista.* Nos contaron que iban para México, Cuba y la Unión Soviética y les habían pedido fotografías de «los heroicos niños guerrilleros colombianos que combatían por implantar la dictadura revolucionaria del proletariado». Era la repetición de la comedia que ya habíamos escenificado un año y medio atrás para las publicaciones de Cuba. Otra vez nos hicieron bañar. Nos disfrazaron con camisas blancas y cortaron una pieza de bayetilla roja para dotarnos de sendas pañoletas que nos enroscamos alrededor del pescuezo. Luego nos sentaron en unas mesas y nos repartieron lápices y papeles en blanco. «Hagan como si estuvieran tomando notas en la clase, pero no vayan a rayar las hojas», nos advirtieron. Entonces empezaron las fotos. Qué risa tan verraca la que nos dio, pues de los 21 «compas» de las fotos, doce no sabíamos leer ni escribir. Terminada la sesión de fotos, recogieron los papeles en blanco, porque pertenecían al «Partido».

Estos científicos —de tiza y tablero— llegan aquí, serios, equipados con su *carreta* comunista, a urgirnos que debemos estar dispuestos a morir por la causa revolucionaria, pero al primer disparo, ellos corren a esconderse debajo de las piedras. Eso no es justo. Si según ellos, debemos defender los ideales revolucionarios incluso hasta la muerte, ¿por qué ellos no están dispuestos a morir por la misma causa?

Aquí en la guerrilla del Guayabero nos consideramos autosuficiente para producir nuestra propia comida, sin depender de afuera. Pero a Joselo le dio por obligar a la gente a organizarse en un sistema de producción agrícola colectiva, copiada del modelo soviético que trajeron los instructores. Entonces la producción de la tierra resultó compartida, mitad para el dueño de la tierra y la otra mitad para la revolución.

Para asegurar el logro de las metas de producción agrícola, los guerrilleros estamos obligados a combinar nuestras obligaciones como combatientes, con el trabajo colectivo en las fincas. Así resultamos cultivando la tierra con el fusil terciado.

Para demostrar el milagro de ese modelo de granjas colectivas, los instructores nos mostraban revistas rusas, con fotos de unos campesinos, rubios, gordos y satisfechos, que sonríen sobre un fondo de tractores y extensos campos de trigo.

Esa desgastada letanía de promesas con el cuento que en la revolución los campesinos somos los dueños de todo, con el tiempo se desmoronó... En la realidad, éramos los dueños de nada.

Joselo les arrebató a los campesinos dueños de un pedazo de tierra, su pobreza y los convirtió, a la fuerza, en sus socios, bajo el modelo conocido como «las partijas de Joselo».

Al final uno se confunde, porque como campesinos nunca cumplimos las metas de producción agrícola que nos impuso el compañero Joselo, y como guerrilleros tampoco cumplimos con las metas de la lucha revolucionaria, que nos ordenó el mismo comandante Joselo.

Entonces empezamos a pasar hambre.

En esos días hubo intensa actividad. Los cinco comandantes se encerraron a planear. Pero como la compartimentación de la información es absoluta, unos se imaginaron que íbamos a salir en comisión a cobrar impuestos, otros pensaron que se trataba de comisiones para silenciar a algunos sapos, o para hacer inteligencia o para minar algún camino.

Pero ante tanto alboroto y alistamiento empezamos a olernos que se trataba de una comisión pesada, de varias semanas.

La noche que salimos del Guayabero para remontar la cordillera, no nos imaginamos la verdadera misión, pero una vez superamos el filo y empezamos a descender al otro lado, nos dividieron en tres comisiones y nos asignaron los objetivos: «Recuperar para el movimiento revolucionario seiscientas reses y el máximo de mulas. Arriar ese ganado, cordillera arriba, hasta asegurarse que quede bajo control del movimiento campesino del Guayabero». Para coronar la misión nos asignaron cuatro días.

A las nueve de la noche bajamos a identificar las fincas por las veredas del alto Zaragoza, San Antonio, el Salado y la Legiosa, y a las cuatro de la madrugada la operación empezó a marchar como un relojito.

A mí me tocó en el segundo grupo, por el lado de El Dorado, donde la misión era «recuperar la mayor cantidad de mulas».

La tercera comisión se encargó de desplegarse en la retaguardia como grupo de contención, en el caso que el ejército y la policía reaccionaran, posibilidad que Joselo consideró muy remota.

Yo bajé en el grupo que guiaba Miguel, un guerrillero ya viejo, de más de sesenta años, que conocía muy bien ese sector. Después de inspeccionar varias fincas, Miguel concluyó. «Para recoger mulas y ganado por este lado, nos toca bajar hasta el plan. ¿Y ahí qué? Es que eso de arriar ganado desde tan abajo resulta muy verriondo. Si alertan a la policía, los chulos nos alcanzan en horas y esta mierda se enreda».

Pues como a las ocho de la mañana reconocimos que no se pudo recuperar ni una sola mula para la revolución y, para mayor desgracia, la tal «mierda» que advirtió el señor Miguel de todas maneras se enredó.

Nos encontrábamos sumidos en esas reflexiones, cuando ¡Alerta! ¡Pilas! ¡Estamos de suerte! Vimos que un camión carpado subía con mercado y víveres para La Legiosa. Entonces se nos ocurrió la peregrina idea de asaltarlo. Si no pudimos aparecernos con ganado, por lo menos nos felicitan por la iniciativa de conseguir los alimentos que necesitamos. Así que nos emboscamos. El camión era un F–600 de un señor Neftali Rincón, un empresario sano que hizo buen capital con su camión. En el momento que le íbamos a hacer el «pare», alguien gritó «¡el hijueputa camión viene cargado de policías!». Entonces, quién dijo miedo. Le dimos metralla hasta dejarlo como una coladera. La frustración fue verraca. El camión subía desocupado, sin víveres, ni policías. Lo habían mandado a recoger una vaca enferma. Murió un pobre campesino y de milagro el conductor se salvó, aunque resultó herido.

Ahí sí tocó abortar la misión. Los quince salimos en estampida a unirnos a la otra columna, para ayudar a arriar las casi cuatrocientas vacas que ya subían por varios caminos.

«¡Apúrenle, hijueputas, que nos va a alcanzar los chulos!» Gritaba Joselo, al tiempo que lideraba la vanguardia, abriendo broches, tumbando cercas –donde las había– y abriendo trocha a machete, montaña arriba para que avanzaran las columnas de ganado.

Para nuestra desgracia, no apareció, ni el ejército ni la policía, sino algo peor: «los limpios», *la autodefensa campesina liberal.*

No nos explicamos si nos estaban esperando, o si tenían preparado un plan de reacción muy verraco. Lo cierto es que se nos aparecieron más de treinta tipos muy bravos que decidieron defender su ganado y sus fincas a sangre y plomo. No hubo que hacer mucho esfuerzo mental para reconocer que no podíamos realizar los dos oficios al mismo tiempo, o éramos revolucionarios destinados a redimir a los campesinos, o éramos vulgares ladrones de ganado. Cuando nos apretaron la perseguidora, debimos aceptar que arrear el ganado y en simultánea enfrentar a las autodefensas en su propio terreno, era misión imposible.

El grupo de contención debe estar todavía esperando allá abajo el teórico ataque de la policía, del ejército o de los *marcianos,* porque la realidad es que las autodefensas de Potrerogrande, lideradas por Sérvulo y Amadeo Rodríguez, nos salieron más arriba del Playón. Como a las 3 de la tarde emboscaron al grupo de vanguardia que lideraba Joselo, y nos dieron plomo con un entusiasmo contagioso.

Hasta ahí llegó la operación. Mataron a dos *guerrillos* e hirieron a cuatro, incluido Miguel, el más viejo, el que tenía la romántica ilusión de graduarse –por fin– de guerrillero durante esta operación. Le pegaron un tiro en un ojo. Era la primera vez que Miguel salía en una comisión. Claro que tiene tres hijos en la guerrilla, pero eso no es motivo de crítica. Ese es el destino de cualquier campesino que viva en la zona. Nadie puede evadir la obligación de entregar a sus hijos a la guerrilla. Otro de los heridos fue Joselo. Le pegaron un tiro en una pierna. Al peso de la frustración tocó agregar el peso de Joselo, porque esa tarde nos tocó cargarlo en guando.

No nos pudimos llevar *ni media vaca.* Salimos en bomba, y al trote por el centro de la montaña espesa, coronada de neblina, donde jamás antes a nadie se le ocurrió abrir una trocha.

Claro que echábamos un tirito aquí y otro allá, pero esos hijueputas no nos dejaban resollar. Como carecíamos de líder nos tocó improvisar una retirada caótica. Corríamos en zigzag por entre ese monte cerrado, sintiendo la respiración de estos malparidos en la nuca. Es que se nos pegaron a la pata, sin compasión, como el tigre a la presa. Nosotros sin comida, mamados, dominados por el miedo y de pronto los aullidos de «¡Allá se metió una rata de esas!» Y *¡Purruundum!* Se colaba por la cordillera el eco de las carabinas *San Cristóbal* que cacareaban seguido ... y entonces en pura verraca, en medio de las ráfagas, corríamos a buscar otro escondite. Presionados por la inminencia de encontrarnos con la *pelona,* botábamos equipos aquí, provisiones allá, explosivos en todos lados, todo lo botamos excepto el arma para defender el chiro de vida que nos quedó tan expuesto.

Sin necesidad de debatir *güevonadas* reconocimos la superioridad del enemigo. Ya estábamos fundidos. La presión de las iracundas autodefensas no nos permitía pausa, así que optamos por meternos entre la manigua, en la parte alta del río Tigre, y ahí permanecimos quietos, casi sin respirar, hasta que los vimos pasar derecho. En ese limbo nos mantuvimos quietos uno, dos y hasta tres días, sin nada que tragar porque en semejante desbandada botamos todas las provisiones. Como si fuera poco, no teníamos idea si parte de las autodefensas permanecían emboscadas, esperando a que nos moviéramos.

Más tarde supimos que las autodefensas iban tan cargados de demonio, que siguieron de largo hacia el Guayabero. En su paso por el Papaneme nos mataron a dos milicianos. Tal era la furia que los animaba, que el viaje de regreso –que la guerrilla lo hace en tres días– esta autodefensa de Potrerogrande se la hizo en una sola jornada, claro que iban livianos, sin equipo, pero llegaron hasta nuestra última frontera, el mismísimo borde del río Guayabero.

Soportamos ocho días miserables escondidos entre el monte, sin poder movernos, porque no sabíamos si todos habían continuado derecho para el Guayabero o algunos estaban emboscados esperándonos. A esas alturas ni siquiera sabemos cuántos eran.

Qué odisea tan brava, sin provisiones, sin comunicaciones y sin apoyo. Lo único que teníamos era dos cadáveres, cuatro heridos, poca munición y mucha hambre. Desde la tercera noche nos empezamos a escurrir monte abajo para robar yuca, plátano y algunas gallinas en las fincas de unos colonos paupérrimos que estaban asentados en el Papaneme. ¡Ay! Y en las que nos vimos durante esos días miserables, para que no se notarán las hogueras que prendíamos para poder comer algo caliente.

Durante esas jornadas caí en cuenta que los mayores enemigos del movimiento guerrillero del Guayabero no eran la oligarquía, ni el imperialismo yanqui, ni el gobierno explotador, eran la soberbia y la demencia de Joselo.

Odiaba que tuviéramos que cargarlo y continuaba, terco como una mula, echándole la culpa a todos por la fallida operación de abigeato, menos a su torpe planeación y a su falta de liderazgo.

Arribamos al Guayabero a los doce días de haber salido. El indómito y arrogante Joselo no quiso aparecer cargado, y el último día se improvisó un bordón para entrar caminando.

Desde el fracaso de la soberbia misión, de «recuperar para el movimiento revolucionario seiscientas reses», y el enfrentamiento con las autodefensas me entraron muchas dudas. No éramos tan invencibles ni tan autosuficientes, como nos lo pintaban nuestros instructores del Partido.

¿Valdrá la pena morir por la *causa comunista* y por nuestro camarada Joselo?

Antes de cargar un arma para partirme la madre por este ideal revolucionario, debo cargar mi alma de buenas razones para morir por esta causa.

30

La guerrilla llega a Versalles

Si esa mañana me hubiera imaginado que estaba a cuatro días de conocer el lugar que cambiaría el curso de mi vida... estaría excitado. Pero no... este camino es copia al carbón de las mismas trochas empantanadas que he transitado durante cuatro años, y que me las sé de memoria.

Marcho bajo las órdenes del comandante, Páez —el famoso «media carraca»— el duro para la instrucción y el combate, el comandante de expresión indescifrable, órdenes cortas y precisas, subametralladora *Madsen*, caninos de oro y polainas de cuero.

Voy con la mente en blanco y el motor de echar pata operando sin descanso. El uniforme ensopado en sudor. El equipo ya ni lo siento y la carabina que cargo en el costado derecho, parece ser otra extensión de mi cuerpo, pues ya forma parte del balance natural de mi anatomía.

Es muy raro que uno sepa para dónde se dirige. Esa información está reservada para los comandantes. Pero en los días previos de cualquier operación uno aprende a interpretar ciertas claves, sobre el tipo de comisión que se prepara.

Por el tipo de entrenamiento, uno adivina si se trata del ataque a un puesto de policía, una emboscada o el asalto a algún vehículo. Pero lo que uno nunca sabe es, «dónde, cuándo, cuántos, ni contra quién». Sólo sabemos el «porqué«: «la lucha de clases». Y como nadie se atreve a preguntar, se corre el riesgo de morir en la ignorancia.

La duración de la operación también se puede adivinar por el tipo de raciones que nos suministran. Como en las comisiones de corta duración no hay tiempo para cocinar, las mujeres nos preparan el avío o «gato», a base de yuca y plátano verde asados, raciones que se complementan con sal, panela y agua.

¡Ah! Pero si veo que matan una res y la carne pulpa la empiezan a orear y a secar con humo. Eso indica que la comisión será larga. Esa carne deshidratada dura muchos días y como pesa menos, uno puede cargar más. La ración de carne seca se complementa con maíz molido y tostado que se pulveriza a mano y se mezcla con panela caliente. Al final del proceso las mujeres producen unas pastillas oscuras de similar tamaño. Cada pastilla corresponde a un día. Por el número de pastillas es fácil adivinar cuánto durará la comisión.

Todos recibimos la misma ración, desde los comandantes y cuadros hasta los guerrilleros rasos. Nadie tiene derecho a una más ni a una menos. Nadie se atreve a robar pastillas, ni a comer más de lo permitido, porque eso es causa suficiente para ser fusilado.

A juzgar por las raciones, ese día salimos a una comisión corta, entre seis a ocho días. Marchamos hacia el sur, que en mi caso es lo mismo que si marcháramos hacia el norte. Es que desde los ataques a Marquetalia, Riochiquito y El Pato, se inventaron las tales «guerrillas móviles» y fue cuando empezamos a padecer lo que es el *movimiento perpetuo.*

La idea es que ya no somos *guerrillas defensivas,* que operamos alrededor de una base fija, ni luchamos por ejercer control sobre un determinado territorio. El nuevo nombre del juego es *camine, camine y camine,* demuestre que es autoridad, aparente más fuerza y organización que la que poseemos y aparezca de sorpresa donde nadie nos espera. Golpee y corra a buscar la protección de la selva. Camine, camine y camine *¡Muerda y corra!*

¿Por qué nos dirigimos ese día a la vereda de Versalles? Nunca supe, pero según Páez –que se arroga ser brillante estratega, analista y experto en elaboración de planes– somos una de varias guerrillas que prepara el asalto a una nueva base del ejército que opera a la entrada de El Pato. Para esa misión es urgente comprometer a los finqueros de la región para que apoyen a las nuevas células de milicianos que el partido empezó a infiltrar en la zona y necesitamos establecer contacto con las guerrillas de El Pato, y con su comandante Oscar Reyes, que no aparece.

Luego de cuatro días de echar pata, Páez nos enteró de nuestro primer objetivo. Llegaríamos al caer la tarde a la casa de un auxiliador de la guerrilla de El Pato, un señor confiable, dueño de una bien organizada finca lechera en la vereda de Versalles.

Esa tarde marchábamos muy relajados, sin medidas de seguridad. Un *compa* que combatió en la guerrilla de El Pato y conocía al patrón de la finca, nos enteró sobre los deliciosos quesos y bizcochos que elaboran en esa casa. Yo sentí que mi aparato digestivo empezó a agonizar. Es que cuatro días a punta de ración, son el peor enemigo de la revolución. Estaba excitado por la promesa de un sancocho de gallina que mi mente veía humeando sobre un fogón imaginario, cuando... «¡Pilas! ¡Al suelo malparidos! ¡Quietos! ¡Quietos todos! Esto está lleno de chulos».

Quedamos espantados. Ahí abajo, frente a nuestras narices, una patrulla del ejército estaba arribando a la misma casa, pero por el extremo sur. ¡Qué susto tan verraco! Si hubiéramos llegado media hora más temprano, nos hubieran sorprendido dentro de la casa con los calzones abajo y, entonces, la historia de mi vida se habría reducido a un simple renglón en un informe oficial: «entre los bandoleros dados de baja en el municipio de Tello, se encuentra un niño NN».

El desconcierto fue tenaz. En segundos todos nuestros sentidos quedaron en máxima alerta. Desde nuestra posición Páez se concentró en definir cuántos eran... los contaba y recontaba... «son dieciocho... no, veinticuatro... ahí aparecieron dos más... ¿será que ya los contamos?...» Para calcular el tamaño del riesgo –y del miedo– no basta con contar el número de enemigos, hay que pensar en muchas variables y ver la situación en tercera dimensión. Las distancias, las probables rutas de escape –de ellos y de nosotros– su organización y su capacidad de fuego, la hora, el estado del tiempo, la salida de la luna y hasta el signo zodiacal de quien toma las decisiones.

Páez ordenó que nos replegáramos hacia el perímetro boscoso y organizó una emboscada de tres anillos, para ejecutar esa misma noche. «Al anochecer tienen que salir estos hijueputas. Tan pronto abandonen la casa, déjenlos alejar, y a mi orden les damos bomba y plomo. Ojo, el segundo anillo les debe dar candela por la retaguardia, para que ni por el putas se devuelvan a la casa. Porque si se regresan, se atrincheran adentro y nos jodemos».

Vimos a cinco soldados que inspeccionaron los alrededores. Estaban tan relajados como nosotros cuando llegamos. El dueño de la casa y su mujer salieron hacia los corrales con quien parecía ser el comandante. El tiempo pasó volando. Por estar hipnotizados viendo y escuchando al enemigo, nos sorprendió el atardecer. Páez ordenó dar un rodeo y emboscarnos sobre el camino por donde –según nuestra apreciación– van a salir... y entonces, aquí me veo, a 300 metros de la casa, espere y espere. Ya llegó la medianoche. Transcurrieron cinco horas, con las bombas listas y el dedo en el gatillo, y la situación no cambia. De pronto vimos que apagaron en el interior un par de lámparas «Coleman», y ahí sí tuvimos que aceptar que nos dejaron plantados y alborotados. ¡Qué puta rabia! Los chulos dormían en la tibieza de la casa, mientras nosotros soportábamos a la intemperie, la prolongada incertidumbre y un frío tenaz.

Esa noche Páez introdujo un nuevo motivo de preocupación. Nos enteramos que Joselo, al mando de una comisión pesada –reforzada con guerrillas de Sumapaz y de las veredas de la Francia y Ucrania– planearon encontrarse en esta misma casa, mañana, sábado, 25 de diciembre. Se trata de una reunión de comandantes para coordinar el ataque a la nueva base del ejército, a la entrada de El Pato. Lo que más le preocupa a Páez, es que a esta hora, no contábamos con medios para alertar a Joselo sobre la presencia del ejército.

«Media Carraca» parecía un alma en pena. Evaluó y volvió a evaluar la situación. Era tal su confusión, que daba órdenes y contraórdenes, se contradecía y se corregía. Finalmente resolvió: «Que nadie se duerma. Vamos a quebrarles el culo en la madrugada. Una hora antes de que amanezca, le prendemos candela a la puta casa y los fumigamos». Pero pasaron las horas y ni siquiera intentamos acercarnos a la casa, porque nunca supimos cuántos centinelas estaban desplegados en el perímetro de seguridad, ni en qué lugar se encontraban atrincherados.

Páez se veía acosado por las dudas. A las cuatro de la madrugada abortó el asalto a la casa y volvió a cambiar los planes. Entonces ordenó que nos escurriéramos por entre el monte, diéramos otro rodeo, y nos emboscáramos, a medio kilómetro de la casa, sobre el camino por donde los chulos llegaron.

Estábamos fundidos. No tanto por el frío que nos hacía tiritar sin control, sino, además, por los cuatro días de marcha, la tensión, el hambre y tantas maniobras nocturnas al ritmo de las indecisiones de Páez.

Calculamos que los soldados tomarían desayuno caliente y abandonarían la casa con luz día. Pero de súbito, antes de aclarar, detectamos movimientos. Vimos luz en el interior de la casa. Pensamos que se trataba del relevo de los centinelas, pero no. Un primer grupo recogió cables que suponemos eran dispositivos de alarma y, en seguida tomaron camino y pasaron... frente a nuestras narices... pero no todos. Los contamos, eran... uno, tres... quizás seis. Cinco minutos más tarde, cuando esa avanzada ya salió de nuestra emboscada, ingresó a la trampa un segundo grupo, serían diez, y, entonces, a punto de abrir fuego y desatar el cataclismo universal, apareció un tercer grupo de quizás diez o doce que aún no ingresaron al anillo de la emboscada. Disparar en esas circunstancias era un suicidio.

Ahí permanecimos sin respirar. Quietos. Más aburridos que un preso incomunicado. Páez estaba pálido y a punto de explotar de la rabia. Manoseaba la subametralladora *Madsen* como si eso le calmara los nervios. Lo vi disminuido y confundido. Se resistía a exhibir ante sus subalternos su torpeza táctica. Ese día todo le salió mal. No reaccionó a tiempo y dejó pasar la oportunidad de demostrarnos el liderazgo del que hacía gala en el Guayabero durante sus instrucciones de combate.

Cuando el ejército se esfumó y, en apariencia todo volvió a nuestro control, me sorprendí con reflexiones que pocas veces hacía. «Esto fue un milagro», pensé. Otra vez le atribuí a las oraciones de mi mamá, mi buena suerte. «Ella abogó, para que llegáramos tarde a nuestra cita con la muerte». También fue un hecho afortunado que no abriéramos fuego esa madrugada, porque seguro se hubiera desencadenado un rosario de combates muy difíciles de sostener. Nos encontrábamos demasiado lejos del comando, cansados y además, hambrientos. Las raciones y la munición no nos alcanzaban para resistir al ejército pegado a los calcañales, soportando quién sabe cuántos encuentros hasta que pudiéramos arribar al Guayabero.

Esa madrugada reconocí que empecé a sufrir de una dolencia que se llama «fatiga de combate». Me sentí cansado por la tensión, por el riesgo continuo, y por el sordo pesimismo que se le estaciona a uno en la cabeza, cuando empieza a dudar, si vale la pena que yo sacrifique hasta mi propia vida «por la causa del partido».

Páez lucía paranoico. Ordenó que Abel Olaya, un estafeta a quien apodamos «Sangrenegra» saliera volando para el Guayabero. «Que localicen a Joselo y le avisen que se regrese. Algún *sapo* nos traicionó. El ataque a la nueva base ya lo detectó el ejército. El área está llena de chulos». También ordenó que dos guerrilleros se deslizaran por la trocha hacia Vegalarga, para asegurarse que no hubiese más patrullas del ejército.

Con los primeros rayos del sol, observamos el movimiento de unos cinco trabajadores que se disponían a ordeñar. Páez ordenó proteger a los once guerrilleros que les caeríamos por sorpresa.

Los trabajadores quedaron paralizados y reconocieron la llegada de la muerte. En segundos los amarramos, los vendamos, los colocamos contra una pirca de piedra y aseguramos el perímetro para impedir que se volaran. Es miserable reconocer que la vida de un campesino que tiembla de terror, depende de mi voluntad. Cuando empezaron los golpes al estómago y las patadas y dos de ellos se desplomaron, y alguien gritó aterrado: «si me van a matar háganlo ¡ya!», el desenlace ya no tiene reversa.

«¿Dónde está el hijueputa del Arturo?», tronó Páez, y, entonces, como si esa frase estuviera dotada de la magia del *abracadabra,* se encarnó —entre la luz y la penumbra de la puerta de la casa— el dueño de la finca. Temblaba como si hubiese sido sorprendido in fragante delito. Su esposa lo escoltaba presa del pánico. Más atrás, como si fuera su sombra, otra mujer de facciones humildes, quizás la cocinera, lloraba sin despegarse de su patrona.

«¡Sapo malparido!» Fue el saludo de Páez. A partir de ese momento se desencadenó la masacre. Toda su frustración acumulada la descargó sobre el hombre. Patadas, puños, empujones, gritos. La mujer se abalanzó sobre el cuerpo de su esposo para protegerlo. «Comandante, déjeme le pego un tiro a este hijueputa» se ofreció Cadena. Páez le respondió «Dispare pedazo de güevón y en diez minutos esto se nos llena de chulos».

El consejo de guerra duró un suspiro. «Sapo y traidor». La sentencia se redujo a una simple palabra: ¡Pélenlo!».

Entonces el coraje se volvió mujer. No recuerdo en mi vida a una mujer más valiente. Encaró a Páez y poco faltó para que le escupiera la cara. Lo trató de injusto y mentiroso. Sus alaridos de dolor rebotaron por este pedazo de cordillera. Sentí que esa mujer hablaba por mí. Expresó a gritos toda la frustración que yo guardé durante tantos años al sentirme obligado a ser guerrillero, no por la fuerza de mis convicciones, sino por el terror a la venganza. Eran alaridos de dolor. Denunciaba a gritos tanta frustración acumulada, tanto miedo junto, el odio que te inunda al sentirte víctima de tanta injusticia. ¡Qué mujer tan osada! Jamás antes escuché hablar tan claro. ¡Qué dolor tan intenso! Estaba poseída por los demonios de la ira santa. Y nos ofendió el ego, porque a lo que más le tememos los criminales es a escuchar la verdad.

«Los hemos acogido, los hemos protegido. En esta casa se han quedado y han tragado. Cada vez que nos extorsionan aportamos sin chistar. Aquí les hemos ocultado sus armas y sus bombas asesinas. Les hemos recibido sus heridos. Hemos llorado con ustedes y aquí, en esta casa, les hemos velado el sueño. Les hemos subido remesas desde Neiva. Les hemos regalado comida. Mal nacidos. Desagradecidos. Escoria. Ladrones...»

Quedamos aturdidos ante la fuerza moral de esta mujer, escupiendo con rabia razones y salpicada por la sangre de su esposo. Ella redimía con su testimonio la tragedia de nosotros, los campesinos olvidados, condenados a sobrevivir en una «tierra de nadie», donde la razón la impone el más violento. Dos cañones nos apuntan a lado y lado de nuestras cabezas: uno pertenece al Estado, el otro, a la guerrilla. No tenemos la libertad de escoger. ¡Qué absurdo! Los campesinos estamos condenados a servirlos a ambos, con ridícula fidelidad, con total entrega.

Páez me hizo un gesto para que sacara a la cocinera de la escena. Yo la empujé al interior de la casa, y en ese momento quedé hipnotizado. Era la primera vez en mi vida que veía un arbolito de Navidad. Pequeñito, encima de la mesa, con bolitas metálicas brillantes, una estrella en la punta y algodones en las ramas. «Es que esta noche es Nochebuena», gimió la mujer que se tapaba el rostro con un delantal hediondo a cebolla y empapado por las lágrimas. «Señor, no me haga daño», me rogó, «hágalo por lo que más quiera, mire, yo no vivo aquí, fue que vine a ayudarle a la señora a preparar la cena de Nochebuena para los trabajadores». Pero yo no le puse cuidado a su letanía de explicaciones, porque me sentí hipnotizado ante la primera visión que tuve en mi vida de un arbolito de Navidad.

Páez aguantó la diatriba de la mujer con imperial indiferencia. Parecía una roca. Jamás nadie, ni antes, ni seguramente después, le dijo todo lo que no quería escuchar. Fue tal la estatura moral de la mujer, que Páez no fue capaz de matarla. Cuando Cadena le hizo un visaje ofreciéndose para machetearla, lo fulminó con una mirada de censura. «¡Quieto hijueputa!»

Los guerrilleros que presenciamos la escena no salíamos del asombro. La superioridad moral de esta mujer era apabullante. De pronto, Páez alzó su voz imperial: «¡Hágale!».

Mientras alias Triana sostuvo al hombre por detrás, casi estrangulándolo, y alias Cardona trató, sin éxito de apartar a la mujer, Cadena lo cosió a puñaladas. Ahí mismo se escuchó un ruido sordo y los intestinos se volcaron afuera sin control. ¡Ay mamacita! Ya no pude resistir la carnicería. Miré para otro lado para no vomitar. Y, entonces, allá, en el archivo de mi memoria, apareció viva la masacre en El Valle, cuando José, mi compañero de juegos de siete años, fue cosido a puñaladas, «por tener cara de liberal».

¡Qué maldito drama despegar a esta mujer del hombre de su vida! Lo abrazaba con tanta pasión como si de ese contacto estrecho e íntimo dependiera el paso de energía para nutrir de vida a su marido. Como si ella necesitará mantener en comunicación su alma con el hilo vital de su esposo. El cuerpo exhausto. Cosido a puñaladas. La carga muerta. Y ella confiando en su Dios, clamando por un milagro: «¡Dios mío no te lo lleves en esta Navidad!»

Como si Páez se hubiera dedicado a buscar la palabra mágica para neutralizar tantas maldiciones tronó afuera: «¡Recuperen para la revolución lo que sea de valor!». Entonces, la sangrienta tragedia pasó a segundo plano y empezó la euforia del pillaje. Contagiosa. Demente. Alegre. Arrasadora.

Todos —embriagados de codicia— participamos en el saqueo. Fue la liberación de nuestras frustraciones. Celebrábamos el triunfo de la revolución. Sacamos almohadas, cobijas, unas cortinas ordinarias. Herramientas manuales. La ropa de la mujer y sus prendas íntimas. Cucharas y tenedores. Ollas pequeñas. Maletas. Zapatos y otras prendas de vestir. Dos radios transistores y una pequeña cámara de fotografía. Dos lámparas Coleman. Entre las sabanas empacamos el producto del saqueo. Lo que no pudimos llevar lo destruimos. Le dimos machete a los muebles y tumbamos las puertas. La mujer ya sin lágrimas, alzaba su voz sobre los gritos del pillaje. Continuó insultándonos con esa actitud suicida de quién ya nada espera de la vida. Nos retó con rabia desbordada. «¡Mátenme Hijueputas! ¡Mátenme! Les faltan güevos para matar a una mujer» pero sus gritos a nadie le importaban. «¡Cobardes, mal nacidos! Así nos pagan a los que les hemos dado de tragar durante muchos años».

Yo no resistí la tentación. Me sentí alucinado por las bolas de cristal. Nunca en mi vida había visto un arbolito de Navidad. Así que corrí a guardar entre mi equipo tres bolas, que dicho sea de paso, no resistieron el viaje de regreso hasta el Guayabero.

Una vez se completó el pillaje y lo que no pudimos llevar se destruyó a golpes y a patadas, salimos en huida hacia la montaña, eufóricos, invencibles, sin tomar ninguna medida de seguridad.

Ya estábamos a unas seis cuadras, cuando le contaron a Páez que detrás de la casa vieron un horno de barro, con la boca clausurada. Entonces ordenó que dos guerrilleros se devolvieran a inspeccionar.

La guerrilla aplaudió con entusiasmo cuando los *compas* se aparecieron con un lechoncito relleno que la familia estaba preparando para esta Nochebuena.

Entonces le dimos una última mirada a nuestro objetivo. Cuatro o cinco cadáveres en el suelo. Los aterrados trabajadores que dejamos amarrados y vendados, quietos como momias. Y la mujer histérica. De pronto vimos que ella se trepó ágil a un caballo blanco y salió en estampida por la trocha que se descuelga hacia Vegalarga.

«¡Hemos debido fusilar a esa malparida!», se escuchó la voz rabiosa de Pisaraña. «¡Imbécil! –Le respondió Páez, «la dejé ir porque ella se encargará de traernos a los chulos de vuelta... y aquí los estamos esperando para bautizarlos».

Páez calculó el tiempo de reacción del ejército. «Mañana es Navidad. Cuando esta vieja aparezca en Vegalarga, ya todos los hijueputas chulos estarán borrachos o de permiso. Así que tenemos 12 horas para recuperarnos y preparar la emboscada».

Trepamos hacia el filo de la cordillera, con la idea de esconder el botín y aliviar los equipos de peso innecesario. Al momento de la emboscada íbamos a necesitar mucha movilidad. Allá arriba, ocultos entre una zona selvática, hicimos el inventario. Pese a que en la organización nadie posee nada y todos los bienes recuperados en un combate pertenecen al movimiento, nos sentíamos felices. Ya Joselo se encargará de repartir el botín, de acuerdo a las necesidades de cada familia y a los méritos de cada combatiente.

Páez se veía feliz como el niño a quien le otorgan la oportunidad de presentar por quinta ocasión el examen que ha perdido cuatro veces.

«¡Esta mierda se compuso! En esta Nochebuena comemos lechón. Mañana en Navidad comemos chulo» –sentenció.

Desde la otra orilla...

31

Mi navidad en El Cedral

El 23 de diciembre arribamos a la hacienda El Cedral, donde se acababa de instalar el puesto de mando de la compañía «H» de Contraguerrillas.

Esta señorial hacienda de la familia Villamil, donde 36 años atrás naciera el famoso compositor de «Espumas», Jorge Villamil, es, sin duda, la puerta natural de entrada hacia una inmensa región selvática que en el Congreso de la República bautizaron como «República Independiente de El Pato».

Esa denominación estaba fresca. Apenas cuatro años atrás, en el Congreso de Colombia se denunció: «Hay en este país una serie de repúblicas independientes que no reconocen la soberanía del Estado Colombiano, donde el Ejército Colombiano no puede entrar...»

Para arribar a tiempo al puesto de mando, caminamos desde la medianoche y seis horas más tarde nos aparecimos a la hora del desayuno. Culminamos así siete semanas de patrullaje por el monte profundo. Llegamos barbados, sucios, apestando al olor característico que despide un perro mojado, perseguidos por nubes de mosquitos, insoportables jejenes y garrapatas. Llegamos con la casa a cuestas, el arma de dotación incorporada al cuerpo, y colgando de la cintura toda esa suerte de perendengues que uno está obligado a cargar para enfrentar las vicisitudes de la guerra: los proveedores con la munición, las granadas de mano, la bayoneta, el radio portátil, la brújula, la cantimplora... y, claro, las fotos de familia que uno carga y que con el tiempo se van destiñendo y tornando sepia, como si la memoria se nos estuviera oxidando. Estas imágenes, las protegemos entre plástico, para resguardarlas de la humedad y el olvido, porque pertenecen a seres que –allá, en la otra dimensión de este mismo mundo de violencia– oran por nuestro regreso.

Dos semanas atrás nos percatamos del arribo de la Navidad y entonces estuvimos pendientes de hacer coincidir esa fiesta con nuestra semana de recuperación. Allá, en la mitad de ninguna parte, en plena selva, mientras abríamos trocha cordillera arriba en procura del río Balsillas, nos dejamos seducir por la promesa lúdica de compartir la Navidad con la única familia que en esos tiempos tan aciagos reconocíamos: los integrantes de la recién creada compañía «H» de contraguerrillas. Éramos miembros de la misma confraternidad y compartíamos la misma visión de la Ley, la misma misión, similar destino y los mismos riesgos.

Para arribar a tiempo a El Cedral, y celebrar con un brindis el privilegio de estar vivos, teníamos que superar, por lo menos, seis días de camino. Es que la apreciación de la ruta se hace por entre un laberinto plagado de imponderables. Que si la trocha resultó borrada por el invierno tras anterior, que si el clima es favorable en una región donde nadie puede predecir el estado del tiempo, que si los ríos están demasiado crecidos y no hay por dónde cruzarlos, más los ruegos al de Arriba para que otras eventualidades de mayor calibre no nos aguaran la fiesta, desde un contacto con la guerrilla, una emboscada, un campo minado o el recibo de alguna orden que nos obligara a cambiar de destino.

Las condiciones de desplazamiento son muy difíciles porque las cartas topográficas y las aerofotografías muestran amplias áreas selváticas, el curso de los grandes ríos, las depresiones en la cordillera, y pare de contar. Pero debajo de ese manto vegetal orbita un universo desconocido que posee otras características físicas y obedece a otras leyes naturales. Con la ayuda de los ex guerrilleros –que a partir de este año operan legalmente como guías y combatientes– estimamos el tiempo que nos tomaría cruzar la zona selvática de El Bajo Pato, en el Caquetá, trepar la cordillera hacia el Huila, y en seguida descender hacia el occidente en busca del cauce del helado río Fortalecillas, que en su camino hacia el río Magdalena, pasa justo frente a El Cedral.

Pero a la hora de la verdad, ya sobre el terreno, las hipotéticas rutas no existen. En la mayoría de los casos, porque algún invierno las borró del mapa, o porque los senderos corresponden a legendarias trochas –abiertas con verraquera y machete– por colonos, aventureros y cazadores que desde tiempos inmemoriales se los tragó la manigua.

Una vez instalados en El Cedral, dedicamos la mañana del 24 de diciembre, a recuperar la decencia. Ello incluye, desde lavar la ropa, pegar botones y remendar el camuflado, hasta realizar el indispensable baño –con las cinco jabonadas de rigor– entre la yerta quebrada que serpentea por las vecindades de la base.

Se trata menos de una ceremonia de purificación y más la fórmula germicida y antibacteriana para despercudirse de la mugre acumulada durante semanas. En términos prácticos se trata de removernos la costra que se va adhiriendo durante las interminables marchas por trochas fangosas, con la espalda martirizada por el peso del equipo y las botas siempre empapadas por la acción ofensiva del general invierno. A este aroma a rancio del sudor acumulado, se le suma la humedad sofocante de la selva, aleación que mancha, oxida y corroe todo lo que se le atraviesa, con la tenacidad del ácido sulfúrico.

El primer requisito para organizar cualquier baño colectivo es mantener limpia de preocupaciones la conciencia. Uno no puede consumirse desnudo, entre una quebrada, con la subametralladora terciada en bandolera, ni con dos granadas de mano encajadas entre los muslos, ni con las botas de combate puestas. Así que organizamos un perímetro de seguridad, para que nadie nos pillara con los calzones abajo. Qué íbamos a sospechar que a pesar de tanta precaución, ese día nos tenía reservada una sorpresa.

Dos horas más tarde, sobre el fondo bucólico de la quebrada, se recortaban las magras siluetas de treinta tipos empelotos, consumidos pudorosos entre la quebrada, con el agua a la cintura y los brazos cruzados, esperando pacientes a que los rayos del sol secaran los camuflados que extendimos sobre las enormes piedras y que la brisa oreara un mosaico variopinto de calzoncillos y medias recién lavados, que pendían de los árboles como aguacates. Esta experiencia visual, de dudoso erotismo, oscilaba entre lo sublime y lo ridículo, lo apolíneo y lo dionisíaco, entre la sensualidad del paraíso y la tragicomedia de la guerra, entre el orden de la naturaleza y el caos de la violencia.

Acostumbrados a convivir con el pragmatismo del riesgo, esa mañana nos sentimos relajados. Durante el prolongado baño en la quebrada nos animamos a parlar como loras, como si en cambio de estar en una zona de guerra —con el agua al nivel del culo— estuviéramos preparando el arribo de la Navidad en los baños turcos de algún club para caballeros.

El cotorreo era más que justificado. Ajustábamos muchos meses sin asomarnos a un televisor, sin escuchar programas noticiosos en la radio y sin poder disfrutar de un periódico. La avidez de noticias se centraba, como era natural, en un repaso de lo que aconteció durante ese 1965, con el escalamiento del conflicto armado en Colombia. Durante ese recreo informativo nos enteramos de la sorpresiva aparición de un tal *ejército de liberación nacional*, que descendió por la cordillera de Los Cobardes y cayó sobre el pueblo de Simacota, en Santander, para asesinar a tres policías y dos soldados, y robarles sus fusiles. Y, claro está, el escándalo del capellán de la Universidad Nacional, el padre Camilo Torres, un cura educado en Francia, muy carismático y respetado, que como sanción por agitar sus convicciones socialistas, fue expulsado del sacerdocio por el Cardenal colombiano y resultó comprometido de lleno con la revolución comunista.

Concluido el prolongado baño, se inició el aseo de armamento y la organización de nuestro nuevo hogar de paso: la base de El Cedral.

A las cuatro de la tarde, nos reunimos para esperar el arribo de Isabel Villamil, hermana de Jorge y una de las herederas de esta vieja hacienda. Según los chismes, llegaría a bordo de una especie de arca de Noé —su camioneta Willis de estacas, color uva— cargada con provisiones, cerveza, gaseosa y la carne de ternera que nos prometió para celebrar la Navidad. Todo estaba listo. Sobre tres mesas de madera, cubiertas con hojas de plátano, colocaron ají, aguacate, papas saladas, yuca y plátano. Tres trabajadores alimentaban el fuego con palos de yopo y guamo, maderas que no producen llama, pero sí la brasa justa para que un *asado a la llanera* sea calificado de «perfecto». Al lado de la hoguera ya estaban alineadas las varas verdes de guayabo, recién descascaradas, para ensartar la carne que, según el testimonio de un trabajador, «la señora Isabel la trae sin ningún adobo, porque la auténtica *ternera a la llanera* se va salando mientras se asa, no muy pegada a la candela y sin que aprieten los afanes...»

En el preciso instante que le comenté al teniente Carvajal: «oiga hermano, qué año tan extraño. Comenzó un viernes, celebramos la Nochebuena hoy viernes y el fin de año cae en viernes, ¿esa coincidencia será de mal agüero?»...¡Mi madre! ¡Se desencadenó el Apocalipsis!

Desde el cerro, una ráfaga de *M2* rasgó el celofán de la fiesta. Los centinelas aullaron como bestias heridas y en simultánea se armó la batahola. Órdenes y gritos más ese chorro de adrenalina que arde en el esternón, me proyectaron a tierra. «¡Putas se nos metieron!» En medio de la sorpresa uno trata de apreciar la situación. Salté detrás de un muro de piedra y presencié, como en una película de horror, el arribo de un caballo desbocado, *palomino patiblanco,* con sus ollares dilatados y sus ojos desorbitados, cargando a una mujer en estado de paranoia. Frenó de forma aparatosa frente a la portada, se lanzó a tierra y sus alaridos como de poseída nos colocaron en la escena: «¡La guerrilla! ¡Se nos metió la chusma! ¡Mataron a mi esposo! ¡Mataron a los trabajadores!». Su cabellera negra era un caos y su cara, sus manos y el vestido blanco ensangrentados, me sugirieron que estaba frente a un matarife. Un peón saltó para sujetar al caballo por la brida. El animal expulsaba espuma y caracoleaba en estado de pánico. Estaba bañado en sudor y su corazón continuó acelerado aún después que lo acariciaron y le palmotearon las tablas para tranquilizarlo. Era como si el caballo pretendiera corroborar con su excitación el episodio de horror que cuatro horas antes, padecieron las víctimas de la carnicería. Evoqué el cuadro en blanco y negro que simboliza el bombardeo de la aviación alemana sobre *Guernica,* porque el terror desencadenado por la crudeza de una violencia inexplicable, se patentiza en el drama de ambos caballos: en éste y en el que pintó Picasso.

¡Qué miserables! Ya nos habíamos contagiado del espíritu de la Navidad, cuando *¡Plop!* La realidad de la guerra oscureció el ambiente.

Aquí en Versalles

Aunque en mi carnet del partido figuro con 12 años, nunca supe cuando se celebra mi cumpleaños. Lo importante es que me siento un adulto. Ya se me alivió esa fiebre infantil que me trajo tantos problemas de indisciplina durante mis dos primeros años en la guerrilla. Ahora soy un veterano al que lo ataca a veces el temor, la ansiedad y la duda.

Durante las largas marchas por entre la selva me indigesto con mis propios pensamientos.

Esa tarde, cuando nos ordenaron minar el camino que desciende de la vereda de Versalles hacia la cuenca del río Fortalecillas, sentí que estaba arriesgando demasiado. No dije nada, pero en las últimas 12 horas, algo me olió que la suerte no estaba a nuestro favor. Ser testigo en plena operación de las vacilaciones y errores de juicio de un comandante de tanto prestigio como Páez, no me dio buena espina.

A las carreras reconocimos el terreno y se seleccionó el sector donde debíamos armar la emboscada. Además se envió una patrulla de observadores, compuesta por los dos *compas,* mejor familiarizados con las trochas que culebrean por las veredas de Versalles, La Profunda, Río Negro y Cadillo. Su misión: alertar sobre cualquier movimiento del ejército sobre Versalles.

De El Cedral hacia Versalles

En la siguiente fracción de segundo se extinguió el espíritu de la Navidad. ¡Qué súbito cambio de libreto! Volví a experimentar ese vértigo como cuando uno se asoma al borde de un abismo y alcanza a atisbar, allá en el fondo, la puerta de entrada al infierno. La magia de la Navidad duró menos de 30 horas y ahora debíamos retornar a la pesadilla de las operaciones. No había reversa.

—Señora, tómese esta *agüita*.

Nos sorprendimos reunidos alrededor de la infusión de valeriana que alguna alma caritativa le alcanzó a la mujer ensangrentada.

Era urgente conocer los detalles sobre el ataque y tratar de adivinar, entre sus alaridos y maldiciones, cómo ocurrieron los hechos, en qué secuencia, el número de guerrilleros, de dónde llegaron y para dónde salieron. Parecíamos un grupo de psiquiatras alrededor de un suicida tratando de encontrar las razones de su fatal decisión antes de que la paciente se lance al vacío.

Pero el shock emocional perturbó a la mujer. Lo que contó carecía de valor para planear la operación. En un principio dijo que eran como treinta hombres y minutos después juró que eran más de doscientos. Su versión original sobre la irrupción violenta de los asaltantes que dispararon de manera indiscriminada, la reeditó luego con el cuento que los tipos llegaron a pedir comida y que luego amarraron a su esposo y a los trabajadores para interrogarlos y los cosieron a puñaladas. La hora y los detalles sobre el desarrollo de los eventos también los relató de manera incoherente. Cuando se organizó el cabello y le alcanzaron una toalla y un platón de aluminio con agua fresca, y se limpió el rostro y las manos, descubrí que era una mujer joven, delgada, atractiva, de grandes ojos negros almendrados, pestañas muy pobladas, dientes blanquísimos y rasgos mestizos. Le observé las uñas recién pintadas de rojo, y el comportamiento cortés de una persona educada. ¡Qué patética la escena! Ella se resistía a aceptar el surrealista papel que desde ese instante le tocó asumir: viuda, arruinada y desplazada por causa de una violencia demencial a la que nadie le encontró explicación. La mujer apretó los dientes para no continuar maldiciendo y se descascaró con furia el esmalte de las uñas que quizás se aplicó esa mañana pensando en la celebración de la Nochebuena.

–¡¡¿Por qué me lo mataron?!!! –Clamaba con alaridos desgarradores, en un monólogo contra Dios, contra el destino, contra el gobierno y contra los terroristas que le arrebataron a su marido– ¡¡¿Por qué me lo mataron?!!!

En el primer parpadeo tuvimos claros cuatro retos: Debíamos reaccionar esa misma tarde, pero no a plena luz del día. Era preciso mantener en reserva cualquier operación. Desconocíamos el terreno y las trochas de aproximación hacia Versalles. Y compartíamos el pálpito de que la guerrilla nos tenía preparada la perversa versión de *su* fiesta de Navidad.

Como lo primero es lo primero, establecimos comunicación con el batallón para informar sobre el ataque y solicitar apoyo. El soldado ayudante del radio operador pedaleó cuarenta minutos –con el entusiasmo de un ciclista detrás de un premio de montaña– para generar el soplo vital necesario para animar el radio de campaña. Pero después de muchos intentos por todos los canales, vimos que el radio operador enarboló bandera blanca y sentenció: «QRK cero», que en el alambicado argot de «los códigos Q», significa: «no se puede establecer contacto».

Para complicar la toma de decisiones, el comandante de nuestra compañía se encontraba en el puesto de mando del batallón Tenerife en Neiva. Este batallón, que en épocas normales debía atender a una multiplicidad de frentes de operaciones y vivía apagando incendios *en veintiuno de sus cuatro puntos cardinales,* qué iba a tener la capacidad para reaccionar en nuestro apoyo, un viernes de Nochebuena, con su capacidad de reacción anestesiada por el espíritu de la celebración, a escasas horas del estallido de ese maremágnum de música, pólvora, brindis y abrazos con los que se suele recibir la Navidad. En el fondo de la misma reflexión, también se ahogó la lejana ilusión de contar con el apoyo de helicópteros del GRAT[1]. Y como si lo anterior fuera poco, debimos reconocer que estábamos con las horas contadas para que se espesara la noche y ni siquiera contábamos con tiempo para lamentarnos, ni para alimentarnos.

Así que, sin remordimiento, pasamos la página de la sencilla fiesta que nos reunió ese jueves en El Cedral, y nos impusimos la tarea de enfrentar el último episodio de violencia que nos regaló este 1965. Esa misma noche debíamos enfrentar, sin alternativa, una operación de persecución contra los autores de la masacre. Debíamos compensar los recursos limitados y la escasa información, con nuestra velocidad de reacción.

Enrique

Analizamos a las carreras los mejores puntos para colocar los explosivos, con el propósito de sellar la entrada y la salida de la emboscada. En el momento que los chulos caen en la trampa se activan las bombas en los extremos y se concentra el fuego en el centro. Se organizó el *grupo de recuperación,* seis *compas* aliviados de equipos, que se encargarán de aprovechar el impacto por la sorpresa, para rematar a los heridos y recuperar para la «revolución campesina», el armamento, los uniformes y los equipos. Páez jodió y jodió con su cantaleta de recuperar los radios de campaña, pues tenía la obsesión de hacer inteligencia interceptando las frecuencias de radio que emplean los militares.

---

1   GRAT (Grupo de Reconocimiento Aereotáctico)

Armando

Era vital que la viuda nos acompañara hasta Versalles. Era joven, fuerte, estaba familiarizada con la región, había recorrido muchas veces el camino que trepa montaña arriba desde Vegalarga, y conocía hasta el último confín de esa finca que su marido le arrebató a la manigua –con fe, sudor, hacha y machete–. Para convencerla, echamos mano a todos los argumentos, pero ella, con terquedad obsesiva, se negó a escuchar razones.

–¡No! ¡No vuelvo al infierno! ¡Jamás regreso! ¡¡Miren porqué!!

–Desafiante se levantó del asiento y exhibió sobre la blusa y el pantalón blancos ese tatuaje patético de la sangre seca.

¡Qué silencio tan largo el que tuvimos que tragarnos! Qué escena de expiación tan conmovedora. Ella se negó a enfrentar de nuevo al fantasma de su marido, que esa mañana, descuajado por las puñaladas, se le murió entre sus brazos. Parecía la madre que acababa de descolgar del *Gólgota* el cuerpo de su redentor.

Observé pasmado que a sus ojos enrojecidos e hinchados se les secaron las lágrimas. Apoyó los codos sobre sus rodillas e inclinó la cerviz como aceptando su derrota. Posó su mirada perdida sobre el suelo. Su silencio rabioso, interrumpido con repetidos suspiros y espasmos parecía ser la reacción refleja cuando las imágenes de terror se repetían sobre el telón de su memoria.

De súbito se incorporó. Lucía como si hubiese recuperado la razón. Sin lloriqueos y con la voz diáfana nos disparó una exigencia imperativa.

–Y a ustedes los militares les pido que allá arrasen con lo poco que queda. ¡Maten todas las gallinas, las vacas, los terneros, los marranos! ¡Dispongan de todo! ¡No dejen vivos ni a los perros! Que los trabajadores de la finca que quedaron vivos se lleven todo lo que necesiten, herramientas, víveres, medicinas, todo, y, en seguida, que huyan bien lejos ¡Que se vayan al monte! ¡Que incendien la casa, el establo, el galpón, el almacén con la cosecha! Que no les permitan a esa cuadrilla de malnacidos –sin Dios ni Ley– saquear y apropiarse de lo que jamás trabajaron.

Era joven y bonita, pero en seis horas había envejecido una eternidad.

Esa escena tan desgarradora nos hizo olvidar que nos reunimos para celebrar la Nochebuena en paz y aumentó el compromiso de largarnos –de inmediato– a cumplir con nuestro deber.

Enrique

El descanso de cuatro horas nos revivió. El botín y los pesados equipos los encaletamos arriba en la cordillera y nos devoramos la deliciosa lechona. Aunque la marranita a duras penas nos alcanzó para cuatro bocados por cabeza, ese manjar nos animó el espíritu. Ya estábamos hartos de las raciones de yuca y plátano que cargamos desde Guayabero. Reforzamos la comida con generosas porciones de los quesos que en el asalto recuperamos para nuestra revolución de los hambrientos.

A las siete oscureció y una luna tímida empezó a jugar a las escondidas entre los espesos nubarrones. A esa hora Páez ordenó hacer el reconocimiento de las rutas de escape y, a renglón seguido, ocupar las posiciones en el dispositivo de la emboscada.

Yo me sentí cabreado porque Páez no generaba confianza con su insistencia de que todos debíamos entender la ubicación de los dos puntos de reunión «por si la reacción de los chulos nos obliga a salir pa'l monte en pura verraca».

Armando

Para proteger la seguridad de la operación se ordenó *silencio de radio* y *acuartelamiento*. Nadie podía salir ni entrar a la base.

Dos suboficiales bajaron en el jeep hasta Vegalarga para tratar de obtener alguna información. De manera simultánea nos reunimos con los ex guerrilleros que trabajan como guías, para tratar de imaginarnos las rutas de aproximación hacia Versalles, e identificar –por puro olfato– los sectores de la ruta que podrían estar minados o que implicaban riesgo de emboscada. Por último, consultamos los *asuntos astrales*. No porque fuéramos supersticiosos sobre la influencia de la posición de los astros en nuestro destino.

No. Es que el único «recurso de alta tecnología» con el que contamos esa noche, lo administra el sargento Plazas. Con su reconocida autoridad como *pronosticador del tiempo y horoscopista oficial*, extrajo de su equipo el *Almanaque Bristol* de 1965, y buscó la fase lunar correspondiente a la última semana del año.

–Luna en cuarto creciente. Nivel de iluminación, 50%. En otras palabras, iluminación de cantina para disfrutar la Nochebuena, pero pasada la misa de gallo, fin de las baterías.

Cuando la tarde se empezó a vestir de grises y alguien alistó una lámpara de gasolina, continuábamos consumidos de cabeza entre las cartas topográficas. Qué difícil interpretar de afán una carta a escala 1:50.000, con unos accidentes trazados por un dibujante que jamás se imaginó las cañadas, los abismos, los cursos de agua y las trochas que se ocultan bajo ese denso manto vegetal de la selva. Apelamos entonces a la bolsa de lona que atesora las aerofotografías de la región y a esas imágenes les revolvimos las tripas en el intento de resolver diferentes rutas de aproximación hacia Versalles. Al final, no quedó otra opción.

–¡Llamen a los Bello!

Los dos hermanos Bello, baquianos y ex guerrilleros, cargan con la reputación de ser los mejores guías en la zona. El mayor de los Bello apareció exhibiendo su sonrisa de veterano y un palillo entre los dientes. Se acurrucó, apuntó su linterna contra el piso y empezó a explicar. A esa hora sentí que estábamos ante un profeta que iluminaba nuestras entendederas con su sabiduría. Armado con un pequeño palo trazó sobre el suelo un modelo a escala de la región. Luego, con puñados de tierra fue colocando pequeños cerros hasta que apareció un remedo de cordillera. Con una manotada de arena fue trazando dos ríos importantes y luego señaló con pequeñas piedras blancas, fincas, casas abandonadas, lugares para vadear ríos y puntos de referencia. Unos palitos aquí, piedrecitas más allá, otro puñado de arena y, de súbito, *«sinsalabín»*... ¡Mierda! Por fin entendimos. Requeríamos una explicación –en tercera dimensión– para comprender la endiablada geografía y la imposibilidad de realizar la marcha de aproximación por las tres rutas que –en teoría– nos habíamos imaginado.

–Bello, ¿en cuánto tiempo calcula que alcanzamos el objetivo?

–En esta época, con tiempo de verano, marchando de día, a paso de arriero y con apenas dos descansos... podemos estar en Versalles en cinco horas largas. Pero como lo que veo es que vamos a echar pata de noche, el viaje es de unas siete horas.

Durante eternos segundos, el baquiano contempló en silencio su burda maqueta y quizás para no comprometerse, le trasladó la inquietud a su hermano menor.

–A ver *Ñuco* ¿usted qué cree?

El segundo guía, apabullado por los diez pares de ojos que lo acribillamos, sacudió varias veces su cabeza para improvisar una respuesta. No le sostuvo la mirada a nadie y antes de responder escupió al suelo, como si ese gesto fuera el preámbulo para una maldición.

–Yo por allá, ni por el putas subo –y besó la cruz que improvisó con sus dedos índice y pulgar.

Su hermano reviró indignado.

–¡*Ñuco!* ¡¿Qué es esta mierda?!

–Hermano, usted sabe que dentro de las 48 horas siguientes a cualquier asalto, ese monte es pura candela. Trepar la montaña no tiene misterio... pero es que uno ya sabe que allá arriba lo están *paveando*... –improvisó el gesto de cerrar un ojo y disparar un fusil imaginario, y, en seguida, pateó una piedra y volvió a escupir– Esta noche, les juro por mi madre, que nos están esperando.

–No joda, *Ñuco*. No le pregunto si nos están esperando, güevón. La pregunta es ¿cuánto se gasta de noche para trepar hasta Versalles?

–Pues con precaución, atisbando con recelo, y si no nos sorprende una furrusca... por ahí... unas siete horas.

La rabieta del menor de los Bello me dio mala espina. Tuve el pálpito que este ex guerrillero nos iba a hacer una cagada. Así que decidí ignorarlo. Su colaboración era vital esa noche, pero ante su sospechosa negativa a subir con la patrulla le advertí que no se podía retirar de El Cedral, le ordené al cabo que permaneció a cargo de la base, que le retuviera el fusil de dotación, que no le permitiera abandonar el área y que aunque no se encontraba en calidad de detenido, debía permanecer bajo control.

De inmediato se organizaron tres «patrullas *frankenstein*», que en el lenguaje operativo, significa unidades de combate improvisadas a las carreras, con la gente que se encuentra a mano.

Se alistó el armamento y se marcaron los equipos que dejamos en El Cedral, previendo que alguna misión de persecución comprometiera a la compañía durante las siguientes semanas, y fuera necesario el envío de esos equipos a otras bases.

Nunca supe si la camioneta Willis por fin arribó a El Cedral con su carga de cerveza y carne. Lo que si recuerdo es que, antes de partir hacia Versalles decidimos llenar la tripa con nuestra última comida caliente.

No existe rito que encarne mejor el sentido de la confraternidad, que compartir con los compañeros de patrulla las insípidas raciones de combate. Ese *menú* lo conocemos hasta las náuseas: las desabridas «salchichas vienesas» en lata, el sobre de cocoa diluido en agua y espesado con las galletas de soda que permanecen pulverizadas bajo el peso de los proveedores y la munición. Un café recalentado en jarra de aluminio, y de postre, un pedazo de panela con la respectiva bolsita de *habas tostadas*. Quizás esa noche el espíritu de la confraternidad se volvió contagioso, porque una mujer del vecindario nos envió como regalo de Navidad treinta y tantos huevos cocidos.

Con nuestras caras iluminadas a brochazos por los vivos reflejos del fuego que calienta el café, sentí que el sedicioso duende que cargo en mi alma, se asomó esa noche con sus demoledoras reflexiones. «Ajá, mientras la alegre clase dirigente de mi país brinda esta medianoche con *champagne*, nosotros estaremos brindando en sobrecogedor silencio con el miedo. Ajá, mientras millones de familias se sentarán esta noche a disfrutar en familia de una suculenta cena de Navidad, para mi familia de soldados ésta podría ser nuestra «última cena». Ajá, mientras hoy se celebra allá en las ciudades, con música y pólvora. Aquí reinará el mutismo, y si de pronto sentimos que revienta la pólvora ¡Putas! ¡A tierra! Estos malparidos nos están tirando a matar...»

Los tres líderes de las «patrullas *frankenstein*» y sus reemplazantes, nos reunimos para coordinar los relojes, repasar la misión y ponernos de acuerdo sobre los programas de radio. Se convino el santo y seña para esa noche: «Noche de paz» y «Ni un paso atrás» , y se repasó el código de los brazaletes de identificación

Para concluir, se insistió en la teoría: «permanecer alerta ante la aparición de cables, alambres, cordones o ante cualquier indicio de remoción de tierra», como si en semejante oscuridad pudiéramos ver más allá de nuestras narices. Nadie pidió explicaciones porque todos conocemos el riesgo: a esta hora la guerrilla había contado con suficiente tiempo para sembrar minas en las trochas de aproximación y armar una trampa.

20:00 Se revisó el estado de alistamiento. Una olleta tiznada que olía a leña, repleta de café caliente, circuló entre la gente. La bebida estaba endulzada con panela, y alguien la tonificó con *media* de «aguardiente doble anís».

20:30 Estamos listos para iniciar la marcha hacia Versalles.

21:00 Con intervalos de diez minutos, empezamos a evacuar la base. Salimos con un hombre menos, el *«Ñuco»* Bello, quizás el guía que mejor conoce este pedazo de montaña. Nadie lo reclamó como indispensable, pues de manera tácita compartimos el sentimiento de que mi Dios nos estaba enviando una señal. El tipo emanaba la energía negativa de un amuleto de mala suerte. Pero qué sorpresa la que nos daría esa noche.

Bajo el resplandor de una luna tímida salimos a enfrentar a los demonios de la violencia.

Lucíamos como fantasmas. Nuestras siluetas negras se recortaban contra un fondo ceniciento, de tono sepulcral. Marchamos meditabundos, en medio del aleteo desordenado de los murciélagos, el aplauso de los grillos, y el coro cacofónico de las chicharras y las ranas. Lo único que refulgía por momentos bajo esta bóveda vegetal eran las lustrosas hojas de los árboles más altos, que por el reflejo de la luna, brillaban como si fueran las lágrimas de una lámpara de cristal.

Cuando ya se desplegó la formación táctica que acordamos y la marcha se rutinizó, me volvió a asaltar el duende de mi voz interior.

«Por más entrenamiento y veteranía que uno tengan hay tres sensaciones incómodas que nunca terminaré de dominar: el desplazamiento en medio de la oscuridad, la inminencia de un contacto y el temor a las minas».

Con el alma en vilo me persigné con disimulo.

23:00 Primer descanso. A señas se organizó la seguridad y procedimos a contarnos. Por esta época, el mejor amigo del hombre es el *radio transistor*. Millones de campesinos se apropiaron de tan revolucionaria tecnología y con el engrudo de la imaginación se pegaron fieles a las transmisiones del fútbol y el ciclismo, vivieron dramáticas radionovelas y padecieron las canciones de despecho que otrora sólo se escuchaban en las cantinas del pueblo. La radio, junto al perro, se volvieron su fiel compañía. Esa noche, con todas las limitaciones que nos impuso nuestra seguridad, aprovechamos el descanso para alternarnos el audífono sencillo de un pequeño radio Sanyo que captaba algunas pocas frecuencias de AM y la onda corta.

¡Guau! En todas las emisoras programaron la canción más popular de este fin de año: *«La banda está borracha»*:

«Caminando por las calles sin parar
de arriba a abajo
de arriba abajo…
…lo que pasa es que la banda
está borracha, está borracha, está borracha…»

Escuchar esa alegre canción por el hilo de un audífono, en medio de la selva, provoca depresión y a veces, esa maldita sensación induce a reflexiones incómodas:

«¿Y mientras la banda está borracha de felicidad, qué hago yo aquí, abrumado de responsabilidades?», me pregunto. «Aquí me encuentro, emboscado en medio de la oscuridad, al lado de una trocha que apenas adivino por el pálido reflejo de la luna».

«En la realidad, somos *dos Colombias* que coexisten indiferentes, la una de la otra. Una arriesga la vida en medio de la oscuridad, para que la otra pueda disfrutar en paz su irresponsable borrachera».

Esto de que *la banda está borracha* es una metáfora genial –pensé–. este es un país de muchas *bandas*. Aquí arriba, a pocas horas de camino, una *banda de asesinos* –emboscados– nos debe estar esperando. Al tiempo que allá, lejos de esta tragedia, *la banda de oligarcas* que nos enviaron a esta montaña, se estarán divirtiendo seguros de merecer todos los privilegios. ¿Y nosotros? Una *banda de ilusos* cumplidores del deber que marchamos entre la oscuridad, dispuestos a rompernos los cojones con el cuento de defender la Constitución y la Ley. «¿Cuál Constitución y cuál Ley?»... ¿Las que defienden las prerrogativas heredadas por la misma *banda de políticos* borrachos de poder y de arrogancia?». En ese instante me asusté, porque sentí trastabillar mis principios.

Culpé de mi debilidad a la coincidencia de estar comprometido en una misión incómoda, preciso durante la Nochebuena. Cuando te asaltan estos pensamientos corrosivos, la mejor manera de espantarlos es volver a la realidad. Así que nos pusimos a examinar la carta con los guías.

Operar con ex guerrilleros no es común en *unidades regulares,* pero precisamente ese año, la Ley permitió que ellos se pudieran incorporar al esfuerzo de controlar a la subversión armada en su propia región. Esta noche, nuestra suerte está en manos de esta gente.

No es fácil calcular los riesgos que corremos al confiar en su lealtad, pero esos riesgos están compensados por la tremenda ayuda que nos prestan en misiones especiales. En esos casos, se aprecia su capacidad de orientación, la facilidad como se desplazan por estas selvas y su olfato felino a la hora de detectar el peligro.

Antes de reiniciar la marcha repetimos la rutina de contarnos, y se relevaron los punteros. Revisamos las distancia que se deben mantener «ni tan cerca que todos caigan en una emboscada o en un terreno minado, ni tan lejos que alguien se pierda o se accidente en la oscuridad».

24:00 El sargento Plazas, nuestro oráculo de cabecera, reclamó la puntualidad de su vaticinio. La luna desapareció y la noche cerró sus pestañas. Aunque no estaba previsto, hicimos un descanso, para que tumbados sobre el suelo, de cara a la noche estrellada, recibiéramos la Navidad.

El pequeño radio Sanyo logró el milagro de reconectarnos a ese país lejano donde a esa hora, la *banda* parecía estar cada vez más borracha.

Sentí un palmoteo en mi espalda. Era «Rasguño», un ex guerrillero bajito, de pocas palabras, un duro para echar pata y cargar equipo pesado. Me extrañé de su familiaridad, pues nunca antes me crucé palabra con él.

–Feliz Navidad, *«mano»* –me balbuceó con timidez, y sin mirarme a los ojos. Ese gesto me hizo reflexionar que a la hora de la verdad, todos somos hermanos.

En medio de la oscuridad apareció una cantimplora que alguien tuvo la genialidad de llenarla con aguardiente. Entonces recordé las películas de guerra que pocos años atrás veía en el *Santafé*, un cine de mi barrio... En esas «guerras de película» el soldado se embarca para el frente con la promesa que «estarás de regreso a casa antes de la Navidad». Bueno, será en todas las demás guerras, menos en ésta. En esta guerra de mil frentes, no hay pausa ni tregua, es una guerra interminable, sangrienta, de baja intensidad, sin gloria, sin memoria, sin historia y sin victoria.

Ni retornamos a casa para la Navidad, ni la canción «noche de paz», tuvo algún sentido en este ambiente hostil, donde campea la soledad, el hambre y la incertidumbre.

Una vez concluyó nuestra fugaz celebración, se realizó el programa de radio con la base. La noticia nos dejó fríos. El menor de los hermanos Bello desertó de El Cedral.

–Confirme si se llevó armamento.

–Negativo. El M1 está bajo control, pero se cargó con unas MK2

–¡¿MK2?! ¿Cuántas granadas?

–Negativo. Sin información.

La negativa de Bello de patrullar con la compañía era un acto de insubordinación y ahora, su desaparición con las granadas, nos cabreó a todos. «Este cabrón desertó para volver a la guerrilla».

El sargento Zuluaga –el más veterano entre los veteranos– intentó tranquilizarnos.

–Mi teniente, fresco. Si entre los veinticinco guerrilleros que operan con nosotros se nos vuela sólo uno, eso es un milagro. Peor le fue a Jesús. Eran apenas doce y recuerde que en su última noche, lo traicionó el Judas.

No hubo tiempo para comentarios porque de inmediato reasumimos la marcha, Quizás transcurrió media hora cuando la oscuridad total le pasó una factura al carabinero Rincón. Dio un mal paso y rodó de manera aparatosa al fondo de una quebrada rocosa. El rebote del equipo, la M2 y el cuerpo contra las piedras debió escucharse por toda la cordillera. ¡Qué tortazo tan hijueputa! Nos quedamos crispados y en total silencio. Si alguien nos esperaba en la oscuridad, y no estaba seguro de nuestra presencia, pues ya lo habíamos notificado. Transcurrieron dos o tres agónicos minutos.

–¡Rincón! Rincón, hermano; ¿está bien?

Por toda respuesta se escuchó un apagado gemido.

El sargento Plazas, a cargo de la hechicería, bajó hasta el fondo de la cañada. Le prestó los primeros auxilios, recuperó la *M2* y el equipo, le inmovilizó el codo y el hombro que lo atenazaban del dolor. «Tranquilo hermano, casi se nos descuaderna». Le improvisó una camilla y entre cinco lo izaron hasta la trocha. El carabinero Rincón no quedó en condiciones de continuar. Tenía varias fracturas, y semejante golpe le debió desacomodar, por lo menos un riñón, alguna tripa u otro órgano interno.

La oscuridad nos pasó la primera factura. Perdimos casi una hora en el rescate y la marcha se reanudó lenta porque todos nos cabreamos con lo quebrado del terreno. Era imposible cargar con Rincón. Le asignamos un compañero y ambos recibieron la orden de permanecer emboscados.

—Al amanecer informaremos a la base este QTH, para que desde El Cedral salga una patrulla a evacuarlos. ¡Pilas con agarrarse a plomo entre ustedes! Usen el mismo «santo y seña» y ojo con el código de brazaletes.

Así reiniciamos el desplazamiento hacia Versalles con dos hombres menos y una oscuridad de miedo. La marcha se volvió lenta y penosa, y los punteros empezaron a dudar si estábamos sobre la ruta correcta.

—Creo que con la oscuridad nos fuimos inclinando demasiado a la derecha —opinó en un susurro el guía que hacía de *puntero*— si seguimos el curso de esta hondonada, hasta el fondo, después será muy difícil trepar por allá, para caer sobre Versalles. Si seguimos por este rastro vamos a resultar contra una pared de la montaña, por la que no sube ni un gato con herraduras.

—Putas, creo que estamos perdidos —escuché el susurro de Bello— es mejor no ponernos a buscar salidas, porque vamos a resultar perdidos.

¡Qué agonía! Porque a la hora de la planeación uno actúa en colectivo y escucha consejos, pero a la hora de las confusión uno queda infinitamente solo.

Me sentí como el jefe de una delegación de campesinos que visitan una gran ciudad, buscando una dirección equivocada, en el cruce de cuatro avenidas repletas de carros.

—Sargento Zuluaga. ¿Quién es el que mejor conoce este sector de la cordillera?

En semejante oscuridad tengo la certeza que Zuluaga, sonrió ante mi pregunta.

—Me huelo que el único que conoce este terreno, es el único que no vino.

—Pero nos cogió la tarde.

—Tarde ¿como para qué? —respondió Zuluaga con esa voz serena que confirma su legendaria experiencia en combate— Aquí estamos en plena celebración navideña, mamados, perdidos y despistados. Ni siquiera sabemos si estos bandidos vienen de El Pato, del Guayabero o del Sumapaz. Aunque parezca cínico, lo peor que nos puede pasar es que los hijueputas se cansaron de esperarnos, y ya se fueron. Bueno… confiando en Dios, en el mejor de los casos nos están esperando y entonces por lo menos, tendremos la oportunidad de preguntarles quiénes son, de dónde vienen y para dónde van.

–Zuluaga, no hable güevonadas.

–Mi teniente, si ya se largaron, nos llevan más de doce horas de ventaja. Si aún nos están esperando, ya deben estar cabreados porque mire la hora y aún no aparecemos.

–Pero perdernos esta noche sí es vergonzoso.

–Mi teniente, por algo nos perdimos. A estas alturas del partido yo ya aprendí que a la hora de la muerte, nadie llega ni muy temprano, ni demasiado tarde.

Era riesgoso seguir avanzando en medio de la oscuridad. Así que se organizó un perímetro de seguridad, la gente pasó al reposo, y dos guías se desplegaron en busca de una salida.

–Ahora no es que resultemos dándonos plomo entre nosotros por andar mariqueando en la oscuridad –les advertí.

Transcurrieron unos veinte minutos, cuando se escucharon, muy cerca, los aullidos de esos micos nocturnos que con seguridad detectaron que estábamos invadiendo su territorio. La alarma a grito herido es para alertar a otras colonias de micos nocturnos.

–¿Y ahora cómo putas silenciamos semejante alharaca?

–¡Disparándoles! Pero ahí mismo, medio mundo sabrá dónde putas estamos enterrados.

–¿Y cómo se mueven esos micos en semejante oscuridad? –le pregunté a uno de lo guías.

–Por olfato. Se frotan las manos y patas con orines y van dejando rastros de ese olor sobre las ramas por donde transitan.

–¿Y chillan para delatar nuestra presencia?

–No. Ellos reaccionan ante cualquier amenaza, puede ser un

tigre, la caída de un rayo o la aparición de otro grupo rival. Casi nunca reaccionan con la gente, porque la gente no cruza por acá.

—Entonces, ¿podemos estar tranquilos?

—Pues ni tan tranquilos, mi teniente.

Estaba sumido en esos pensamientos cuando el mayor de los hermanos Bello, se escurrió a mi lado.

—Mi teniente, tengo una corazonada. Necesito su autorización para responder al chillido de estos micos.

Semejante propuesta me lució desproporcionada.

—¿Se emborrachó, hermano?

—Es que tengo un presentimiento, mi teniente. Déjeme responder al próximo aullido.

Esperamos, pero a juzgar por el silencio, los micos se largaron.

Como a los diez minutos un nuevo aullido rompió el silencio.

El mayor de los hermanos Bello se incorporó, ahuecó sus manos sobre la boca e imitó el aullido. La respuesta fue inmediata. Entonces Bello volvió a responder.

—¿Qué tal esta mierda? Nosotros hablando aquí entre cuchicheos y este huevón aullando. Estos gritos se están escuchando a tres kilómetros de aquí.

El galanteo sexual entre el mico nocturno y el ex guerrillero empezó a dar frutos.

—Mi teniente, se está acercando. Le pido por favor, ordene que nadie le vaya a disparar. Un disparo, a esta hora y en esta cordillera, va a cabrear a medio mundo.

—¡¡¡Que nadie dispare!!!

El sargento Plazas se deslizó para comunicar la orden de restricción total de fuego. De pronto no hubo más aullidos, sino el ulular de un búho. En medio de este monótono concierto de animales, Bello murmuró.

—Mi teniente, ya lo tengo en sintonía. Es mi hermano. ¡Que a nadie se le ocurra disparar!

—¡Plazas! ¡Que nadie dispare! ¿Está seguro que es su hermano?

–Positivo. Yo lo conozco. Pero déjeme vuelvo a comprobar –y ahuecando las manos repitió el aullido de los micos nocturnos.

La respuesta fue inmediata. De súbito, el mayor de los Bello alzó la voz:

–*Ñuco*, mano ¡quédese donde está! ¡No se mueva! ¡Grite el santo y seña!

Desde el fondo del agujero negro se hizo un silencio que me pareció eterno... entonces se escuchó una voz: «Noche de paz, hermano».

«¡Ni un paso atrás», *¡Ñuco!* ¡Baje! ¡Baje, hermano!

Enrique

Emboscados soportamos horas y horas de frío. Me sentía encalambrado y traté sin éxito de descabezar un sueño. Cuando un combate es inminente, pues uno está como en caliente, con las ansias que se establezca rápido el contacto... pero cuando las horas pasan y no pasa nada... eso se convierte en una agonía que empieza a doler.

Qué noche tan putamente oscura y el amanecer, ni se diga. Como el sol sale por el llano –por allá al otro lado de la cordillera– pues acá empezó a aclarar en cámara lenta. En esas regresaron los dos compas de la comisión de observación con una noticia desalentadora. La columna de chulos va muy lenta porque todos están muy cabreados. Allá abajo se detuvieron durante largo tiempo y luego se fraccionaron. No está claro en cuántas patrullas. Seguro consiguieron colaboradores y baquianos que conocen este lado de la montaña».

Entonces el cabreo de los *compas* subió en intensidad. ¿Qué hacer?. Todos quedamos pendientes de una decisión de Páez. Pero no, a esta hora el comandante tampoco parecía muy inspirado. Y en circunstancias de combate la desconfianza en el líder causa más muertos que el enemigo.

«¿Pero vieron más chulos?» preguntó con insistencia Páez. «No. Pero estamos seguros que se dividieron para subir a Versalles por diferentes trochas».

A Páez se le notó el esfuerzo que improvisó por lucir sereno y para dar la sensación que controlaba la situación. «Frescos, no jodan tanto, tarde o temprano estos hijueputas tienen que pasar por esta trocha y terminarán cayendo en la emboscada».

Armando

Gracias a la providencial aparición del *Ñuco*, arribamos a Versalles por dos trochas diferentes.

La explicación que dio el guía fue simple: «Cuando se fueron me sentí tan arrepentido que no pude dormir. Entonces me volé de la base y trepé por la cordillera arriba, para tratar de salir adelante de la patrulla. Es que desde que salieron me olí que se iban a perder».

El tipo conocía las trochas, trepaba por esos riscos con la habilidad de una cabra, estaba dotado con el radar sensible de un murciélago y la visión nocturna de un felino. Además, como no cargaba equipo ni armamento, trepó hasta Versalles como una exhalación.

Las dos patrullas tuvimos retrasos, porque marchábamos muy cabreados por el temor de una emboscada y por las difíciles condiciones de desplazarnos por un terreno tan quebrado. Además, a partir de la medianoche, la espesa oscuridad no nos permitió salirnos de la trocha.

La formación se alargó. Los punteros exageraron las precauciones. En aquellos tramos que no generaban confianza, se extremaron las medidas de seguridad. ¡Qué dolor de huevos! Es que resulta muy pesado en medio de la oscuridad, cargar con la certeza que en cien metros a la redonda alguien te tiene horqueteado y te quiere volar la cabeza.

Enrique

Cuando empezó a aclarar nos percatamos que la emboscada no se veía tan simple como nos la imaginamos de noche. Se nos aumentó la sospecha que podría haber chulos regados por los cerros vecinos, el temor de una contraemboscada y la ansiedad de resultar enredados en una larga persecución ¡Ay! Y sin ni mierda qué comer.

Serían las 5 de la mañana y todos continuábamos con las pupilas dilatadas, pendientes de la señal de Páez de abandonar el área, cuando ¡Mierda!... Para nuestra sorpresa, vimos ingresar abajo, a la entrada de la emboscada, a los tres chulos punteros de una patrulla.

Páez confirmó así su olfato de combatiente, cuando predijo «la mujer se encargará de traernos a los chulos de vuelta... y aquí los esperamos para bautizarlos».

Pero todo continuó siendo incierto. La sucesión de órdenes y contraórdenes de Páez, ya nos tenía cabreados. Lo peor es presentir que tanta improvisación nos iba a conducir, lenta, pero inexorablemente, a un infierno sin salida.

¿Cómo reaccionarían los *chulos* al momento de las explosiones y los disparos? Podríamos desencadenar una reacción impensable, hasta caer, incluso, en nuestra propia trampa.

Para aumentar la expectativa, los punteros de la patrulla del ejército entraron al dispositivo, pero no continuaron de manera franca. Se detuvieron casi en el mismo centro de la emboscada, y luego de un par de minutos recularon unos cien metros, hasta la mera entrada de la trampa. El silencio a esa hora nos permitió escuchar que hablaban en voz baja, aunque no se entendía lo que decían. Uno de los soldados se regresó y a los pocos minutos entró el comandante de la patrulla escoltado por un soldado con radio. El tipo era flaco, joven, de camuflado, con una subametralladora más grande que una *Madsen*. No se me puede olvidar su silueta, porque todos los *compas* lo tuvimos en el punto de mira durante toda una eternidad.

Cuando colocó su rodilla en tierra y se puso a hablar con los dos guías, acomodé la horqueta, ajusté la culata al hombro, cerré el ojo izquierdo y lo vi clarito. En ese instante lo podía haber matado. Era un blanco demasiado fácil.

El sitio que escogimos para la emboscada es tan perfecto, que a la luz del día cabrea a cualquiera. La curva del camino es muy cerrada, en forma de herradura y los punteros pierden contacto visual con el resto de la patrulla. Como si fuera poco, no hay camino alterno. O se toma el riesgo de pasar o se devuelven para abrir trocha a machete, por otro lado. Ese fue el motivo para que los chulos extremaran las precauciones. En estos doscientos metros el camino corre enmarcado, a este lado, por un talud alto y enmontado donde nos encontramos emboscados y, al otro, por una caída vertical que termina abajo en una cañada profunda. Allá se ocultaron los seis compas del grupo a cargo de la recuperación del armamento y del remate de los heridos. ¡Ay! ¡Y uno en ese instante puja para que todos entren a la trampa, sin más demora, para que se desencadene de una vez el plomeo! Pero también se siente el terror de no saber cuántos chulos quedarán por fuera de la emboscada y si después de las explosiones y el fuego, reaccionan y si otras patrullas nos montan una contraemboscada. ¡No más! ¡Me quiero bajar de esta puta *montaña rusa*! Es que uno no puede permanecer cargado de tigre durante tanto tiempo, con los músculos en máxima tensión, el corazón a punto de salirse por la boca y sintiendo que el cuerpo sólo obedece a los instintos primarios de una fiera en la selva. Además, qué tortura, sin saber qué hacer, sin imaginarse para dónde agarrar. ¡Qué malparida sensación de parálisis!

Ahí es el momento de las contradicciones. Uno termina por desear que la escena se congele, que nadie dispare, que nadie entre a la emboscada, que nadie –por imbecilidad o por accidente– resulte activando las bombas.

De pronto... ¡Alerta! Por la montaña arriba resonaron dos o tres ráfagas. «*¡Ratatá! ¡Ratatá! ¡Ratatá!*» ¡Putas! ¡Pánico! ¿Será una contraemboscada? Los cinco *chulos* que ya teníamos horqueteados se asustaron y recularon a toda mierda. En medio segundo los perdimos de vista.

«¡Quietos! ¡Quietos todos! –Susurró Páez– Esta mierda se nos enredó. ¡Quietos cabrones!». Ahí mismo, en medio de la tensión y la confusión, empezaron las especulaciones. «Que los chulos se agarraron a plomo entre ellos. Que los chulos, asaltaron la casa convencidos que nos iban a sorprender borrachos celebrando la Navidad. Que quizá apareció la policía por otro lado».

Armando

¡Qué maldita tensión! Estábamos conscientes que en algún recodo del camino nos esperaban, y esa serenidad silenciosa del amanecer nos aumentó el verraco dilema de si avanzábamos, o no. ¡Qué cabreo! Y en ese momento se escucha el eco de un par de ráfagas: «*¡Tracatá! ¡Tracatá!*»

¡Mi madre! Tuvimos la certeza que la patrulla que guió el *Ñuco* Bello cayó en una emboscada. Pero, a juzgar por el corto cruce de disparos, el contacto no se materializó. Tampoco se escucharon las explosiones de las bombas que preceden a una emboscada ni el cruce de fuego de un combate.

«¡Haga contacto de radio! ¡Confirme posición y novedades!»

Nos replegarnos a las carreras y como ya estaba aclarando decidimos salir de la trocha y abrir camino por entre el monte.

Enrique

De súbito, Páez volvió a ser el «comandante Páez» y entonces tomó la única decisión acertada de las últimas 48 horas. «¡Abran los putos ojos! Nos van a montar la perseguidora más arrecha. Nos replegamos para el Guayabero. ¡Ya! En pura verraca. Salimos en una sola columna, organizados en cuatro escuadras, con el máximo de distanciada, pero sin perder contacto visual. Que cada escuadra defina un camarada de enlace. El desplazamiento inicial será por fuera de las trochas, abriendo monte, hasta asegurar la recuperación de los equipos y un escondite confiable. De ahí para adelante, sólo marchas nocturnas».

Pese a que el regreso al Guayabero luce incierto, con la expectativa de tener que aguantar hambre durante las cuatro o cinco noches de marcha, lo que en realidad asusta es el riesgo que nos sorprendan adelante con ataques desde los helicópteros. En ese momento pensé que salir en pura verraca de este maldito Versalles es un alivio para todos.

Armando

Por radio confirmaron que el objetivo estaba consolidado y que no se veía un alma por esos parajes.

Arribamos al sector de Versalles escoltados por los primeros rayos de un sol tímido de tierra fría.

La patrulla que guió el *Ñuco* Bello nos tomó más de una hora y media de ventaja. Ellos llegaron al área cuando apenas despuntaba la madrugada. Estaban cabreados ante la sospecha que los bandidos podrían haber pasado la noche en la finca. Cuando empezó el amanecer creyeron ver movimientos sospechosos en la casa y ese fue el origen de las dos ráfagas. Necesitaban exhibir los colmillos, por lo que decidieron hacer una demostración de fuerza y presencia.

Cuando por fin nos reunimos en Versalles, ya acumulábamos casi tres horas de retraso frente al plan original.

La finca lucía desolada. El paisaje era lunar y el saqueo general. Establecimos un dispositivo de seguridad perimetral ante la posibilidad de que los asaltantes estuvieran en las cercanías, al tiempo que una patrulla se desplazó por el sector para tratar de obtener información sobre la ruta de huida de los asesinos.

A renglón seguido se inició la parte más miserable del protocolo. Localizar los cadáveres, examinarlos con repugnante detalle e improvisar el informe de inspección forense para certificar los decesos. Que quién era el occiso, que cuál era la ubicación y orientación de cada cadáver, que cómo se describe el lugar donde se encuentra, descripción de las heridas, que cómo fueron las puñaladas y los cortes de machete y cuáles órganos resultaron comprometidos, más esos detalles que sólo un matarife o un patólogo pueden describir, para llenar formularios y papeles que sólo sirven para ocupar espacio en el armario de un juzgado, hasta el día en que –como ocurre en todos estos «incidentes»– el crimen prescribe de puro hastío.

Sin mucha información se organizaron dos patrullas de persecución tratando de adivinar varios trillos. Pero hacia el mediodía retornaron sin pistas ni información.

Con ayuda de varios campesinos se organizó la bajada de los cadáveres hacia Vegalarga.

Apenas la triste procesión partió trocha abajo, con la media docena de cadáveres, que bailoteaban en sus guandos, al desordenado compás del pasitrote, apareció el primer helicóptero y quince minutos más tarde el segundo. La comida caliente que estábamos preparando, no para celebrar la Navidad, sino para llenar la barriga, se suspendió y en minutos la función cambió su decorado. Empezamos el agite del reconocimiento aéreo, la identificación de posibles puntos en la cordillera y en la selva por donde tendrían que pasar los terroristas en su huida hacia el Guayabero. Y, en horas, la compañía, fragmentada en pequeñas patrullas, desembarcó en diferentes puntos ubicados en esa selva que es *tierra de nadie*.

Enrique

Cinco días más tarde se produjo nuestro ingreso triunfal al Guayabero. El camarada Joselo aún no se había reportado. Lo esperamos cuatro días. Llegó convertido en un demonio. La comisión pesada que él comandó durante varias semanas resultó un fracaso. Se enfrentó a serios problemas con los abastecimientos que llevaban. Esa fue la razón para no llegar a la cita del 25 de diciembre en Versalles. Dos guerrilleros hambrientos se comieron lo que no se han debido comer, justa razón para enfrentar un consejo revolucionario. La sentencia estaba cantada: fueron fusilados sin misericordia. Y con la asesoría del comisario político del movimiento, Joselo sometió al resto de los integrantes de esa comisión a un proceso de autocrítica, porque «así se resuelven las contradicciones, errores e indisciplinas que pudieran poner en peligro la revolución del proletariado…»

Cuando se calmaron los ánimos, le hicimos entrega a Joselo del botín recuperado para la revolución campesina y durante la formación del día siguiente, felicitaron a Páez por sus «éxitos» en la conducción de la comisión a Versalles y lo destacaron como ejemplo de comandante y combatiente.

A propósito, el comandante Páez jamás nos insinuó que olvidáramos su cadena de errores tácticos que casi nos cuesta la vida. Pero aquí operó, de manera espontánea, la ley del silencio entre bandidos. Sin ponernos de acuerdo, doblamos esa página, como si nada hubiera ocurrido.

Sin percatarme, yo ya había cruzado la frontera de mi nuevo destino. Versalles fue el punto de inflexión donde –sin saberlo– empezó mi redención y el principio del fin de mi participación en la guerrilla del Guayabero.

34

Época de elecciones

Una de las mayores frustraciones que los soldados padecemos es la indolencia de la sociedad. Muy pocos reconocen el silencioso y sacrificado papel que cumplimos en defensa de una Constitución y una Leyes que los soldados no escribimos, ni siquiera proponemos, y mucho menos aprobamos. Es más ni siquiera elegimos, porque no militamos en partidos políticos, ni tenemos derecho al voto universal. En una especie de descarada hipocresía, la sociedad nos exige redimir con nuestra sangre a una Colombia cargada de sectarismo político, insensibilidad social, corrupción, indiferencia y abstencionismo.

Recuerdo unas elecciones parlamentarias cuando a las responsabilidades operativas se sumó la orden de proteger a los ciudadanos que arribaron a los centros de votación a ejercer su derecho. Al concluir el proceso, debíamos prestar seguridad para el transporte de las urnas, desde los más lejanos municipios, hasta la capital del departamento. El gobierno tenía temor que esa misma noche, durante el desplazamiento de las urnas a Neiva, la guerrilla atacaría a los funcionarios electorales para incinerar las actas y los votos.

Una vez concluida la misión, se coordinó que las tres patrullas que transportaron los votos desde Baraya, Tello y Vegalarga nos reuniéramos en la estación del ferrocarril en Neiva para retornar a la base de El Cedral, compartiendo el mismo dispositivo de seguridad.

A eso de las diez de la noche, mi patrulla fue la primera en arribar.

Frente a la Estación, al otro lado de la avenida, vimos un inmenso café al aire libre con todas sus luces prendidas. Una *rockola* multicolor molía a todo volumen las canciones de Jorge Villamil, que en este año se pusieron de moda, pero no se veía ni un solo parroquiano,

–Tomémonos algo, mientras llegan las otras dos patrullas –invité a Plazas.

Nos bajamos del jeep y ocupamos la primera mesa sobre la avenida. Aún sin decidir qué pedir, apareció una *diosa griega* con un caminado de infarto, propietaria de unas piernas larguísimas que anunciaban el feliz arribo de la minifalda. Nos hipnotizó con su amplia sonrisa, como si en medio de la noche, ella se hubiera propuesto iluminarnos con sus dientes perfectos.

–¿Qué le ofrece aquí a este par de náufragos?

–Ni agua.

–¿Ni agua?

–Usted, que es autoridad, lo sabe bien. Hoy es día de elecciones y la «ley seca» nos obliga a mantener selladas todas las cajas de aguardiente, encadenada la nevera donde se enfría la cerveza, y bajo tres candados la puerta del almacén donde se guardan los licores. Aquí no le sirvo un trago a nadie, hasta mañana al mediodía. Pónganse los dos de acuerdo a ver qué más les sirvo.

–¿Ni una cervecita?

–Para que no le quede duda, ni siquiera le sirvo una cerveza al mozo que me paga el cuarto donde vivo. Otro asunto es si quieren algo de contrabando...

Plazas y yo sonreímos con el patético gesto que adorna a un par de cretinos, en una plaza de mercado, paralizados de dudas alrededor de la mesa que improvisa un yerbatero, preguntando «*¿dónde está la bolita?, la bolita, ¿dónde está la bolita?*».

–Perdón, ¿dijo algo de contrabando?

–No se ilusionen mucho. Si lo que quiere es tomarse una cerveza helada... –en ese instante, descorrió el telón de sus labios rojos para mostrar una sonrisa fluorescente– señor teniente, esta noche se trepó en el bus que no era.

En seguida dio una media vuelta digna de una de esas modelos británicas, flacuchentas, que estaban tan de moda, y partió por entre las mesas del inmenso salón desierto, meneando su cuerpo hasta desaparecer detrás del mostrador. En el largo camino volteó dos veces su cara con el obsceno propósito de encandilarme con su sonrisa de diosa, como si quisiera notificarme: «cuente conmigo, que yo soy "propias tropas"».

Quizá para compensar la dura lección de disciplina cívica que nos dictó, a los cinco minutos la bella Esther se apareció con tres cafés negros, recién preparados, que compartimos aturdidos ante su encantadora personalidad.

...y la puerta de la jaula se abrió

Desde hacía varias semanas empezamos a notar mucho agite en el Guayabero. Dicen que bajaron unos ochenta hombres del Duda, al mando de *Tirofijo*. Apareció gente del «26 de Septiembre» y algunos guerrilleros «patunos». Eso era señal que se estaba amasando una operación muy grande. «Amasar» es movilizar masas de combatientes para una operación de gran envergadura. Claro que en este ambiente de total compartimentación nadie sabe más allá de lo que debe saber, y nadie pregunta lo que no necesita saber, por el riesgo de ser acusado de espionaje.

Lo cierto es que nos ordenaron partir en una comisión medio misteriosa. Por la preparación, no se trataba de ajusticiar a un «sapo», porque mi compañero Cadena fue excluido, ni era una comisión de finanzas para extorsionar finqueros y tampoco salimos a ejecutar una operación militar, porque no llevamos bombas, ni estopines, ni cordón detonante.

Una noche de luna, siete guerrilleros bajo el mando del teniente Páez, cruzamos el río y nos enfilamos en marcha nocturna por la selva del piedemonte llanero, directo hacia el filo de la cordillera. Portábamos raciones para seis días.

Tres madrugadas más tarde montamos nuestro campamento base dentro de una enorme cueva rocosa, rodeada de selva, a un kilómetro largo de la casa de Teodoro Guzmán, un campesino comunista, miliciano y auxiliador de la guerrilla, que tenía una finca sobre la trocha que desciende desde el páramo, hacia Colombia, Huila.

La estratégica cueva la ocupó la guerrilla en ocasiones anteriores, porque presenta características únicas. Nos permite permanecer mucho tiempo sin ser notados. Además, contamos con un puesto natural de vigilancia en una saliente ubicada 100 metros arriba. Comisiones anteriores abrieron allí dos trincheras de poca profundidad. Para nuestra mayor comodidad, aquí, dentro de la cueva, resistimos cualquier aguacero, no necesitamos levantar carpas ni construir cambuches.

Una vez instalados, el teniente Páez ordenó que el cabo Parra y yo lo escoltáramos hasta la casa del señor Teodoro. Nos desplazamos vestidos de civil, con los revólveres encajados en la pretina del pantalón. Yo nunca había visto a Páez tan alegre. Me propinó un golpe recio en la espalda, y en un gesto inusual de camaradería improvisó un «je–je». Debido a su agreste carácter y a la cicatriz que le desfiguró su boca, nunca fue fácil adivinar en qué momento sonreía.

–*Mono*, ahora sí se jodió. «Je-je-je». Se va a quedar sin trabajo.

–Mi comandante, ¿es que me recomendó para hacer algún curso en Viotá? –le respondí tratando de posar igualmente divertido– Recuerde que yo no sé leer ni escribir.

–Con los equipos que hoy vamos a recoger ya no necesitaremos tanto güevón estafeta, como usted.

No habló más, porque el trayecto entre la cueva y la casa es de apenas mil metros. Al arribar al rancho me di cuenta que aquí lo distinguían muy bien y que estaban enterados de nuestro arribo. Nos ofrecieron una totuma de guarapo con limón y nos contaron que el señor Teodoro estaba de viaje trayendo una remesa que fue a recoger a Colombia. No sabían qué día retornaba. Vi que a Páez se le espantó la euforia y no pudo ocultar su impaciencia. «Que cuándo llega. Que qué saben. Que con quién bajó». Y la señora y su hija ante la impotencia de improvisar alguna explicación certera se pusieron muy nerviosas. Páez no soportó el incumplimiento. Salió de la casa maldiciendo: «Malparido, semejante puta carrera que nos hace pegar y ahora nadie sabe cuándo mierdas llega este güevón». Lo último que alcancé a escucharle a la mujer fue «camarada comandante, yo creo que él llega mañana, tenga paciencia, por favor. ¿Quieren que les preparemos comida?»

Yo deduzco que la remesa que esperamos es muy importante, porque el cabo Parra que por primera vez nos acompaña no es combatiente, su responsabilidad es la de *tesorero del movimiento,* a cargo de las finanzas de la organización y la compra de armas, municiones y equipos.

Al retornar a la cueva Páez recuperó su habitual comportamiento severo y sin ocultar su molestia se vio obligado a organizar una inesperada rutina. «Ya no podemos retornar esta noche. Toca esperar hasta mañana». Entonces dispuso los turnos de centinelas y, ahí mismo, nos quedamos sin programa.

El segundo día, Páez bajó a la casa tres veces. Pero ni el remesero apareció, ni su mujer tenía noticias de su paradero.

Por los comentarios de esa noche, comprendí que Páez soportaba tremenda presión. Allá en el Guayabero esperaban la remesa en tres días, porque la operación grande ya se venía encima.

¡Qué suplicio! Esperamos tres días y luego cinco y en seguida seis, y ya superamos una semana... y nada. Parecíamos marmotas vegetando entre la cueva. Para compensar la ausencia de oficio, a Páez le dio la chifladura por improvisar uno de sus enrevesados cursos de teoría marxista, que debimos soportar resignados, sin licencia para salir de la cueva ni siquiera a mear.

Durante tantos días de ocio uno va pescando información. Tal parece que la operación que se está amasando es muy grande, porque se trata de reunir a toda las guerrillada del «Bloque Sur». Nunca supe con exactitud el objetivo, pero me olí que o bien planean atacar una base del ejército en Vegalarga, Tello o Baraya, o van a reunir a todos los frentes guerrilleros para reorganizarlos bajo un único mando, para *la toma del poder.*

A los nueve días ya el cabreo subió como espuma. No sabemos si al señor Teodoro le dio culillo y no fue capaz de bajar hasta Colombia a recoger la remesa, o de pronto se emborrachó y le robaron la remesa o —no se puede descartar— que se torció, se robó la remesa y se voló a venderla, o, en últimas —Dios no lo quiera— lo capturó la policía.

¡Qué días tan largos y aburridos! No existe suplicio más empalagoso que salir en comisión con un camarada preparado en la escuela de cuadros de Viotá. Regresan intoxicados de palabrería. Pontifican sobre la lucha revolucionaria, la teoría marxista, la cantaleta de la lucha de clases, el odio al imperialismo, el ejemplo de la posición internacionalista cubana, la dicha de la colectivización agrícola en la Unión Soviética y la revolución permanente de Trotsky.

¡Ay mi madre! Cada vez que uno se detiene a descansar, sudado, hambriento y sediento, con las patas ardiendo de sabañones, al cabrón le da por soltar —en ráfaga— esas interminables letanías antiimperialistas. Es como asistir a una comedia. Yo nunca aprendí a leer y los más versados *compas* si acaso terminaron la primaria, pero todos repetimos como loros lo que nadie comprende, con la ilusión de posar de «profesores». Al final nunca nos contradecimos, porque tampoco nos entendemos. Es como cuando las misas eran en latín, aquí todos estamos obligados a creer lo que no entendemos, porque para eso se inventaron la «fe revolucionaria».

Como nuestro evangelio marxista debe justificar la lucha armada, pues los mandos se dedican a sembrar tres semillas: la semilla del odio, la de la desconfianza y la del temor. Odio contra el gobierno y la oligarquía. Desconfianza con los parientes y vecinos, más un agónico cabreo con los camaradas. Y temor a la traición, cuya manifestación más despreciable y punible es la deserción.

¿Deserción? Yo creo que no existe guerrillero raso que no haya pensado alguna vez en volarse. La razón es simple. Esta es una vida muy verrionda, muy expuesta, rodeada de riesgos y sin que se vea el final. Pero aquí nadie se atreve a confesar que quiere volarse, porque compartir ese secreto con un *compa* es exponerse a que mi mejor amigo resulte de *chivato*, y ese es el camino seguro para que los dos ganemos: él una felicitación y yo un consejo revolucionario, donde la sentencia inapelable es: «¡Fusilen al cabrón!»

Durante los primeros meses yo pensé en volarme, pero ¿para dónde? Muchas noches lloré en silencio en el intento de espantar el fantasma de la ansiedad. Un día comprendí que la obsesión de huir conduce a perder la tranquilidad, el tiempo y hasta la razón. Cualquier intento de fuga de esta prisión selvática pasa por un retén de la guerrilla, por la finca de un guerrillero, por la casa de un auxiliador de la guerrilla, o por la desgracia de toparme con un tigre o con un miliciano en una trocha. Muy pronto uno acepta esa realidad, se acostumbra a la vida miserable que se padece en el monte y acepta manso la suerte que nos asignaron en esta perra vida, entonces... ¿para qué pensar en desertar?

El tema de la deserción es parte de la retahíla que nos martillan en los cursos de adoctrinamiento. El solo pensar en volarse es señal de «flojera y cobardía». «Desertar es delito de alta traición a la causa de la revolución campesina». Y «entregarse al enemigo resulta peor, porque los interrogatorios a los que nos someten, siempre terminan en horrendas torturas y la orden de fusilamiento».

Para respaldar esas advertencias, los mandos predican retorcidas parábolas con la descripción de las torturas alucinantes a que son sometidos los guerrilleros capturados por el ejército. Describen, con pelos y señales, el «fusilamiento de los prisioneros», y hacen alarde de leyendas de guerra para «demostrar que estos malparidos suben a los helicópteros a nuestros camaradas capturados y los botan a la selva desde las alturas».

No recuerdo una sola volada de un guerrillero que haya terminado bien. Por la época que yo permanecí al servicio de Diamante, un muchacho de catorce años, desertó y nunca apareció. Pues ese delito de *alta traición a la causa* sirvió para que nos dieran una lección inolvidable. Tres meses más tarde enviaron una comisión al municipio de Santa Ana, trajeron al papá y a la mamá y los ajusticiaron frente a toda la guerrilla. En otra oportunidad se volaron los dos hermanos Lozano, que eran guerrilleros de por allá de Planadas, en la otra cordillera. A las dos semanas les hicieron el alto por los lados del río La Leyva. Joselo ordenó cambiar el procedimiento de la justicia revolucionaria. «Se acabó esta mierda de los consejos de guerra. Aquí no hay tiempo para tanta maricada. Desertor que se capture, el hijueputa abre su propio hueco y ahí mismo lo pican. Un traidor no vale ni el plomo para fusilarlo». Desde entonces, se acabaron las deserciones.

Con el transcurrir del tiempo y el escalamiento de la ofensiva del gobierno sobre El Pato, Guayabero, Duda, Sumapaz, Riochiquito y Marquetalia, se me desvaneció la tentación de largarme de estas selvas, porque jamás encontré la respuesta al interrogante que me atormentaba: «¿Para dónde agarro, si afuera de esta selva nadie me conoce ni nadie me espera?»

Es difícil aceptar que la única familia que conozco es ésta, con la que comparto el mismo destino y los mismos riesgos. Así, poco a poco, percibí que crecía en mí el sentido de pertenencia al movimiento armado. Con el tiempo uno empieza a sentir que allá, afuera, hay demasiadas amenazas y que la selva es el único refugio natural del guerrillero. Entre la montaña uno está seguro, porque en estos territorios somos la única autoridad reconocida y la gente nos respeta. Tomar el camino de la clandestinidad e irse a refugiar en una finca o en un pueblo, es perder la tranquilidad, la libertad y tarde o temprano el largo brazo de la justicia guerrillera te agarra de las pelotas.

Un guerrillero jamás planea su deserción. Es que uno se siente dentro del movimiento tan libre como un pájaro cautivo que vuela mil veces el mismo tramo de diez centímetros, entre su jaula estrecha y... de pronto... ¡Sorpresa! Descubres que la puerta de la jaula la dejaron abierta. Entonces se experimenta un aumento súbito de las palpitaciones, la respiración se acelera y la ansiedad es agonizante. La ventana de oportunidad se abre durante solo un segundo... pero las alas duelen por tanto tiempo de inacción. Justo ahí descubres que el corazón está a punto de salirse por la boca, y que la razón ya cedió el control y ahora es mi instinto animal el supremo dictador que decide mi suerte. Uno inhala todo el oxígeno circundante, los sentidos se colocan en alerta máxima y la adrenalina inunda el cuerpo. Hasta el último recurso de energía se activa para asegurar la supervivencia, y el imbécil, en la mayor demostración de ingenuidad –sin medir las consecuencias– contra todo sentido común, da un paso al vacío y se lanza a volar libre, hacia un destino que desconoce. A partir de ese instante, ya no hay marcha atrás... en mi caso ese vacío no es una figura retórica, ni una metáfora literaria, salté realmente, desde lo más alto de la cordillera, por una pared de granito, sin alas y sin plan «B».

Esa mañana –«día diez de la espera entre la cueva»– no tenía una causa específica para arriesgar mi vida. No me sentía acorralado, ni desesperado. Tampoco recuerdo haberme sometido a un examen de conciencia, porque ni conciencia tenía. Quizás fue el impulso atávico del animal que se niega a continuar en cautiverio, o la acumulación de cuatro años de frustraciones, o las imágenes de violencia brutal que me atormentan, o el hastío de una guerra a la que no le veo justificación ni fin.

Bueno, quizás ya soy víctima de lo que llaman *la fatiga de la guerra.*

Es que eso de vivir en continuo movimiento, sin reposar dos noches en el mismo sitio, recluido en esta inconmensurable *casa verde* sin paredes, cuyo único techo son las altas ramas de los árboles de una selva infinita, hogar donde uno padece sin protestar todas las enfermedades tropicales, desde la picada del «pito» hasta el asalto del tigre, desde el paludismo hasta la leishmaniasis...

Bueno, si de pronto tuve razones para desertar, ya no importan, si no las hubo, tampoco. Lo cierto es que ese «día diez» salté al vacío, sin mirar hacia atrás.

Como nos encontramos en un área con presencia del enemigo, no cocinamos en la cueva. Todos las mañanas bajamos temprano a la casa del señor Teodoro para preparar allí una única «rancha» que nos debe alcanzar para todo el día. El sancocho lo reforzamos con algunas gallinas que nos regalan en la casa. Ese día completábamos diez gallinas desplumadas esperando al remesero.

Como a las seis de la mañana, Albino y yo arribamos a la casa a preparar el sancocho. De un palo, que entre ambos cargábamos al hombro, se columpiaba la olla rebosante de agua cristalina que recogimos en la moya. Y preciso, en el momento en que salimos del cafetal y entramos en el patio ¡Mi madre! ¡Qué sorpresa tan verrionda! Casi nos estrellamos con unos soldados del ejército que a esa misma hora ingresaban a la casa.

¡Putas! ¡Mamacita! Sentí un dolor de cabeza intenso. Yo, que participé en muchos combates, jamás antes percibí tan cerca el olor ácido del enemigo. De inmediato experimenté la descarga automática e incontrolable de mis hormonas, que es el acto reflejo de cualquier animal ante la súbita aparición de una amenaza mortal.

Albino y yo quedamos paralizados por una fracción de segundo y, en seguida, soltamos la olla y partimos como un rayo, cerro arriba, hacia la cueva.

—¡¡¡Corran!!! —Grité alarmado— ¡Esto se llenó de *chulos*! Son más de cuarenta. ¡Se nos torció el hijueputa del Teodoro!

Ahí se confirmó nuestro cabreo. El malparido del Teodoro nos chivateó con los *chulos*. El asalto a la cueva parecía inminente. No había tiempo para maricadas ni apreciaciones de situación. De inmediato nos contagiamos de un devastador delirio de persecución. Teníamos la certeza que los soldados nos vieron cuando botamos la olla y pegamos carrera para el monte.

El teniente Páez salió en estampida, y detrás de él los adormilados guerrilleros que un segundo atrás se quejaban de tantos días de inacción y tedio. Entre la cueva quedaron abandonados folletos, carpas, equipos, mantas y un reguero de comida. Tal fue el pánico que reinó durante la huida, que Páez olvidó «sus» legendarias polainas de cuero —aquellas que portaba con orgullo, como trofeo de guerra— pues eran las que le arrebató al cadáver del teniente de la policía que asesinaron durante el ataque de la guerrilla a Laureles.

Páez era frío en el combate, pero en esta ocasión la sorpresa le alteró su confianza. Estaba muy excitado y más que pálido, transparente. Ordenó un anillo de contención con tres guerrilleros que debían quedarse atrás —muy livianos de carga— para aguantar el avance de la tropa, mientras que él y otros tres guerrilleros —se echaban el peso de los equipos de los tres *compas* de la contención— y abrían trocha, montaña arriba, en busca de un escondite. La clave era asegurar un lugar temporal que nos diera un respiro para decidir cómo superar la cuchilla, y, en seguida, descolgarnos de regreso al Guayabero.

Páez me ordenó:

—*¡Mono!* ¡Vuélese de puntero! ¡Trepe la montaña en pura verrionda!

—¡Deme instrucciones, comandante! —le repliqué con angustia.

—Esos *chulos* nos van a encerrar por arriba. Trépese en pura verraca y deles plomo mientras nos organizamos— fue lo último que le escuché.

Ahí mismo partí como una exhalación. Empecé a trepar la montaña con el mismo estrés que carga un tigre herido. Yo conozco ese cambio súbito e irracional que se percibe ante la inminencia del combate, cuando uno ya no piensa con claridad ni tiene tiempo para considerar opciones. Se actúa por intuición e impulso. Le puse todo el acelerador a mi organismo, y trepé en pura verraca en dirección a la cuchilla que está a tres o cuatro horas de camino. Cuando la amenaza es fulminante y el tiempo de respuesta es mínimo, uno siente que el motor del alma se sobre revoluciona, y eso ya es incontrolable. A uno ya no lo detiene ni el putas, porque es como volar a ciegas y en picada, con *piloto automático*. Culebrea uno por entre el monte, abre trocha por entre la maleza, se agarra de lo que sea para apoyarse y subir, se tropieza, se cae y vuelve a pararse, todo en un mismo movimiento reflejo. No se siente dolor, ni fatiga, ni hambre, ni miedo. Hasta la última de las células está al servicio de sobrevivir, todas aguijoneadas por esa ansiedad que deja de ser dolorosa, y se empieza a sentir como emocionante, como cosquillera.

Por ahí como a los diez minutos no volví a percibir a Páez ni al grupo que supuestamente me seguía. Yo trepaba la montaña muy rápido. Corté camino en dirección a la cuchilla gracias a la intuición del estafeta veterano que es capaz de adivinar trochas inéditas en la montaña y evita obstáculos que nadie es capaz de anticipar. Se requiere mucho oxígeno en la penosa trepada y es preciso dosificar las pocas energías que uno mantiene acumuladas, teniendo en cuenta que desde la noche anterior no probé bocado. Como voy liviano de equipo y soy muy menudo, me rindió el paso que me impuse. Tal vez llevaría una hora subiendo a todo pulmón, cuando me detuve en una saliente de la cordillera con la idea de localizar a Páez, o a alguna patrulla del ejército que estuviera operando en la región, pero la montaña permanecía esa mañana en una serenidad de espanto. Grité imitando el canto de las pavas y los chillidos de los monos maiceros, que son gritos claves que usamos cuando estamos perdidos. Pero del eco de mis gritos no hubo respuesta.

¿Devolverme a buscar a los compañeros? Eso era contradecir las expresas órdenes del camarada Páez, el más severo e implacable de los comandantes. Así que, pegado a sus instrucciones, inhalé una bocanada extra de aire y continué como una cabra, trepando la montaña para no enfriarme.

A la media hora volví a detenerme. Esta vez me asomé temerario al borde de un abismo donde flotaban jirones de niebla. Se trata de un imponente farallón que parece operar como la columna principal que sostiene la estructura de la cordillera. Esta pared vertical de granito —salpicada por matorrales pequeños que brotan sobre algunas hendiduras— se alza imponente, 300 metros sobre la profunda selva, que se adivina allá en su base. En ese preciso instante pensé, Páez, el más exigente instructor de combate, una leyenda como francotirador, tiene mi silueta —*marcando calavera*— en el punto de mira de su *Madsen*.

Entonces, no pensé más. Con la adrenalina en plena ebullición, me tercié la carabina a la espalda, abrí bien los ojos y salté al vacío. En el siguiente segundo mi temeraria decisión ya no tenía reversa. Me escurrí por esa colosal pared vertical de granito, agarrado como una lapa. Por puro instinto fui amortiguando el brutal descenso en las pequeñas salientes donde veía matorrales que me sostenían por segundos. En el loco descenso, me golpeé repetidas veces en la cabeza, en las costillas y en las piernas y en un tropezón contra una saliente sentí que se me desbarató el esqueleto. ¡Putas! El dolor era tan intenso, que me asaltó el temor de no poder continuar. Estaba seguro que ni el más verraco montañista intentaría seguirme. A tumbos continué montaña abajo, padeciendo el vértigo en cada salto. Por tramos aparecieron inmensos árboles en algún pequeño plan, pero, en seguida, debí enfrentar de nuevo el descenso por otros barrancos y abismos. En medio de semejante pesadilla perdí la noción del tiempo. Sólo recuerdo el impacto cuando en uno de los angustiosos descensos, no alcancé a frenar a tiempo en una saliente y rodé barranco abajo hasta que me detuvieron unas ramas. Si mi Dios no me agarra a tiempo, estaría muerto. Cuando recuperé el control estaba molido y no sabía si mi pie derecho se había fracturado o dislocado.

Lanzarme por la pared vertical de granito no fue un acto suicida, ni de desespero, ni siquiera un acto de valor meditado. Fue un acto reflejo, como de expiación de la miseria de vida que había soportado. No hubo largos debates espirituales, ni tuve tiempo para que lucharan entre sí mis ángeles contra mis demonios. En ese momento –que nunca busqué– se abrió en lo más alto de la cordillera una ventana de oportunidad. Era el lugar preciso y el segundo exacto. Tuve la certeza que nadie se arriesgaría a seguirme. Sólo un loco, un suicida o un desesperado serían capaces de despeñarse por semejante risco, y yo no me sentía encajado en ninguna de las descripciones anteriores. Para colocar en contexto el tiempo y la magnitud de la cordillera, eran alrededor de las ocho de la mañana cuando salté al vacío, y me mantuve en loca carrera y vertiginoso descenso por más de seis horas. Busqué los riscos más empinados y me desplomé por cañadas profundas con la agilidad que solo nace del terror de ser alcanzado. Improvisé brevísimas pausas, no para descansar, sino para tratar de componerme el pie dislocado, que al principio no me atormentó por estar en caliente, pero que se me empezó a hinchar como una calabaza y más adelante me hizo bramar del dolor. Cuando sentí que por la inflamación y el lacerante dolor casi no podía caminar, rasgué la manga del pantalón y me improvisé una venda. Superados esos primeros auxilios, respiré profundo y continué mi loca carrera cordillera abajo, consciente que ese salto al vacío carecía de tiquete de regreso.

Como si necesitara estímulos para no detener mi carrera hacia la libertad, mi memoria exhibió en loco desfile las imágenes más traumáticas que viví en esos cuatro años. El fusilamiento de Ana Ruth, la indígena del Papaneme que desertó por amor. El rostro de pánico de los hermanos Lozano, cuando regresaron al Guayabero después de su intento de fuga. Las amenazas de los comandantes contra los desertores. Mi detención por espía y mi frustrado fusilamiento. Las palizas criminales de Joselo... y hasta me imaginé la cara de imperial putería de Joselo cuando el teniente Páez le diera parte de la frustrada misión: «Camarada, el ejército se nos metió al rancho. Teodoro el remesero no apareció. Se perdió la remesa con los equipos. Y, como si lo anterior fuera poco, el hijueputa del *Mono* se nos voló con el armamento».

Alcancé a imaginarme que en menos de una semana, la guerrilla me estaría rastreando por todas estas selvas y caminos, con el único propósito de fusilarme. En la guerrilla el delito de traición no tiene perdón.

Nunca supe qué fecha era. Para mí era lo mismo un jueves que un octubre, una noche en el páramo o la siguiente en la selva, una emboscada de tres días o una marcha de diez noches. Con el tiempo desarrollé una capacidad milagrosa para orientarme, me guiaba por el sol, la brisa, la posición de la luna y las estrellas. El olor de la selva, la dirección que corren las quebradas, el vuelo de los pájaros. El perfil de la cordillera, la asfixia del verano y los diluvios del invierno. Ahora corría cordillera abajo, sin plan, sin rumbo y sin destino. Como a las cuatro horas de la huida, empecé a tener conciencia de mis actos. En ese momento comprendí que mi fuga me obligaría a enfrentar consecuencias muy difíciles. Estaba confundido. Traté de espantar de mi memoria estos cuatro años que la guerrilla le robó a mi niñez.

En un breve descanso, miré hacia la cuchilla y recordé que cinco años atrás, por fortuna, yo fabriqué mi pequeña cruz para dejarla en el «paso de las cruces». Según la tradición de los colonos y de nosotros los aventureros, esa cruz era lo único que me garantizaba el retorno vivo, del lado más oscuro del infierno.

36

Lo que nunca imaginé

En un pequeño arroyo hago una pausa, tomo un sorbo de agua y por primera vez intento calcular qué tanto me he alejado del infierno. Es que en medio de la angustia se pierde la noción del tiempo. Corro, corro, siempre hacia abajo, consciente que no me puedo dejar enfriar. Calculo que ya ajusto más de cinco horas de furioso descenso. He soportado tres aguaceros intensos y estoy de barro hasta las pestañas. La angustia de alejarme a toda prisa de ese infierno de violencia y fanatismo es el combustible que me mantiene acelerado. En este instante ya no padezco ese vértigo que soporté durante las primeras horas, porque a estas alturas, tengo la certeza que nadie me sigue, pero el esfuerzo que hice, al límite de la imprudencia, ya me empieza a pasar cuenta de cobro. Estoy extenuado, muerto. El pié lo veo muy hinchado y el dolor a duras penas me permite caminar. Busco un palo y me improviso un bordón. Mi reserva de adrenalina está en «cero» y las tripas me duelen por la falta de comida.

Me acabo de topar con una trocha. Me agacho. Examinó el trillo. Por la cantidad de huellas similares y lo fresco de las pisadas, este es el camino que los militares usaron anoche y en la madrugada para subir a la casa de Teodoro, el remesero.

Como aquí el descenso es suave, decidí seguir el eje del camino, pero oculto entre el monte, porque estoy muy cabreado y temo toparme con más «chulos» o con algún miliciano que me reconozca. Le pego una mirada a la cordillera, examinó las huellas borrosas del paso de alguna mula y observo la posición del sol. Este camino me lleva hacia Colombia o quizás más al norte, hacia Alpujarra.

Me encuentro agotado. Llegó el momento de bajarle el ritmo a la alocada carrera. Por primera ocasión reflexiono en las consecuencias de mi fuga. Mi salto de esta mañana hacia la libertad fue un acto espontáneo. Jamás pensé que ese día iba a llegar. Pero a los golpes que me he dado, al pie dislocado y a la debilidad que me paralizan, se suman nuevas preocupaciones. ¿Para dónde voy? ¿Qué voy a hacer? ¿En dónde me escondo? ¿Quién me ayuda? Esas respuestas no están en mis planes porque, para ser honesto, nunca he tenido planes.

¿Y si caigo en un retén de la policía?

No sé. Nadie me espera, nadie me llora, no tengo un pariente, ni un amigo, ni un destino, ni siquiera un camino. No tengo a dónde ir. No veo siquiera una luz de esperanza y eso me causa irritación en las tripas y sabor metálico en la boca. Marcho a pata limpia, golpeado como un *Nazareno,* y sumido en esos pensamientos, cuando se desgaja el diluvio universal. Al fondo de un potrero alcancé a divisar un árbol grande y decidí resguardarme allá hasta que escampe.

Me recosté en la base del inmenso tronco, use el equipo a manera de almohada y coloqué el arma sobre mis rodillas. Me siento agotado. Sin darme cuenta me quedé fundido, con la cara de placidez de un crío recién comido.

De pronto algo me despierta… ¡Maldita sea! Abro mis ojos aterrado y me encuentro frente al cañón de un fusil, al tiempo que el eco de un alarido trepida entre mi cerebro: «¡Quieto hijueputa! ¡Quieto! ¡Suelte el arma! y ¡Suba las manos!»

37

Yo soy Jaime

Yo soy Jaime Monzón Lozano, teniente de artillería. Soy oficial de planta del Batallón de Artillería No 6 Tenerife. Me desempeño como comandante del puesto militar de La Legiosa. Desde esta base realizo misiones de control del orden público en la vasta zona montañosa y selvática que se extiende sobre las estribaciones de la cordillera oriental. Acá operan bandas criminales, adoctrinadas por el partido comunista, dedicadas a la extorsión, abigeato, asaltos y reclutamiento forzado de menores. Luego de cometer sus delitos, los bandidos cruzan la cordillera para refugiarse en la zona selvática del Guayabero.

Hace 72 horas recibí una orden de operaciones del Batallón. Debo desplazarme a la vereda de El Salado, ubicada al oriente de mi base, con la misión de localizar la finca del campesino Teodoro Guzmán, un hombre detenido por la policía, en las inmediaciones del municipio de Colombia, Huila. Según el informe, se trata de un auxiliador de la guerrilla del Guayabero, a quien le retuvieron dos cajas con ciento doce (112) radios del tipo *walkie talkie,* marca Sony, «de nueve transistores», modelo CB–901 de «banda ciudadana», que llevaba hacia el alto de la cordillera. El sujeto alega que lo contrataron para subir una caja que contiene «baterías para linterna», y que como su oficio es remesero, él no preguntó qué iban a hacer con esas «pilas». Simplemente, las debía subir desde Colombia hasta su casa en la vereda de El Salado y allá el mayorista que lo contrató las iba a recoger.

Al caer la tarde emprendimos la marcha. Tres suboficiales, un enfermero, un radio operador, 24 soldados y el conductor del perro pastor alemán nos desplazamos durante tres largas noches por un área montañosa, inhóspita y selvática, por lo que extremamos las medidas de seguridad ante la posibilidad de hostigamiento por parte de algún francotirador o un ataque por sorpresa.

A las cinco de la madrugada localizamos el objetivo. Organicé un dispositivo para observar los movimientos en la casa, pero al cabo de una hora larga no hubo actividad extraña. Dos mujeres realizaban oficios domésticos junto a tres niños pequeños. Justo a las siete ordené caer por sorpresa a la casa. La única novedad fue la presencia fugaz de dos muchachos jóvenes que, según las mujeres, «no viven en la finca y vienen a trabajar en el cafetal».

En la casa no se encontraron armas, ni documentos, ni personas sospechosas. Las dos mujeres confirmaron que esta es la finca de Teodoro Guzmán «él se encuentra de viaje en Colombia trayendo sal y algo de mercado». No saben cuándo regresa. Los soldados inspeccionaron los alrededores, comieron sus raciones y descansaron. Al mediodía ordené el repliegue.

El Batallón Tenerife, al que pertenezco, es la unidad táctica donde se concentran las operaciones de contraguerrilla de muchas unidades que combaten contra los alzados en armas en el sur del país. Ser oficial combatiente en el Tenerife es un honor que cuesta, por el riesgo de operar en una zona con altísima actividad guerrillera. Todas las unidades de mi batallón se encuentran comprometidas en misiones de orden público y las instalaciones físicas del batallón son, en esta época, el centro de mando y control de la Brigada y de otras tropas de ejército comprometidas en las operaciones anti insurgentes.

Llevaríamos cuatro horas de nuestra marcha de regreso, cuando el sargento Carrillo me solicitó autorización para cazar una bandada de pavas que aparecieron a un lado del camino.

Como es un sector de potreros, relativamente limpio, lo autoricé. La promesa de una sopa de pava que les aliviaría a mis soldados, por un día, su insoportable ración de combate, me pareció razón suficiente.

De súbito, el sargento Carrillo y los dos soldados que saltaron en pos de las pavas gritaron una alerta sobre la presencia de guerrilleros.

En segundos la patrulla reaccionó y yo tuve frente a mí a un niño armado, uniformado y equipado, perteneciente a un frente guerrillero.

Lo veo cojear y su estado es lamentable. Embarrado, sucio, el uniforme roto, presenta raspones en todo el cuerpo. No me miró a los ojos. Pero de pronto, hizo un esfuerzo por aclarar cuál era su posición en este juego de la guerra. Miró al suelo y exclamó.

–¡Si me van a matar, háganlo ya! Yo me llamo Enrique. Me dejaron abandonado. Ellos se volaron de regreso al Guayabero. ¡Mátenme ya! ¡Fusílenme!

Una vez concluyó su fugaz ejercicio de catarsis, noté que el muchacho quedó muy impactado por su captura, apabullado por la presencia de los soldados y acosado por el furioso perro pastor alemán. Desde ese momento, hasta nuestro arribo a Colombia, se negó a hablar.

38

Cara a cara con la muerte

Resulta indescriptible el pavor que sentí al abrir los ojos y encontrarme de frente con la muerte. En el primer segundo vi el fantasma del teniente Páez, con su sonrisa de hielo. «¡Me alcanzaron!», acepté. Pero de inmediato tuve que reconocer que estaba en situación peor: «Caí en manos del enemigo. Es el ejército. Ya estoy muerto. No tengo salida».

Qué miseria estar obligado a escoger en una misma tarde entre dos muertes violentas. Para la guerrilla, encabezo desde esta mañana la «lista de los sapos por ejecutar». Allá no hay clemencia ni argumentos ni justicia. Un tiro y punto final. La otra muerte —quizás más vergonzosa— es caer en manos del ejército. Siento ese dolor profundo al pensar que viví en vano y que acabo de entregar mi vida a cambio de nada. Reconozco que no hay alternativa. Mi ejecución será en horas...

No sé qué diablos responderme, porque jamás pasó por mi mente que esta tragedia me fuera a suceder. Jamás de los jamases me preparé para caer en manos del enemigo.

Entonces siento que la imaginación se me acelera, mido riesgos, pienso en salidas que no existen y proceso muchas preguntas que carecen de respuestas.

Hasta aquí viví. Tengo mis horas contadas. Puede que no me maten ya. Quizá me interrogan, me sacan información y me matan mañana. Tengo doce años y he vivido como cuarenta. ¿Me torturarán antes de matarme? ¿Me podré escapar? ¿Dónde me enterrarán?

¿Arrojarán mi cuerpo a un río? ¿Dejarán abandonado mi cadáver a la intemperie?

En los siguientes minutos recordé que nadie, nunca, se pudo volar de la selva del Guayabero. Joselo tenía razón. En ese momento pensé que la locura de fugarme esta mañana fue el error más grande que pude haber cometido en mi vida. Si pudiera devolver el reloj, estaría en este momento en una situación menos miserable, allá en la guerrilla. Allá me conocen y hasta me gané el respeto de muchos. Pero la única realidad está aquí, ahora. ¡Acepto! Tomé el camino equivocado. Debo pagar este error con mi vida.

Luego de un breve pero intenso interrogatorio, en el que decido no hablar, veo que el teniente Monzón se retira con el radio operador y una escolta hacia un pequeño cerro, me imagino que para informar por radio mi captura. Me amarran y tengo frente a mí a dos soldados que se encargan de vigilarme.

El teniente se reúne con los tres suboficiales. Parecen muy preocupados. Cambian de planes y extreman las medidas de seguridad para la marcha. Por las órdenes que imparten están muy cabreados. Incluso advierten que la guerrilla podría intentar un golpe de mano para liberarme. Yo sonrío con una tristeza infinita.

El teniente comunica la decisión de no regresar a su base en La Legiosa, sino salir con rumbo al municipio de Colombia. Coordinan sus relojes en voz alta. Son las 4:52 de la tarde.

Qué jornada tan larga y tan penosa. Caminamos sin un solo descanso esa tarde y toda la noche. Mi viacrucis es insoportable, no he comido desde ayer, cojeo sin ningún apoyo y en cada paso que doy revivo la tortura de mi pie dislocado. Voy a pata limpia, porque en la guerrilla nunca me dotaron de botas. Cuando cae la tarde, uno de los soldados se amarra un lazo alrededor de su cintura y el otro extremo lo amarra a la mía.

Debo reconocer, que la patrulla fue severa conmigo, pero no me trató mal, ni me humilló, pero también es justo recordar que no probé bocado, ni recibí una gota de agua, ni se interesaron por el estado lamentable de mi pie. Los entiendo. Así son las prioridades en la guerra. Para la patrulla militar la preocupación esencial era su seguridad.

Temían ser sorprendidos esa noche por una acción guerrillera. Qué les iba a importar en ese momento la situación de «un despreciable bandolero».

Catorce horas caminando y pensando son demasiada tortura. La soledad es tan grande que mi cerebro amplifica cada pisada, cada respiración, la caída de cada gota de sudor.

Arribamos a Colombia pasadas las siete de la mañana y marchamos directo al cuartel de policía, el mismo lugar donde años atrás estuve detenido con mi abuela, cuando retornamos de Galilea.

Reconozco que no hay escape. Me propongo aprovechar las pocas horas de vida que tengo. Cada minuto extra de vida, ya es ganancia.

Durante todo el día permanezco incomunicado en un patio, a la vista de todos, con la escolta de dos soldados armados. Mis paisanos deben estar muy desprogramados, porque todos en Colombia encuentran pretexto para ir a ver al *guerrillero capturado*. Me miran desde lejos como animal raro y comentan sus impresiones entre cuchicheos. A estas alturas de mi vida, me importa una mierda lo que digan o comenten personas con las que no me volveré a encontrar en las pocas horas que me restan de vida.

Mi angustia se vuelve a disparar cuando me doy cuenta que aquí, en Colombia, no pasaré esta noche. ¡Ay! Lo que más duele es cargar con la puta incertidumbre.

Como a las siete y media de la noche escucho la llegada de un convoy de vehículos militares, y entonces se suceden las órdenes de alistamiento, carreras y gritos. En el siguiente pestañeo me veo trepado en un enorme camión militar *Reo,* escoltado por soldados del batallón Tenerife, que me observan como si yo fuera un extraterrestre.

Me colocan en el segundo de los tres camiones del convoy y me amarran.

Esta es la tercera ocasión en mi vida en que me trepo en un vehículo a motor y no me quedó gustando. El convoy lo encabeza un jeep y lo cierra una *pickup.* En el centro se desplazan los tres *Reos,* chatos, inmensos, con la recia estructura y potencia de unos bueyes gigantes. Fueron trece horas de sacudones por unas trochas donde se atoran hasta las mulas, a las que las necesidades de la guerra las graduaron como carreteras. Esa noche peregrinamos a cuatro bases militares, ubicadas en el fondo de la cordillera, para llevarles abastecimientos y relevos. Cuando apareció el sol, rodábamos por la carretera destapada casi llegando a Tello. En ese momento observé que oficiales, suboficiales, soldados, el prisionero y hasta el perro lucíamos a manera de uniforme, la misma pátina gris del polvo que se levanta de la carretera. Si no parecíamos fantasmas, por lo menos parecíamos panaderos. A las nueve de la mañana experimenté –por primera ocasión en mi vida– qué delicia… una carretera pavimentada. Los camiones dejaron de corcovear. Me sentí suspendido en una nube. Por los comentarios de los soldados, ya íbamos a llegar a la ciudad de Neiva.

Ya perdí las cuentas de cuántos días ajusto sin probar bocado. No acabo de maravillarme de la capacidad de adaptación de mi cuerpo. Ahora no siento nada. Mi organismo está anestesiado. Es como si hubiera entrado en otra galaxia donde todas las leyes de la física, la química y la supervivencia me las han cambiado.

39

Batallón Tenerife

Cuando llegué al batallón me sentí abandonado hasta de mi Dios. Mi valor como ser humano es *cero*. Nadie irá a buscarme. Nadie osará un rescate, ni nadie gestionará conmigo un canje de prisioneros.

La recepción en el batallón es cruel. Mientras los soldados siguieron de largo con la rutina de su vida diaria, baño, comida y descanso, yo me veo, parado frente al escritorio de un sargento que me va a reseñar.

Qué calor tan cabrón se padece en Neiva. Yo no estoy acostumbrado a temperaturas tan extremas pues viví en la selva y en la cordillera donde muchos factores climáticos contribuyen a amainar el calor. Pero pareciera que en este batallón no se mueve una hoja sin permiso de su comandante.

El sargento me plantea muchas preguntas sobre mi vida como «bandolero», pero nunca me pregunta, cuándo fue la última ocasión que probé bocado o si tengo sed, y nadie se interesa sobre el estado de mi pie, que a estas alturas del viaje está negro y ya no resisto ni siquiera apoyarlo sobre el suelo. Parece que tienen problemas con mi lugar de reclusión, pero al final, me llevan a un cuarto cerrado, sin ventanas, ni ventilación, ardiente como la paila del infierno, cerca al casino de suboficiales. Me empujan al cuarto y echan candado a la puerta.

El impacto emocional de sentirse prisionero es muy duro, incluso para un guerrillero como yo, preparado para resistir todas sus consecuencias. Desde siempre me adoctrinaron sobre la prohibición de abrir la jeta frente al enemigo, y me prepararon física y mentalmente para resistir los más crueles interrogatorios. También recordé a los instructores del Partido cuando aparecían en el Guayabero con su verborrea de *culebreros*, martillando la consigna de «morir por la causa de los oprimidos», es «darle sentido a la vida de un revolucionario».

Al día siguiente me sacan del infierno donde pasé la noche –sin una colchoneta ni una almohada– y me conducen frente a un sargento –creo que de apellido Ramos– un cabrón inmenso, barrigón, tropero, de bigote espeso, que exhibe similar arrogancia a la de Joselo.

El tipo es la imagen del sargento brutal y despiadado que en los entrenamientos en el Guayabero nos describían como la caricatura del interrogador militar. Como estoy seguro que esta es una suerte de ceremonia para justificar mi ejecución, pues ya no tengo nada que perder y mantengo durante todo el tiempo mi boca cerrada.

El sargento no resistió su fracaso. Transcurrieron muchas horas y la libreta destinada a tomar notas, permanecía en blanco.

–Hijueputa guerrillero de mierda, o habla, o lo vamos a pelar, mal parido» –me repetía como si ese fuera el exorcismo que se le practica a un cristiano poseído por el demonio. Al final de la tarde, exasperado por mi negativa a contestar y vencido por su impotencia como interrogador, el sargento abrió el cajón de su escritorio, extrajo un revólver de calibre respetable y me ajustó el cañón entre mis cejas, al tiempo que me dejó escuchar el sonido metálico del cierre del tambor y la acción del disparador. ¡Qué ingenuo fui! Yo cerré los ojos, como si eso me pudiera ayudar a soportar el estallido.

En ese instante, me impuse resistir hasta el final. Era una batalla de pulso. Yo tomé la decisión de vencer por la fuerza de mi resistencia pasiva, a la violencia del bárbaro sargento.

La rutina de preguntas sin respuestas de esa primera jornada se alargó desde las 7 de la mañana hasta las 3 de la tarde. A esa hora me permitieron ir a hacer mis necesidades con la escolta de un soldado. ¡Qué incomodidad! No era a campo abierto como estaba acostumbrado, ni en letrina. Todo era blanco y olía a desinfectante para vacas. Me trepé al retrete y me acurruqué. En seguida me bañé las manos y la cara, cuando ¡Oh sorpresa! Me descubrí asomado en un espejo. No recuerdo cuántos años ajustaba sin verme reflejado en un espejo. Esa cara miserable no era la mía, o, por lo menos, no la reconocí.

A las 5 me trajeron la comida. Yo me encontraba tan agotado, tan decepcionado de mi error, tan ultrajado y humillado que decidí morirme de hambre. «No quiero» –respondí. Cerraron la puerta y yo perdí la noción del tiempo.

Al día siguiente me mudaron a otro diminuto cuarto en las instalaciones de una tal *Batería B*. Otra pieza sin ventilación, que emanaba corrosivo olor a orines, a sudor y a podredumbre.

Durante la segunda y tercera jornadas, el sargento Ramos intentó cambiar su estrategia. Por primera ocasión permitió que me sentara durante el largo interrogatorio y me colocó al frente un vaso con agua. Pero, dispuesto a todo, me negué a colaborar. Entonces me mostró los colmillos. Juró que iba a cambiar el método para sacarme información sobre los bandoleros de El Pato y el Guayabero. Pero le demostré que yo ya no estaba interesado en su guerra, ni en mi guerra, ni en la guerra de nadie. Mi única batalla era cómo acabar con mi vida, lo más pronto posible.

Me sentía hambriento, muy débil y estaba dispuesto a que si no me mataban, me dejaba morir. Eso fue un suplicio muy verraco los primeros días. Pero me convencí que el campo de batalla en el que estaba luchando no era el cuarto de interrogatorios, sino que la lucha estaba aquí –en mi propia mente– y que no podía derrotarme yo mismo.

Al finalizar la tercera jornada de interrogatorio, llovía a cántaros sobre Neiva. Pasé al baño y, en seguida me encerraron. Una vez clausuraron la puerta mi organismo se colapsó. Alguien me comentó que estaba tan agotado y hambriento que en dos ocasiones abrieron la puerta para darme alimentos, me rebulleron, me gritaron, pero yo no reaccioné. Dormí desde las 5 de esa tarde hasta el otro día a las seis de la tarde.

Esa noche decidí aceptar por primera vez comida, pero mi estómago se encontraba tan estragado que tuve cólicos, un dolor insoportable en la tripa y no pude retener los alimentos.

Al día siguiente mejoraron mis condiciones de reclusión. El sargento Ramos fue relevado por un suboficial más joven y menos agresivo, que decidió emplear la persuasión y no la brutalidad.

Por la noche, el soldado que me llevaba la comida me susurró al oído: «si tiene el teléfono de algún familiar yo lo puedo llamar». Ese día entendí que no sabía qué diablos era un teléfono, y lo que resultó peor, no tenía a nadie en el mundo a quien comunicarle nada.

Una mañana me permitieron bañarme y pude lavar el raído uniforme. Me maravillé que hubiera transcurrido más de una semana y no me hubieran ejecutado.

Por esos días hubo revuelo en los alrededores de mi sitio de reclusión. No era para menos. El coronel Rivas, comandante del batallón, y el capitán Valbuena arribaron a visitarme. El coronel me tomó recio del hombro y me hizo mirarlo a los ojos. «¿Cómo lo han tratado?» Yo permanecí en silencio. Entró, examinó el cuarto y se retiró sin comentar nada. Cuando volví a mi encierro escuché que tronaba como un poseído, pero no supe el motivo de su enojo.

Después de esa visita, mejoraron las condiciones de mi detención. Gracias a la inmovilidad que disfruté entre el pequeño infierno donde me encerraron, empecé a recuperarme de la pata. Me di mañas para encajar en su sitio los huesos y me puse a la tarea de sobarme el pie a toda hora. El soldado que se compadeció de mi suerte me ayudó a improvisar un vendaje. Allá en mi soledad me acostaba sobre el suelo y colocaba el pie hacia arriba. Mi única obsesión durante esos días era mejorarme del pie. Pero eso sí, en cada ocasión que me escoltaban a otro interrogatorio, exageraba la cojera para disminuir la percepción que me podía volar.

En esos días me empecé a sentir orgulloso de mi espíritu de resistencia. Era un niño pero logré mantener un equilibrio muy complicado entre el respeto y la obediencia que le debía a mis captores, pero sin entregarme y sin dejarme humillar.

Nunca supe qué pasó. Nunca me enteré qué decisiones tomaron sobre mi vida. Lo cierto es que una mañana, al finalizar la tercera semana de mi detención, entró un suboficial de inteligencia y sin ningún comentario me ordenó bañarme. A los cinco minutos me hizo una requisa como si yo escondiera un arma o algún documento. En seguida, sin hablarme y sin explicaciones, sin amenazas ni advertencias, ordenó al soldado de guardia que me escoltara a la cancha de fútbol del batallón. El soldado, uno de los cuatro que me custodiaron durante todos esos días, me entregó un pan entre una bolsa. «No sé para dónde va, pero de pronto le da hambre en el camino».

Estaba tan cabreado, que mi mente empezó a considerar todas las opciones. ¿Me irán a fusilar? ¿Me enviarán a alguna prisión? Cuando pasamos frente a la enfermería, y observé allá, en la cancha de fútbol, un helicóptero listo a despegar, se apareció en la pantalla de mi memoria, la pesadilla que siempre nos hablaron en las clases de adoctrinamiento: «los guerrilleros que caen prisioneros son lanzados al vacío desde los helicópteros». «¡Putas, me llegó la hora!». En ese instante me inundó mi mente una extraña mezcla de horror con el sentimiento de alivio ante el inmediato desenlace. Pensé en mi mamá. Y no le encontré sentido treparme al helicóptero con el pan que me regaló el soldado.

40

Anuncio de la llegada del niño

Tres días atrás, en un programa de radio, anunciaron–con la voz gangosa de quien sospeché era la reencarnación del *Arcángel San Gabriel*– «la llegada del niño».

No se necesita mucho esfuerzo para adivinar, por su tono autoritario, que se trata del coronel Rivas («Pepe Rivas», como lo conocen los civiles. «Pepe Rabias», como lo conocemos sus subalternos) quien se desempeña como comandante del Batallón Tenerife. Su voz tronó por la radio una orden ininteligible. Entre zumbidos, ecos y toda suerte de interferencias se escuchó algo así como: «envío del niño».

Por estar envuelta nuestra unidad en operaciones de contraguerrilla, las comunicaciones por radio se ceñían, de manera estricta, a la disciplina del IOT[1], un manual que lista expresiones codificadas destinadas a mantener una atmósfera, si no de *secreto,* por lo menos de *reserva* en las comunicaciones militares. Así que no quedó otro camino que consultar dicho manual para descifrar a qué diablos correspondía la clave: *«niño».* Pero toda esperanza se desvaneció cuando el sargento de comunicaciones sentenció: «Negativo. La clave «niño» no existe».

Para el programa de radio del día siguiente se decidió trepar el aparato «lo más cerca al cielo», allá arriba, sobre la cima de un cerro boscoso que se divisa desde la base de El Cedral. La aporreada antena resultó izada sobre el árbol más alto. Aunque ese día se mejoró la

---

1 IOT (Intrucciónes de Operación de Transmisiones)

señal, el comandante del batallón no salió a la frecuencia. El operador del puesto de mando informó que el coronel Rivas participaba –por la red de «Radiovox»– en la conferencia diaria donde se comparte la «apreciación de situación».

La expectativa se despejó dos días más tarde, al mediodía, cuando... ¡Milagro! Se materializó el episodio bíblico de la *Anunciación.*

Del mismísimo cielo descendió un helicóptero Iroquois UH–1B del GRAT y, como si el piloto hubiera sido invitado a que nos maravillara con un espectáculo de magia e ilusionismo, la nave revoloteó con la gracia de un colibrí por encima de la base y, en seguida, entre un torbellino de polvo y hojas, tocó tierra por la fracción de un instante para parir de su vientre a un niño... *tal como estaba anunciado.*

Desde ese día me enfrenté a una pesadilla que, como mi sombra, me perseguirá durante los siguientes cincuenta años.

41

El arribo del Niño

Ese mediodía de fines de febrero, el sol brillaba a plomo, con tanta intensidad, que nos obligó a entrecerrar los ojos y buscar refugio bajo la sombra de uno de esos frondosos guayacanes que parecen disfrutar del rumor de las aguas del río Fortalecillas.

Lo vi a lo lejos. Venía por la vega del río escoltado por dos suboficiales. Era pequeño, espigado, con el cabello claro. Portaba una camisa percudida, un pantalón gris de dril que le quedaba corto, los pies descalzos y esa cara de inocencia, que me sugirió estar viendo a un acólito de mi colegio. En la mano derecha cargaba una bolsa de plástico donde supuse, por el vigor con que la empuñaba, que allí atesoraba todo su patrimonio. Más tarde supe que guardaba un pan, que algún soldado caritativo le regaló para el viaje.

Vi que lo requisaron, le examinaron la bolsa y lo interrogaron y, entonces, me acerqué curioso.

—Mi teniente, este es el guerrillero capturado que nos mandaron del batallón.

Estaba frente a un niño. Lo examiné de arriba a abajo tratando de resolver dónde estaba el enigma de su peligrosidad.

—¿Usted cómo se llama? —le pregunté, con fingida rudeza, consciente que en estos casos se debe subrayar la frontera donde reside la línea de mando. Pero ni me miró a la cara, ni respondió.

—Creo que se llama «Enrique» —aclaró uno de los carabineros.

Desde cuando el muchacho llegó a la base, y la información fragmentaria sobre sus orígenes empezó a volverse «leyenda de cuartel», se pasó la consigna: «¡Alerta! Este cabroncito se puede robar un fusil, una carabina, o una par de granadas y volarse a la selva. Allá en el monte, no lo agarra ni el putas».

El capitán Jeremías Valbuena, comandante de la compañía, le habló claro sobre sus deberes y me lo asignó para que yo evaluara si poseía información de interés para las operaciones.

Yo me hice cargo de Enrique, sin sospechar la dramática historia de su vida, ni imaginarme la información vital sobre su experiencia como guerrillero, que él guardaba intacta entre el organizado archivo de su prodigiosa memoria.

—Usted va a ser mi *ayudante* —fue la primera frase que se me ocurrió, en el intento de ganarme su confianza—. Usted es mi sombra. A dónde yo vaya, usted tiene que estar a mi lado. No se puede alejar, sin mi autorización —ahí me inventé una corta pausa para darle énfasis a mis instrucciones— ¿Alguna pregunta?

Como no respondió, volví a enfatizar «¿Me entendió?»

Sin mirarme, asintió con la cabeza.

42

Yo soy Alberto

Alberto Plazas. Sargento Segundo de Infantería. Mi especialidad es inteligencia. Hago parte de la Compañía «H» de Contraguerrillas. Desde hace seis meses estamos comprometidos en operaciones anti insurgentes en las zonas selváticas y de alta montaña donde se confunden en el mismo nudo de la cordillera cinco departamentos: Tolima, Huila, Caquetá, Meta y Cundinamarca.

El teniente Caicedo me llamó. «Plazas, ayúdeme con este muchacho. Demuéstrele que va a estar mejor aquí, que disparándonos desde el otro lado».

Desde mi primer contacto con Enrique intuí que nuestras vidas parecían calcadas del mismo original. Mi familia también era liberal, y yo, como él, desde niño resulté castigado por la maldita violencia política. Nunca he podido espantar de mi memoria las imágenes de terror que padecí desde mis diez años. Todas las tardes, en el justo instante en que mi pueblo, Cajamarca, se sumía entre las tinieblas de la noche, todos en la familia nos organizábamos para resistir los ataques de la *pelona*. Nuestras maniobras nocturnas parecían un rito de hechicería, porque además de trancar puertas y ventanas para resistir el asalto de los «pájaros»[1], rezábamos el rosario y mi mamá nos persignaba con todas las estampitas de santos que coleccionaba: desde *El Milagroso de Buga* hasta *El Divino Ecce Homo de Ricaurte*.

---

1   «Pájaros»: grupos armados ilegales que dirigentes conservadores organizaron en Colombia en la década de los 50's, para intimidar y asesinar a los liberales opositores a los gobiernos conservadores de Mariano Ospina y Laureano Gómez.

El blindaje de la casa lo improvisábamos con palos, trancas, sacos de café, racimos de plátano, colchones, la despulpadora y los pocos muebles. Así viví ese período de incertidumbre donde mi madre nos hablaba entre señas y susurros para no despertar a los fantasmas de la violencia. Época lúgubre cuando todas las noches yo escuchaba los ecos de disparos y alaridos, y a la mañana siguiente, más y más historias sobre nuevas masacres de familias liberales y conservadoras, venganzas sectarias que se sucedían, casi que con macabro *espíritu deportivo*.

Tendría yo la misma edad de Enrique —once o doce años— cuando empezó el «boleteo». Primero nos recomendaron que nos cuidáramos y, luego, aparecieron las amenazas con nombre propio. Entonces nos inventamos un nuevo protocolo para sobrevivir. Todas las noches seguimos trancando la puerta, pero nos escapábamos por el patio a escondernos entre los cafetales. Nos acostumbramos a dormir a la intemperie, en medio del revolotear de los murciélagos. Cuando los «pájaros» conservadores le pusieron precio «cero» a la finca y fecha para abandonarla, no tuvimos otra opción que huir en estampida con lo que teníamos puesto e ir a buscar refugio en lo más profundo de la montaña, arriba, bien arriba, por el cañón del río Bermellón. Esa madrugada perdimos todo, menos la armonía y la unidad porque éramos la misma sangre. La fuerza magnética de la solidaridad nos mantuvo vivos y juntos durante varios meses. Pero un día nos cansamos de caminar y cargar por entre las brumas de la montaña las pocas cosas que pudimos salvar. Nos sobraba miedo y nos faltaba todo. Una madrugada debimos reconocer que para poder sobrevivir era preciso huir de la región. Tomamos la triste decisión de abrirnos cada quien por su lado— y enfrentar el destino, como desplazados por la violencia.

La última noche nos abrazamos en silencio, con el juramento en la punta de la lengua de «volvernos a reunir cuando la situación mejore». Partimos de madrugada por diferentes caminos. Así se desintegró mi familia. Perdí el contacto con mi mamá y mi papá y el único eslabón emocional que mantuve fue un escapulario de la *Virgen del Carmen* que ella —al momento de separarnos —me colgó al pescuezo con un reguero de bendiciones. Parte de mi familia se refugió en Ibagué, otros fueron a parar a Medellín, un grupo se fue para Bogotá y yo tomé a pié por el viejo *camino real del Quindío* para salir hacia Cartago y, de allí, para Cali. En esa ciudad se acabó de joder mi sueño de estudiar. Por eso no tengo compañeros de colegio. Sobrevivir solo en una ciudad grande, eso sí es graduarse en la más exigente universidad de la vida. Conocí el hambre y la falta de techo, y debí enfrentar las tentaciones del dinero fácil asociado con el hampa. No tenía trabajo ni familia. Ahí, en la calle, esquinado por la vida, aprendí a sobrevivir. Es que en ese ambiente tan hijueputa, tarde o temprano, hasta el más santo resulta enredado con la Ley. Pues una noche de soledad en la calle, me atacó la pensadera... de pronto se me iluminó la mente: esa madrugada tomé la decisión de prestar servicio militar. Le puse mucha fe a ese paso, porque una voz interior –aquí a la altura del corazón– me sopló que ese era el único camino para mi redención... Y aquí me veo, totalmente realizado, con mi destino más claro, trabajando a este lado de la Ley y actuando como *todero* en este circo de tres pistas, que es la compañía «H» de Contraguerrillas.

Por eso cuando el teniente Caicedo me ordenó que le ayudara a descifrar quién era en realidad ese niño que nos enviaron desde el batallón, yo descubrí que su vida y la mía eran paralelas, la única diferencia es que el destino nos colocó sobre el mismo río de sangre, pero en orillas enfrentadas.

A la semana siguiente organicé una recolecta entre oficiales, suboficiales y ex–guerrilleros, para comprarle a Enrique la primera muda de ropa que estrenó en su vida y su primer par de zapatos, marca «Grulla».

43

Enrique en la Compañía «H»

Llevé a Enrique al área donde improvisamos nuestro alojamiento y a las dos habitaciones, en el primer piso de la hacienda que empleamos como centro de operaciones. Con los equipos de campaña debidamente alineados, cada patrulla había organizado y demarcado su frontera, organizados de tal manera que pudiéramos reposar con un ojo abierto, y en caso de un ataque, reaccionar en segundos.

–Enrique, organícese allá, en ese rincón. Mientras el personal se encuentre en reposo, usted no puede salir de esta área, ni siquiera a mear –le enfaticé– Cada vez que salgamos en una patrulla, a cualquier hora del día o de la noche, usted va a mi lado. Y, para terminar le repito: no me vaya a hacer una cagada, porque ahí sí, a todos se nos complican las cosas.

En el transcurso de esa primera semana Enrique se fue adaptando a su nueva vida en la base. Al tercer día ya cumplía con mucha seriedad sus obligaciones de «ayudante». Para reforzar el clima de confianza, lo empecé a encargar de pequeñas tareas: «dígale al sargento Plazas que me envíe la cámara», «dele una buena limpiada a la máquina de escribir», «llévele estos papeles al teniente Carvajal».

Contribuyeron a consolidar ese frágil puente de comprensión los recorridos que Enrique y yo realizamos todas las tardes por los terrenos adyacentes a la base, que tenían como único propósito reforzar su obligación de convertirse en «mi sombra». Un lunes, durante el recorrido, le relaté alguna anécdota que comencé con la desgastada fórmula, «cuando yo tenía su edad» y le coloqué amistosamente mi mano izquierda sobre su hombro, mientras que con la derecha apreté mi *M3*. Enrique me la soportó sin reaccionar.

El miércoles, decidí arriesgar aún más. En compañía de los sargentos Zuluaga y Plazas –con quienes les había compartido mi plan– nos desplazamos a un área descubierta sobre la vega del río, que termina en un talud. De manera sorpresiva le pregunté:

–Enrique, ¿usted sabe disparar?

Por primera ocasión, desde que nos conocimos, me miró a los ojos y dejó salir un tímido «sí señor», que reforzó con un movimiento de afirmación con la cabeza.

–¿Ha hecho polígono?

–Sí –dejó escapar un hilillo de voz, que denotaba cierto cabreo por el interrogatorio.

Entonces decidí cambiar de tema.

–¿Usted ha tomado alguna vez *«CocaCola»*?

Me volvió a mirar a los ojos y no habló. Me dio la sensación que desconocía de qué diablos le estaba hablando. Entonces le insistí, *«cocacola, o gaseosa, o soda»*. Como me sentí hablando en griego llamé al sargento Zuluaga

–Ayúdeme aquí. Voy a apostar con Enrique unas gaseosas, en un concurso de tiro.

–Alístese pelado, usted es el primer tirador –Zuluaga lo condujo hasta el improvisado polígono.

–Mire Enrique, primero vamos a definir si tiene buena puntería y después le explico qué es tomar *«gaseosa»*.

El sargento Plazas fue hasta el barranco, ubicado a unos setenta metros. Colocó en posición vertical una hoja de papel y la aseguró con una piedra.

Para evitar cualquier sorpresa, Zuluaga le retiró el proveedor a su carabina *M2*, en seguida le extrajo el proyectil que estaba alojado en la recámara y comentó con voz recia.

–A ver, este güevón nos va a demostrar qué tan verraco es para disparar.

Esto no parecía un concurso de tiro sino una ceremonia de iniciación. Zuluaga le pasó su carabina a Enrique. El muchacho se paró firme, colocó la culata en la hendidura que se forma en el hombro al levantar el codo, se inclinó hacia adelante, buscó el balance del cuerpo para amortiguar el golpe del retroceso, cerró su ojo izquierdo, inspiró profundo, apuntó, y.... *(clic)*. Con un gesto de frustración devolvió la *M2*.

–Bueno, ahora sí le vamos a colocar un proyectil –explicó Zuluaga.

En previsión de cualquier maniobra inesperada, los sargentos Zuluaga y Plazas se situaron a lado y lado de Enrique por si era necesario controlar un súbito cambio en la dirección de la *M2*.

Enrique volvió a asumir la posición, escupió en el suelo, se encajó la culata en el hombro, apuntó, se mordió la lengua como si eso le ayudara a dominar algún descuadre en el pulso y... «*¡Pum!*», encajó el proyectil sobre el papel.

Zuluaga y Plazas manifestaron que no se habían comido el cuento, por lo que repitieron en cinco ocasiones la misma rutina. Enrique demostró en cuatro de las cinco, que la primera diana no había sido casualidad. Entonces, el sargento Zuluaga, retomó el control de su carabina, le encajó un proveedor y con una ráfaga que disparó desde la cintura, hizo desaparecer el papel del talud.

Creo que Enrique se sintió integrado al equipo. Por primera vez lo vi sonreír. Para mis adentros reflexioné que a un niño nacido en el ambiente de la guerra le debe quedar muy difícil sonreír.

–Ahora le toca a mi teniente –se escuchó la voz tímida de Enrique.

Ante semejante desafío en público, pensé que si llegaba a fallar me arriesgaba a hacer el ridículo, entonces con el pretexto que el papel había desaparecido del talud, decidí cambiar de tema y de arma, y me concentré en explicar la capacidad de fuego de la subametralladora *M3*. «Si bien la cadencia en ráfaga no es muy acelerada», expliqué con autoridad, «cada proyectil de éstos, calibre .45, tiene el poder de partir en dos a un venado»... y uniendo la palabra a la acción, disparé una ráfaga contra un árbol.

En semejantes lejanías, los víveres son escasos y caros. La única tienda cercana luce miserable. Apenas ofrece productos de primera necesidad, sal, velas, fósforos, pilas, pan, azul de metileno y aspirinas. El día anterior me pasaron el chisme que a la tienda llevaron *gaseosas*. Ese es un producto exótico en esta esquina de la Tierra. El líquido efervescente lo embotellan en envases negros de vidrio, empacan las botellas en costales y a lomo de mula, emprenden un viaje de tres o cuatro días –dependiendo del estado del camino– hasta este último confín de la cordillera.

–Bueno, levantamos campamento. Vamos a la tienda a ver quién paga hoy las *gaseosas*.

Esa tarde se materializó el milagro. Esa simple invitación a compartir una gaseosa nos permitió, a Enrique y a mí, alcanzar el punto de inflexión.

Por mi formación militar –desde muy joven– y su adoctrinamiento guerrillero –desde muy niño– pertenecemos a dos mundos antagónicos y, por lo tanto, nos reconocemos como *enemigos*. No se necesita realizar un esfuerzo mental extraordinario para evidenciar que también estamos ubicados en los extremos opuestos del espectro social y económico del mismo país que compartimos. Sólo coincidimos en que nos entrenaron para obedecer la Ley de esta selva: «hay que matar para poder vivir».

Pero en semejante ambiente tan agresivo, obligados a posar de duros guerreros en el intento por sobrevivir, no nos pudimos resistir al poder estimulante de una gaseosa «Cóndor» –pócima burbujeante, efervescente y azucarada– que en estas veredas olvidadas por el Estado y por Dios, se consideraba elixir reservado, sólo para las exigentes gargantas de los ricos y burgueses, en las grandes ciudades.

El espectáculo de este niño guerrillero, a quien vimos tomar por primera ocasión en su vida una *gaseosa,* nos sorprendió. El líquido realizó el milagro. Las burbujas del agua carbonatada le debieron remover el moho de la desconfianza, porque, ahí mismo, Enrique volvió a descubrir el poder de su sonrisa.

No olvido ese miércoles en la tarde, cuando ya nos dirigíamos de regreso a la base y el muchacho arisco y reservado, que no soltó palabra en los días anteriores, se detuvo de sopetón, me miró fijo a los ojos por un par de segundos, bajó la cabeza y decidió aliviarse de un secreto que mantenía atorado en su conciencia.

—Mi teniente, yo a usted le perdoné la vida.

Yo me detuve. Lo miré sorprendido y sonreí con esa suficiencia del maestro que sabe que su alumno está improvisando una mentira.

—¿Que qué? ¿Que me perdonó la vida?

El jovencito volteó su cabeza para no enfrentar mi mueca de sarcasmo. Hizo una pausa, para sopesar cada palabra y en un susurro, como si estuviera consciente del riesgo que corría por revelar su secreto, respondió:

—Sí. Sí señor.

—¿Y cuándo ocurrió eso?

—El día de Navidad, en la madrugada del 25 de diciembre que acaba de pasar.

—¡No le entiendo! ¡Hable claro! ¡Explique!

—Yo era parte de la comisión de la guerrilla del Guayabero que el 24 de diciembre asaltó la vereda de Versalles. Éramos 27 guerrilleros. Después del asalto, armamos una emboscada en espera de la reacción del ejército. Estábamos muy bien ubicados y en esa vuelta del camino, nadie se podía salvar. Allá los estuvimos aguardando toda la noche. Al otro día, cuando ya empezó a aclarar, su patrulla entró en la emboscada. Mantuvimos a los punteros en el punto de mira, en espera que todos se metieran en el primer anillo... pero estaban muy cabreados y nos dejamos contagiar de esa desconfianza. Además no sabíamos si había otras patrullas en el área. Nos dejamos contaminar del miedo. Temíamos la reacción del ejército y la posibilidad de caer en una contraemboscada. Si el camarada Páez ordena abrir fuego, creo que ni mi teniente ni yo estaríamos aquí, contando el cuento.

De manera instintiva me trasladé mentalmente a esa mañana cuando estábamos a punto de alcanzar el plano de Versalles, y el sargento Zuluaga advirtió: «¡Pilas! ¡Esto está demasiado tranquilo! Esta mierda huele a feo». Superado ese flash en mi memoria, mantuve mi mudez durante varios segundos, antes de retornar al diálogo.

—¿Y...? ¿Por qué no dispararon?

Como única respuesta levantó los hombros, en un gesto espontáneo que bien pudo ser expresión de ingenuidad o demostración de su
sobrada experiencia como combatiente.

–¿Qué edad tiene?

–Doce

¿Doce?... me sorprendí por un segundo... a esa edad yo estudiaba
en el Liceo Francés y, de acuerdo al código del uniforme, usaba pantalón gris corto, chaqueta azul adornada a la altura del pecho con el
tricolor francés. Camisa blanca. Corbata y medias color «rouge bour-
gogne». Y durante la izada de la bandera, cantaba extasiado:

«Allons enfants de la Patrie,

Le jour de gloire est arrivé!»

–Y ¿a qué edad entró a la guerrilla?

–Esa historia es larga. A los nueve años me asignaron un revólver
y participé en mi primera comisión de combate.

44

La confesión

La misma noche de la confesión, me armé con mi cuaderno de notas. Nos sentamos bajó la carpa de comando, iluminados por una vela cuya llama parecía tiritar de miedo. El joven guerrillero me confirmó que quizás él y yo estábamos viviendo horas extras.

No recuerdo si sentí pánico, duda o escalofrío, lo cierto es que me sorprendí con un leve temblor en el labio inferior, y, para neutralizarlo, improvisé una mueca, remedo de una patética sonrisa. Superada la medianoche, soplé la vela, como si ese fuera el protocolo para bajar el telón que puso fin a un día cargado de emociones.

Al salir, le hice señal al centinela de mantener el ojo abierto. «Se nos puede volar con un fusil» –le susurré la consigna.

En ese ambiente de guerra donde deambula impenitente la helada incertidumbre, pasé al reposo vestido, incluso con las botas de combate puestas. Como si se tratara de mi amante, abracé la *M3* y me persigné a toda prisa. Esos fueron los dos únicos recursos que encontré a mano para espantar de mi mente a los fantasmas de la muerte.

Como no existe peor tormento que estar agotado y no poder dormir, me resigné a mantener los ojos abiertos en la oscuridad, hasta que despuntó la madrugada.

Día tras día, al terminar nuestras agotadoras jornadas de diálogo, me sentía sorprendido por la cantidad y calidad de la información que

Enrique relataba, con ese derroche de ingenuidad y frescura, que me hacía sentir como si yo también tuviera doce años y él me estuviera contando los detalles de una película censurada, «sólo para mayores de 21». Me narraba con palabras elementales, lo real maravilloso que en este momento sucedía –ahí no más– bajo la espesa manigua que empieza en el patio de atrás.

Recuerdo la madrugada, cuando la última vela estaba a punto de agotarse, y yo intentaba ordenar los papeles, antes de pasar al reposo. Entonces una nube de sospecha me oscureció la mente. Hasta ese día no tuve motivo para presionarlo, pero quería entender la calidad de los afectos que lo podrían mantener fuertemente vinculado a la guerrilla. Así que le solté una *pregunta sonda,* que pareciera espontánea.

–Hola Enrique, ¿y su papá vive contento en la guerrilla?

No respondió. Bajó la cabeza. Por su expresión deduje que lo consumía un intenso conflicto personal, entre ser leal a su papá –a quien me lo imaginé como activo guerrillero– y su conveniencia de mostrarse arrepentido y colaborador. Quizás esta es la estrategia de un niño, para sobrevivir en medio del enemigo. Así que recargué mis argumentos con otra granada.

–¿Y su mamá también vive contenta allá en la guerrilla?

Esta vez la respuesta de Enrique fue inmediata y enfática.

–No sé quién es mi papá, ni quién es mi mamá. No los conozco.

A renglón seguido me sostuvo la mirada durante varios segundos, como pidiendo que le creyera. Me sentí incómodo y pensé que debía eliminar esa atmósfera de interrogatorio. Para mi fortuna, Enrique salió al paso y me soltó una pregunta cargada de curiosidad, que me ayudó a aliviar la tensión y cambiar de tema.

–Mi teniente, ¿usted sí conoce a su padre?

–Sí

–¿Y él es así, como usted?

Lo único que se me ocurrió para ilustrar esa relación fue contarle aquellos días cuando mi padre me enseñó la letra de *Mambrú,* canción infantil que machacábamos en coro durante los viajes largos en carro.

Debido a que esa noche no recordé la letra sin ponerle el bendito sonsonete, me vi obligado a tararearla. A la luz de un par de velas –y a muy bajo volumen– canté las estrofas del Mambrú que se asomaron a mi memoria.

«En Francia nació un niño,
qué dolor, qué dolor, qué pena,
En Francia nació un niño de padre militar,
Do, re, mi, do, re, fa, de padre militar.

Mambrú se fue a la guerra,
qué dolor, qué dolor, qué pena,
Mambrú se fue a la guerra, y no sé cuándo vendrá,
Do, re, mi, do, re, fa, no sé cuándo vendrá.

Vendrá para la pascua,
qué dolor, qué dolor, qué pena,
vendrá para la pascua o para navidad,
do, re, mi, do, re, fa, o para navidad.

Que Mambrú ha muerto en guerra,
qué dolor, qué dolor, qué pena,
que Mambrú ha muerto, en guerra
lo llevan a enterrar.
Do–re–mí, do–re–fa,
lo llevan a enterrar».

Cuando terminé mi pésimo debut como cantante, intenté traspasarle el alma con la mirada, pero me fue imposible descifrarlo. Era una persona que ostentaba la ingenuidad y sinceridad de un niño de doce años, pero que, a juzgar por las historia que me dictaba, poseía las vivencias de un veterano combatiente de cincuenta guerras.

A la hora del desayuno, el sargento Zuluaga, dejó escapar otro de sus comentarios ácidos.

—Oiga mi teniente gracias por la serenata de anoche. Lo felicito. Si me permite ser sincero, su voz no es muy buena pero le sonó muy tierna su interpretación del tal *Mambrú*.

Para no posar de fatalista, me abstuve de tararearle la estrofa que en mis tiempos de niño más me impresionó:

«¿E irás a Flandes, mi querida Mally?

¿Para ver a los grandes generales, mi preciosa Mally?

Lo que verás serán las balas volar,

y a las mujeres oirás llorar,

y a los soldados morir verás,

mi querida Mally».

45

Visiones entrecruzadas

Enrique

Cuando me hicieron trepar al helicóptero, tuve la certeza que me iban a arrojar desde las alturas. Era mi culpa. Yo debí cooperar en alguna forma con el sargento que me interrogó durante tantos días. Ahora, a bordo del aparato, estaba cagado del susto y no quise mirar a nadie. La rabia y la impotencia que sentí, me volvieron rebelde. Me resistí a llorar y a pedir clemencia. Me empezó a doler la mandíbula de tanto apretar los dientes. Cuando el helicóptero se elevó, un sólo pensamiento me taladró el cerebro, ¿estaré consiente en el momento que me estrellé contra el suelo? Metí mi cabeza entre las rodillas.

Armando

Con Enrique no establecí la relación reglamentaria entre un prisionero y un oficial de inteligencia. Me gané toda su cooperación sin aplicar tensiones ni presiones, sin prometer premios ni castigos. Lo que establecimos fue un diálogo de dos veteranos de la misma guerra, como si hubiéramos pactado reunirnos en la base de El Cedral, para compartir aventuras.

Enrique

Cuando me empujaron fuera del helicóptero y caí al suelo, sentí que el mundo temblaba y corrí entre una nube de polvo, para que las aspas del aparato no me tumbaran la cabeza. Nadie me explicó a dónde me llevaban, ni por qué me dejaron allí, ni quiénes eran las personas que me recibieron, ni qué esperaban de mí.

Armando

Durante los tres primeros días, el diálogo con Enrique me sonó extraño. Por el clima de desconfianza él se limitaba a responder con monosílabos o con largos silencios, pero al finalizar la semana logré demostrarle que no éramos tan diferentes ni tan enemigos. Entonces, todo empezó a fluir con menos temor y más confianza. A los pocos días me comentó lo de la emboscada y fue cuando descubrimos que la masacre de Versalles, el día de Navidad de 1965, nos condujo al mismo cruce de caminos, en la misma selva, a la misma hora, fusil en mano, separados apenas por 50 metros... y gracias a Dios, o al destino, o a la casualidad, o a la suerte... no nos matamos.

Enrique

El pánico que yo llevaba atorado en el alma empezó a ceder cuando se alejó el helicóptero y me sentí vivo, en un territorio que no reconocí, donde me recibieron mejor de lo que nunca me podría haber imaginado. No me trataron como al peligroso enemigo capturado, ni me aislaron, ni me miraron como a un bicho raro. No me gritaron, sino que me hablaron. Además, el clima aquí no es tan ardiente como el de Neiva. El Cedral tiene ese clima sano de montaña, muy parecido al que disfruté de niño en la finca de la abuela.

Armando

Mis conversaciones iniciales con Enrique se limitaron a conocer sus experiencias en la guerrilla. Desde el principio, él trazó una línea para señalar la frontera entre sus dos vidas la de guerrillero y la de un niño que hace parte de una familia. Era como si le doliera repasar ese tema. Su hoja de vida me la resumió en diez palabras: «no sé leer, ni escribir, no tengo papá, ni mamá».

Enrique

Tuve la suerte que me enviaran a El Cedral. Desde mi primer contacto con el teniente Caicedo le tomé un gran afecto. Es buena persona y aunque me dobla en edad, nos entendimos como iguales. Me hizo sentir como si él fuera un pariente lejano a quien yo fui a visitar. La razón para quedar tan impresionado es que él fue la primera persona que en toda mi vida me trató con humanidad y la primera en quien yo deposité toda mi confianza.

Armando

Al descubrir que Enrique a sus doce años jamás se había sentado en el pupitre de una escuela, me sirvió para valorar la tremenda sabiduría que atesoraba. No cualquiera puede sobrevivir 12 años batallando, con todos los factores en su contra. Su origen humilde, la miseria del abandono familiar y el reclutamiento a la fuerza para combatir en una guerra miserable, que no era la suya, lograron que a sus 9 años se graduara de adulto.

En realidad, su edad cronológica no corresponde a su edad mental. Tiene apenas 12 años pero carga la experiencia de un hombre de 50.

Enrique

En horas, mi vida dio un giro extraño. Por primera ocasión en mi vida me sentí parte de una familia. El capitán Valbuena es un comandante muy humano. Con el sargento Plazas, me identifiqué de inmediato, porque vivió de niño una tragedia parecida a la mía. Y me impresionó conocer a un soldado de verdad, el sargento Zuluaga, un veterano que se conoce de memoria la clave para animar a sus hombres cuando todos están metido en la verrionda y todas las condiciones están en su contra.

Armando

Yo estaba fascinado al conocer la vida de un guerrero de apenas 12 años que me narró con palabras sencillas, lo que sucede –aquí no más– en esta selva que se encuentra a la vuelta de la esquina. Era como si me estuviera dictando, de memoria, su particular versión de *«Enrique en el País de las Maravillas»*.

Por lo general, todos admiramos a un héroe que siempre es mayor. Yo empecé a admirar a un héroe que tenía la mitad de mi edad.

Enrique

Con el teniente Caicedo tengo especial gratitud. Supe de las gestiones que realizó para adoptarme como hijo, pues según él, ese era el único camino para alejarme de esta guerra. Mi relación con él fue el más efectivo antídoto contra ese mal de rabia que yo cargaba contra la sociedad, veneno que me inyectaron todos los días en la guerrilla con su catecismo de la «lucha de clases».

Armando

Enrique, además de exhibir una memoria prodigiosa me demostró lealtad. Por ese sentido de la lealtad, que sólo se aprecia entre soldados, yo me convertí en su protector y él, en mi sombra.

Enrique

No me acuerdo cuando empezamos a hablar sobre la capacidad militar de la guerrilla, lo cierto es que el teniente tomaba notas en cuatro o cinco cuadernos, y subrayaba palabras con un lápiz rojo. Nunca me sentí acosado. Conversamos de manera tan desabrochada, que me hacía reír con sus apuntes. En muchas jornadas nos sorprendió la medianoche y sólo nos percatábamos de lo avanzado de la hora, cuando se acababan las velas.

Armando

Más pronto de lo que jamás imaginé, Enrique me notificó de qué lado de la historia quería estar. No porque me hiciera una declaración formal de adhesión, sino porque se apropió de *nuestra misión*. «Tenemos que sacar a Joselo del Guayabero. Están amasando una comisión pesada para asaltar una base militar grande. Joselo vive obsesionado con salir en los periódicos, porque él sabe que esa es la forma de aumentar su prestigio entre las columnas guerrilleras del Bloque Sur».

Enrique

Una mañana a la hora del desayuno, el teniente me comentó que había ordenado los apuntes que tenía en sus cuadernos y que estaba seguro que daban para un informe muy importante, para analizar y valorar las capacidades de la guerrilla del Guayabero. Entonces empezó la preguntadera, martillando todo el día sobre el tema. Su terquedad era comprender, con certeza, lo que yo le había relatado. Ese día, por fin, sentí que su trabajo y mi información tenían sentido. Trabajamos en largas jornadas, resolviendo todos los interrogantes, desde la descripción física de cada guerrillero, su posición dentro de la organización, su educación política y su formación militar, su perfil como combatiente y su dotación de armamento, hasta las debilidades y fortalezas de los diferentes comandantes. En esa tarea de complementar el informe, con el máximo de detalles, trabajamos día y noche.

Armando

Ante la ausencia de cartas topográficas confiables, Enrique dibujaba sobre la tierra rutas de aproximación al Guayabero, identificaba las trochas de desplazamiento de la guerrilla, las vías por las que recibían refuerzos del Duda y el Sumapaz y los lugares donde mantenían puestos de observación y de control. Describía los cursos de los ríos y los puntos por donde se podían vadear. Concluidas sus explicaciones, yo asumía de inmediato la tarea de interpretar sobre un papel, esa obra de arte efímero que él trazó sobre el suelo. Armado con lápices de colores y mucha imaginación me entregaba a la faena de dibujar sobre amplios pliegos de papel periódico las inéditas cartas topográficas, que se ajustaban a lo que yo le entendía.

Enrique

Durante mis cuatro años en las selvas del Guayabero me familiaricé con todos los aspectos. Conocí, *a pata pelada,* de extremo a extremo, el territorio, las trochas, la capacidad operativa de la guerrilla y la ubicación de los puntos fuertes y débiles del sistema de defensa. Conocí a sus integrantes y a la organización política y militar, y a la estructura de sus auxiliadores. Viví la estrecha relación del movimiento campesino con el partido comunista y con las otras guerrillas que conforman el Bloque Sur. Pero a la hora de ordenar tanta información y escribirla sobre un papel, descubrí que eso es muy bravo. El teniente impuso sus reglas. El informe debe ser preciso, comprobable, sin exageraciones, que no cause confusión y que permita planear operaciones. Punto.

Armando

Compartí con el capitán Valbuena mi entusiasmo. Enrique es una fuente confiable y la información que genera es oportuna y de óptima calidad. El único obstáculo que encontré es que carecía de los recursos para preparar un informe consistente. Es que estamos en una zona de operaciones donde solo cuento con una cámara Canon de 35mm, cuatro cuadernos escolares, una resma de papel carta, papel periódico tamaño pliego y la Olivetti portátil de la compañía, que carece de la capacidad para producir lo que en ese entonces era de rigor: «un original y tres copias al carbón».

El capitán Valbuena me autorizó viajar al comando del Batallón Tenerife para completar el trabajo. «El informe se debe dirigir al *Comando del Ejército*», me enfatizó.

Enrique

Noté que el teniente Caicedo estaba muy entusiasmado. «¡Alístese güevón! La operación Guayabero ya despegó». Según el plan contábamos con apenas 72 horas para repasar, aquí, en El Cedral, toda la información que yo le había suministrado. Tan pronto él definió la estructura del informe, y sus anexos, se puso a hacer el inventario de las anotaciones en sus cuadernos. Él tenía marcada la información que veía escasa, contradictoria o confusa y me puso a aclarar y a explicar, cada punto. Escribía a máquina a toda mierda, con solo dos dedos y la gente ya estaba cabreada porque ajustaba ocho noches de puro tecleo y no dejaba dormir a nadie.

Armando

Antes de viajar a Neiva me aseguré que la estructura del informe siguiera los procedimientos reglamentarios. Le compartí al capitán Valbuena lo que llamé «el borrador final» y me comprometí a avisarle cuando el *original* estuviera listo.

Enrique

A la pura verrionda salimos para Neiva. Yo me trepé en el jeep que conducía el teniente y junto con un escolta me encargué de cuidar, en el asiento de atrás, la caja donde empacamos los apuntes y los mapas.

Armando

Partimos esa misma noche de El Cedral hacia Neiva, por esa carretera tortuosa y destapada que corre paralela al río Fortalecillas, en medio de unos cerros tan empinados y boscosos, y con curvas tan cerradas que hasta un bobo puede emboscar un convoy militar a pedrada limpia. El jeep puntero lo condujo el pastuso Ortiz, un soldado experto en manejo evasivo y tácticas antisecuestro. Allí se acomodó la escolta que organizó el sargento Plazas.

Enrique

Durante el viaje no me importó la velocidad y el pésimo estado de la carretera, que me mantuvieron saltando en el asiento de atrás. Mi preocupación era otra... no estaba preparado para retornar al Batallón Tenerife. Eso era repetir la película de terror que me tocó padecer, un par de meses atrás. Iba angustiado. Cuando ya vi despuntar las primeras edificaciones de Neiva, y sentí la magia de rodar por el pavimento, no resistí mi malestar. «Mi teniente, no quiero regresar al Batallón. Tengo temor. No estoy preparado». El teniente Caicedo le hizo cambio de luces al jeep de adelante y se detuvieron. Él se bajó, habló con el sargento Plazas y en seguida se trepó de un salto y arrancó. Volteó la cabeza y me gritó: «Tranquilo Enrique, lo voy a dejar con «propias tropas». Serían las once de la noche cuando entramos a la ciudad y ahí mismo nos detuvimos cerca a la estación del tren. El teniente Caicedo y el sargento Plazas se bajaron en un café al aire libre, iluminado con luces de colores, que desde lejos parece el paraíso terrenal. Está repleto de gente, y suena música a todo volumen. A los pocos minutos me mandaron llamar. «Enrique, ella es Esther. Por dos días, ella va a ser su *mamá*». Yo quedé boquiabierto. Nunca antes en toda mi vida había visto una mujer tan alta, tan bonita y, como si fuera poco, con una minifalda que me hizo bizquear. Tenía unos ojos grandes y se rió con una espontaneidad contagiosa. Me tomó por el hombro y me acarició el pelo. «Me llaman, porque necesito un teléfono donde podamos coordinar a qué hora y dónde lo recogen». Antes de partir, el teniente Caicedo me dijo muy serio: «Me la cuida, güevón, recuerde que ella es propias tropas».

Armando

En el curso de las siguientes 48 horas completé y edité el informe. Por radio le comuniqué al capitán Valbuena que estaba todo listo. Le hice entrega del original y las tres copias de rigor, debidamente empastadas. Sobre el título donde dice, «Orden de Batalla, Efectivos, Capacidades, Limitaciones y Sistemas Tácticos del movimiento armado del Guayabero».... aparece un sello que clasifica el documento como «SECRETO».

Enrique

Fueron dos días de vacaciones, en una ciudad grande. La señorita Esther me llevó a la pieza donde ella vive. Me acomodó un colchón pequeño en un rincón y allí pasé las dos noches. Me llevó a pasear y tuve una experiencia inolvidable: por primera vez en mi vida me comí un helado de coco. Ella entra a trabajar a las siete y me tocó acompañarla en el café hasta casi la medianoche cuando el teniente Caicedo y el sargento Plazas llegaron a mi rescate. La señorita Esther estaba más bonita esa noche que los días anteriores. Los recibió con su sonrisa de picardía y procedió a hacer entrega del «prisionero». «Bueno, aquí está su hijo, tal como me lo entregó. Revíselo bien. ¿Qué tal le quedó la pinta?» Esa noche yo aparecí estrenando corte de pelo, camisa, pantalón y zapatos, que la señorita Esther me llevó a comprar en el comercio de Neiva.

Armando

El capitán Jeremías Valbuena, comandante de la Compañía viajó a Bogotá con el cartapacio de 92 páginas, más sus anexos. Y nosotros, retornamos a El Cedral.

Enrique

Nunca volví a ver a la señorita Esther, pero me dejó muy impresionado su belleza, su modo tan descomplicado y alegre, más esa inolvidable sonrisa que no le cabe en la boca. En el viaje de regreso a El Cedral, me fui pensando cómo me hubiera gustado que en ese par de noches ella me hubiera abrazado, como años atrás lo hiciera Ana Ruth Poloche, cuando allá en el Papaneme decidió jugar conmigo a que yo era su hijo.

Armando

Cuatro días más tarde el capitán Valbuena regresó de Bogotá. «En el Comando del Ejército están sorprendidos por la calidad del informe. No le cambiaron una coma», me comentó con entusiasmo. Entonces toda la compañía «H» debió adaptarse en minutos para ejecutar la nueva misión, que daba un brinco del nivel táctico a una operación del más alto nivel estratégico. Se desencadenaron las órdenes de alistamiento y entrenamiento para ejecutar lo que nos corresponde en la nueva operación destinada a recuperar para el Estado el control del orden público en la región del Guayabero.

Enrique

No pude disfrutar mi retorno a El Cedral, porque antes de una semana, el teniente Caicedo me llevó de regreso a Neiva, pues él debía asumir como oficial de inteligencia del Batallón Tenerife. En esas nuevas condiciones se me alivió la tensión de regresar. Dejé de sentirme como el despreciable «prisionero de guerra», ahora me integré a las «propias tropas».

Armando

Enrique, veterano de muchos combates, pasó a enfrentar quizás la más dura de sus batallas: aprender a leer y a escribir. Él, que se formó en las filas de la guerrilla, pasó a formar fila en la escuela pública que funciona en el batallón. Mi «asistente ejecutivo» que se formó en el más riguroso y violento ambiente machista, ahora le tocó obedecer las órdenes de una maestra. De tener como camaradas en la guerrilla a tipos más grandes y violentos, ahora, en esta difícil etapa, tuvo que reconocer como sus nuevos *compas* a los veintitantos niños –entre cinco y seis años– con quienes compartió pupitre en la escuela.

Enrique

Qué duro sentarse por horas a aprender a leer, pero más duro bajarse el fusil del hombro y tomar un lápiz para aprender a escribir. Para mi fortuna, la "Operación Guayabero" se desenvolvió de manera acelerada y ya era frecuente que llegara un oficial o un suboficial a interrumpir la clase, para pedirle permiso a mi maestra, porque me necesitaban con *urgencia* en el comando del Batallón. Como la operación era al más alto nivel, y estaban comprometidas varias unidades de ejército y de las brigadas, requerían la confirmación de sus apreciaciones. Mi fugaz paso por la escuela llegó a su fin, cuando empezaron los reconocimientos aéreos. En los aeropuertos de Neiva y Bogotá yo me debía embarcar al lado del capitán Valbuena para tratar de interpretar desde el aire lo que sucede bajo ese espeso manto verde e impenetrable de la selva, que yo conozco –allá abajo– como la palma de mi mano. Aunque la experiencia era emocionante, las bruscas maniobras del piloto casi me hacían devolver el desayunito. Recuerdo el día que realizamos el reconocimiento en la parte baja del río Guayabero, sobre Puerto Crevaux. El piloto descendió tanto que de inmediato recordé que en ese punto la guerrilla hablaba de la posibilidad de tumbar un avión, con descargas coordinadas de fusilería. ¡Grité la alarma! Y entonces ese aparato salió disparado hacia las nubes y yo, que no iba asegurado, casi me desnuco.

Armando

Bajo ese manto vegetal, la ventaja de la guerrilla es indudable. El intento de interpretar desde el aire unas cartas que yo dibujé de oído, resulta tan complejo como pretender que un psiquiatra diagnostique a un tarado, basado en una radiografía de sus pulmones.

Recuerdo el comentario del capitán Valbuena al retorno de uno de los reconocimientos aéreos: «Al aterrizar, el piloto me llamó a la cabina y me susurró a la oreja: «Hermano, yo de usted no me metía en esa selva. De ahí, no sale nadie vivo».

46

Cara a cara

Es una sensación extraña encontrarse cara a cara con alguien que estuvo a cargo de quitarte la vida. Y lo miras con curiosidad, al tiempo que te repites la misma pregunta: ¿y dónde putas se le notará su peligrosidad?, si es un muchacho pequeño, con el cabello castaño y los ojos claros, que porta «cara de niño decente», con pinta de buena persona, que si lo ves en el mercado o si se llegara a sentar a tu lado en un bus, o se cruzara contigo en una esquina, ni lo notarías, o hasta le sonreirías. Pero además habla tu idioma, con tu propio acento y, quizás, en el colmo de la coincidencia, hasta pudiera parecerte un pariente lejano.

La realidad que desconoces, es que él recibió la orden de ejecutarte. Lo anima el odio que le inocularon en sus clases de adoctrinamiento y cuenta con un arma de fuego. Y esto no es un juego.

Desde la orilla opuesta del mismo río de la historia, los soldados juramos defender la Constitución y la Ley, «incluso con nuestras propias vidas».

La paradoja es que él y yo coincidimos en que estábamos dispuestos a matarnos.

En casos como el de una emboscada –que es una suerte de muerte por encargo– no hay tiempo para debates morales... la orden es suficiente... La oportunidad inaplazable. Te han preparado para ello. La recompensa es liquidar al enemigo, valiéndose del factor sorpresa. Para participar como ejecutor de la emboscada, es preciso despojarse de cualquier sensiblería que te pudiera ablandar el corazón al momento en que se desencadena el *Apocalipsis*. En ese orden de ideas, eliminas de tu mente los sentimientos de piedad, conmiseración, misericordia, y otras carajadas similares que pudieran confundirte y hacerte dudar. Nadie piensa si el «enemigo» que te asignaron tiene hijos, o una amante que lo espera, o si tiene a su cargo una madre y unos hermanos pequeños que quedarán en el desamparo. Por todas esas razones, antes de cargar el arma con munición, hay que cargar el alma con sectarismo, pasiones y odios. Se debe justificar la barbarie con cualquier razón política, económica, religiosa o racial. Una vez estás cegado por tus argumentos, son ellos los que tiran del gatillo, no tú. En ese último segundo ya no hay tiempo para reflexiones inocuas, eso de «pero si no nos conocemos, pero si jamás nos declaramos la guerra, pero si no existen razones para matarnos». Ambos —víctima y victimario— están obligados a actuar en una tragicomedia donde todos vivimos armados de manera ciega, con prejuicios, doctrinas y pasiones que nos inculcan a diario en esa escuela de adoctrinamiento, de rivalidades y de odios, que es la vida misma.

Las dos preguntas que me atropellaron durante varias semanas fueron, «¿por qué me perdonaron la vida? y ¿por qué no me ajusticiaron en la emboscada?».

La respuesta resultó más simple de lo que pensaba: aquí no hubo asomo de piedad o compasión. La emboscada se suspendió por razones prosaicas.

Esa mañana de Navidad no hubo asomo del menor sentimiento de misericordia, sino que se impuso el pragmatismo de la guerra: no nos mataron porque esa comisión de la guerrilla se enfrentó, en la madrugada del 25 de diciembre de 1965, a un problema de comida, a la desconfianza en sus capacidades para ejecutar la emboscada y al temor de no resistir la persecución durante cuatro largos días, hasta coronar el Guayabero.

El mismo dilema prosaico que debió enfrentar el más noble y bien-intencionado de nuestros caballeros andantes. Cuenta Don Miguel de Cervantes, que el Quijote llegó muy hambriento a un pueblo donde le ofrecen «un banquete». Como tuvo que elegir entre continuar «su batalla» o quedarse a comer, su sistema digestivo tomó a su cargo tan vital decisión: «antes de cumplir con el arduo trabajo de llevar las armas, hay que obedecer primero al gobierno de las tripas».

Así, gracias a la Divina Providencia y a la angustia digestiva de los guerrilleros, logré una segunda oportunidad sobre la Tierra.

Esta sucesión insólita de errores, accidentes y coincidencias lograron violar la ley de probabilidades, y me permitieron recuperar, cincuenta años más tarde, esta historia sobre la guerra, que podría haberse esfumado en el olvido –como miles de otras vivencias y experiencias– que resultaron corroídas por el cáncer del tiempo.

A la hora de morir en estas selvas, poco cambia el hecho de arrogarse de qué lado de la historia combatiste, porque desde el instante en que te involucras en el conflicto y desembarcas en el área de operaciones, ya eres un condenado a muerte. Aún más, sin siquiera involucrarte en el conflicto, puedes treparte en el bus equivocado que resultó asaltado, subirte abordo del avión secuestrado, navegar por un río controlado por la guerrilla, tener cara de que posees más de los que tienes, o ir a la escuela por el camino minado.

La muerte en este ambiente de guerra de baja intensidad es la suma delirante de muchos factores accidentales, de caprichos del destino, de habilidades, errores, amenazas, y de la buena suerte y la mala fortuna. Si te atropella la mala suerte, no tendrás la oportunidad, de relatar tu historia. En cambio, yo sobreviví. Mi adversario, también. Por eso estamos aquí echando el cuento. Esa es la Ley de la vida y de la guerra.

47

Carta a los camaradas

Los radios *walkie-talkie,* de fabricación japonesa, adquiridos por el Comité Central, para reforzar la movilidad de las guerrillas del «Bloque Sur», jamás llegaron a su destino.

En el extenso informe que los camaradas Alberto Gómez, Heráclito Valbuena y Vicente Páez escribieron en Santa Elena, sede del comando central del movimiento revolucionario del Guayabero, con destino a los camaradas Joselo, Paulina y Jaime Parra de la célula de *Radio de Indochina,* se da cuenta de «la caída en poder del ejército de dos auxiliadores remeseros: Teodoro Guzmán y Silvino García, más la pérdida de todos los equipos de comunicaciones».

Por estas circunstancias, se suspende la participación de la dirigencia de la guerrilla del Guayabero en la *Segunda Conferencia*[1] convocada en la región del Duda, para fines de abril de 1966.

Saluda a los compañeros revolucionarios que participaron en el *X Congreso del Partido Comunista Colombiano*[2].

---

1   En la Segunda Conferencia, se crean las FARC, bajo el mando de Manuel Marulanda Vélez (Tirofijo). Se crea un «estado mayor» y se ordena expandir la acción de las guerrillas móviles por toda Colombia, como brazo armado insurreccional del Partido Comunista.

2   En la X Conferencia, que se realiza en enero de 1966, en Viotá, el Partido Comunista Colombiano aprobó como estrategia, la combinación de todas las formas de lucha para la toma del poder.

Saluda al camarada Jaime Guaracas que nos representó a los movimientos armados campesinos, en la Primera Conferencia Tricontinental de La Habana[3].

Los camaradas que adelantaron contactos en Bogotá con la dirección del movimiento liberal MRL[4] y «con personal honrado de la ANAPO[5]», para demostrar –con la toma de un municipio en el Huila– la organización y capacidad de lucha de los guerrilleros del *Bloque Sur*, deben desmontar esta expectativa, para no crear desconfianza.

Así mismo se solicita la ayuda de los profesores de la Universidad Nacional a fin de neutralizar las críticas que le están haciendo al movimiento en la zona. Un grupo de «sapos», entrenados por la inteligencia militar, utilizan tácticas de desinformación, para que los campesinos protesten contra la guerrilla porque «se está comiendo el fruto de su trabajo». Se pide ayuda para redactar una declaración que detenga esta campaña antirrevolucionaria.

Para finalizar, se da cuenta de la evasión del guerrillero Enrique, alias el *«Mono»* o *«Pelusa»*, y se ordena que todos los milicianos de la zona contribuyan para lograr su recaptura.

Se urge el inmediato regreso de los camaradas «guayaberunos» que se encuentran en cursos en las escuelas de cuadros en Bogotá y Viotá, y de aquellos que se encuentran con permiso en el área de Sumapaz, pues todos los guerrilleros deben prepararse para defender el territorio del Guayabero ante la posible arremetida del ejército que con la evasión de Enrique, el *«Mono»*, se ve venir.

---

3   La Primera Conferencia Tricontinental de la Habana convocó en enero de 1966, a representantes de movimientos revolucionarios de Asia, África y América Latina, para sembrar la semilla de un movimiento revolucionario mundial que luche, de manera coordinada, contra el imperialismo.

4   MRL (Movimiento Revolucionario Liberal), organización política opuesta al gobierno del Frente Nacional, fundada en 1960, por Alfonso López Michelsen.

5   ANAPO (Alianza Nacional Popular), movimiento opuesto al gobierno del Frente Nacional, fundado en 1961, por el general Gustavo Rojas Pinilla.

48

Hasta dentro de cincuenta años...

La mañana cuando me notificaron que debía regresar a Bogotá para reintegrarme al Batallón de Inteligencia, me preparé para entregar mis responsabilidades. Armado de papel y lápiz empecé a escribir el acta de entrega, que más parecía «mi acta de rendición». Pasé revista de mi patrimonio para descubrir que nada me pertenecía, ni el par de camuflados sudados y remendados, ni el equipo de campaña, ni la subametralladora *Thompson M3*, ni las granadas, los proveedores y la munición, ni las botas de combate, es más, ni siquiera el destino. Todo lo que tenía en mi haber olía a sudor, a humedad y a podredumbre. Hasta el alma ya me olía a caño. Todo lo que me parecía poseer pertenecía al Estado, hasta mi propia vida. Lo único que rescaté en ese momento íntimo de cambiar de piel, fue la carta que conservo plastificada, aquella que me envió mi padre, donde me llama la atención por «mi indiferencia de seis meses sin escribirle ni un simple telegrama a mi mamá».

No tuve tiempo para despedidas. La Compañía «H» continuaba involucrada en muy variadas misiones en el terreno y yo estaba involucrado en otras responsabilidades como *S2* –oficial de inteligencia– del Batallón Tenerife.

Cobré seis meses de sueldo, porque allá en el monte no hay nada que comprar.

Me escurrí en un jeep al centro de Neiva en busca de ropa para poder regresar al mundo de los pequeños burgueses, sin causar espanto.

En el almacén de un «turco» me equipé con lo estrictamente necesario, ropa interior, un jean, un par de camisas y unos zapatos ordinarios, amén de un desodorante para disimular el *olor a chucha* al que me acostumbré en el monte.

Como todo mi patrimonio carecía de valor, decidí no comprar maleta. Metí mi miserable equipaje entre una bolsa plástica y me dispuse a partir.

Cumplí con mi deber.

La única preocupación en ese instante es que carecía de un documento de identidad y, de pronto, iba a tener problemas con alguna autoridad que me detuviera en la carretera para pedirme papeles. ¿Qué diablos iba a explicar, cuando ni siquiera cargaba una libreta de rencores?

49

Yo soy Secundino

Mi nombre es Secundino García. Yo soy aquella persona «misteriosa» que en abril de 2015, reaccioné como un rayo cuando escuché una entrevista que le estaban haciendo por la radio a Armando Caicedo.

¡Qué suerte! Llamé a la emisora y logré convencer a la productora del programa que me facilitara su teléfono. Le dije: «un hijo suyo lo necesita con urgencia».

Me arriesgué a mentir con la convicción que a estas alturas de mi vida no iba a contar con mejor oportunidad para establecer la comunicación que mantuve *—en modo de espera—* durante cuarenta años.

La primera ocasión que Enrique y yo hablamos del tema estábamos a punto de cumplir diecinueve años y nos sentíamos dueños del mundo.

Él acababa de prestar servicio militar y yo regresaba a mi casa, luego de dos años de estudios en la Escuela Militar de Cadetes. En la noche de nuestro reencuentro, derrochamos alegría y nostalgia. Luego de brindar por muchos recuerdos de nuestra infancia, Enrique me comentó que tenía la obsesión de buscar a su papá.

–Yo te ayudo –le prometí– ¿Sabes dónde está?

–Alguien me contó que es periodista y trabaja en televisión.

–¿Qué? ¿Que tu papá trabaja en la televisión?

—Sí. Se llama Armando Caicedo. ¿Lo recuerdas?

—¿Que qué? —le pregunté asombrado— ¿el teniente que estuvo en El Cedral?

—Sí. Lo considero mi padre. Fue la primera persona que en mi vida me trató como a un ser humano. Recuerdo, que en el intento de sacarme del infierno de la violencia, realizó gestiones para adoptarme.

Esa misma noche recordamos cuando mi padre, Don Luis García, me llamó: «Mijo, este es Enrique. Me lo trajo el capitán Jeremías Valbuena. Vamos a ayudarlo, porque no tiene familia. Desde hoy pasa a ser parte de la nuestra».

Yo lo examiné sin mayor curiosidad. Coincidimos en tener la misma edad y, desde entonces, él se convirtió en mi hermano de crianza. Era muy serio y callado, y pasamos a compartir el mismo cuarto, las mismas responsabilidades en la casa, los mismos afanes y la misma familia.

Mi mamá, doña Nohora, lo educó con el mismo amor y disciplina como nos educó a todos. Le enseñó, buenos modales y lo quiso como a un hijo. Mi hermana Nohorita, quien entonces trabajaba como maestra en la vereda, lo acogió en su escuela y le enseñó a leer y a escribir.

Mi padre, patriarca liberal en la región, quien se ganó el respeto de la gente gracias a que dedicó toda su vida a servir a la comunidad, se encargó de formar a Enrique, hasta cuando se lo devolvió a la sociedad, convertido en un hombre libre, responsable y útil.

¡Qué año pleno de emociones! Por fin pude cumplir el juramento que cuarenta años atrás le hice a mi hermano de crianza: reunirlo con su «verdadero papá».

Con la aceptación de Armando y la complicidad de Catalina —su esposa— tomé a cargo la organización del viaje al corazón de la cordillera. Conseguí los guías, coordiné la logística y evalué con ambos las opciones de rutas de aproximación y los riesgos que implicó transitar por la zona bajo control del frente #17 de las Farc. No fue tarea fácil. Tratamos de ingresar por diferentes caminos, pero las milicias de la guerrilla ejercen un control tan minucioso sobre la extensa región, que ningún extraño, ni nada, se mueve por ese territorio sin que la celosa red de alerta, vigilancia y control esté enterada.

A esta expedición a la nostalgia nos acompañó Alberto Plazas, otro protagonista de esta historia.

Valió la pena emprender este viaje al pasado, porque después de varios días de tensa espera, por fin pudimos romper el cerco, y convertirnos en testigos de ese gran abrazo, entre padre e hijo, en un anónimo cruce de caminos, en la misma cordillera donde una noche de Navidad, cincuenta años atrás, casi se matan.

Esa tarde –maravillado ante tantas emociones– me sentí realizado. Gracias a la fe y a la persistencia logré restablecer una relación, signada por la lealtad, la fraternidad y el amor filial, que durante más de medio siglo se mantuvo «en modo de pausa».

Por elemental respeto, contemplamos desde lejos el emotivo encuentro. Los abrazos estrechos, las mutuas miradas de asombro, sus demostraciones de ternura y las contagiosas sonrisas. Cuando Armando y Enrique se acercaron, lucían radiantes y ya no les importó que las lágrimas que brotaron durante este estallido de emociones, rodaran por sus mejillas sin vergüenza.

En ese mismo instante y sin previo acuerdo, empezamos a oficiar el ritual para resucitar a la memoria, sanarla y animarla, para que –al final– la verdad pudiera volar libre.

Enrique, hermano, ¡Misión cumplida!

50

Yo soy el nuevo Enrique

En el curso de mi vida –colmada de violencia, pobreza e ignorancia– por fin alguien me trató como a un persona con valores, me respetó mi condición de niño y demostró preocupación por mi futuro.

Pero qué mala costumbre soñar *con lo que no es de uno*.

Todo empezó cuando me aferré a la ilusión de ser el «ayudante» del teniente Caicedo. Él me trepaba al jeep, para que lo acompañara a todas las actividades que desarrollaba entre la Base de El Cedral y el Batallón Tenerife, me hacía cargo de las carpetas con sus papeles y cuadernos, su infaltable cámara *Canon* y hasta la máquina de escribir portátil. Incluso, cuando se presentaba la oportunidad, lo acompañaba a las casas de sus amigas en Neiva –las recuerdo jóvenes y bonitas– donde me atendían como si fuera su hijo.

Desde que lo nombraron oficial de inteligencia en el batallón, dejó de patrullar. Tenía mucha imaginación y su obsesión era entender cómo se coordinaban las diferentes guerrillas y entender el «cuento» que agitaban los tales «marxistas leninistas» para reclutar campesinos, azuzar la violencia e incendiar con el *odio de clases* estas selvas.

Para convencerme que estaba en el camino correcto, yo repasaba la miseria de mi vida antes de conocerlo. Un niño huérfano de afectos, que no sabía ni cómo se llamaba, que no sabía leer ni escribir, que había descendido hasta el abismo más profundo de la violencia... y de pronto, de su mano, regresé, de la oscuridad a la luz.

Se volvieron imborrables los recuerdos cuando me llevó a comprar mis primeros zapatos, una camisa, un pantalón y me llevó a que me cortaran el pelo. Pero lo más importante, me ubicó a la entrada de un camino que según me explicó, me conduciría a ser «un hombre de bien».

Cómo olvidar esa tarde en el batallón cuando me comentó que consultaría la posibilidad de adoptarme. Al caer la noche no pude dormir. Me sorprendió la madrugada soñando con los ojos abiertos. Estaba seguro de haber encontrado el *papá* que nunca tuve.

Pero un día –*plop*– estalló la burbuja.

Por más que repaso en mi memoria los detalles, nunca tuve claro el momento en que el teniente Caicedo desapareció de mi vida.

La última vez que nos encontramos fue en medio de la selva, justo en la casa donde Joselo reinó como autoridad suprema. Yo fui el guía de la compañía de contraguerrillas, que al mando del capitán Valbuena, asaltó –allá en Santa Elena– el Comando Guerrillero del Guayabero.

Caicedo no participó en la penosa operación terrestre que nos demandó casi un mes de marcha. Arribó al día siguiente de la toma en un helicóptero *Iroquois,* como ayudante del coronel Rivas, el comandante del Batallón Tenerife. Me abrazó, me preguntó cómo me sentía y le ayudé a embarcar en el helicóptero varias cajas repletas de documentos podridos por la humedad de la selva, que los guerrilleros en su fuga no alcanzaron a quemar.

–Enrique ¡Te espero en Neiva! ¡Cuídate! –Me palmoteó la espalda a manera de despedida.

Lo cierto es que no me esperó. Todos los intentos por saber su nuevo destino me descorazonaron. Era claro que en un batallón, donde se desarrollan –de manera simultánea– tantas operaciones militares con tantas unidades de combate que entran y salen, nadie sabe la suerte de nadie.

Con el paso de las semanas experimenté la sensación de estar condenado al limbo, donde dicen que deben esperar los niños que mueren sin estar bautizados.

Gracias a la generosidad de la familia García, retorné a Vegalarga y me recibieron en su casa. Desde entonces asumí el papel del niño campesino que trabaja y estudia. Me sentí feliz... hasta aquel día cuando me notificaron que por orden del Coronel Rivas, debía retornar a Neiva para reintegrarme al Batallón Tenerife.

Debo reconocer que dentro del batallón mejoraron mis condiciones de vida. Ya no me trataban como al peligroso guerrillero capturado, pero tampoco me consideraban un tipo de fiar. Algunos oficiales y suboficiales se resistían a aceptar mi presencia dentro de las instalaciones del batallón y no desperdiciaban oportunidad para advertir sobre los riesgos de mantenerme libre .

¡Ay, qué frustración ese retorno al reino de la soledad y el recelo! Yo me esmeraba en cumplir todas las órdenes al milímetro, trataba de ser colaborador y amable, pero la guerra nos endurece a todos y en cada mirada me veía reflejado como «el enemigo peligroso que se nos infiltró».

Me llegué a convencer que mi vida era una cárcel y que me asignaron a la «desconfianza», como celda de castigo.

51

Adiós a mi escuelita

El teniente Caicedo me insistía en que el primer paso que debía dar para superar todas las pesadillas de mi vida era aprender a leer y a escribir. Desde entonces, mi mayor ilusión era graduarme de «primero de primaria».

Pese a la pereza que me invadía en medio de ese calor sofocante de Neiva, acepté ingresar a la escuelita de primaria que funciona en el batallón. Allí compartí los diminutos pupitres con niños a quienes yo doblaba en edad y en estatura. Cuando marchábamos a clase, me sentía ridículo, porque yo era tan alto como la maestra, pero sabía menos que el más ignorante del resto de los niños.

Pero en el batallón nadie tenía interés en que Enrique fuera un aventajado estudiante que *leyera de corrido*. El verdadero afán de la unidad era contar con un guía veterano, de confianza, familiarizado con la selva y la cordillera, que conociera las tácticas de la guerrilla, y que estuviera disponible las 24 horas, los siete días de la semana. Por esa suma de razones, jamás un alumno de esa escuelita faltó tanto a clase. No por mi voluntad, sino por la decisión de los comandantes que cada rato me ordenaban apoyar a las patrullas que salían a misiones de reconocimiento, inteligencia y combate.

El lunes 15 de agosto de 1966, no hubo clases porque se celebraba una fiesta de la Virgen, y el martes, cuando apenas organizábamos los pupitres en el salón, apareció el teniente ayudante del coronel Rivas.

La maestra me regaló esa mirada de resignación que yo ya reconocía. Algo así como «lo siento, pero donde manda capitán...»

–Enrique, ordene sus cuadernos y apúrese. Lo necesitan con urgencia en el comando.

El teniente me esperaba frente a la escuelita.

–¡Pilas joven! Vamos rápido al almacén de intendencia, porque debe salir ya en apoyo de una operación importante. ¿Qué talla de uniforme es usted?

Sentí que me hablaba en ruso.

En el inmenso almacén de intendencia, el sargento midió mi anatomía a ojo y luego sentenció: «La talla más pequeña es "uno", pero a este güevón le va a quedar nadando». El sargento tenía razón. Me quedó «nadando» todo, incluidas las botas de combate.

La operación debía ser muy importante, porque nunca antes me habían uniformado. Me entregaron, además de dos camuflados, gorra, brazaletes de identificación, cantimplora, una cobija, y ración de combate para una semana. «¿Nombre?»... yo dudé. «Ponga Enrique», respondí. «¿Enrique qué?, güevón. ¿Es que no tiene mamá?». Para no entrar en explicaciones, lo único que se me ocurrió fue «Enrique «Pelusa», que es como me conocen. En el instante en que me ordenó «¡Firme aquí!» yo me inventé un garabato para disimular que en tan reducidas semanas de escuela, con tantas interrupciones, no había aprendido a escribir ni siquiera mi nombre.

–¿Listo?

–Sí, mi teniente, pero tengo una pregunta. ¿Qué arma me van a dar?

El ayudante del comando me regaló una sonrisa piadosa.

–Con semejante físico de zancudo, usted no es capaz de cargar un fusil M–1 ¿Y para qué mierdas va a necesitar una carabina? ¿Será para volarse para la guerrilla?, güevón.

Ante semejante declaración de desconfianza se me agotaron la curiosidad y las preguntas.

–¡Sígame!

A las 9 de la mañana fui a parar a las instalaciones de la «Batería B». Allí me topé con su comandante, el capitán Farid Londoño, una leyenda viviente dentro del batallón. Alto, espigado, impecable, enfundado entre un camuflado que parecía cortado sobre medidas, de cabello claro y mandíbula cuadrada. En ese momento alistaba a su unidad para una operación de combate. Este capitán se había ganado un merecido prestigio como el valeroso combatiente que una vez muerde su presa, no la suelta. Más que comandante y líder era reconocido como legendario caudillo, exigente con sus soldados, estricto como el que más, y el tipo de comandante que siempre marcha al frente de su unidad en las posiciones de más riesgo. Como una de las misiones del Batallón es el control del orden público en la región donde opera la guerrilla de El Pato, el capitán Londoño se convirtió para Oscar Reyes –el jefe de esa agrupación– en su enemigo, en su maldición, en su «mal de ojo», en su «ángel exterminador».

En medio del agite del alistamiento, en un ambiente de órdenes y gritos, el capitán se percató de mi presencia. Me miró con una mueca de desprecio, y desde lo más alto de su olímpica arrogancia preguntó:

–¿Quién es este güevon? ¿Usted qué hace aquí?

El teniente ayudante le informó que por orden del coronel Rivas, yo debía incorporarme como guía de la operación.

–Es el mejor guía que tenemos para esa zona. Conoce el terreno, conoce la selva, conoce a la guerrilla. Si encuentran a un tipo sospechoso, este muchacho sabe si se trata de un auxiliador o de un guerrillero. Tiene gran sentido de la orientación y es hábil para interpretar huellas y trillos.

Sospecho que al capitán le interesó una mierda la explicación del teniente, porque ni siquiera me volteó a mirar.

Esa mañana me prestaron una «*Gillette*», aguja e hilo, y eché mano a toda mi imaginación para improvisarme como sastre profesional. Desbaraté algunas costuras, tanto de la camisa cómo del pantalón, y me puse en la tarea de cortar y reducir –a puro cálculo– el enorme camuflado, hasta ajustarlo a mi escuálida talla. Cuando me coloqué las botas de combate nuevas, no pude contener la risa: caminaba como un pato. Después de toda una vida dedicada a correr descalzo por trochas enfangadas, caminos de montaña y por senderos pedregosos, de día y de noche, cruzando ríos aquí y pantanos más allá, sometido a aguaceros en la selva y a la canícula del sol en el desierto, concluí que en mi caso, era una locura intentar amansar –en pocas horas– unas botas de combate nuevas y durísimas que, además, me quedaron grandes. Entonces me imaginé un «plan B»: «guardo las botas entre el equipo y realizó la marcha descalzo», o, en últimas, un «plan C», «me pongo los tenis que me compró el teniente Caicedo». Mientras medía y calculaba por dónde cortaría la tela del pantalón –sin descacharme– y daba puntadas –aquí y allá– tomé la decisión de no sacrificar mis tenis.

La operación lucía muy importante, porque, el capitán Londoño, y los tenientes Pineda y Rojas permanecieron reunidos en el comando del batallón, hasta las dos de la tarde.

Entre tanto, los soldados pasamos al comedor al mediodía y, concluido el almuerzo, los suboficiales les practicaron a sus respectivas escuadras una rigurosa revista de alistamiento de los equipos, el armamento y los radios. A las 16 horas ordenaron acuartelamiento, silencio de radio y los tres pelotones, armados y equipados permanecieron en máximo alistamiento, listos a partir en cualquier momento.

Como yo no era orgánico de ninguna unidad, me mantuve discreto en un rincón del alojamiento, siempre en compañía del civil Jaramillo, un señor flaco y desgarbado, de unos treinta y tantos años, con gran sentido del humor, que exhibía con orgullo sus dientes enchapados en oro. Lo habían asignado como el enfermero para esta operación. Ese día, mientras me improvisé como sastre, el señor Jaramillo me ayudó a medir antes de cortar y me colaboró con tiras de esparadrapo para ajustar la tela, mientras yo le daba las respectivas puntadas a mis remiendos.

A las 18 horas nos repartieron un refrigerio caliente y a las 19:45 nos ordenaron abordar los seis enormes camiones militares «Reo», que se encontraban estacionados en la plaza de armas. La columna motorizada traspasó la guardia del batallón a las 22 horas, cruzó el área urbana de Neiva, y se enfiló en dirección a la cordillera oriental.

La noche estaba vestida de un negro azabache, sin asomo de luna. El convoy tomó la carretera destapada que conduce a Vegalarga, y luego se desvió hacia el sur–oriente por una trocha polvorienta qué pasa por San Antonio. Los seis camiones bufaban por esas trochas que, a juzgar por los bandazos y sacudidas, por ahí no trepan ni las mulas. Cerca de la una de la madrugada concluyó todo: el camino, la polvareda y el bamboleo. Antes de saltar del camión, me despojé de las botas, las guardé en el equipo, me remangué el borde del pantalón y lo aseguré con ligas de caucho. Hacía un frío de mil demonios y me sentí cubierto de polvo hasta en las pestañas. No se distinguían los accidentes del terreno y el cielo estaba encapotado. Mi instinto de guía me sopló que ya superamos, bien arriba, la base de contraguerrillas de El Cedral, puerta de entrada a la región de El Pato. Entonces se asomó a mi memoria el nombre de Oscar Reyes, el comandante de la guerrilla de El Pato. Para mí, esa cuadrilla era el objetivo de la operación.

(Años más tarde vine a descubrir que mi apreciación de esa madrugada estaba equivocada)

Los 80 hombres –mal contados– partimos por una trocha, montaña arriba, tropezando entre la oscuridad. Como medida de seguridad, el capitán dio instrucciones de ampliar las distancias entre los tres pelotones.

Transcurrió quizás una hora cuando ordenaron un alto. Se organizó un dispositivo de seguridad, y bajo una carpa improvisada el capitán Londoño se reunió con sus oficiales y sargentos. El capitán sacó la brújula, consultó en su libreta de campo las coordenadas, orientó la carta topográfica y maniobró su linterna para indicar –con derroche de seguridad– «estamos aquí». Luego recorrió con su dedo el mapa hasta que se detuvo: «y este es el blanco». En seguida, presentó la síntesis de la información de inteligencia que fue base para echar a rodar la operación. Impartió instrucciones sobre cómo se debían desplazar los pelotones por tres rutas paralelas, en un movimiento envolvente, para caer sobre el objetivo. En ese momento, el teniente Pineda se acordó que yo existía.

–¿Usted conoce este sector de la cordillera?

–Creo que sí mi teniente. Estamos arriba de Piedramarcada y si continuamos hacia el oriente, nos topamos con la cuchilla de El Refugio. Al otro lado está Balsillas y empieza el Caquetá.

O nadie escuchó mi respuesta o a ninguno le interesó, porque todos siguieron concentrados sobre el mapa.

El capitán Londoño, oficial con fama de tropero, muy familiarizado con operaciones sobre esta cordillera, era el único que sabía dónde estábamos, para dónde íbamos y a quién buscábamos. Los 79 restantes éramos una parranda de borregos.

El objetivo se ubicó en una finca remota, cordillera oriental arriba, acaballada sobre un cerro conocido como El Carmen, en una zona selvática del Cañón de San Miguel.

Toda la operación se concibió en su cabeza. No había lugar a consultas, mucho menos a debates. Y como efecto de su obsesión por controlar todo, la cadena de mando era muy corta: se iniciaba en su santa voluntad y terminaba en él mismo.

La marcha de aproximación, se inició, con el primer pelotón al mando del capitán Londoño, el segundo, al mando del teniente Pineda y el tercero, a cargo del teniente Rojas. Los dos únicos miembros de la patrulla que no portábamos armas, nos separaron. A mí me asignaron al pelotón puntero y al enfermero Jaramillo al segundo pelotón.

El capitán por fin me habló.

–¡Pegado a la pata y pendiente de todo! No se me despega.

En ese instante se me creció ese sentido de la lealtad que ya había experimentado cuando combatí en la guerrilla al lado de Diamante, y luego cuando la vida me convirtió «en el ayudante fiel de mi *papá* Caicedo».

Marchamos sin descanso el resto de la noche, hasta cuando el amanecer se asomó entre gasas de niebla y una llovizna helada. Un poco antes de las seis, el radio operador informó que los pelotones *dos* y *tres* ya alcanzaron el objetivo. Encontraron evidencias del sacrificio de ganado, pero no encontraron señal de los subversivos. El capitán ordenó apretar el paso.

Arribamos a un sitio descampado, sin vegetación de montaña, ni selva, por donde cruza una quebrada cristalina y helada. La información era exacta. Los guerrilleros sacrificaron un toro. A juzgar por el tamaño de la cabeza, los cuernos y el cuero, era un ejemplar muy grande. No encontramos señal de cocinas ni de rancho, luego no ahumaron la carne.

–Tiene que ser mucha gente y caminan de afán –comenté.

–¿Por qué?

–Se llevaron todo. Para cargar por estas selvas un toro completo, incluidas vísceras y patas, se necesita mucha hambre y además mucha gente.

En el rápido examen que practicó el capitán concluyó que los guerrilleros sacrificaron el animal, lo abrieron, lavaron la carne en la quebrada, pero no prepararon ni un café.

–Deben estar muy cortos de comida, porque se llevaron todo.

–Mi capitán, en la guerrilla, antes de matar un novillo, se prende fuego para deshidratar la carne. La carne seca pesa una quinta parte y se puede cargar más. Por estas selvas nadie se echa a la espalda las tripas, ni mucho menos las patas.

El capitán Farid Londoño era muy ácido en el trato. Ahorraba todas las palabras que podía. Sus órdenes eran cortas y claras.

–Analice el trillo –me ordenó– ¿Cuántos bandidos calcula?

En segundos me agaché, miré la profundidad de las huellas, palpé la humedad de la yerba y analicé qué tan pesados iban y si marchaban a las carreras, al tiempo que sentí sobre mi nuca la fuerza radioactiva de su mirada.

– Por el tamaño del trillo son quizás diez, van bien cargados y nos llevan entre 8 y 12 horas de ventaja.

No reaccionó, ni dio señal que estuviera interesado en la información que me pidió.

Lo más importante para el capitán Londoño fue comprobar que la información de inteligencia, base para la operación, era 100% positiva. De inmediato contagió de euforia a los soldados. Les compartió su determinación de alcanzar a la cuadrilla –antes de dos días–y establecer un contacto.

(Me huelo que esa mezcla de euforia y triunfalismo fue la que nos mató)

A los cinco minutos me arrepentí. ¿Dije «diez»? pensé angustiado. ¡Mierda! ¡No me daban las cuentas! ¿Cómo pueden diez personas sacrificar un toro tan grande y cargarlo hacia lo alto de la cordillera?

Las huellas debían mostrar la presencia de por lo menos, treinta a cincuenta guerrilleros... y sólo se veían rastros de diez. Demasiada comida para tan poco trillo.

Esa mañana, en medio de las especulaciones sobre el número de bandidos cobró fuerza el rumor que se trataba del legendario *Tirofijo*, que arribó a la región al frente de una columna de guerrilleros para reforzar a los alzados de El Pato. Esa información de inteligencia, decían, fue la que originó esta operación.

Alguien afirmó que no se trataba de guerrilleros locales, o «patunos», sino de gente extraña que venía de la región del Sumapaz.

Yo no le di crédito a ese chisme. Me pareció improbable que *Tirofijo* estuviera por estos lados, cuando su verdadero reducto es al otro lado de la cordillera, por los lados del cañón del río Duda, a mes y medio de camino tumbando monte.

(Creo que ese día no acerté nada. En pocas horas la aplastante realidad me demostrará cuán equivocado estuve.)

52

Detrás del trillo

Una vez el capitán Londoño tuvo certeza de la presencia de la columna guerrillera, organizó la persecución. Su primera decisión fue reaccionar de inmediato y aprovechar la luz del día, para no perder el trillo. En seguida organizó el dispositivo. Él asumió la responsabilidad de mantener control sobre la huella. Al pelotón del teniente Pineda lo envió a la retaguardia, y al del teniente Rojas le ordenó abrirse a la derecha, para marchar paralelo, sin perder contacto visual.

En el caso del contacto que se veía venir, los pelotones *dos* y *tres* operarían en apoyo de la columna principal.

El capitán Londoño era un hombre de poquísimas palabras. Cuando necesitaba el equipo de radio, no hablaba sino le hacía al radio operador una señal con la cabeza. Yo estaba fascinado con su personalidad y no dejaba de observarlo de reojo. Lucía agitado ante la promesa de un inminente contacto. Parecía un perro de cacería que hubiera olido la presa. En una ocasión el teniente Rojas se comunicó por radio con la oferta de relevarlo.

—No, mi teniente, no le cedo la trocha a nadie, porque ustedes me la pierden. Ya estamos pisándoles las corvas a estos cabrones. Yo me encargo de empujar el contacto, pero necesito que ustedes estén listos a apoyarme.

El capitán ordenó a un cabo y tres soldados que se responsabilizaran de maniobrar la punta. El mismo capitán Londoño les impartió las instrucciones a los punteros.

–El puntero del centro sin despegar los ojos del trillo, pendiente de cualquier cambio en las huellas, objetos caídos, alambres, minas o cualquier detalle sospechoso. El puntero de la izquierda, «con visión entre *las nueve y las doce»*, mientras usted, como puntero de la derecha, «pendiente entre *las doce y las tres»*.

El capitán Londoño me impresionó. Más que convicción por el cumplimiento de la misión demostraba hambre de combate. Marchaba demasiado adelante, demasiado pegado a los punteros, cómo resultaba lógico, el radio operador y yo trotábamos a su sombra.

En un principio impartió la orden de alargar las distancias para no correr el riesgo de quedar amontonados en una emboscada o atrapados en un campo minado. El resto de la tropa debía desplazarse por «lanzas»[1], vale decir, por parejas, pendientes cada quien de «su» flanco, derecho o izquierdo.

Pero pronto se hizo evidente que con tanta cautela no estábamos descontando la ventaja que nos llevaban los guerrilleros. Entonces el capitán tomó la decisión de apostarle duro a su buena suerte. Aceleró la marcha y no nos concedió descansos. Por momentos perdíamos el trillo pero adelante volvíamos a encontrar la huella de los guerrilleros que huían. En un par de ocasiones nos topábamos con envolturas de galletas y colillas de cigarrillos. Cada hallazgo obraba como una inyección de adrenalina y entonces apretábamos, aún más, la velocidad de desplazamiento.

A las seis de la tarde, una cortina de niebla cubrió de súbito el paisaje, y tras de ella arribó, la noche. El capitán Londoño ordenó detener la marcha. Era imposible seguir el trillo en semejante oscuridad. La moral continuaba arriba, pero nos confesamos agotados. Los pelotones se organizaron sobre una colina alta para pasar la noche, mimetizados bajo la cubierta de la selva. Se prohibió encender fuego y linternas y se extremaron las medidas de seguridad.

---

1 «Lanza». Compañero con quien se establece una suerte de hermandad durante las operaciones. Tradición que se origina en la Escuela de Lanceros, donde los combatientes se organizan por binomios para protegerse de manera solidaria, y compartir éxitos y derrotas, sentimientos y emociones.

Jueves

Hoy jueves madrugamos a correr por el trillo. Ahí, en la trocha, aparece evidente la marca registrada de la columna. Pero me empezó a asaltar la corazonada que así como el ejército les había pisado la huella, ellos ya estarían enterados de nuestra persecución. Porque de pronto se amplió el trillo y yo mentalmente calculé más de cincuenta guerrilleros, pero en la siguiente media hora, el surco se angostó tanto que parecía que no marcharan más de cinco... y de pronto, más adelante, de forma inexplicable... ¡Mierda! Se esfumó todo rastro... En esos casos, el capitán me volteaba a mirar y yo arrojaba el equipo y casi que en cuatro patas, como perro rastreador, me escurría entre la maleza, cincuenta o trescientos metros adelante, hasta toparme de nuevo con el trillo. En esos momentos pensé, «putas, la falta que nos hacen los perros pastores alemanes, que en la compañía de contraguerrillas, allá en la base de El Cedral, conducen los carabineros de la policía».

Al final del tercer día yo tenía cuatro convicciones: Se trata de un grupo grande –quizás más de cincuenta–. Estos bandidos operan dentro de la nueva estrategia de movilidad total que impuso el «Bloque Sur». Estamos muy cerca de establecer el contacto y empezamos a jugar al gato y al ratón.... Y en las actuales condiciones de «persecución en caliente», el capitán Londoño no escucha a nadie.

Es que nadie le disputa su autoridad porque marcha a la cabeza de sus hombres, lidera con su ejemplo y sus decisiones son tan infalibles como «palabra de Dios». Pero como todo en la vida tiene un costo, tanta concentración de poder les crea a sus subalternos, excesiva dependencia, incertidumbre y pérdida de la iniciativa.

Viernes

Esa mañana de viernes, tercer día de la operación, sentimos que la confrontación era inminente. Estábamos ya muy cerca al grupo de alzados que insistía en su juego de comportarse como fugitivos. Pero algo no casaba en el rompecabezas. Cuando una guerrilla acepta su inferioridad, huye de manera instintiva, se esconde y desaparece. En este caso, jugaba.

Yo estaba cabreado. Como marchaba al lado del capitán, e íbamos muy pegados a los punteros, me convertí en testigo de lo que acontecía en el trillo.

A la media mañana, el surco se dividió en seis trillos, como si el grupo se hubiera dividido en igual número de guerrillas. Pero más adelante las huellas desaparecieron. Cuando ya estábamos a punto de resignarnos a que se lograron escapar entre la selva, de súbito, volvió a aparecer una única traza —demasiado perfecta— como si quisieran demostrar que la columna era de mucha gente. Ya no me quedaron dudas, el mensaje era claro, nos estaban notificando que aceptaban el juego de engaños. Desde mis tiempo en la guerrilla aprendí a desconfiar cuando aparecen demasiadas coincidencias. Nos estaban sembrando dudas aquí y certezas más allá. Con engaños retrasaron la velocidad de la marcha y, poco a poco, con estudiada marrullería, nos estaban conduciendo —de narices— a una trampa.

Lo trágico es que no me atreví a compartir mi sensación de agonía con el capitán, porque todos los comandantes se empecinan en tener la razón, en especial cuando no la tienen. Y un niño de doce años, desarmado, flacuchento, descalzo —con las botas nuevas metidas dentro del equipo– imberbe, analfabeta y sin respaldo, no tiene en estos casos voz y mucho menos voto. Pero mi malicia indígena me advertía a gritos que aquí había gato encerrado.

El capitán decidió cambiar el dispositivo táctico. El pelotón del teniente Rojas, que en los días anteriores se desplazó abierto por el flanco derecho, paralelo a la columna, verificando las huellas que se alejaban del trillo principal, resultó afectando la velocidad de la marcha. Ahora el capitán dispuso que todos los pelotones marcharan integrados a la columna principal y a su ritmo.

Al mediodía, hicimos un alto para despachar a las carreras nuestra ración de combate. Una hora más tarde, de nuevo sobre la huella, el capitán Londoño le ordenó al teniente Pineda abrirse por la margen izquierda, más o menos a uno o dos kilómetros de distancia, para dar un rodeo, montaña arriba.

–Pineda, verifique por ese lado y nos vamos comunicando.

Al teniente Rojas le ordenó integrar su pelotón a la columna, y darle apoyo desde atrás.

El capitán –que no confiaba sino en él mismo– continuó liderando la ofensiva, al mando del primer pelotón, bien adelante, casi pegado a los punteros.

Era evidente que los guerrilleros estaban sembrando huellas falsas, tal vez demasiadas. Encontramos restos de comida acá, empaques de dulces más allá, colillas de cigarrillos donde descansaron y, de pronto... una cantimplora. ¡Pilas! ¡Pilas!

El paisaje también cambió. Ahora continuamos el desplazamiento por un terreno de vegetación alta, como de cañas, hasta que la huella nos condujo a un sector llano y despejado. Por la posición del sol calculo que eran las dos de la tarde. Nos encontrábamos a punto de ingresar al amplio potrero, cuando el cabo a cargo de los punteros se detuvo para reportar dos novedades: un trillo fresco que partía hacia mano derecha y botado en el suelo, un riel con cinco cartuchos de fusil.

El capitán saltó hasta la punta y detrás –como si fuéramos la cola del cometa– el radio operador y yo.

–Sargento Barajas –ordenó– organice una escuadra y péguese a esta huella que parte hacia la derecha. Acá lo espero.

El capitán detuvo la marcha de la columna, para aguardar el regreso del sargento Barajas. Aprovechó el tiempo para darle una mirada al riel con los cinco cartuchos y a la cantimplora.

–Qué cabrones tan descuidados, mire lo que van dejando botado.

–Mi capitán –susurré en un tono más que respetuoso, tímido– un guerrillero jamás pierde una cantimplora y mucho menos un riel con cinco cartuchos, porque antes que anochezca, lo fusilan.

Para demostrar su autoridad y veteranía, el capitán ignoró mi comentario y le pasó la cantimplora y la munición al radio operador.

A los quince minutos, reapareció el sargento Barajas.

–Mi Capitán, seguí la huella unos cuatrocientos metros y esa gente sigue cordillera arriba. ¿Me pego a ese trillo o me reintegro a la columna?

–Siga esa huella con precaución y no nos perdamos de vista.

En seguida ordenó que avanzara la columna.

Serían las dos y treinta de la tarde, cuando ingresamos en la trampa. Yo sentí ese dolor premonitorio –aquí, a la altura del esternón– que llamamos *cabreo.* Quedaron por fuera de la emboscada, el pelotón del teniente Pineda, que estaba realizando un amplio rodeo por la izquierda y la escuadra del sargento Barajas, que marchaba paralelo, abierto a la derecha.

Al momento de entrar al potrero despejado, ahora sí el trillo apareció clarísimo, como si lo hubieran trazado con regla, como si pretendieran notificar «¡Vengan! ¡Los estamos esperando!» La huella perfecta continuó cerro arriba hasta el fondo del potrero. Allá en la punta del terreno descubierto, aparecía la selva de nuevo.

Recordé la madrugada de Navidad allá en la vereda de Versalles –apenas ocho meses atrás– cuando los 27 guerrilleros del Guayabero le montamos la emboscada a la patrulla de contraguerrillas. Esa madrugada nos pusieron a parir, pues los punteros entraban a la emboscada y en seguida, asustados y cabreados, se salían. La única diferencia es que en esta ocasión, el ritmo de la persecución es en caliente y el emboscado soy yo.

Los punteros –alertas y en máxima tensión– entraron en la trampa. Como si desde ese instante yo pretendiera desacelerar la velocidad del tiempo, para que en mi memoria jamás sucediera la tragedia, todos mis recuerdos transcurren en cámara lenta.

El trillo estaba allí... demasiado perfecto, demasiado tentador... Nadie tenía el derecho de recular porque un tal «sentido del honor militar» estaba en juego.

¡Qué impotencia! Yo presentí que estábamos ingresando en la trampa pero no tenía la autoridad, ni la voz, ni el ascendiente para evitar lo inevitable.

En la ventana de mi imaginación apareció ese *compa* guerrillero que yo conozco, agazapado en la selva. Lo huelo. Se encuentra, ahí no más, a menos de cincuenta metros. Para que no le tiemble la mano, puso el cañón del arma sobre una horqueta y ya logró alinear, su ojo y mi cabeza, a través del punto de mira de su fusil.

El tipo le ruega a su Dios que no le falle el pulso... y yo le ruego al mío que «no permita que mi capitán caiga en la tentación».

En este momento se le arruga la habichuela hasta al más macho. El miedo se siente en cada poro. El miedo duele. Uno está que se caga y no tiene otra opción que apretar las nalgas.

¡Putas mi capitán! ¡Por Dios! ¡No caiga en la tentación!

...y caímos en la tentación

El capitán Londoño se volteó y me clavó su mirada inquisidora. Yo, que le sentía una mezcla de admiración y terror, me arrojé sobre el trillo, observé la yerba húmeda, la olí... «están demasiado cerca», susurré.

Los bandidos escogieron un terreno donde la tropa no tuviera cómo protegerse, nos llevaron por el trillo con señuelos, prepararon la trampa y se agazaparon durante varias horas a esperar. Tuvieron todo el tiempo para distribuirse entre la selva y colocar cinco o seis francotiradores sobre un picacho. Y afinaron la puntería, para descargar sobre seguros –en nombre de una doctrina *marxista-leninista* que repiten como loros– todo su odio visceral sobre unos campesinos humildes –como ellos– cuyo único pecado era estar cumpliendo la obligación constitucional de prestar el servicio militar.

Habríamos avanzado unos quinientos metros... y los dos pelotones ya se desplegaron sobre la parte más limpia del potrero.

Dos soldado punteros –los más expuestos de todos– entraron al descampado y continuaron de largo. Quién iba a pensar que sobrepasaron la emboscada y que sobrevivieron a la masacre. Se perdieron entre la selva de la montaña y sólo pudieron ser rescatados tres días después de la emboscada.

De súbito, una ráfaga tronó entre las montañas, y espantó de su letargo a todos los animales que se refugian en este paraíso y, en seguida, el coro espantoso de medio centenar de fusiles respondió con una granizada de disparos –como latigazos– que desgajaron el cataclismo.

No tuvimos tiempo de reaccionar. Caímos en la trampa. No hubo resistencia porque no existía lugar dónde cubrirse y los primeros disparos, a mansalva y sobre seguro resultaron tan certeros, que sobre el campo solo quedaron muertos y heridos.

Quedé sorprendido ante la reacción del capitán Londoño. No se lanzó a tierra a protegerse, sino que puso una rodilla en tierra y con tiro instintivo descargó sucesivas ráfagas de su carabina *M2* contra el sector de la selva donde intuyó que provenían los disparos. Lo vi cuando cambió de proveedor e intentó otra ráfaga y en ese instante lo impactaron en la cabeza. Yo me encontraba tirado en el suelo y, de pronto, su cuerpo se desplomó y casi me aplasta y ahí mismo resulté empapado con su sangre caliente. Cerré los ojos. ¡Estaba horrorizado! ¡Me quería morir! En semejante estado de shock sentí que algo se movió a mi costado izquierdo y es cuando el cuadro macabro se completa. Es el radio operador –mi compañero de marcha durante los últimos tres días– emite un alarido aterrador, convulsiona durante algunos segundos y se queda rígido. Ahí es cuando se me despertó en el alma ese animal moribundo que siempre cargo y que se llama el *pánico*.

El tiroteo se arreció por momentos y entonces se empezaron a escuchar gritos frenéticos desde la zona selvática que rodea el potrero. «¡Corran, corran, hijueputas! Allá va otro. ¡Quiébrenlo! ¡Maten a ese otro hijueputa!» En ese momento, miré hacia atrás... hasta donde me alcanzó la vista, nadie se movía. Todos los que caímos en la trampa, a excepción mía, estaban muertos o heridos. Y yo sentí que al reloj que mi Dios me asignó para contabilizarme la vida se le estaba acabando la cuerda.

Las ráfagas continuaron desde la montaña en una labor sistemática destinada a eliminar todo lo que se moviera.

No había escapatoria. Me pasé la mano por la cara y descubrí que estaba bañado en sangre, pero no sentía dolor físico alguno. Decidí examinarme. Moví los dedos de los pies, las manos, los hombros, cerré y abrí los ojos... no estaba herido. Lo único que sentía era pánico y un temblor incontrolable. No hay explicación para que yo haya salido ileso de la emboscada, o quizás sobreviví por la alineación divina de dos factores providenciales. Mi físico, tan pequeño y flacuchento, y el hecho que los cuerpos del capitán Londoño y del radio operador cayeron en tal posición que formaron una trinchera natural, donde busqué refugio. Me agazapé de manera instintiva contra los dos cadáveres, encogido, reducido a mi mínima expresión, como si Dios me hubiera soplado al oído en medio de la balacera, que resistiera en esa posición, pues Él les encomendó al capitán Londoño y a su radio operador la misión póstuma de resguardarme.

Pero en el instante que arreció de nuevo la balacera y se escucharon nuevos gritos de los bandidos, caí en la realidad: el combate hasta ahora se iniciaba. Entonces recordé lo aprendido durante las penosas jornadas de mi entrenamiento militar en la guerrilla del Guayabero: en el momento que los guerrilleros perciban que se consolidó la emboscada, saltarán a rematar a los heridos y, en seguida, a robarse el armamento. Estaba seguro que esa tarde me fusilarían a quemarropa, sin asomo de piedad.

¡Y yo estaba inerme! No me dotaron de una carabina ni de una simple pistola, porque yo seguía siendo un muchacho de interés, pero no de fiar. El estigma del guerrillero capturado y la falta de «otro teniente Caicedo» que intercediera por mí, me colocaron esa tarde sobre el altar de los sacrificios. Sentí que me habían utilizado de manera perversa. Me encontraba en tal estado de shock que por un segundo se atravesó en mi mente una certeza escalofriante: «me van a dejar botado aquí en el monte, porque a nadie le interesa mi cadáver».

En medio del pánico, consciente que no podía hacer movimientos que me delataran, intenté tomar la *M2* del capitán, pero la carabina quedó atrapada bajo su cadáver y el portacarabina lo tenía enredado en su antebrazo. Intenté moverlo, pero tuve que aceptar que carecía de fuerzas. Entonces me incliné sobre el cuerpo del radio operador que se encontraba boca abajo. Le abrí la mano crispada y le quite el *M1*. El arma estaba intacta. No tuvo la oportunidad de utilizarla y no me explico la razón para que mantuviera el seguro colocado.

¿Cuánto duró la emboscada? Dicen que cuarenta minutos, pero es que en esos momentos, cada segundo extra de vida que te conceden, es toda una eternidad. Del lado de nuestra gente nadie reacciona. Todos los disparos se originan desde la espesura hacia nosotros.

De súbito, amainó el tiroteo, y veo con pavor que se cumple lo que presentí. Arriba, sobre el borde de la selva, se asomaron tres guerrilleros. Los vi confiados en su superioridad, con esa actitud altanera del tigre que ya tiene asegurada su presa. Se disponían a saltar al potrero para rematar a los heridos y robarse el armamento. Esta escena que presentí desde el primer segundo de la emboscada, me hizo exclamar: «¡Hasta aquí llegó mi puta vida». Todos mis músculos se tensionaron como un gato montés y volví a percibir esa sensación de agonía cuando el control de tu vida ya no depende de la razón, sino de tu más bestial instinto de supervivencia. En medio de un silencio aterrador, ya sin el tronar de los fusiles y sin los alaridos propios del combate, los bandidos se demoraron... uno, dos o tres minutos –lo que me pareció una eternidad y media– allá, agachados, atisbando el paisaje, midiendo las distancias, pendientes de cualquier movimiento y calculando la forma de repartirse el botín. Cuando señalaron hacia dónde se encontraba el cuerpo del capitán, yo sentí una puñalada que me perforó mi sien. No había opciones. Vendrían directo hacia mí. Agarré el fusil. El corazón se me salía por la boca. De súbito, dos de ellos saltaron sobre el área descubierta y corrieron como flechas, agachados y directo hacia mi posición. Yo reaccioné como un rayo, apoyé el fusil sobre el cuerpo del capitán y sin tiempo para apuntar, con puro tiro instintivo: *¡pam! ¡pam! ¡pam! ¡pam!* Impacté al guerrillero de adelante y *¡pam! ¡pam!* tengo la certeza que también pringué al segundo, que, desconcertado, se regresó en tres saltos a la zona boscosa.

¡Horror! Mi reacción desencadenó de nuevo el cataclismo. En ese instante el único sobreviviente que disparaba era yo. La guerrilla duró unos cuántos segundos en entender qué pasó, pero, de inmediato reaccionó de manera fulminante... y entonces retornaron los gritos... «¡Los chulos están vivos!» y como si obedecieran todos a esa voz, la guerrilla arreció el fuego sobre mi precaria posición. Yo me aferré al *M1* como si fuera un talismán sagrado con virtudes sobrenaturales y traté de exprimir de mi memoria cuántos de los ocho cartuchos del peine había disparado y cuántos me quedaban. ¡Qué agonía tan prolongada! Me sentí a punto de desmayar por la tensión. Yo, no sabía rezar, pero me sorprendí rezando. Con mi oreja contra el suelo, contaba los proyectiles que penetraban los cuerpos del capitán y del radio operador –mi trinchera bendita– al tiempo que sentía explotar, sordos, órganos, vasos y arterias. Qué horror verle tan cerca la cara a la muerte. Por momentos le pedí a Dios que no alargara mi agonía, que si me iban a impactar, que fuera ya, y en simultánea, por puro instinto de supervivencia, me agazapaba aún más, pegado a los dos cadáveres. Casi ni respiraba, porque era consciente que donde asomara un pelo me acribillaban. Me vi consumido entre un charco de sangre, y vomité la ración de combate del almuerzo de ese mediodía. Apreté el fusil, cerré los ojos y empecé a llorar. Me aterraron mis hipidos, porque el más mínimo movimiento concentraría más fuego sobre mi posición. Necesitaba munición. Estiré la mano hasta la cintura del radio operador, en busca de un peine con munición para el *M1*, pero el cuerpo cayó boca abajo, las cartucheras quedaron aplastadas y yo carecía de fuerza para moverlo.

De pronto, sin explicación, se arreció otra vez el combate y sentí de nuevo las voces de los guerrilleros que gritaban «¡Cójanlos! ¡Cójanlos!» Los disparos eran más nutridos, pero ya nadie disparaba hacia el potrero donde ocurrió la emboscada. ¿Será que llegó el pelotón del teniente Pineda?, me pregunté excitado. De eso estuve seguro, pero, me volví a equivocar. En ese momento, al milagro de estar vivo e ileso, se sumó otro milagro: el contraataque del sargento Barajas. El sargento y su escuadra, que por seguir un trillo engañoso se desviaron por el flanco derecho, se salvaron de la emboscada. Barajas organizó a sus ocho soldados e ingresó –como en una película– en la escena del combate.

Con despliegue de mando y veteranía empezó a gritar órdenes de avanzar a otras escuadras que sólo existían en su imaginación y ordenó con su vozarrón eliminar a los cuatro o cinco guerrilleros francotiradores que desde el risco disparaban sobre la tropa. Los asustados guerrilleros se comieron el cuento y huyeron en desbandada. Entonces Barajas ocupó el promontorio, se hizo fuerte allí, e inició un sorpresivo contraataque.

Por fortuna, la escuadra del sargento portaba una ametralladora *.30* que emplazó en el promontorio y sin poder ver a los guerrilleros que se ocultaban entre la selva, empezó a rociar con ráfagas ese sector. La ofensiva guerrillera amainó. En el momento que el combate cambió de flanco, dos guerrilleros saltaron al potrero y arrastraron hacia la zona boscosa el cuerpo del primero de los dos guerrilleros que impacté.

El sargento Barajas fue el gran héroe de esa jornada. Si no es por su milagrosa aparición la masacre hubiese sido total. El combate cambió de centro de gravedad. La iniciativa regresó a las tropas.

¿Qué nos salvo de la aniquilación total? No tengo claro. Las unidades quedaron incomunicadas. El sargento Barajas no tenía radio. El radio operador del capitán estaba muerto y el radio destruido. Quizás el radio del pelotón del teniente Rojas o quizás desde el radio del teniente Pineda avisaron al Batallón que nos acababan de emboscar y nos estaban masacrando... porque sin esperarlo, hacia las 4 de la tarde, sobrevoló sobre el área un *Kaman* del *Grupo de Reconocimiento Aerotáctico* que opera en el Batallón Tenerife. Un helicóptero de rescate, sin blindaje, ni armamento ofensivo y con una limitada capacidad de carga. Tengo certeza que los guerrilleros le dispararon, porque el aparato se elevó de repente, y en pocos minutos se perdió en dirección al occidente.

Gracias a la presencia amenazante del helicóptero y al temor de la guerrilla de ser bombardeados se cambió de manera vertiginosa el balance del combate. Al tiempo que el sargento tomó el mando y neutralizó a la guerrilla, el teniente Rojas –con su hombro derecho destrozado por un proyectil que por milímetros le vuela la cabeza– organizó con los heridos de su diezmado pelotón una precaria defensa. La guerrilla partió en desbandada hacia la selva. A lo lejos se escuchaban disparos cada vez más espaciados y el silencio volvió a reinar en el cerro de El Carmen, donde se acababa de escenificar el infierno.

El teniente Pineda no apareció. Sobre el potrero limpio –con el trillo impecable– yacían 30 cuerpos: 15 muertos, 14 heridos graves y yo... ileso de puro milagro.

56

El balance de los daños

A las 4:30 se silenció el infierno. Nadie sabe si los bandidos huyeron o aún merodean en la zona preparando un nuevo ataque.

Una vez cesaron los disparos y Barajas se aseguró que desde su posición podían protegernos, descendió del risco y corrió con dos de sus soldados hacia el potrero donde yacíamos las víctimas de la emboscada. El sargento, pálido y transfigurado, asumió el mando. Con los sobrevivientes del segundo pelotón organizó la defensa y para entender la magnitud de la derrota, inició el balance de la tragedia.

Lo vi avanzar directo a mi posición. Yo continuaba encogido, convertido en un ovillo, agazapado entre el cadáver del capitán Londoño y el radio operador. Mantenía el fusil listo para disparar y me sentía ensopado en sangre sin lograr salir del shock del combate. Lloraba histérico y no me podía controlar. El sargento me estiró su mano y me levantó. Me abrazó y lloró conmigo. «Pelusa, desde el risco fui testigo del aguacero de plomo que aguantó y de su reacción que evitó el robo del armamento. Es un milagro que esté vivo... ¡Mijo, démosle Gracias a Dios!».

Asustado y tembloroso, lo único que se me ocurrió fue entregarle el fusil.

—Es el de mi «lanza», el radio operador.

—«Pelusa» esto apenas comienza. Agárrelo bien. Este es su fusil. Si esta noche tiene que partirse el culo defendiendo a los heridos, hágalo por su compañero. Asegúrese que tenga munición, porque tendremos que pelear hasta el último cartucho en memoria de los que están muertos y por los que quedamos vivos.

Qué difícil me resultó extraer el peine del *M1*. Tuve que emplear ambas manos. Cuando por fin lo logré, sentí un escalofrío... había disparado siete veces y sólo me quedaba el proyectil alojado en la recámara.

El sargento contempló el cuerpo del capitán Londoño y, en seguida, me ayudó a darle la vuelta al cadáver del radio operador, para recuperar la munición de sus cartucheras.

A las carreras ordenó repasar la lista de soldados de la batería, para establecer quiénes perdieron la vida y para improvisar una evaluación sobre el estado de los heridos. Y como las cuentas no dieron, investigar la desaparición de algunos soldados.

Durante ese odioso ejercicio me veo vagando por el trillo como un resucitado, como un alma en pena, lavado en sangre, descalzo y con el enorme fusil en la mano.

El campo de batalla siempre es lúgubre. Equipos regados por todas partes, cadáveres aferrados a sus armas y jóvenes heridos en estado de shock. Hasta el aire parece cargado de pánico ¡Ay! Y ese potrero verde, con un trillo perfecto, salpicado por una suerte de margaritas amarillas, que a esa hora se abrieron a los últimos rayos del sol, indiferentes a la tragedia.

Camino por entre cuerpos irreconocibles, hasta que me topo con la más triste y macabra de las imágenes de esta tragedia. Sentí que un latigazo de dolor me recorrió la espina dorsal. ¡Dios bendito! Es mi compañero, mi amigo, el señor Jaramillo, el enfermero, aquel empleado civil que solía demostrar su buen sentido del humor con la exhibición de su franca sonrisa que se mandó a enchapar en oro puro. Yace de cara al cielo, con los brazos extendidos. Quedé aterrado por la palidez de su rostro y por las palmas de sus manos demasiado limpias. Puse una rodilla en tierra y entre sollozos, le acaricié la cabeza.

Pero no era tiempo para protocolos insulsos, ni el momento de rendirle honores a nadie. Las sombras del atardecer se empezaron a alargar y los pesados nubarrones que se tomaron por asalto la cordillera, anunciaban el arribo de una noche de terror y pesadilla.

En el curso de mis últimos seis años he sido testigo de muchas muertes violentas y me rehúso a entender el porqué de esta tragedia. Para los jóvenes que hoy recibieron su bautismo de fuego y sobrevivieron, este es un desastre espantoso que los marcará por el resto de sus vidas. ¡Qué tristeza! Y a los que acaban de morir, así no les conozca sus nombres ¡Lo siento! Porque ellos son mis hermanos, hermanos con quienes compartí la misma misión y los mismo riesgos, compartí con ellos la miserable ración de combate y las anécdotas de sus familias, la fatiga y la esperanza, el miedo y las noches en vela. Se trata de seres humanos con quienes partes, repartes y compartes esta «nada» que cargas en el alma. Son tus «lanzas», comprometidos en un juramento tácito de mutua ayuda, y a los que no abandonarás bajo ninguna circunstancia. Y ahora lucen irreconocibles. Sólo ves jirones de carne, heridas abiertas, huesos fracturados, sangre a borbotones. Y la sensación agónica de la impotencia. No les puedes devolver la vida, y lo que parece peor, ni siquiera tienes los recursos para aliviarles el dolor a los heridos.

Y te tienes que improvisar de *sanalotodo,* de sicólogo, de sepulturero, de pastor de almas, de consejero, de guardián de sus memorias, porque estos 29 compañeros no contaron con la suerte que yo tuve: salir intacto del infierno.

¡Qué agite! Necesitamos aprovechar los pocos minutos de luz antes que caiga la noche. Corremos frenéticos de un lado para el otro, al ritmo desaforado de las órdenes del sargento y de las urgencias que van surgiendo. La prioridad es trasladar a los heridos –arriba– a la posición que la escuadra del sargento le arrebató a la guerrilla. En seguida recogemos el armamento y los equipos que quedaron regados en el potrero y los trepamos a esa posición. Tres soldados rozan la maleza en un pequeño plan para facilitar el aterrizaje de los helicópteros. No tuvimos fuerza, ni alientos para trepar los quince cadáveres. Entonces los subimos hasta un filo, donde les podemos prestar seguridad. Alineamos los cuerpos bajo un árbol y los fuimos cubriendo con cobijas, a manera de mortajas.

Nos encontramos corriendo en semejante agite cuando se escucha el ronroneo de un helicóptero, pero el cielo se encuentra encapotado y no lo podemos divisar. De pronto, pasadas las 6 p.m., sobre el límite exacto entre el día y la noche, el *Kaman* surge de una nube espesa, realiza una audaz maniobra, ubica nuestra posición, se queda un instante suspendido en vuelo estacionario y al recibir la señal que el área está segura, desciende raudo y cae sobre el terreno que minutos antes demarcamos y despejamos de maleza. En otras circunstancias los soldados hubieran estallado en júbilo. Está vez no. Con el arribo del helicóptero se abrió una ventana de esperanza que no esperábamos, pero, en simultánea, se trepó el nivel de angustia... si el aparato no despega en minutos estará obligado a pernoctar en tierra, hasta cuando las condiciones de visibilidad y de tiempo se mejoren... en esa eventualidad, los heridos más graves morirán esta noche, aquí, en medio de la montaña.

¡Qué angustia y qué carreras! La operación de rescate no sólo se encuentra sobre el límite de tiempo, sino que la capacidad del *Kaman* es demasiado limitada: dos pilotos y dos rescatistas. Qué dramático el debate que se escenifica en la puerta posterior del helicóptero. Todos gritan para superar el ruido atronador de la turbina, el zumbido de las aspas, los alaridos de dolor de los heridos y los berridos con órdenes y contraórdenes. «¡Putas! ¡Definan ya! ¡En segundos! ¡Porque nos vamos ya!» Qué falta nos hace el enfermero Jaramillo, el único apto para establecer las prioridades en la evacuación de los heridos, por eso, en medio de los gritos, el agite y la premura, las decisiones se toman a ojo. «Mi sargento no me deje morir. –grita un soldado– ¡No me dejen morir! –Grita un cabo– Yo tengo una hija que no he podido conocer». «¡Ayúdenme! ¡Mi mamá me espera! Si yo me muero ella se muere», reclaman a berridos los heridos. Más desgarrador que esos gritos es escuchar los apagados lamentos de los soldados malheridos, afónicos por el dolor, y contemplar –impotentes– a los soldados que perdieron demasiada sangre y en medio del shock y la debilidad suplican con su mirada agonizante que no los dejemos morir.

Con los cinco heridos más graves, más la tripulación de cuatro, el Kaman quedó al límite. Pero cuando ya estaba a punto de despegar surgió otra violenta discusión. El teniente Rojas reclamó que debía ser evacuado. Presenta su hombro atravesado por un proyectil. Aunque el trauma es muy grave, otros soldados impactados en el pecho, en la cabeza y en el abdomen requieren más atención... pero la jerarquía del único oficial herido se impone. Entonces lo embuten a las carreras entre la atestada cabina.

Sobrepasado el límite de todo, visibilidad, hora, condiciones atmosféricas y peso, la turbina del helicóptero retumbó en la cordillera y el aparato alzó vuelo en dirección al batallón.

—¡¡¡Está noche volvemos!!!

Qué iba a volver el *Kaman*... si la urgencia de evacuar a los heridos no es la que manda... ni es la sensibilidad del piloto la que toma la decisión... ni es la orden de un sargento la que se obedece... los tres supremos dictadores que deciden si el helicóptero puede cumplir la promesa de retornar esta misma noche son, la oscuridad, la amenaza de lluvia y el peligro de un inminente ataque de la guerrilla.

El helicóptero partió y se cubrió la cordillera con un manto gris de medio luto. La noche cayó. Sobre el cerro nos organizaron para atender a los 8 heridos restantes, velar por los 15 cadáveres y prepararnos para lo peor.

En el cuerpo y el alma sentí el hielo de la soledad. Esta noche resultamos condenados a resistir, sin ponernos a pensar si alcanzaremos a estar vivos para contemplar el próximo amanecer.

57

Noche de espanto

Tan pronto el helicóptero partió, vi a Barajas llorar de rabia e impotencia. De inmediato ordenó realizar el inventario del armamento e inició la redistribución de la munición de los muertos, entre quienes sobrevivimos. Entre susurros fue desgranando sus instrucciones, como si se tratara de una macabra letanía.

–Hay que economizar la munición. No disparen como locos en medio de la oscuridad. Que no resultemos disparándonos entre nosotros. Tenemos que resistir hasta que puedan entrar los helicópteros y lleguen los refuerzos. La única opción que nos dejó el destino es morir disparando.

Esa noche lloré como nunca antes ni después en mi vida. La serenidad de la noche se rasgó en muchas ocasiones con los gritos de los heridos, como si ellos pretendieran –en coro– maldecir a los asesinos, o como si alzaran sus voces pidiendo justicia. Nadie pudo dormir atendiendo a los moribundos y calmando a los soldados heridos que gritaban de dolor. Estuvimos en vilo ante el temor que esos alaridos delatarían nuestra posición y azuzarían otro ataque de la guerrilla.

Y aquí seguimos a oscuras. Impotentes. Llenos de problemas y restricciones. Sin vendas y sin morfina. Sin el enfermero Jaramillo y sin saber el paradero del equipo con el botiquín. ¡Qué horror! Desgarramos los uniformes para hacer torniquetes y para reemplazar los vendajes improvisados que se empapaban en sangre. Para agravar el desconcierto, el único radio disponible, el del pelotón del teniente

Rojas, se quedó sin baterías. Esa noche, con el alma destrozada, hice contabilidad de cada segundo, sin poder cerrar mis ojos.

Serían las once de la noche cuando sin previo aviso se inició el ensayo del juicio final: relámpagos y truenos furiosos estremecieron la cordillera, como si la naturaleza se hubiera confabulado con los bandidos para acabar de aterrorizarnos, y en seguida se desgajó un aguacero que parecía enviado por Dios para enjuagar en ese potrero la sangre derramada. A esa hora los ateos rezamos más que los creyentes.

En el intento de infundirnos algo de moral, algún suboficial susurró entre la oscuridad: «¡Ánimo! ¡Resistamos esta noche! ¡Antes de dos días estaremos de regreso a casa!»

¿«Casa»? ¿Qué significa «casa»?, me pregunté. Con dolor reconozco que nunca disfruté del significado de «casa». ¿Qué diablos es «casa»? ¿Será ese rincón inmundo a la intemperie dónde agonicé durante meses abrazado a los perros que Joselo tenía en el Guayabero? ¿Será «casa» ese lugar donde me jugué la vida disputando «mi» espacio vital con un enorme tigre? ¿O será «casa» un colchón desocupado en una cama del batallón, de la que resulto expulsado cuando regresa su dueño? A mí nadie me espera. Entro, salgo y a nadie le interesa si vuelvo. No le hago falta a nadie. Me miran como un bicho extraño, o como un muchacho –a veces útil– pero siempre sospechoso.

¿Qué nos impulsó a prepararnos para pelear esa noche? Nada ideológico, nada político, nada doctrinario. Luchábamos por miedo… Luchábamos para que no nos mataran. Luchábamos como tigres, para no resignarnos a morir como cucarachas pisoteadas.

A la madrugada se atravesaron en mi memoria las imágenes siniestras que seis años atrás contemplé aquel día de la virgen, cuando los habitantes de El Valle retornamos al caserío, para sepultar al señor Miguel, mi padrastro, el cuarto marido de la abuela, y a los otros 26 vecinos, que nos masacraron en el Corral de Piedra. Qué rápido transcurre la vida. Eso sucedió cuando tenía 6 años y ahora tengo 12. Aquel día de espanto quedó tatuado en mi memoria, porque entre la visión de los machetazos y el tronar de los fusiles perdí mi inocencia... por ser liberal.

El amanecer me sorprendió con los ojos inflamados y con un escozor insoportable en los párpados. Hundí mi rostro entre las manos y, de pronto, me las descubrí salpicadas de sangre seca y cubiertas de barro. Debía estar demacrado por la ausencia de sueño.

En ese momento, lo que más ansiaba era regresar a mi escuela y graduarme de «primero de primaria».

58

Soy un niño de la guerra

La guerra no me ha sido ajena. Durante la mitad de mi vida he participado en sus tres frentes: como víctima inocente, como guerrillero «comunista» y ahora, como guía del ejército.

Le conozco la cara a la muerte y a mis doce años tengo demasiada madurez y he acumulado demasiada experiencia para opinar sobre este conflicto: un proyectil no soluciona nada, abre heridas en el alma que tardarán dos generaciones en cicatrizar y quedará siempre flotando en la memoria de las madres y abuelas un olor acre, a pólvora, a miseria y a sudor, que no se disipa ni cuando entierran a sus jóvenes.

A lo largo de doce años me convencí que mi suerte era el destino normal de todos los niños en Colombia, porque nunca tuve la oportunidad de ser un niño, y en la guerrilla sólo conocí a niños a quienes unos fanáticos dementes, en nombre del *partido comunista,* se impusieron la cruel tarea de adoctrinarnos hasta convertirnos en asesinos.

Durante los tres días que permanecí en el área serví en todo lo que me ordenaron. Ayudé a embarcar en los helicópteros a los heridos y a los muertos, consciente que antes de una semana, nadie se volvería a acordar de sus nombres. Serví como centinela durante esas noches y como guía en dos patrullas de reconocimiento, para entender hacia dónde huyeron los asaltantes. Parecíamos un grupo de fantasmas recorriendo una geografía indiferente a los odios entre hermanos. Por las huellas de sangre que encontramos, la guerrilla debió cargar por lo menos, con un muerto y dos heridos, todos campesinos iguales a mí, intoxicados de consignas y de odio.

¡Qué macabro contraste! Mientras un centenar de fanáticos estarían celebrando en sus escondites la eficacia de su estrategia de «combinar todas las formas de lucha», catorce mamás acababan de ser condenadas a cargar en sus memorias a un hijo muerto.

Qué jóvenes estos muchachos, algunos tan buenos, que preferían morir antes que matar a alguien.

Y mientras estos 29 jóvenes son masacrados, a la sociedad colombiana le importa un comino. Nadie los llora, nadie los reclama, porque la Patria les impuso este deber constitucional, por ser pobres.

Lo más triste es que 25 de ellos aún no llegaban a los 20 años.

El lunes a las once de la mañana, aún con la angustia atorada en mi garganta, contemplé por última vez el escenario miserable de la emboscada, con ese trillo traicionero que el viento de la cordillera ya casi borró. Aún se notan algunos rastros de sangre, jirones de uniformes, vainillas de fusil y pedazos irreconocibles de cosas. Somos los cuatro últimos hombres en ser evacuados.

A esa hora, a punto de partir, como si no fuera suficiente la paranoia que padezco, mi mayor preocupación es ¿dónde están mis botas nuevas?. No porque las necesite, sino porque figuran a mi cargo y tendré que responder por ellas. En mi mente se atraviesa el compromiso que adquirí el viernes anterior, cuando me sacaron de mi escuelita, y me entregaron los camuflados, las botas y el equipo, y yo, sin medir las consecuencias, estampé un garabato sobre la raya donde está mi nombre. Ahora me encuentro en deuda con el Estado colombiano, por el uniforme que me dieron para ir a defender al mismo Estado.

Como si después de una gran fiesta me hubieran encargado de levantar el decorado, barrer, recoger la basura y lavar los trastos, fui el último de la patrulla que se trepó en el *Kaman.*

Una vez a bordo del último helicóptero ya no escuché más gritos, ni órdenes ni lamentos, es como si todo esos sonidos que aún retumban dentro de mi cabeza hubiesen ocurrido en otro planeta o como si yo fuera el único que se soñó esta pesadilla.

Desde arriba le di una última mirada a esta tierra martirizada.

Me sentí como «Valiente», ese perro desgarbado y patidifuso que nadie estimaba, y que se comportó como mi compañero leal hasta su muerte.

Tenía deseos de llorar por los que nunca, nadie, volverá a recordar sus nombres. Por los que rindieron sus vida por nada... porque a partir de mañana nadie recordará a qué fueron ni porqué murieron.

¡Qué país! La violencia se convirtió en la fosa común de un país desmemoriado. Algún día serán hasta capaces de reescribir su historia para estigmatizar a los buenos y honrar a los criminales.

El piloto del helicóptero levantó su dedo pulgar, señal que ya íbamos a aterrizar en el helipuerto del batallón Tenerife. El *Kaman* dio un amplio rodeo sobre Neiva, como si estuviera pasando revista a la ciudad, y con la suavidad de quien no quiere despertar a un recién nacido, posó sus cuatro ruedas sobre la inmensa letra «H». Entonces, dejó de aletear. Un suboficial de la tripulación abrió la portezuela. El vaho ardiente del valle del río Magdalena se coló con furia dentro del aparato. Desembarcamos los últimos tres soldados orgánicos de la patrulla del capitán Londoño, y yo, que no pertenecía a nada, ni a nadie. Asustado, salí al final, listo a entregar un fusil, que no era mío.

Pero... ¡Oh! ¡Qué desconcierto! Al descender me sorprendí emboscado entre una ceremonia a la que no estaba invitado. Quería huir. Quería devolverme. Vi unas cien personas –alineadas a lado y lado– que formaron una calle de honor. La mayoría eran soldados heridos, amputados y enfermos de paludismo, anemia y leshmaniasis, que se levantaron de sus lechos de convalecencia en la enfermería, para salir a recibirnos. Me sentí parte de ellos. Lucían desteñidas pijamas y batas, y exhibían valientes sus heridas, sus vendajes, su palidez, unos en muletas, otros en sillas de ruedas, los más fuertes sosteniendo a los más débiles y, más adelante, hombro a hombro, aparecieron –solidarias– las secretarias del comando, la gente humilde del batallón, oficiales, suboficiales y sus esposas y hasta mi maestra de la escuelita con los veintitantos compañeros de mi curso de «primero de primaria». Los cuatro últimos evacuados no esperábamos semejante recibimiento. Así que, tímidos y avergonzados, sin saber qué hacer nos quedamos paralizados. De pronto, se alzó una voz de mando, y todos se pusieron firmes, se llevaron sus manos a la frente con el saludo militar. Pese a que intentaron dibujar sobre sus rostros una falsa mueca de alegría ninguno de ellos pudo contener las lágrimas. Mientras tanto, yo, el último de la fila, acobardado por el protocolo, sin saber cómo comportarme, agarré el fusil con mi mano izquierda, alcé la derecha hasta mi frente y saludé, eso me dio ánimo para caminar descalzo por entre la calle de honor. Sentí que se me nubló la vista porque no paraba de llorar... hasta que una señora avanzó, me abrazó, me entregó un clavel rojo y me dijo entre sollozos, «Gracias por lo que hizo por sus compañeros. Usted es un héroe».

¿Un qué? Yo no lo podía creer. Si yo no era nadie... yo era simplemente un niño de la guerra.

*«En aquella época los jóvenes se hacían adultos en un año, en
un mes o incluso en el transcurso de una batalla.»*

Konstantin Simonov
Novelista, poeta y corresponsal de guerra ruso, durante la
II Guerra Mundial.

Al cabo de muchos años de plantearme –una y mil veces– las mismas dos preguntas: «¿Por qué yo?» «¿Por qué sobreviví a la emboscada?»… en mi corazón nació una tímida ilusión: quizás fue otro niño el que me perdonó la vida.

Nota del Editor:

La demencia de esta guerra se evidencia en el trágico final de los dos hermanos Suaza, aquellos que se confabularon para convencer a la guerrilla que Enrique –un niño de nueve años– era un peligroso *espía* infiltrado por el ejército.

Años más tarde, la guerrilla fusiló a Iván y a Gonzalo Suaza, ante la sospecha que trabajaban como *espías* del ejército.

Mayo 1966

Agosto 2015

www.ingramcontent.com/pod-product-compliance
Lightning Source LLC
Chambersburg PA
CBHW030126310726

48970CB00005B/1323